PETRA K. GUNGL

Tannenglühen

SCHMUTZIGES GELD Die Wiener Strafverteidigerin Franziska Ferstl wollte sich diese Weihnachten zur Ruhe setzten, doch als ihr Kollege Siegfried Fürstenstein erdrosselt aufgefunden wird und zudem Franziskas bester Freund Max, Seniorpartner der Kanzlei, unter Mordverdacht gerät, muss sie noch einmal ihr ganzes Können aufbieten, um ihn zu verteidigen. Gemeinsam mit dem jungen Rechtsanwalt Kurt Thesch deckt sie dubiose Offshore-Geschäfte eines russischen Oligarchen auf und stöbert in amourösen Affären. Viele Leute hatten Grund, Fürstenstein zu hassen – ein Netz aus Geheimnissen umgibt den Toten, und Franziska muss tief graben, ehe die prächtige Fassade der feinen Gesellschaft Stück für Stück unter ihren Nachforschungen zerbröckelt. Die Suche nach dem wahren Mörder wird zum gefährlichen Spiel mit dem Feuer …

© Markus Schiller

Petra K. Gungl ist gebürtige Wienerin. Beruflich setzte sich die Juristerei gegen Kunst & Germanistik durch, und die promovierte Juristin arbeitete in den unterschiedlichsten Bereichen, darunter auch am Wiener Straflandesgericht. Das Verfassen von Texten war von jeher ein elementarer Teil ihres Lebens, und so nutzte Gungl eine berufliche Auszeit, um ihren ersten Roman zu schreiben. Seither sind bereits mehrere Werke der Autorin erschienen. Nach Familie und Schreiben ist das Training im Shaolintempel Austria ihre wichtigste Kraftquelle.

Besuchen Sie Petra K. Gungl auf www.petrakgungl.com oder www.facebook.com/PetraK.Gungl/ und erfahren Sie mehr über die Autorin & ihre Bücher!

Bisherige Veröffentlichungen im Gmeiner-Verlag:
Diabolisches Spiel (2016)
Diabolische List (2014)

PETRA K. GUNGL

Tannenglühen

Bitterböse Weihnachten

GMEINER SPANNUNG

Besuchen Sie uns im Internet:
www.gmeiner-verlag.de

Im Ehnried 5, 88605 Meßkirch
Telefon 07575/2095-0
info@gmeiner-verlag.de

1. Auflage 2017

Lektorat: Claudia Senghaas, Kirchardt
Herstellung: Mirjam Hecht
Umschlaggestaltung: U.O.R.G. Lutz Eberle, Stuttgart
Druck: CPI books GmbH, Leck
Printed in Germany
ISBN 978-3-8392-2122-8

Der Inhalt des vorliegenden Romans, seine handelnden Personen, Namen, die erwähnten Firmen und Gesellschaften sind frei erfunden. Jede Ähnlichkeit mit tatsächlich lebenden oder verstorbenen Personen sowie real existierenden Firmen und Gesellschaften wäre Zufall und ist von der Autorin nicht beabsichtigt. Äußerungen zu Personen des öffentlichen, politischen Lebens basieren auf Medienberichten.

»Recht hat nichts mit Gerechtigkeit zu tun.«

(Prof. Robert Walter, Zitat/Vorlesung:
»Einführung in die Rechtswissenschaften«, 1986)

SAMIRA

Niemand mag den Montagmorgen.

Ganz besonders nicht mit einem Brummschädel vom Weihnachtspunsch und abgefrorenen Fingern, die kaum den Schlüssel spüren, der in den schmalen Schlitz des Schlosses gesteckt werden soll.

Ihr Blick fällt auf das Messingschild, auf dem in schnörkeliger Schrift *»Frank, Fürstenstein & Ferstl, Rechtsanwälte und Verteidiger in Strafsachen«* steht. Wieder ein Jahr vorbei, ohne in ihrem Lebensplan weitergekommen zu sein. Samira seufzt. Wenn man in Wien Samira Dinic heißt, glauben alle, man ist Putzfrau oder Friseurin. Samira jedoch hat etwas aus sich gemacht – hat die Sekretärinnenakademie besucht, einen guten Job an Land gezogen und endlich auch Aussichten auf eine gute Heirat. Wobei, das mit der Heirat ist zum Problem geworden. Egal. Das neue Jahr wird ihr Neubeginn. Keine Spielchen mehr, dafür Nägel mit goldenen Köpfen machen.

Licht an, die Bühne ist bereit für das alltägliche Theaterspiel der Justiz. Mantel an den Haken, Mütze und Handschuhe zum Trocknen auf den Heizkörper. Er ist brennheiß. Im ganzen Vorraum kocht die Luft. Muffig, mit einem leichten Anflug von Fäkalien. Die Tür zur Toilette war geschlossen, und die Porzellanmuschel ist sauber, trotzdem betätigt Samira zur Sicherheit die Spülung. Diese Hitze! Der Thermostat ist auf 30 Grad Celsius eingestellt; kopfschüttelnd tippt sie eine 20 ein, klappt das Kästchen zu. Es fehlt an Sauerstoff, Schweiß klebt die Bluse unter ihren Achseln fest. Sie geht ins Sekretariat, lässt Winterluft hereinströmen, atmet auf. Radio an, gerade noch die Acht-Uhr-Nachrichten erwischt. Es bleibt kalt. Zeit für Kaffee.

In der Teeküche ist die Spüle randvoll mit Geschirr. Also haben die Anwälte am Wochenende gearbeitet und wie üblich den Geschirrspüler nicht gefunden. Sie füllt den Tank der Espressomaschine mit frischem Wasser und lässt Kaffeebohnen durch das Mahlwerk rasseln. Nebenher wird der Geschirrspüler ausgeräumt. Im Kühlschrank finden sich zwei Milchpackungen. Einem Caffè Latte steht nichts im Weg, dieser Montag ist gerettet.

Mit dem Kaffeeglas in der Hand macht Samira ihre Runde durch die Büros ihrer Chefs, öffnet die Fenster, nimmt unterwegs eine schmutzige Kaffeetasse mit und geht damit in die Teeküche. Bis zum Erscheinen des ersten Anwalts um 9.30 Uhr hat sie noch reichlich Zeit.

»Der Weihnachtsbaum also«, spricht sie mit sich selbst. Siegfried Fürstenstein hat zwar versprochen, das alljährliche Baumschmücken zu übernehmen, doch in den fünf Jahren ihrer Tätigkeit für die Anwaltskanzlei hat am Ende immer sie selbst den Baum aufgeputzt.

Vorraum oder Besprechungszimmer sind die möglichen Standorte für die Tanne, und dieses Jahr hat sich wegen der extrem ausladenden Zweige das Besprechungszimmer durchgesetzt. Kein Wunder, der Raum ist riesengroß, größer als Samiras eigene Wohnung. Bei Bedarf übernachten die Anwälte hier. Es gibt zwei Schlafsofas, einen Flachbildschirm, Barbereich und einen ovalen Besprechungstisch. Ein dicker Wollteppich liegt auf dem Eichenparkett wie eine verirrte Wolke. Sogar ein eigenes Bad steht zur Verfügung. Und immer noch reichlich Platz für einen Dreimeterbaum.

Samira nimmt einen Schluck Kaffee und stößt die Tür auf. Beißender Gestank, durch die hohe Temperatur im

Raum verstärkt, raubt ihr den Atem – eine Mischung aus Ammoniak, Schwefel und Buttersäure – haben sich die Tore der Hölle geöffnet, just in der heiligsten Zeit des Jahres? Wenn, dann treffsicher in einer Rechtsanwaltskanzlei, verzieht Samira angewidert das Gesicht und hält sich den Arm vor Nase und Mund, hastet auf ein Fenster zu, um es aufzureißen. Erleichterung setzt ein, als die frische Luft ins Zimmer strömt.

Im Nacken fühlt sie ein Befremden, ein Prickeln und Nagen; sie möchte sich umwenden, scheut jedoch davor zurück. Das dämonische Gefühl entwickelt ein Eigenleben, bläht sich wie eine Kröte auf, droht zu platzen. Irgendetwas stimmt heute ganz und gar nicht, und ohne es zu wissen, ist sie dem Epizentrum der Ungeheuerlichkeit ganz nahe gekommen, das weiß irgendeine geheime Instanz in ihrem Kopf. Samiras Härchen an Armen und Beinen richten sich auf, sträuben sich gegen die Vorahnung, die jede Zelle ihres Körpers erfasst. Das Kaffeeglas in der Hand zittert in der eisigen Luft, die ihre Frisur zerzaust. Aus dem Radio im Sekretariat schmettert »Last Christmas« herüber, ganz normal, ganz alltäglich. Alles nur Einbildung, Fantasterei, redet sie sich gut zu. Samira dreht sich um, sieht zuerst die silberne Spitze der Tanne, folgt mit dem Blick der Lichterkette, die nur eine Hälfte der Zweige bedeckt.

Die untersten Äste berühren Männerbeine, das Gesicht ist im zentimetertiefen Wollteppich verborgen, die Arme sind angewinkelt, die Hände zum Hals ausgerichtet. Der Hals … Samiras Brust hebt sich, saugt Luft in die Lungen, atmet gegen das Schwarz an, das in sie eindringen will. Diesen dunkelblonden Haarschopf kennt sie, der weiße Hemdkragen, das Muttermal hinter dem Ohrläppchen … Sie hat es tausendmal geküsst, weil es ihn stets erregte und zu neuen Taten anstachelte. Jetzt zieht ein dünnes Kabel eine tannengrüne Trennlinie rund um den Hals, und Splitter von Glaslämpchen schneiden in die lila Haut. Darm und Blase haben ihre Dienste längst eingestellt und sich entleert. Marionettenfäden zwingen sie näherzukommen. Die Beine bewegen sich mechanisch. Sie sieht den Körper auf der weißen Wolke. Kein Arzt der Welt kann ihm mehr helfen – sie weiß es. Ihre Hände sind taub, das Glas entgleitet, verspritzt seinen Inhalt über Leiche und Teppich.

»Siegfried?« Ihre Stimme krächzt den Namen des Geliebten. »Siegfried?« Auf Knien kauert sie über seinem Leichnam. Berührt sachte seine Schultern, sein Haar, starrt wie hypnotisiert auf das Kabel, das um seinen Hals läuft. Ihre Kehle ist trocken. Er ist tot. Tot, ohne Zweifel, ohne Rückkehr. Das kann nicht sein. Jetzt rüttelt sie an seinen Schultern, hört sich »Nein« schreien, zieht und zerrt, bis er sich herumwälzen lässt und ausdruckslose Augen sie anstarren. Alles in ihr bäumt sich auf, Säure in ihrer Kehle lässt sich nicht aufhalten. Kaffee und heller Frühstücksbrei ergießen sich über das Unfassbare. Keuchend liegt sie auf die Unterarme gestützt neben ihm, fühlt nur die Krämpfe in Magen und Gedärm. Alle Gedanken sind abgeschnitten, dumpfer Wahnsinn breitet seine Schwingen über ihren Verstand. Er wird an Siegfrieds statt bei ihr bleiben.

KAPITEL EINS

1. ADVENTWOCHE

Ganz Wien war weihnachtssüchtig.

Im August Lebkuchen, ab September Lametta, und spätestens der Oktober brachte Adventskalender und Nikoläuse in jeden Supermarkt; Weihnachten hatte den Vorlauf einer Fußballweltmeisterschaft. Mitte November schossen die Punschstände und Christkindlmärkte aus jedem unbebauten Flecken Asphalt mitsamt den dazugehörigen, dicht gedrängten Pulks an Menschen. Man musste schon einen starken Glauben haben, um das auszuhalten – welchem man auch immer frönte – lediglich an die Vernunft der Menschheit zu glauben, reichte jedenfalls nicht aus.

Franziska schob die Mütze tiefer in die Stirn und zog den Reißverschluss ihrer Jacke ganz nach oben. Die letzten zwei Geschenke einkaufen, und Weihnachten wäre erledigt, dann stand einem vollständigen Rückzug aus den Einkaufsstraßen und Marktplätzen für die kommenden vier Wochen nichts mehr im Wege. Ein weiterer Pluspunkt ihres Entschlusses, mit kommendem Jahr auszusteigen und sich einen vorzeitigen Ruhestand zu gönnen. Keine panischen Weihnachtseinkäufe am 23. Dezember mehr, sondern am Vormittag shoppen, wenn alle anderen arbeiteten. Wenigstens war es in dieser ersten Adventwoche eiskalt. Nichts war schlimmer, als bei plus 15 Grad Celsius an jeder Ecke den Geruch von Glühwein einzuatmen und unentrinnbar von Weihnachtsliedern beschallt zu werden. Aber was soll die ganze Nörgelei, Ziska, rief sie sich selbst zur Raison, ist die Alternative vielleicht verlockender? Durchgehende Düsternis von Oktober bis März? Dann schon lieber Lichterzauber und Glitzerkram mangels echtem Schneefall. Das grimmige Grinsen in Franziskas Gesicht weckte das Interesse eines Zettelverteilers an der Ecke zur Rotenturmstraße.

»Kommen S' zum Stadtheurigen. Ein Punsch gratis!«

»Nicht mal wennst mir einen Liter spendierst, Burschi«, zwinkerte sie dem Jungen im Vorbeigehen zu und nahm den Gutschein nicht entgegen. Er schmunzelte und ließ den Zettelarm sinken.

»Du kennst di' aus, Omi.«

»Pass auf, was d' sagst!«, drohte sie ihm mit dem Zeigefinger und lachte amüsiert auf. Omi, sagt der zu mir. Junghupfer! Ich bin doch erst … Franziska dachte an ihr Geburtsjahr und schürzte die Lippen. Rein rechnerisch gesehen war sie fast 60, aber mental – höchstens 28. Sie blickte nach oben; die überdimensionalen Glitzerkugeln der Rotenturmstraße baumelten, roten Planeten gleich, träge im Wind. Als wäre das alles ein großes Bordell – und mit diesem Bild im Kopf genoss Franziska den Einkaufsbummel gleich um ein Vielfaches.

»Guten Morgen, Frau Doktor!«, rief ihr die Betreiberin des Teeladens in der Wollzeile entgegen, kaum dass sie den Fuß über die Schwelle setzte. »So früh haben S' ja noch nie die Weihnachtspackerln abgeholt.« Ausgewählte Spirituosen kombiniert mit einer speziellen Teemischung kamen jedes Jahr gut bei der Stammklientel der Kanzlei an.

»Das geht auch nur, weil ich die Juristerei an den Nagel gehängt habe. Ein bisserl unterstütze ich noch die Kollegen …« Franziska bemerkte die Wehmut in ihren Worten und senkte den Blick auf die Hände der Ladenbesitzerin. Aus einer Teekanne goss diese jadefarbigen Tee in zwei Schalen.

»Ein China Oolong, ganz neu hereinbekommen. Den werden Sie lieben. Würzig und fruchtig, voller Körper.« Sie hielt ihr die dampfende Schale hin. Vorfreude erfüllte Franziska bei dem Gedanken, die steif gefrorenen Finger daran zu wärmen. »Nicht zu fassen, dass Sie mit dem Ruhestand ernst gemacht haben. Sie waren doch mit Ihrem Job verheiratet«, ergänzte sie und schob einen Porzellanteller voller Miniaturkekse näher zu Franziska. »Zimtstern?«

»Gesundheit geht vor.« Franziska nahm einen kräftigen Schluck und genoss die sich ausbreitenden Wellen an Wärme und Wohlgefühl. »Ich mache seit sechs Monaten täglich Sport. So fit war ich mit 20 nicht.« Was so eine Brustoperation alles auslösen konnte. Ein gesamtes Lebenskonzept war mit einem Streich hinfällig geworden. Sie hatte sich neu erfinden müssen, feilte nach wie vor an dieser ungewohnten Form ihrer selbst. »Allerdings, aus einem Fiakergaul macht man nicht von heute auf morgen einen Lipizzaner.«

Die Ladenbesitzerin gurrte das Lachen der Solidarität. »Sie sind mein Vorbild, Frau Ferstl. Noch zwei Jahre und ich übergebe das Geschäft meinem Nachfolger. Dann genießen mein Mann und ich endlich, was wir uns aufgebaut haben. Bevor es zu spät ist.«

»Genau das habe ich auch vor«, stimmte Franziska zu, »im Frühling geht's auf nach Südfrankreich.«

»Ernsthaft?« Der Nachsatz – in ihrem Alter – hing zwischen den Frauen. »Mit dem Motorrad?«

»Kein Motorrad – auf meiner Harley Davidson. Ein feiner, alles entscheidender Unterschied.« Einer Burgtheater-Inszenierung gleich ertönte just im selben Moment aus

Franziskas Handtasche die Hymne »Born to be wild«. »Pardon«, entschuldigte sie sich und kramte das Handy hervor. Die Ladeninhaberin wandte sich ab, holte die vorbereiteten Tragetaschen aus der Abstellkammer.

Am Display stand das Wort »Kanzlei«.

»Ferstl«, meldete sich Franziska gewohnt scharf.

»Frau Doktor, sind Sie in der Nähe?« Das Lehrmädchen war am Apparat, Franziska erkannte sofort den schwerfällig-schleppenden Tonfall mit dem zarten Lispeln. Ein schlechtes Zeichen allemal, die Kleine ließ man nur in Notfällen telefonieren.

»Nathalie, was ist los? Ist wer krank?«

»Krank? Wieso?«, kam es verwirrt von der anderen Seite der Leitung, und Franziska verdrehte reflexartig die Augen zur Decke. »Nein, Frau Doktor. Es ist viel schlimmer. Kommen S' bitte. Gleich. Ich weiß einfach nimmer, was ich tun soll ...« Die Verbindung riss ab. Franziska lauschte dem Besetztzeichen nach und versuchte, sich einen Reim auf diese wirre Ansage zu machen. Nathalie Pospischil konnte man durchaus als eigenartiges Mädchen bezeichnen. Sie hatte schwarz gefärbtes Haar, kajalschwarze Augen, natürlich gleichfarbigen Nagellack. Die Tattoos immerhin waren grau und genauso düster, wie kleine Totenköpfe und Drudenfüße nun eben mal aussehen. Derart seltsam wie eben hatte Franziska sie jedoch noch nie erlebt.

Die Rechnung war rasch beglichen, und Franziska verabschiedete sich von ihrer Teefreundin mit einem kurzen Gruß, in Gedanken schon in der Kanzlei.

»Die anderen Taschen holt das Lehrmädel?«, fragte die Ladenbesitzerin.

»Wenn sie nicht komplett übergeschnappt ist, jedenfalls. Ich schau mal besser nach.« Damit trat Franziska zurück auf die Straße, nur wenige Gassen von ihrer ehemaligen Kanzlei und einer Katastrophe biblischen Ausmaßes entfernt.

*

Es brauchte keine fünf Minuten in die Rosenbursenstraße – von Weitem schon sah Franziska den Einsatzwagen der Spurensicherung und fluchte. War das Mädel also nicht übergeschnappt, sondern hatte die Wahrheit gesagt.

»Verdammter Mist«, entfuhr es ihr neuerlich, diesmal lauter, sodass sich ein alter Mann vor ihr auf dem Gehsteig angesprochen fühlte. So gut er es noch konnte, war er zur Seite gesprungen und drehte sich mit erhobener Faust zu ihr um.

»He, Sie! Was fällt Ihnen ein! Sind S' narrisch worden?«

»Aber ja!«, fauchte sie zurück und hielt auf die Haustür zu. Im Treppenhaus waren Stimmen zu hören. Ein Mann, eine alte Frau. Im Hochparterre wohnte Frau Hohenfellner – war sie der Grund des Einsatzes? Franziska schämte sich für die Hoffnung, die sie bei diesem Gedanken überkam. Nicht, dass sie der alten Schreckschraube ein Unglück an den Hals wünschen würde, aber ein normaler Mensch wünscht sich naturgemäß, dass der Blitz beim Nachbarn einschlägt und nicht im eigenen Haus. Selbst wenn die Kanzlei eigentlich nicht länger in ihre Zuständigkeit fiel. Eigentlich.

Franziska stapfte die Treppen hoch, fühlte, wie das Gewicht ihrer Einkaufstaschen links und rechts nach unten zog. Jetzt wurde die Unterhaltung deutlicher, und nur deswegen verlangsamte sie ihren Schritt.

»Ich danke Ihnen für Ihre Aussage, Frau Sektionschefin Hohenfellner.«

»Nicht der Rede wert, junger Mann! Das ist meine Staatsbürgerpflicht, nicht wahr? Aber wegen des Protokolls – Sie sehen ja selbst, wie schlecht ich gehe, zu Ihnen aufs Präsidium schaffe ich es nicht.«

»Ein Beamter wird vorbeikommen, machen Sie sich deswegen keine Sorgen.«

Franziska stand am Treppenabsatz und beobachtete die betuliche Gestalt mit dem lila Haargespinst auf dem Kopf. Der Chihuahua auf ihrem Arm hatte die Figur einer Elefantenrobbe mit Kaninchenvorfahren.

Kaum bemerkte Hohenfellner Franziska, weiteten sich ihre Augen und das Kinn wies in ihre Richtung. Die von Adern durchzogene Hand griff nach dem Türknauf. »Inspektor Sutel, jetzt kommt eine der Anwälte«, warnte sie den Mann auf dem Schuhabstreifer, ohne Franziska aus den Augen zu lassen. »Grüß Gott, Frau Doktor«, sagte Hohenfellner mit dieser Mischung aus süßlicher Arroganz und Neugierde im Unterton.

Besagter Inspektor drehte sich herum und nickte ihr zu. »Na endlich.«

Franziska hob eine Augenbraue und machte sich nicht die Mühe, ihren Ärger zu verbergen. »Kann ich Ihnen helfen? Was ist hier überhaupt los?«, forderte Franziska zu wissen. Hohenfellners Gesicht verriet höchste Anspannung, ein Tremor machte sich bemerkbar und der Hund begann zu kläffen. Was er stets tat, sobald er Franziskas Stimme hörte. »Ich kann dich auch nicht leiden.«

Hohenfellner kniff die Lippen zusammen, machte einen Schritt zurück in ihre Wohnung, konnte sich aber nicht dazu entschließen, die Tür zu schließen. »Ruhig, Cicero, ruhig«, tätschelte sie die Kaninchenrobbe. In dem Höllenlärm machte es keinen Sinn, die Unterhaltung mit dem Inspektor fortzuführen. Franziska deutete ihm, ihr zu folgen und stapfte die Treppen weiter hinauf. Als sie im 1. Stock vor dem Eingangsbereich der Kanzlei standen, fiel unten die Tür ins Schloss und das Gekläffe verstummte.

»Na endlich«, seufzte sie und blickte stirnrunzelnd auf das Absperrband, das sich zwischen den Türrahmen spannte.

»Wieso Cicero?«, fragte der Inspektor, und Franziska drehte sich nach ihm um. Der Mann hätte gut und gern US-Soldat sein können, so groß und breitschultrig, wie er vor ihr stand. Sie schätzte ihn auf 35 und nahe einem Burn-Out, nach der Tiefe seiner Augenringe zu schließen.

»Sie war vor 100 Jahren Professorin für Latein auf einer Allgemeinbildenen Höheren Schule.« Sein Lächeln währte eine ganze Sekunde.

»Inspektor Sutel, Kriminalpolizei. Sie sind die Frau Doktor Ferstl?«

»Bin ich – und jetzt klären Sie mich auf!« Im selben Moment wurde die Tür aufgerissen, und ein junger Mann trat in den Türrahmen.

»Wir sind hier fertig«, sagte er und riss das Band weg.

»Gut.« Sutel trat zur Seite, um ihn vorbeizulassen. »Ich will den Bericht so schnell wie möglich.«

»Mal was Neues.«

Eine Karawane Männer und Gerätschaften bewegte sich an Franziska vorbei. Was zum Teufel war hier los?

»Die Spurensicherung – in meiner Kanzlei?« Sie hörte, wie schrill ihre Stimme klang. Der Inspektor hob beschwichtigend die Hände und wies ins Innere der Wohnung. Franziska stürmte hinein und blickte sich in Erwartung umgekippter Möbel, ausgeraubter Vitrinen und ausgeleerter Laden um. Aber da war nichts, alles sah aus wie immer, und doch …

»Frau Doktor Ferstl, wann haben Sie Ihren Kollegen Doktor Fürstenstein zuletzt gesehen?«

»Fürstenstein? Was ist mit ihm?«

»Beantworten Sie bitte meine Frage, Frau Doktor.«

»Von wegen! Was war hier los?« Franziska lief ins Sekretariat, wo Nathalies voluminöse Gestalt zusammengesunken auf ihrem Platz saß und in die Luft starrte. Kein ungewöhnlicher Anblick, für Nathalie war diese Pose völlig alltäglich, jedoch war weder ein PC angestellt noch befanden sich Lautsprecherknöpfe in Nathalies Ohren, und das war zutiefst beunruhigend. Langsam drehte sich das Mädchen ihr zu. »Nathalie! Kindchen, wie sehen Sie denn aus?« Kajalschlieren quer über die Wangen gaben dem blassen, runden Gesicht etwas Gespenstisches.

»Der Herr Doktor ist tot!«

»Der Fürstenstein?«

»Ja, der. Erwürgt.« Nathalie fasste sich an den eigenen Hals, um den ein schwarzes Lederband mit Silberring befestigt war. »Unterm Christbaum!« Sie bleckte die Zähne wie ein verschrecktes Hauskätzchen, zeigte dabei die durchsichtigen Brackets ihrer Zahnspange, über die sie gewohnheitsmäßig mit der Zunge strich.

Franziska wirbelte zum Inspektor herum. Im ersten Reflex schien er »Was kann ich dafür!« sagen zu wollen, räusperte sich jedoch rechtzeitig.

»Augenscheinlich«, bestätigte er fürs Erste die Aussage des Lehrmädchens. »Sie müssen mir jetzt ein paar Fragen beantworten.«

»Moment mal.« Franziska hielt ihn sich mit ausgestreckter Hand auf Distanz und konzentrierte sich auf Nathalie. »Heißt das, Sie haben ihn gefunden?«

Das Mädchen nickte, wandte sich ab und begann an ihrem Fingernagel zu kauen.

Franziska fühlte, wie Blut in ihrem Kopf pulsierte, die Wangen heiß wurden und die Zornesfalten zwischen den Augenbrauen tiefe Kerben zogen. Aufgebracht wandte sie sich an Sutel. »Und es ist kein Arsch von Psychologe hier, um eine offensichtlich traumatisierte Zeugin von gerade mal 17 Jahren zu betreuen?«, polterte sie los, spürte, dass sie sich einbremsen sollte … »Was ist das für ein Scheißverein!« Sie stürzte auf Nathalie zu und blieb abrupt vor ihr stehen. Unbeholfen begann sie, deren Schultern zu tätscheln. »Schätzchen, ich bin ganz schlecht in solchen Dingen. Was machen wir nur mit Ihnen? Was kann Ihnen helfen? Ich persönlich könnte jetzt einen Bourbon vertragen …«

»Ist schon gut«, blickte Nathalie aus Alice-Cooper-Augen zu ihr hoch. »Auf Bourbon muss ich kotzen seit meiner letzten Whisky-Cola-Vergiftung.«

»Frau Ferstl, jetzt hören Sie mir mal zu«, mischte sich Sutel ein. »Sie wissen genau, wie knapp die Ressourcen sind. Wir mussten erst mal die andere Sekretärin versorgen. Das Fräulein hier schlägt sich prima, das ist eine ganz mutige Person.« Er nickte Nathalie anerkennend zu. »Wir beide waren schon eine Zigarette rauchen, und ich hätte sie nicht allein gelassen, bis sich jemand um sie kümmert. Zuallererst brauche ich jetzt Ihre Aussage, das hat Priorität.«

Franziska blickte von den errötenden Wangen ihres Lehrmädels auf die angespannte Miene des Inspektors. »Kommen Sie mir nicht so«, knurrte sie ihn an. »Nathalie bekommt auf der Stelle eine Krisenintervention.«

»Lassen Sie, Frau Doktor, ich warte sowieso, bis Doktor Thesch kommt.« Auf einmal wirkte Nathalie lebhaft und völlig klar bei Sinnen, ja sogar das Lispeln klang charmant. »Er wird in einer Dreiviertelstunde da sein. Jemand muss ihm doch mit den ganzen Terminen helfen, die jetzt der Doktor Fürstenstein nicht wahrnehmen kann.«

Daher weht der Wind, nickte Franziska über ihre plötzliche Erkenntnis. Natürlich! Das Kind war ja seit dem ersten Tag im Dienste der Anwaltskanzlei in Kurt Thesch verschossen, machte große Kuhaugen, wenn er durch den Raum ging, und freiwillig Kaffee, wenn er welchen verlangte.

»Er braucht mich jetzt, wo die Samira im Spital ist ...«

Schon wieder eine Katastrophenmeldung. Samira im Spital, Fürstenstein erwürgt, das traumatisierte Lehrmädel, den Inspektor im Genick ... die Informationen drehten sich in ihrem Kopf wie ein Ringelspiel unter Starkstrom.

»Wo ist Maximilian, ich meine, Doktor Frank?«, fragte sie schärfer als beabsichtigt.

»Er hat heute Vormittag Verhandlungen am Straflandesgericht«, berichtete Nathalie, den Rücken stolz durchgedrückt. »Er kommt gegen 14.00 Uhr. Der Inspektor hat gemeint, ich soll ihn nicht anrufen.«

»Wieso?«, schoss Franziska augenblicklich Sutel an und warf ihm einen argwöhnischen Blick zu.

»Sie werden ihn ebenfalls nicht verständigen, Frau Doktor«, erwiderte er und sein Tonfall indizierte den Befehl dahinter. »Ich werde ihn selbst von den Vorfällen unterrichten.«

Das Kitzeln einer Schweißperle, die in aller Langsamkeit ihre Schläfe entlang lief, erinnerte Franziska daran, endlich die Mütze abzunehmen. Mit einem ergebenen Seufzen riss sie sich das wollene Ungetüm vom Kopf und streifte die Handschuhe ab. Mit den Fingern strich sie durch ihre Salz-und-Pfeffer-Locken.

»Süße, wir warten hier mit Ihnen, bis die Psychologin kommt. Hören Sie in der Zwischenzeit ihre seltsame Musik oder spielen Sie »Bloodline« oder »Solitär«, mir egal. Ich koche uns heiße Schokolade und rede mit diesem Inspektor. Wenn Ihnen komisch zumute ist, kommen Sie zu mir.« Ganz bewusst stellte sich Franziska vor Nathalie und sah ihr fest in die Augen. »Notfalls kann ich Sie auch in den Arm nehmen oder was man halt tun muss, in solchen sch… ähm, blöden Situationen. Verstanden?«

Nathalie lächelte sie verschüchtert an, vermutlich fürchtete sie nichts mehr, als von der großen, barschen Frau Doktor Ferstl in den Arm genommen zu werden.

»Und jetzt kommen Sie mit, Inspektor. Teeküche. Da erzählen Sie mir, was passiert ist.«

*

Die Teeküche war ein kleiner, schlauchartiger Raum, allerdings modernst ausgestattet. Während Sutel sich auf einen der Barhocker setzte und auf der schmalen Eichenbar abstützte, bediente Franziska die Chromteile der Kaffeemaschine und wärmte nebenbei auf dem Ceranfeld Milch.

»Ich hasse die Mikrowelle – am liebsten koche ich auf richtigem Feuer.« Mit einem Schneebesen rührte sie Kakao in die aufsteigende Milch ein. »Was war hier los?«

Sutel musterte sie eingehend, das konnte Franziska trotz abgewandtem Gesicht fühlen. Wahrscheinlich würde er, wie die meisten anderen Leute, einer Anwältin ohne Kostüm und Perlenhalskette nicht über den Weg trauen. Sie war nun mal der sportliche Typ, meist in Jeans und Lederjacke unterwegs, trug statt Stöckelschuhen lieber Stiefel, an denen Ölspuren ihres Bikes klebten. Wimperntusche und

Lippenstift verwendete sie lediglich an Heiligabend, im Theater oder für Termine bei Gericht. Sie blinzelte über die Schulter und war von seinem anerkennenden Blick erstaunt.

»Sie sind eine energische Frau.«

»Ich setze mich in einem Männerberuf durch, da kommen Sie ohne Ellenbogen nicht weit.« Sutel seufzte, und Franziska meinte etwas wie ein Schmunzeln auf seinen Lippen zu entdecken.

»Sie würden ja doch keine Ruhe geben. Gut. Ihr Kollege Siegfried Fürstenstein wurde heute Morgen von der Sekretärin Samira Dinic tot aufgefunden. Im Besprechungsraum, unterm Tannenbaum. Frau Dinic erlitt einen Nervenzusammenbruch und war nicht in der Lage, die Polizei oder Rettung zu verständigen. Erst nachdem das Lehrmädchen Nathalie Pospischil die Räume der Kanzlei auf der Suche nach Frau Dinic abgesucht hatte und diese völlig außer sich vorfand, wurden wir eingeschaltet. Der Tatort war eine einzige Katastrophe: Dinic hatte Kaffee quer über die Leiche gegossen, sich danach übergeben und alles angegriffen, was in ihrer Nähe war. Als wir sie antrafen, war sie völlig von Sinnen. Der Notarzt hat sie augenblicklich sediert, und obwohl ich sie nicht mehr vernehmen konnte, war ich heilfroh darüber.«

Franziska ließ sich auf dem Barhocker gegenüber nieder und starrte den Inspektor an. Sutels Worte hatten lebendige Bilder in ihren Kopf gepflanzt, von denen sie nicht glauben wollte, dass sie sich tatsächlich hier, in den vertrauten Räumlichkeiten ihrer Kanzlei, abgespielt hatten. Ihre Hand tastete verstohlen nach der Stelle seitlich der linken Brust, wo die Operation eine tiefe Delle hinterlassen hatte.

»Mein Gott, die arme Frau.«

»Mit der Spurensicherung sind wir jedenfalls fertig. Die persönlichen Sachen von Fürstenstein bin ich bereits durchgegangen.« Sutel verlagerte das Gewicht, kam ihr ein Stück entgegen. »Hatte Frau Dinic ein Verhältnis mit Siegfried Fürstenstein?«

»Woher soll ich das wissen?«, murmelte Franziska und konnte ihre Gedanken nicht von der Vorstellung der durchdrehenden Sekretärin über Siegfrieds Leiche lösen. »Das letzte Dreivierteljahr war ich hauptsächlich mit meinen eigenen Angelegenheiten beschäftigt.«

»Sie waren krank?«

»Warum fragen Sie, wenn Sie es längst wissen?«

Sutel verbarg nicht, wie sehr ihn ihre brüske Art verstimmte. »Ist Ihnen davor etwas aufgefallen?«

»Nein.« Franziska antwortete rasch und begann im selben Moment zu zweifeln, versuchte, sich an Begebenheiten zu erinnern, in denen die beiden miteinander gesprochen, Blicke getauscht oder sich ein Lächeln geschenkt hatten – es hatte in der Tat Geplänkel gegeben.

»Sie haben viel miteinander gelacht«, sagte sie. Das war doch das Netteste an einem Mann, wenn er eine Frau zum Lachen brachte.

»Interessant«, reagierte Sutel sofort und kritzelte etwas in sein Notizbuch. »Wie war seine Ehe?«

»Fragen Sie das gefälligst seine Frau«, knurrte sie ihn an. Dachte er, sie sei ein Tratschweib? »Woran ist Siegfried gestorben?«

Indigniert stieß Sutel Luft aus und lehnte sich zurück. Mit zusammengekniffenen Augen und vor dem Körper verschränkten Armen fixierte er sie. »Mit der Lichterkette erdrosselt, wie's aussieht. Wollte den Baum schmücken und wurde dabei unterbrochen.«

Franziskas Gesicht blieb unbewegt, während sich ihre Fantasie ein weiteres Bild ausmalte, in dem ihrem Kollegen rücklings ein Kabel um den Hals geschlungen wurde und er verzweifelt versuchte, seine Finger darunter zu schieben. Fast hörte sie sein Krächzen und das Röcheln am Ende, kurz bevor es vorbei war. Ein abscheulicher Tod. Sie hasste ihre blühende Fantasie.

»Keinerlei Hinweise auf einen Einbruch. Und wenn wir schon dabei sind: Wo waren Sie am Sonntag, zwischen 15.00 und 18.00 Uhr nachmittags?«, riss Sutel sie aus ihren düsteren Gedanken.

Augenblicklich nahm sie die Hand von ihrer Narbe, räusperte sich und schlüpfte zurück in die Rolle der Anwältin. »Im Haus meiner Schwester Gertrude Strebersberger in Purkersdorf«, gab sie zur Antwort. »Wir haben den ganzen Nachmittag lang Kekse gebacken und Glühwein getrunken.« Sutels amüsierter Blick reizte sie. »Glauben Sie nicht, dass ich backen kann?«, herrschte sie ihn an, musste jedoch schmunzeln. »Ehrlich gesagt bin ich vor allem eine moralische Unterstützung für meine Schwester und hauptsächlich für den Glühwein zuständig. Mein Spezialgebiet. Die Adventsonntage laufen seit Jahrzehnten so ab. Nur schwere Krankheit wird als Entschuldigung akzeptiert.«

»Wer könnte sonst gestern in der Kanzlei gewesen sein?«, bohrte Sutel nach. »Doktor Frank?«

»Hören Sie, von mir werden Sie keinerlei Spekulationen zu hören bekommen. Ich gebe gern Auskunft über Fakten, halten Sie sich daran!«

Jetzt sah sein Gesicht einer Tomate verteufelt ähnlich. »Das ist eine polizeiliche Ermittlung, kein Plauderstündchen. Geben Sie gefälligst Antwort auf meine Fragen!«

Franziska verschränkte ihrerseits die Arme vor der Brust und zog eine Augenbraue hoch. »Ich arbeite seit über 30 Jahren mit Dieben, Mördern, Vergewaltigern, Betrügern, sowie Polizisten, Staatsanwälten und Richtern. Glauben Sie allen Ernstes«, sie deutete dabei mit dem Kinn in seine Richtung, »forsche Worte machen bei mir Eindruck?«

Für unendlich lange Sekunden hindurch blickte Sutels Tomatenschädel sie wütend an. Dann begannen sich die schmalen Lippen allmählich zu entspannen und auch der Hautton normalisierte sich. Na bitte, geht doch, dachte Franziska und lächelte versöhnlich. Der arme Junge konnte einem ja auch leidtun, wenn er mit einem alten Pitbull wie ihr klarkommen musste.

»Können wir auf *Neustart* gehen?«, fragte Sutel und klang kein bisschen herrisch dabei, auch wenn Franziska merkte, wie schwer es ihm fiel. Gut. Der Junge hatte was drauf, er konnte sich auf einen mühsamen Gesprächspartner einstellen. Sie nickte ihm aufmunternd zu und er apportierte brav das geworfene Stöckchen.

»Sie sind Partner in der Kanzlei – seit wann?«

»Ich bin mittlerweile nur mehr formal Partner. Aufgrund gesundheitlicher Probleme scheide ich mit Jahresende aus. Wir haben diesbezüglich eine Übergangsregelung getroffen. Vor einem Dreivierteljahr haben wir einen jungen Anwalt ins Team geholt, Doktor Thesch. Er kümmert sich um meine Fälle.«

Sutel hielt den Kugelschreiber über seinem Notizbuch bereit, wartete auf mehr Infos. Als sie verstummte, um den Kakao in eine hohe Porzellantasse zu gießen und ihn mit einem Milchschaumhäubchen zu krönen, hakte er sofort nach. »Wie lange war Fürstenstein hier Partner?«

»Zehn Jahre. Begonnen haben Maximilian Frank und ich vor 31 Jahren. Beruflich gesehen sind wir ein altes Ehepaar. Fürstenstein kam dazu, als unser früherer Partner, Reinherr, einem Herzinfarkt erlegen ist. Das ist kein der Gesundheit zuträglicher Job, können Sie mir glauben.« Mit dem Kakao in der Hand verschwand sie Richtung Sekretariat und war wenige Minuten später wieder zurück bei einem zunehmend ungeduldigen Inspektor, wie sie aus zwei tiefen Kerben zwischen seinen Augenbrauen und einem gebrummten »Na endlich« messerscharf schloss. Seelenruhig ignorierte sie den Inspektor und machte sich an der Espressomaschine zu schaffen. Die Kaffeebohnen rasselten ohrenbetäubend durch das Mahlwerk. Erst als sie dem fertigen Kaffee ein Milchschaumhäubchen aufsetzte, drang Sutel weiter auf Antworten.

»Frau Doktor Ferstl, was können Sie mir über das letzte Wochenende erzählen?« Sutel trommelte mit dem Stift einen galoppierenden Rhythmus auf die Tischplatte. »Wussten Sie, dass Fürstenstein am Sonntag hier war?« Franziska schob Sutel die Kaffeetasse hin. Sein »Danke« kam so tonlos zurück, als hätte er längst nicht mehr mit dieser netten Geste gerechnet.

»Es ist nicht ungewöhnlich, dass am Wochenende gearbeitet wird«, überging Franziska seine momentane Verlegenheit und wandte sich wieder der Espressomaschine zu. »Wochentags ist oft zu viel Trubel durch Gerichtstermine, Klientenbesprechungen und Telefonate. Jetzt, vor Weihnachten, ist sowieso die Hölle los.« Das Mahlwerk kreischte auf, und für ein paar Sekunden war eine Unterhaltung unmöglich. Es knappste und klackte, als griffen riesige Zahnräder ineinander, ehe heißes Wasser mit Hochdruck durch das Kaffeepulver gepresst wurde und schaumige Brühe in die Tasse floss. Dieser Moment der aufsteigenden Röstaromen war fast das Beste am ganzen Kaffeetrinken und lenkte für eine Zehntelsekunde von der Realität ab. Sie warf Sutel einen Blick über die Schulter zu, um sich davon zu überzeugen, dass sie seine volle Aufmerksamkeit hatte. »Soweit ich informiert bin, musste Siegfried heute Früh zum Flughafen, um zu einer Tagung in Brüssel zu fliegen. Da schläft er öfter mal in der Kanzlei. Man ist von hier rascher am Flughafen als von dem Kaff aus, wo er wohnt.«

»Die Fürstensteins haben ein Anwesen in Niederösterreich, das ist bekannt«, überlegte Sutel laut. »Ist Siegfried Fürstenstein ein Sohn des alten Fürstenstein? Ich hab's nicht so mit dem Adel.«

Das Geständnis des Inspektors amüsierte Franziska. Ehe sie der Versuchung erliegen konnte, ihm das Studium einschlägiger Magazine bei Zahnarzt oder Friseur vorzuschlagen, besänftigte sie ihn mit ein paar Fakten. »Vor der Eheschließung hieß er Siegfried Müller«, stellte Franziska klar. »Seine Schwiegerleute nennen – ach, nannten«, sie fühlte einen kleinen Stich in der Brust bei diesem Zeitfehler, der ihr noch einige Male passieren würde, bis Siegfrieds Fehlen unter den Lebenden endgültig Normalität wäre, »sie nannten ihn stets ›den Müller‹ – jedenfalls, wenn er nicht in Hörweite war.« Trotz aller Tragik konnte sie sich einen gewissen Zynismus bei diesem Thema nicht verkneifen. Siegfrieds Beweggründe, den Namen seiner Frau seinerzeit anzunehmen, beruhten schließlich nicht im Geringsten auf edlen emanzipatorischen Prinzipien.

»Also hat er in die Familie eingeheiratet – na, das wird nicht ganz gemütlich gewesen sein.« Sutel nuckelte an seinem Stift und blickte erwartungsvoll Franziska an.

Sie strich sich eine ihrer widerspenstigen Haarlocken hinters Ohr und konzentrierte sich auf ihre Kaffeetasse, schlürfte Milchschaum und leckte sich über die Oberlippe. »Kann sein«, zuckte sie mit den Schultern und entschloss sich dazu, dem Jungen weiterzuhelfen. »Auf sein Geld waren sie jedenfalls scharf genug, um der Eheschließung zuzustimmen. Er war ein Spitzenanwalt.«

Der Inspektor starrte auf seine Notizen. »Auf seiner Wange war eine Narbe; wissen Sie, woher die stammte?« Sutel war aufmerksamer, als sie angenommen hatte. Es war völlig klar, worauf die Frage abzielte. Sutel wusste Bescheid und wollte sie aushorchen.

»Siegfried war in einer schlagenden Studentenverbindung. Deutschnational. Mir gegenüber hat er sich wohlweislich zurückgehalten.« Was hatte sie diesen ewig gestrigen Mist schon auf der Uni gehasst! Doch nach Reinherrs Tod brauchte die Kanzlei dringend neue Klienten, und Siegfried hatte die Reichsten an der Hand gehabt. »Das ist doch Schnee von gestern«, hatte Max zu ihr gesagt. »Jugendsünden.« Franziska schüttelte den Kopf, wollte nicht darüber nachdenken.

»Zu Ihrer ursprünglichen Frage, Inspektor Sutel: Ich kann Ihnen keine Auskunft geben, wer an diesem Wochenende in der Kanzlei war. Ich war es jedenfalls nicht. Aber Kurt Thesch wird in Kürze eintreffen, Maximilian Frank ebenfalls, dann können Sie die Dinge bestimmt abklären.« Ein Kribbeln in der Magengegend meldete sich. Ein sicheres Zeichen, dass sie woanders mehr gebraucht wurde. »Ich gehe zu Nathalie. Da drüben ist es verdächtig still.«

Ohne ersichtliche Gemütsregung blickte Sutel auf seine Armbanduhr und nickte zustimmend.

»Eine Frage noch: Wie war das Verhältnis unter den Partnern – Frank und Fürstenstein, Fürstenstein und Sie, Thesch und Fürstenstein?«

Franziska konnte ein verärgertes Stöhnen nicht unterdrücken. Sie stand auf und trug die Tasse zum Geschirrspüler. »Wir hatten hier alle miteinander ein korrektes Verhältnis. Sehr unterschiedliche Persönlichkeiten, durchaus diametrale politische Einstellungen – aber was die Arbeit anging, waren wir eine Mannschaft. Und darauf kommt es schließlich an.« Sie waren in der Tat ein gutes Team gewesen, hatten Erfolge gefeiert, positive Resonanz in den Medien gefunden und damit stets über eine beneidenswerte Auftragslage verfügt. Selbst mit Siegfried war sie nach einiger Zeit klargekommen. Er hatte das Geschäftsfeld der Kanzlei erweitert, vertrat Investmentfirmen und ausländische Klienten, die er nicht zuletzt aufgrund seiner familiären Beziehungen akquirierte. Im Grunde focht jeder der Anwälte seine eigenen Schlachten und besprach im Team lediglich Organisatorisches. Über knifflige Fälle tauschte sie sich höchstens mit Max aus und genauso hielt Max es. Siegfried war das fünfte Rad am Wagen gewesen. Man hatte höflichen Umgang gepflegt, ohne sich persönlich allzu nahezukommen, und jetzt war es zu spät, Siegfried Fürstenstein besser kennenzulernen. Man würde seinen Leichnam in die gefrorene Wintererde senken und bald vergessen. Seine Kinder würden vielleicht noch eine Weile an ihn denken, aber das väterliche Gesicht würde auch für sie verblassen, seine Gestik, sein Lachen und Wortwitz würden auf einer Fotografie erstarrt ihr Leben begleiten. Wieder legte sich ihre Hand seitlich an die Brust, aktivierte das Körpergedächtnis an Skalpell und Todesangst. Sie hatte einen Aufschub erhalten, durfte dem Leben noch ein paar gute Momente abringen – Siegfried nicht. Wieso war das so? Sie mit fast 60, kinder- und partnerlos, bekam eine Chance; Siegfried dagegen war gerade mal 48 geworden, hatte drei kleine Kinder und eine Frau, bekam die Rote Karte und musste vom Platz. Vor drei Monaten erst hatte er genau an diesem Platz gestanden, neben der Espressomaschine, hatte ihr die Hand auf die Schulter gelegt, und etwas gesagt wie: »Menschenskind, Ziska, ich beneide dich echt nicht wegen der Krankheit, die du auszustehen hast. Aber die Entscheidung, ein neues Leben zu beginnen – weißt du, das hat was.« Gänsehaut hatte sie bekommen. Verdammte Sch…

»Fürstenstein war allseits beliebt?«, riss Sutel sie aus ihren Reminiszenzen.

»Beliebt? Ein Anwalt? Sie machen Witze.« Ihr höhnisches Lachen verstummte genauso rasch, wie es eingesetzt hatte. »Wir machen uns täglich neue Feinde. Neidische Kollegen, enttäuschte Klienten, nicht zu vergessen die gegnerische Seite, die Verbrechensopfer, die sich mitunter ungerecht behandelt fühlen – und wissen Sie was, ich kann es ihnen nicht verdenken.« Sutel stand im Türrahmen und blockierte den Weg. Seine abschätzige Handbewegung erregte ihre Streitlust. Sie trat auf ihn zu, ganz dicht, und fixierte mit ihrem Blick sein arrogantes Gesicht. »Haben Sie Ihren Job damals begonnen, um für mehr Gerechtigkeit in der Welt zu sorgen?« Seine Augen wurden schmal. Natürlich hatte er das. »Was bleibt davon über, so nach zehn, 15 Jahren?« Franziska beobachtete, wie Sutels Kehlkopf in einer Schluckbewegung auf und ab hüpfte. Mein Gott Franziska, jetzt frustrier' doch nicht dauernd die jungen Leut', schimpfte sie mit sich. Die Gerti würde dir jetzt was erzählen. Aber wozu sonst waren die Alten gut, wenn nicht dafür, die Jungen aufzurütteln? Dieser Inspektor hatte Potenzial, da machte es Sinn, ihn ein wenig aus der Reserve zu locken.

»Ein dampfender Haufen Mist, den man Realität nennt.« Sutel machte einen Schritt zur Seite, hielt aber Franziskas Blick stand.

»Trotzdem machen Sie weiter.«

»Irgendjemand muss es schließlich tun.«

Sekundenlang starrten sie einander an. Schließlich schob Franziska das Kinn vor und nickte ihm anerkennend zu.

»Sie haben meine Unterstützung.« Das versprach sie selten einem Kriminalbeamten, normalerweise zog sie ihr Ding alleine durch. Irgendetwas an dem Jungen gefiel ihr, erinnerte sie an sich selbst vor 30 Jahren. Das plötzliche Glimmen in Sutels scheinbar so kalten grauen Augen verriet ihr, dass ihm ihre Worte etwas bedeuteten. Sie hatte sich nicht in ihm getäuscht. Noch nicht.

*

Im Vorraum fiel die Eingangstür schwer ins Schloss, und hastige Schritte näherten sich dem Sekretariat. In Nathalies Gesicht las Franziska wie in einem offenen Buch – das Mädchen war erbarmungswürdig! Pure Vorfreude wechselte sich mit einer Leidensmiene ab.

»Was zum Teufel heißt: Es ist zu schrecklich, um es per Handy erzählen zu können!« Kurt Thesch stand in der Tür in Erwartung einer Erklärung. Sein Blick fixierte Nathalie, die ihm entgegensprang und damit Franziska die Sicht verstellte.

»Ich bin ja so froh, dass Sie da sind, Herr Doktor!« Franziska traute ihren Augen nicht, hatte sich Nathalie doch tatsächlich in Theschs Arme geworfen – dieser seit Jahr und Tag stille Teenager in den schwarzen Klamotten, der kaum den Mund aufmachte und ständig »Jimmy Eat World« hörte, war völlig entfesselt! Für Theschs Gesicht hätte sie zudem Eintritt verlangen können. Wann sah man schon einen eloquenten, gewitzten Mann vollkommen ausgebremst? Sein Mund stand offen, die Arme hielt er seitlich abgespreizt und seine Augen, so weit aufgerissen wie Notausgänge bei Feueralarm, suchten verzweifelt nach ihrer Unterstützung. Es kostete alle Willenskraft, nicht in schallendes Gelächter auszubrechen, sondern ihn stattdessen mit großem Ernst und eindeutiger Gestik zur Erwiderung der Umarmung aufzufordern. Franziskas Marionettenfäden sorgten dafür, dass sich männlich starke Arme um Nathalie legten, genau, was das Mädel brauchte und von Franziska nicht bekommen hatte. So war es jedenfalls um vieles besser für die Kleine gelaufen und dazu auch noch ein lang gehegter Traum wahr geworden. Eigentlich war es der jungen Frau nicht zu verdenken, dass sie wenigstens einmal an der Brust dieses stämmigen Jungen liegen wollte, sie selbst hätte nur zu gern durch seinen dunkelblonden Haarschopf wuscheln wollen.

»Ähm, Nathalie, könnten Sie …«, begann Thesch nach einigen langen Sekunden. »Sie wollten mir etwas sagen – erinnern Sie sich – unser Telefonat.« Dabei schob er sie sanft von sich, legte den Arm um ihre Schultern und führte sie zum Sessel. Mithilfe von Augenaufschlägen und Augenbrauenzucken bedeutete er Franziska, ihm zu helfen. Seine Lippen formten ein: »Was ist los?«, als sein Blick auf den Inspektor fiel, der eben vom WC zurückkam.

»Doktor Thesch, nehme ich an. Mein Name ist Inspektor Sutel, Kriminalpolizei. Können wir in Ihrem Büro ungestört sprechen?«

Thesch blickte von Sutel zu Franziska und dann auf das Mädchen in seinem Arm. »Nathalie, kann ich Sie für eine Weile bei Doktor Ferstl lassen? Oder wollen Sie vielleicht nach Hause gehen – ich bin den Rest des Tages hier und kann mich um die Anrufe kümmern.« Wieder blickte er Hilfe suchend zu Franziska.

»Nathalie wollte noch auf Sie warten, Doktor Thesch.

Ich denke, Sie können sie beruhigt der Krisenintervention überlassen, sobald die mal auftaucht.«

Sutel verschränkte unter Franziskas Blick die Arme vor der Brust und zog die Lippen kraus. Gut so, hab ein schlechtes Gewissen.

Ein Beben ging durch Nathalie, riss die Aufmerksamkeit auf sich. »Nein!«, stieß sie empört aus, und Thesch zog erschrocken seine Hand von ihren Schultern. Nathalies Rücken wurde kerzengerade, als hätte sie durch Theschs Nähe übernatürliche Kräfte getankt. »Ich halte die Stellung und kümmere mich um alles. Gehen Sie nur mit dem Inspektor, ich bringe Ihnen einen Kaffee, wie immer.«

Von der Bandbreite weiblicher Emotionen erschlagen, trat Thesch die Flucht an. »Hier entlang«, wies er dem Inspektor die Richtung und wandte sich mit Dackelblick zu Franziska. »Bleiben Sie noch?« Dieser Tag war noch lange nicht bewältigt.

»Auf alle Fälle«, bestätigte sie, nicht ohne Hintergedanken.

*

Kein Band und kein Siegel verwehrten ihr den Zutritt zum Tatort, und doch würde der Besprechungsraum von nun an nie mehr unbefangen genutzt werden können. Franziska machte einen ersten Schritt über die Türschwelle und nahm den Geruch von Exkrementen wahr. Eigentlich wollte sie zu den Fenstern hinüberlaufen und für Frischluft sorgen, doch da wurde ihre ganze Aufmerksamkeit auf die Tanne gelenkt. Entlang der rechten Seite schlängelte sich eine Lichterkette mit kleinen Lämpchen, die andere Seite war schmucklos. Am Wipfel prangte eine Silberspitze. Zwei große Kartons, gefüllt mit Weihnachtsschmuck, standen an der Kaminwand; silberne Girlanden hingen über den Kartonrand, und einige Schachteln der Swarovski-Kristallsternkollektion lagen obenauf. Die Holzkassette mit verschiedensten Miniaturdarstellungen der Krippenszene, Engeln und Glöckchen lag umgestürzt auf der Seite. War Siegfried im Todeskampf dagegen getreten?

Ihr Blick glitt über den winterweißen Wollteppich. Hier hatte Siegfried seinen letzten Atemzug getan. Franziskas Finger strichen, ohne den Teppich zu berühren, über den von der Spurensicherung gekennzeichneten Bereich. Nach Fäkalien stinkend war hier der Mann verreckt, der selbst nach einem 15 Stunden Tag Parfumduft verströmte. Zutiefst angewidert fühlte sie den eigenen Mageninhalt sauer aufstoßen. Sie hielt es nicht länger auf dem Teppich aus, erhob sich, machte die wenigen Schritte zum Fenster, riss es auf, sog frostige Luft ein.

»Das hat sie auch getan, die Samira.« Das zarte Lispeln kam von der Tür. Erschrocken fuhr Franziska herum und sah Nathalie im Türrahmen stehen. Sie stemmte sich gegen den Türstock, versuchte, nicht weiter in den Raum zu treten. »Ich glaube, sie hat erst danach Doktor Fürstenstein entdeckt.« Das Mädchen starrte Franziska an, mied den Blick in Richtung Tanne.

»Es muss ganz entsetzlich für Frau Dinic gewesen sein, Nathalie. Aber dich bewundere ich sehr – bist so viel stärker, als ich dir zugetraut habe.« Franziska wagte nicht, sich zu bewegen. Nathalie erinnerte sie an ein Reh, das aus dem schützenden Wald hinaus in die Lichtung getreten war.

»Samira hat über ihm gelegen und geschluchzt. Das war …« Die Stimme brach mitten im Satz. Franziska wollte nicht, dass die Tränen, die jetzt die Augen des Mädchens füllten, den Damm der Selbstbeherrschung zum Bersten brachten. »Krass.«

»Verstehe«, erwiderte sie mit erhobenen Händen und ging langsam auf Nathalie zu. Schokoladenduft stieg ihr in die Nase, eigenartig beruhigend. Mit linkischer Geste streichelte sie über Nathalies Rücken. »Hat Samira irgendwas Vernünftiges von sich gegeben?«

»Sie wiederholte ständig, wie sehr sie Siegfried geliebt hatte, dass er tot sei und dann …« Nathalie sah über ihre Schulter, als befürchtete sie, jemand könnte sie belauschen.

»Was denn?« Franziska konnte dieses Zögern nicht aushalten, und ihr Griff an Nathalies Schulter wurde fester. Das war vielleicht nicht sonderlich nett, verschaffte Franziska jedoch die neuerliche Aufmerksamkeit des Mädels.

»Sie schrie es – war ein komplett verrückter Tonfall …«

»Um Himmels willen, Nathalie, was hat sie geschrien?« Franziska meinte, vor verhaltener Ungeduld zu zerspringen. Nathalie schob ihr Gesicht näher an Franziskas Ohr.

»Immer und immer wieder«, flüsterte Nathalie ihr ins Ohr. »›Frank hat ihn ermordet!‹«

Franziskas Kopf drehte sich so rasch herum, dass sie mit Nathalie zusammenstieß. »Frank? Unser Maximilian Frank?« Und da wusste Franziska, nichts würde jemals wieder so sein wie vor diesem Montag.

*

Im Vorraum wurden Stimmen laut.

»Vielen Dank, Doktor Thesch«, hörte Franziska Sutel sagen. »Ich werde Maximilian Frank kaum verfehlen, dafür war er zu oft in den Zeitungen. Es wird am Straflandesgericht nicht viele Typen geben, die wie der Schauspieler Sky du Mont aussehen.«

Die Türglocke schrillte.

Franziska schob Nathalie ungeduldig vor sich her, in Richtung Vorzimmer. Zu Sutel und Thesch hatte sich eine weitere Person gesellt, die mit dem Inspektor sprach. Endlich sah sie, was vorging.

»Nathalie Pospischil, das Lehrmädchen«, begann Kurt Thesch, die Anwesenden vorzustellen. »Frau Magister Sonja Pleider von der Krisenintervention.« Die Psychologin streckte Nathalie die Hand entgegen. Franziska entgingen nicht deren wachsamer Blick und kontrolliertes Gebaren. Die Frau war bereits in ihrer Therapeutenrolle und entsprach auch äußerlich den Vorstellungen einer Psychologin. Dezent geschminkt, die Haare in einem Pferdeschwanz zusammengefasst, flache Stiefel und einen olivgrünen Parka.

»Sie können sich in meinem Büro unterhalten«, schlug Franziska den Frauen vor. »Es liegt abseits und ist gemütlich.«

»Ich muss dann auch los«, warf Sutel ein, in der offenen Wohnungstür stehend. »Auf bald, Frau Doktor Ferstl.«

Thesch und sie blieben allein im Vorzimmer übrig. Sie sahen einander an und seufzten gleichzeitig.

»Schöne Scheiße«, begann er und rieb sich über die Stirn.

»Damit haben Sie den Tag tadellos zusammengefasst«, stimmte Franziska ihm zu. Der Anwalt war kaum über 30 und sprühte zumeist vor Charme und Witz, unterhielt alle mit Anekdoten und war zudem auch noch ein guter Jurist. Heute allerdings war seine Heiterkeit versiegt und er wirkte verloren unter dem Kristallluster, inmitten der kühlen Pracht von Seidentapeten und Biedermeierkommoden. Franziskas Gedanken flatterten im Raum wie aufgebrachte Spatzen, kehrten dabei immer wieder zu Max zurück. Sutel würde ihn am Landesgericht abfangen, ehe er in die Kanzlei zurückkehren konnte. So unvorbereitet konnte sie ihn nicht ins Messer laufen lassen.

»Was hat der Inspektor gesagt, was hat er vor?«, fragte sie in die Stille hinein.

»Er will Frank befragen. Klang nach Routine«, bekam sie zur Antwort. Franziska schnappte sich ihre Handtasche, brummte unwirsch und folgte Thesch in sein Zimmer. Ein Schreibtisch, ein altes cognacfarbenes Ledersofa mit zwei Fauteuils, farbenfrohe Bilder an der Wand – der Raum spiegelte Theschs Persönlichkeit perfekt wider. Franziska ließ sich aufs Sofa fallen und begann, ein SMS zu tippen.

»Für Frank?«

Sie nickte und drückte auf Senden. »Habe dem Inspektor bloß versprochen, nicht anzurufen«, zwinkerte sie Thesch zu. »Bei den Verhandlungen hat er das Handy sowieso im Flugmodus.«

»Sutel ist den Umgang mit Ihnen noch nicht gewohnt«, grinste Thesch, und Franziska hob eine Augenbraue, erwiderte aber sein Lächeln.

»Das nehme ich mal als Kompliment. Inspektor Sutel hat keine Handhabe gegen meine Telefonate.«

»Was haben Sie Frank geschrieben?«, fragte Thesch nach. Franziska hielt ihm das Handy entgegen.

Fürstenstein ist ermordet worden. Inspektor Sutel sucht dich gleich auf. Möglicherweise wirst du verdächtigt. Ich halte mit Thesch die Stellung in der Kanzlei. F

»Er sollte nicht unvorbereitet damit konfrontiert werden«, schloss sich Thesch ihrer Meinung ungefragt an. »Hat er Sie auch nach einem Alibi für gestern gefragt? Ich war zum Glück mit Freunden in Graz, damit hat er mich gleich mal von der Liste gestrichen.«

»Ja, hat er. Ich komme ebenfalls nicht infrage.« Nathalies Worte spukten in ihren Gedanken herum. *Frank hat ihn ermordet.* Himmelherrschaftszeiten – nie und nimmer! Sie kannte Maximilian seit über 30 Jahren – dieser Mann war ein Gentleman durch und durch. Sie hatten gemeinsam studiert, gefeiert und gearbeitet – keiner außer seiner 90-jährigen Mutter kannte ihn besser als sie – also: Max ein Mörder? Das war die Wahnvorstellung einer vom Schmerz umnachteten Irren. Das Licht am Smartphone ging an und »Born to be wild« dröhnte los. »Max?«, meldete sie sich sofort. Seine Stimme tat ihr gut. Sonor, vertraut, kein bisschen aufgeregt.

»Ich nehme an, du scherzt nicht, Mädchen.«

»Kluger Junge. Wir haben hier eine komplett surreale Situation. Frau Dinic ist durchgedreht, nachdem sie Fürstenstein tot gefunden hat. Sie belastet dich.«

»Was?«, rief er durch den Lautsprecher. Franziska hielt das Handy von ihrem schmerzenden Ohr weg.

»Stell dich darauf ein, Max. Und mach dir keine Sorgen wegen Terminen, Thesch und ich haben alles im Griff.«

»Danke, Ziska«, antwortete er knapp, und Franziska bemerkte nun doch ein Vibrieren in seiner Stimme. Wer konnte es ihm verdenken bei einer solchen Nachricht? »Geht es dir halbwegs gut?«, fragte er sie.

Fürsorglicher Max, dachte sie gerührt. Er wusste haargenau, dass sie das Thema Tod beschäftigte. »Alles gut, mach dir keine Gedanken«, beruhigte sie ihn und konnte nicht verhindern, dass ihre Stimme sanft wurde. Das passte so gar nicht zu ihr, es ärgerte sie. »Mach nicht zu lange mit dem Inspektor. Wir sehen uns später, ich warte auf dich.«

»Ist gut. Ich muss wieder in den Verhandlungssaal. Servus, Ziska.«

Franziska warf das Handy zurück in die Tasche und lehnte sich zurück.

Kurt Thesch saß vor dem PC und fixierte den Bildschirm. »Ich habe Fürstensteins Termine gecheckt. Nachdem er heute auf der Tagung sein sollte, haben wir wenigstens keine Verhandlungen versäumt. Morgen und Mittwoch ist auch nichts, Donnerstag kann ich bis auf einen alles übernehmen, Freitag sind zwei offen – Frank könnte den einen am Donnerstag übernehmen, sehe ich gerade, die Freitagtermine muss ich absagen, oder können Sie?«

Franziska nickte. »Geht klar. Schicken Sie mir die Termine an meinen Outlook-Kalender, und die Akten brauche ich auch zur Vorbereitung.«

»Perfekt. Danke, Doktor Ferstl.«

Franziska verdrehte die Augen ob dieser Förmlichkeiten. Wie es aussah, musste sie die nächste Zeit mit anpacken, und für das ganze Frau-Doktor/Herr-Doktor-Geplänkel hatte sie einfach weder Zeit noch Geduld. »Ab jetzt Franziska. Geht das für Sie?«

»Gern. Fühle mich geehrt, Madam«, erwiderte Kurt und deutete eine kleine, charmante Verbeugung an. Er sah tatsächlich geschmeichelt drein, und Franziska musste auflachen. Zwei Zimmer weiter war ein Kollege ermordet worden, und sie lachte. Scheiße auch. »Ich könnte einen Schluck zur Stärkung vertragen«, fuhr Kurt im munteren Plauderton fort. »Meine Nerven beginnen zu flattern.«

»Bin dabei«, erwiderte Franziska und bemerkte, wie ihr eigenes Nervenkostüm Risse bekam. Kurt Thesch stellte zwei Whiskeygläser auf den Couchtisch und goss Bourbon ein. In Franziska breitete sich eine Leere aus, die sie für besiegt gehalten hatte. Sie griff nach dem Whiskey.

»Kurt, eins musst du unbedingt wissen«, begann sie, während die Gläser gegeneinander stießen. Der Bourbon brannte seine feurige Spur bis in den Magen hinab. Sie bemühte sich, ihre Stimme fest und überzeugend klingen zu lassen, wehrte die Gravitationskräfte des Schicksals entschieden ab. »Der Tag, an dem du mich ›Franzi‹ nennst, wird der Letzte sein, an dem du mit tiefer Stimme sprechen konntest. Wir verstehen uns?«

Kurt grinste übers ganze Gesicht. »Habe schon davon gehört. Keine Sorge, es bleibt bei Franziska.«

*

Nach einigen Stunden des Aktenstudiums hatte Franziska die Nase voll vom Warten. Nathalie war längst bei ihren Eltern, welche bei Franziska in hellem Aufruhr angerufen hatten, um ihr immenses Entsetzen bei irgendjemandem abzuladen. Fast kam es ihr vor, als wollten diese beiden Glucken – ja, auch der Vater war mehr Huhn als Hahn – ihr die Schuld an dem Mord und der sich daraus ergebenden negativen Erfahrung für ihr heiß geliebtes, einziges Kind geben.

»Der arme Max wird sich was anhören können«, murmelte sie und warf einen Blick auf das Handydisplay. 18.00 Uhr und keine Nachricht von Max – er war weder aufgetaucht noch hatte er sich telefonisch gemeldet. Franziska griff nach ihrem Handy und tippte ein SMS ein. *Bin dann unterwegs – Thesch ist noch da. Melde dich. F*

Am Ring entlangzuschlendern war im Sommer ein Vergnügen, bei den frostigen Temperaturen, die derzeit vorherrschten, wurde der Weg Richtung U-Bahn-Station Landstraße zur Nordpolexpedition im Kampf gegen die Naturgewalten. Wenngleich kein Schneegestöber, war es ein durchaus als bösartig zu bezeichnender Wind, der ihr über den breiten Boulevard entgegenfegte, sich einer Kreissäge gleich durch alle Kleidungsschichten biss, und ihr Tränen in die Augen trieb. Immerhin vertrieb die Vielzahl an Lichterketten an Lokalportalen, in Baumkronen und Oberleitungen über der Fahrbahn ein Stück der Dunkelheit und verhalf Franziska zu einer halbwegs erträglichen Gemütslage. Wobei – Lichterketten? Verdammt nochmal, wenn sie nur das Gedankenringelspiel abstellen könnte! Weder an Siegfried wollte sie denken noch an seine Frau Hannelore, die mittlerweile wohl von einem fremden Menschen aus den Reihen der Polizei erfahren hatte, dass ihr Mann nie wieder heimkehren, nie wieder sie oder die drei Kinder in den Arm nehmen würde. Hannelore anzurufen wäre ein netter Zug gewesen – allerdings vermutete Franziska, dass diese im Augenblick auf ihre Beileidsbekundungen verzichten konnte. Was für Probleme schlugen über diese zarte Frau herein, so unerwartet und unvorstellbar … Franziska ging den Stadtpark entlang und sah die Fürstin vor sich auf ihrem Anwesen in Niederösterreich, vielleicht im Kreise ihrer Eltern und Kinder, blass und ungläubig, womöglich mit einem Funken Hoffnung, dass das alles bloß ein Albtraum war, aus dem sie in Kürze erwachen würde. »Ich rufe in ein, zwei Tagen an«, murmelte sie in eine Windböe. Selbst wenn sie einander nie besonders sympathisch gewesen waren und keinerlei Kontakt gepflegt hatten, abgesehen vom traditionellen Weihnachtsdinner aller Partner mit Anhang und den obligatorischen Feiern zu runden Geburtstagen, zumindest das verlangte die Höflichkeit.

Zufrieden mit ihrem Entschluss ließ Franziska dieses eine Mal die Buchhandlung vor dem Abgang zur Station Landstraße unbeachtet und lief die Treppe abwärts. Warme Luft strömte ihr aus dem Tunnelsystem entgegen und ließ die Wangen prickeln. Jetzt erst merkte sie ihre hochgezogenen Schultern, lockerte den Schal um ihren Hals und richtete sich auf. Daheim warteten Heimtrainer und eine Power-Yoga-DVD auf ihren Einsatz. Eine physische Sehnsucht erfasste sie nach der Matte am Boden, dem Sitzkissen und den Anweisungen der Yogatrainerin. Eineinhalb Stunden vollkommen in der Körperlichkeit aufgehen, ohne quälende Gedanken und Grübeleien. Dreimal die Woche war sie im Fitnessstudio zum Training, einmal Selbstverteidigungskurs, und die restlichen drei Tage wurde daheim trainiert, beziehungsweise ein Lauf absolviert. Das war besser als jede andere Therapie, das war ihr Weg zurück, und wenn sie sich etwas vornahm, gab es keine Widrigkeit, die sie von ihrem Ziel abhalten konnte.

Ich habe diese eine Chance, ich nutze sie, wiederholte Franziska ihr Mantra.

»Born to be wild« tönte aus der Handtasche. Die Fahrgäste des halben U-Bahn-Waggons drehten sich zu ihr um, der junge Mann gegenüber lächelte amüsiert, die alte Frau rechts vorne gaffte sie zuerst an, nur um sich mit einem demonstrativen Kopfschütteln von ihr abzuwenden. Alte Frau? Die war höchstens fünf Jahre älter als sie selbst! Franziska grinste und nahm das Gespräch an, erleichtert, dass sie Max' Namen am Display gelesen hatte.

»Hey Max, bist du gleich nach Hause zu Herd und Ross?«, fragte sie, ohne seine Wortmeldung abzuwarten, mit der vertrauten Stichelei. Biancas Gestüt war der Mittelpunkt des fränkischen Universums.

»Franziska«, begann er, und ihr fuhr ein Stich durch den Solarplexus. Das letzte Mal, als er sie mit ganzem Vornamen angesprochen hatte, folgte eine ellenlange Ausführung über seinen Beziehungsstatus, die in der Verkündung des Hochzeitstermins mit Bianca mündete. Natürlich konnte Franziska die männliche Logik dahinter verstehen: Bianca war eine wunderschöne junge Frau, geschäftstüchtig und schlau. Selbst an dem enormen Altersunterschied von 29 Jahren hätte sie sich nicht gestört, wäre es nicht derart offensichtlich gewesen, dass Bianca dringend einen Sponsor für ihre Pferde brauchte und Max der Idiot war, der sein ganzes Geld in »Leberkäse auf vier Beinen« stecken sollte.

»Max, wo bist du?«

»In Verwahrungshaft. Haben mich gar nicht mehr gehen lassen.« Die Worte kamen abgehackt durch das Handy, gedämpft durch die banalen Geräusche der Menschen ringsum. In Franziskas Kopf surrte es. Hatte sie richtig gehört? Mit zusammengekniffenen Augen fixierte sie die beiden Gören schräg gegenüber, die pubertär kicherten. Am liebsten hätte sie lauthals losgeschrien, dass alle im Zug die Klappe halten und weiter in ihre dämlichen Handys starren sollten, um den Facebook-Status zu checken.

»Die können dich doch nicht einbuchten!«, raunte sie und hatte jetzt immerhin die Aufmerksamkeit der umsitzenden Passagiere. »Ich komme sofort zu dir …«

»Nein. Hör zu, du nimmst morgen Akteneinsicht. Check die Aussage von Friederike Hohenfellner …«

»Was hat die alte Hexe jetzt schon wieder behauptet?«, unterbrach Franziska. An ihrer Schläfe pochte eine Ader, das konnte sie deutlich spüren. Vermutlich lag ihr Blutdruck im Supergaubereich.

»Mich am Sonntag gesehen zu haben.«

»Max!«

»Aber ich bin viel früher gegangen, als sie behauptet. Sprich mit Bianca, sie kann bestätigen, dass ich um 15.40 Uhr daheim war. Kapiert? Als Erstes Bianca. Erkläre ihr alles. Ich muss Schluss machen. Bis morgen, Franziska. Hol mich raus, hörst du?«

Franziska schluckte, starrte das Handy an. Max im Gefängnis. Verdammte Scheiße. Max hatte ihr den Auftrag mit Bianca nicht von ungefähr erteilt, irgendetwas stimmte ganz und gar nicht. Wenn er es selbst nicht geschafft hatte, die Haft abzuwenden, saß er ernsthaft in der Klemme. Das Schild der Station Unter-Sankt-Veit zog an ihrem Fenster vorüber, dann hielt der Zug an. Franziska verließ die U-Bahn, überquerte die zweispurig befahrene Wientalstraße und rannte den ganzen restlichen Weg bis zu ihrem Wohnhaus. Die untere Etage der Villa mit Parkanlage bewohnte sie nun seit 30 Jahren und hatte es nicht übers Herz gebracht, die Räume für die Zeit ihrer Frankreichreise unterzuvermieten. Lieber würde sie ihrem Neffen Leo den Schlüssel überlassen, als Fremde darin wohnen zu sehen. Diesmal ging sie jedoch nicht durch den Park zum Haus, sondern öffnete das Garagentor Natürlich bellte nicht Bianca. Der Platz, an dem früher ihr Wagen gestanden hatte, war bis auf einen Ölfleck am Boden völlig verwaist.

»*Rosinante.*« Franziska hatte nur Augen für ihre Harley, den hochglanzpolierten Tank, der an geschliffene Granat-Steine erinnerte, die blankpolierten Chromteile. Ihr Motorradfahrerherz schlug bei diesem Anblick verlässlich höher. Diesmal hielt sie sich aber nicht mit einer Inspektion ihres Babys auf. Hastig legte sie den Parka ab, holte einen Motorradoverall aus dem Schrank in der hintersten Ecke der Garage, und schlüpfte in die von Kälte steife Montur. In die Brusttasche kamen Fahrzeugpapiere, Geld und Handy, dann zog sie eine Helmmütze über und drückte den Sturzhelm auf ihr Haupt. Mit einem Ruck war die Harley vom Ständer gehievt, aus der Garage geführt und das Tor versperrt. Gemächlich ließ Franziska den Motor an, für diesen Augenblick unterbrach sie ihr zielstrebiges Handeln und genoss den satten Klang der Maschine, das Vibrieren des Metalls, fühlte nach, wie es sich auf ihren Körper übertrug und aufforderte, den ersten Gang einzulegen, um endlich mit tiefem Bass davonbrausen zu können. Ja, Rosinante, wir fahren nach Wolfsgraben und sehen nach dem Rechten, flüsterte sie in Gedanken ihrer Harley zu. Es war Franziska bewusst, wie albern ihr Verhältnis zu der Maschine für Außenstehende wirken mochte – für jene, die selbst keine Harley besaßen. Dieses Baby sorgte dafür, dass sie sich wie Don Quijote fühlte, das Leben selbst spürte, und genau das hatte ihr in Krisenzeiten das Durchhalten ermöglicht.

»Sehen wir mal, was Bianca für einen Mist gebaut hat«, sprach Franziska in den dumpfen Raum ihres Helms und zog Handschuhe über. 260 Kilo Metall lehnten sich schwer gegen die Innenseite ihres Beins. Der erste Gang glitt mit einem Ruck an seinen Platz, die Maschine nahm Gas an und entfesselte die Kraft von 70 Pferdestärken unter ihrem Gesäß.

*

Je näher Wolfsgraben rückte, desto weniger Rückstrahler und Scheinwerfer begegneten ihr. Der mondäne Max lebt am Arsch der Welt, dachte Franziska nicht das erste Mal. Wer ihn besser kannte, wusste um seine Sehnsucht nach der Weite des Meeres, der Wälder, Felder und Hügelketten.

Die Dunkelheit griff nach all den Schatten, die der Scheinwerfer der Harley vor sich hertrieb. Erst auf der Zufahrt zum Anwesen markierten Lampen den Wegesrand in Richtung Wohnhaus. Zum Gestüt ging es noch ein Stück weiter die Straße hinauf, doch Franziska vermutete Bianca trotz aller Pferdebesessenheit um 20.00 Uhr im Wohnzimmer.

Die letzten Meter vor dem Haus ließ sie die Maschine ausrollen, ehe sie anhielt. Ohne Helm wurde die Stille geradezu beängstigend. Von fern hörte man Fahrzeuge auf der Hauptstraße vorüberziehen, der Wind ließ die gefrorenen Äste der Bäume knarren. Vom Stall drang Wiehern herüber wie einer Wild-West-Filmszene entnommen. Franziska stieg von Rosinante ab und kam sich geradezu albern vor, weil sie sich einen Moment lang wie John Wayne fühlte. Wobei eine Begegnung mit Bianca durchaus mit einem »High Noon« vergleichbar war. So unterschiedlich waren sie gar nicht, gestand sich Franziska ein. Beide geschäftstüchtig und clever, keine Kinder und einen ausgeprägten Sturschädel. Während jedoch Franziska nie geheiratet hatte, war Bianca auf der Suche nach einem reichen Ehemann gewesen und hatte ihn sich auch kalt lächelnd geschnappt. Ein bisschen studiert, ein bisschen gemodelt, und schon bald hatte das Luder in feinen Kreisen verkehrt, die dem großen Ziel zuträglich waren. Franziska würde ihr niemals verzeihen, ausgerechnet Max ausgewählt zu haben – er hatte sich bei Weitem Besseres verdient. Was Bianca genau wusste. Franziska bleckte die Zähne, stellte sich vor, wie sie einander umkreisten, die Hand am Colt, allzeit bereit loszufeuern.

Das Haus war eine Kubus-Quader-Konstruktion, von irgendeinem angesagten Architekten verbrochen, der seine modernistischen Visionen unter Biancas Größenwahn hatte verwirklichen dürfen. Wenn dieses Monstrum wenigstens ein Passivenergiehaus gewesen wäre oder sonst in irgendeiner Weise umweltfreundlich, aber nein, es war in erster und einziger Linie hässlich. Klimaanlage und Solarpaneel hatten nachträglich eingebaut werden müssen, die Heizkosten trieben Max alljährlich Tränen in die Augen.

Aus zwei Fenstern, die an Schießscharten erinnerten, drang ein Lichtschein, und wütendes Bellen bestätigte Franziska, dass Bianca im Haus war. Natürlich bellte nicht Bianca; Chérie, eine Dalmatinerhündin, war ihre ständige Begleiterin und warf die geschätzten 30 Kilo gegen die Tür. In den Pausen kratzte sie über den Lack und knurrte. Auf Biancas Ruf hin verstummte der Hund augenblicklich. Das musste Franziska ihr lassen, Kommando führen konnte sie. Der Vorplatz war mit Bewegungsmeldern ausgestattet und hell erleuchtet. Entsprechend zügig wurde die Tür entriegelt und aufgezogen. Bianca stand in einem schwarzen Hausanzug vor ihr, der zugleich bequem und elegant aussah. Neidlos musste Bianca jenes Modetalent zugestanden werden, aus den einfachsten Kleidungsstücken atemberaubende Kombinationen zu schaffen. Das feuerrote Tuch um ihre Schultern war so beiläufig drapiert, dass Franziska am liebsten das Handy gezückt und für spätere Selbstversuche fotografiert hätte. Dunkle Locken fielen in die hohe Stirn, und perfekt geschwungene Augenbrauen betonten die schönsten Augen, die Franziska jemals im Gesicht einer Frau gesehen hatte. Allerdings konnten diese giftiger dreinblicken als eine Bache mit Jungen einen arglosen Wanderer anstarrt, folglich ließ sich Franziska längst nicht mehr von Biancas Fassade blenden.

»Du?«, bekam Franziska zur Begrüßung zu hören.

»Max schickt mich«, gab sie zur Antwort. Bianca durfte zurecht verwundert sein, da Franziska noch nie unangemeldet vorbeigekommen war. Mit diesem einen Satz rechtfertigte sie ihr Erscheinen und schloss die ärgsten Befürchtungen wie tödliche Unfälle und Herzanfälle aus. Das Mitgefühl in Person, sozusagen.

»Weswegen?«

»Ich freue mich auch, dich zu sehen«, widersetzte sich Franziska der ihr zugedachten Rolle der untertänigen Besucherin. Die Sache war zu wichtig um sich im üblichen Gezänk zu verlieren. »Danke, ich komme gern auf einen Sprung herein. Minusgrade fühlen sich am Motorrad doppelt so kalt an.« Bianca stöhnte auf, trat aber zur Seite. Mit einem Fingerschnippen stand Chérie an ihrer Seite und wedelte schwach mit der Rute.

In der Eingangshalle standen drei Paar Reitstiefel mit dazugehörigen Lehmbrocken an den Sohlen, eine in dem modernen Ambiente völlig deplatzierte Jugendstilgarderobe und ein Stiefelknecht. Die rechte Wand war komplett verspiegelt, eine geschwungene Treppe führte ins Obergeschoss.

»Musst du etwas abholen?«, fragte Bianca und rang augenscheinlich mit sich selbst, ob Franziska ein Heißgetränk anzubieten war, oder ob der gemütliche Teil zu beider Zufriedenheit ausgespart werden konnte.

»Es dauert ein wenig. Trinken wir einen Tee.« Diese Antwort derangierte Biancas Gesichtszüge. Der überlegene Ausdruck verschwand und machte purem Argwohn gepaart mit Verunsicherung Platz.

»Ist es wegen Siegfried? Die Polizei war am Nachmittag da.« Biancas Blick lag auf Franziska, registrierte jede Regung. Gewohnt, vor Gericht ihre Emotionen zu kontrollieren, gelang es Franziska, eine undurchdringliche Maske zu behalten.

»Das ist richtig.« Sie legte ihre Handschuhe und den Sturzhelm auf der Bank ab und schlüpfte aus den Stiefeln. »Und jetzt halte ich die nächsten zehn Minuten meine Rückseite gegen einen Heizkörper. Dabei können wir reden.«

Dank ihrer Entschiedenheit und wahrscheinlich wegen der überhandnehmenden Neugierde führte Bianca sie in den Wohnsalon, der zur Küche hin offen war. Auch hier standen Jugendstilmöbel neben Chrom-Glas-Kombinationen und an der Wand prangte ein original Nitsch-Schütt-Bild. Im Kamin züngelten Flammen, luden Franziska geradezu ein, sich davorzustellen und ihren gefrorenen Po aufzutauen. Kaum hatte sie den Overall aufgemacht und sich aus den Ärmeln geschält, stand Bianca mit einer extragroßen Teetasse vor ihr.

»Hier. Was ist los? Ist was mit Maximilian?« Franziska nahm den Tee und bedankte sich. Ihr war nicht gerade danach, Bianca zu schonen, aber angesichts der tragischen Entwicklungen hatte sie doch eine Spur Mitgefühl mit Max' Ehefrau. Schließlich – er liebte das Weib.

»Bianca«, begann sie, seufzte und ließ die Worte wie Medizintropfen fallen, »hat dir die Polizei alles über Siegfrieds Ableben erzählt?«

»Dass er in der Kanzlei tot aufgefunden wurde, sie den Todesfall untersuchen müssen und wissen wollen, wann Maximilian am Sonntag heimgekommen ist.« Bianca setzte sich ihr gegenüber auf den schneeweißen Lederfauteuil. Die perfekt gezupfte rechte Augenbraue war hochgezogen und sollte wohl ihr gegenüber Ungeduld signalisieren. Jedenfalls schien Siegfrieds Tod sie nicht sonderlich zu erschüttern. »Ich bin stinksauer auf Maximilian, weil er mich nicht darüber informiert hat. Plötzlich die Polizei vor der Tür … ich meine, da erschrickt man doch! Nicht einmal zu einem Rückruf hat er sich herabgelassen.« Ehe sich Bianca in Rage reden konnte, unterbrach Franziska entschieden.

»Siegfried wurde ermordet, Bianca. In unserer Kanzlei, am Sonntagnachmittag.«

Dasselbe Gesicht, das vor einer Sekunde noch ironisch und selbstherrlich dreingesehen hatte, war nun bar jeder Pose. »Ermordet?«

»Das ist noch nicht alles. Die Polizei verdächtigt Max.«

»Bist du verrückt?«, schrie Bianca und sprang auf. »Wo ist er?«

»In Haft«, erwiderte Franziska und beobachtete Bianca, die panisch vor ihr auf und ab tigerte. »Was hast du der Polizei gesagt, Bianca?«

Diese fuhr sich mit den Fingern durch das dunkle Lockenhaar, griff sich an die Stirn und stieß ein »Oh Gott!« aus. Franziska hielt den Atem an, ganz reflexartig und ohne etwas dagegen tun zu können. Sie glaubte zu platzen vor Anspannung, an ihren Schläfen pochte das Blut. Was hatte Bianca für eine Zeit angegeben? Hatte sie ihren Mann ans Messer geliefert?

»Ich trage doch nie eine Uhr, wozu auch? Das Handy habe ich immer dabei, und bei der Arbeit mit den Pferden stört mich jeglicher Schmuck.« Das fing ja großartig an, Bianca rechtfertigte sich noch vor jeder Erklärung. Franziska stellte den Tee auf dem Kaminsims ab und machte zwei Schritte auf Bianca zu.

»Max braucht ein Alibi.«

»Aber er hat doch nie im Leben Sigi ermordet!« Sigi. Fast hätte Franziska schmunzeln müssen. Bianca war die Einzige, die Siegfried hin und wieder hatte Sigi nennen dürfen, ohne dass ihr von dem cholerischen Kerl der Kopf abgerissen worden war. Siegfried war schließlich ein deutscher Held, und nachdem er schon sein halbes Leben mit dem Namen Müller gestraft worden war, hatte er wenigstens auf den Vornamen stolz sein können.

»Natürlich nicht – aber es sitzen mindestens so viele Unschuldige wie Schuldige hinter Gittern. Wenn keine perfekte Verteidigung aufgezogen wird, verurteilen die Richter den nächstbesten Kandidaten, den ihnen die Polizei liefert. Herrgott noch mal, das solltest du inzwischen schon gelernt haben«, fuhr Franziska Bianca entgegen aller guten Vorsätze an. »Du bist seit sechs Jahren mit einem der besten Wirtschaftsstrafrechtler des Landes zusammen.«

»Glaubst du, mich interessiert der Dreck, mit dem ihr euch abgebt?«

»Hab ich vergessen, Verzeihung. Du interessierst dich ja nur für Pferdemist.«

Sie starrten einander an, Franziska mit in die Hüften gestemmten Händen, Bianca in bedeutend eleganterer Pose, eine Hand am zarten Hals, den anderen Arm elegant um die Taille gelegt. Max in Haft – was für ein absurder Gedanke! Ihr bester Freund unter Mordverdacht – derselbe Mann, der seit 35 Jahren als Strafverteidiger arbeitete und eine Legende im Gerichtssaal war. In demselben Augenblick, in dem sie mit seinem dämlichen Eheweib herumstritt, saß er in einer Zelle mit irgendeinem wirklichen Verbrecher und setzte alle Hoffnung auf sie. Franziska zwang sich zur Besonnenheit, schluckte alle Ressentiments hinunter und ließ die Arme sinken.

»Er braucht deine Unterstützung. Wie lautete deine Aussage vor der Polizei?« Ganz ruhiger Ton, neutrale Körperhaltung. Franziska war mit sich zufrieden.

»Warum hat er dich angerufen und nicht mich, seine Ehefrau? Da kann ich sehen, wem seine Loyalität gilt.« Wie kam Bianca auf die Idee, Max würde sie mehr schätzen als Bianca – diese Frau war einfach absurd!

»Natürlich ruft er mich an, wenn er einen Strafverteidiger braucht«, verteidigte sie sich – oder ihn? Das Weib machte sie komplett wahnsinnig.

»Er ist selber ein blöder Strafverteidiger – trotzdem ruft er dich an.«

»Kannst du aufhören mit diesem lächerlichen Schwachsinn? Ich muss ihn da rausholen, und zwar so schnell wie möglich. Warst du schon mal auf elf Quadratmetern eingesperrt? Das ist die Hölle! Max geht vor die Hunde im Knast. Kapiert?«, riss Franziska endgültig der Geduldsfaden.

Biancas Gesicht nahm einen eigenartig ängstlichen Ausdruck an. »Wenn erst die Presse Wind davon bekommt … nein, da will ich gar nicht weiterdenken … wir sind ruiniert …«, flüsterte sie. Verwirrt kniff Franziska die Augen zusammen. Träumte sie das alles? Bianca sorgte sich um die Publicity, während ihr Mann im Gefängnis einsaß? Ruhig, ganz ruhig, beschwichtigte sie sich selbst, das ist Bianca – du kennst sie gut genug, um zu wissen, dass es bei ihr immer nur um Geld, Erfolg und Prestige geht. Denk an Max und halte dich dieses eine Mal zurück.

»Sonntag am Nachmittag, Bianca, konzentriere dich: Wann ist er weggefahren, hat er angerufen, wann ist er wieder hier gewesen?«

Aus ihren Gedanken gerissen, blickte Bianca zu ihr auf. Die sachlichen Worte schienen ihre Wirkung zu tun. »Maximilian wollte irgendwelche Unterlagen durchsehen, die er in der Kanzlei vergessen hatte, aber für die Verhandlung am Montag brauchte. Er ist gegen 13.00 Uhr gefahren. Ich bin rüber zu Black Prince …«

»Wer ist Black Prince?«

»Mein neuer Hengst. Fantastisches Tier, ein Traber, mehrfacher Derbygewinner«, geriet Bianca ins Schwärmen. »Er braucht ausreichend Bewegung. Der wird ganz großartige Fohlen zeugen …«

»Wann hast du von Max das nächste Mal gehört?«, unterbrach Franziska und spürte ihren Ärger aufsteigen.

Bianca räusperte sich. »Ungefähr um 15.00 Uhr kam ein SMS, dass er auf dem Heimweg ist.«

»Demnach hätte er gegen 15.45 Uhr daheim ankommen müssen«, folgerte Franziska. »Wann war er da?«

»Ich habe lange im Stall gearbeitet, Cleopatra hat ein Geschwür, das drei Mal täglich versorgt werden muss.«

»War es noch hell?«

»Nein. Oder … ach, ich weiß es nicht.«

»Das war gestern, das musst du doch noch wissen«, polterte Franziska los, riss sich aber gleich wieder am Riemen. »Was hast du der Polizei gesagt?«

»Genau dasselbe. Ich laufe ständig zwischen Haus und Gestüt hin und her, Tag für Tag, ich kann das nicht auseinanderhalten. Zurück im Haus habe ich mich zuerst geduscht und frisch angezogen, ehe ich zu Maximilian ins Wohnzimmer ging. Er mag es nicht, wenn ich nach Pferd rieche. Im Fernsehen lief gerade irgendeine Soap, etwas, was Maximilian sonst nie ansieht. Ein ›Big Bang Theorie-Special‹, glaube ich.«

»Keine Uhrzeit?«, fragte Franziska nach und bemerkte das Zögern bei Bianca.

»Ich konnte mich nicht genau erinnern und wollte nichts Falsches sagen.«

»Also hast du keine Angabe gemacht?«

»Dass es dunkel war.« Verdammt. Franziska hatte so eine Vermutung, dass es für Maximilian wichtig war, möglichst zeitnahe mit dem SMS daheim gesehen worden zu sein. Die Dringlichkeit, mit der er auf Bianca hingewiesen hatte – damit wollte er mit Sicherheit auf genau diesen Umstand aufmerksam machen.

»Bianca, ich möchte keinesfalls, dass du lügst, aber ich denke, es ist für Max von extremer Bedeutung, dass du seine Angaben unterstützt. Ich nehme morgen Akteneinsicht und weiß dann mehr. Bitte versuche dich zu erinnern – visualisiere den Weg zum Haus, ist dir irgendjemand begegnet? Wir haben das SMS um 15.00 Uhr, es ist also wahrscheinlich, dass Max um 15.45 Uhr zurück war. Bitte denk darüber nach.«

Bianca saß auf dem Fauteuil, die Arme um den Leib geschlungen, und starrte in die Flammen des Kamins. Franziska hatte den Eindruck, dass ihr nun das ganze Ausmaß der Neuigkeiten, die ihr vorgesetzt worden waren, bewusst wurde. Chérie lag zu ihren Füßen, die Schnauze auf den Pfoten, und seufzte. Nach einer Weile des Schweigens fand sich Franziska damit ab, für den heutigen Tag nicht mehr ausrichten zu können. Bianca brauchte anscheinend etwas Zeit, und sie selbst spürte mit der Wärme, die vom Kamin her ihren Rücken aufgeheizt hatte, unendliche Müdigkeit aufsteigen.

»Ich geh dann wieder. Du hörst von mir.« Chérie erhob sich und folgte ihr zur Eingangstür. Bianca murmelte ein paar Grußworte, blieb aber sitzen. Bereits im Gehen schlüpfte Franziska in die Ärmel ihres Overalls und tätschelte Chérie zum Abschied den Kopf. »Machs gut, Hübsche.« Damit griff sie nach den Handschuhen und dem Helm auf der Bank.

»Warte!« Bianca stand im spiegelnden Vorraum und klammerte sich an die Zipfel ihres Tuchs.

Franziska richtete sich auf und ließ den Helm über den Unterarm zum Ellenbogen hinaufgleiten. Auffordernd nickte sie Bianca zu.

Diese presste die Lippen zusammen, ehe sie schließlich zu sprechen begann. »Es war vor 16.00 Uhr. Er war vor vier Uhr daheim.«

»Wie kannst du das vor der Polizei begründen?«

»Ich habe auf der Lichtung ein Reh gesehen. Es war noch genug Tageslicht, um es deutlich zu erkennen.« Erleichterung breitete sich in Franziska aus, und sie wollte nicht wissen, ob sich Bianca diese Geschichte eben erst ausgedacht hatte oder sie der Wahrheit entsprach. Sie war plausibel, schlicht und ging durch. Nicht, dass man darauf das Gebäude einer Verteidigung bauen sollte, doch es würde die Waagschale womöglich um das nötige Quäntchen anheben. Für ein paar Sekunden starrten sich die beiden Frauen an, dann nickte Franziska und verabschiedete sich erneut.

Draußen erwartete sie das Fauchen des Windes, Knarren der Äste und jenes entfernte Wiehern, das Gänsehaut machte. Erst, als die Bewegungsmelder ein paar Lampen aufflammen ließen, sah sie ihr Motorrad. Was für eine Einsamkeit. Wie konnte diese mondäne Frau es hier aushalten? Irgendwie rang ihr diese Widersprüchlichkeit Bewunderung ab. Vielleicht steckte doch mehr in Bianca, als sie ihr zutraute – ja möglicherweise waren sie einander ähnlicher, als sie zugeben mochte. Jedenfalls gab es etwas in Biancas Leben, das sie über Geld und Prestige hinaus rückhaltlos liebte: Pferde.

*

Franziska machte kein Licht an. Die hohen Räume ihrer Etagenwohnung lagen in dunklen Schatten, die Parkbeleuchtung spendete kaum Licht. Das Bedürfnis nach einem heißen Bad war auf der Heimfahrt noch übermächtig gewesen, jetzt befiel Franziska eine Erschöpfung, wie sie sie seit langer Zeit nicht mehr erlebt hatte.

Ihre Füße traten leise auf, kaum ein Knarren des Parketts erwiderte deren Berührung. Es zog sie in den hinteren Teil der Wohnung, zu jenem einen Zimmer, zu dem niemand Zutritt erhielt, das sie selbst seit Jahren nicht mehr betreten hatte.

Der Schlüssel steckte.

Sie starrte auf den Metallring, dunkel von den Jahren. Auch die Messingtürklinke war abgegriffen, matt. Es hätte das Kinderzimmer werden sollen. Wenn Andrej nicht … Die Fingerknöchel schmerzten unter dem Temperaturwechsel, jeder Knochen schien sich in der Wärme auszudehnen und ein stechendes Eigenleben zu entwickeln, geradezu als wollten sie sie davon abhalten, einen weiteren Schritt in die Vergangenheit zu setzen.

»Du musst nach vorne schauen, Ziska. Darauf ist das Leben ausgerichtet«. Das hatte ihr Vater ihr mitgegeben, daran hatte sie sich all die Jahre gehalten. 41 Jahre war der Unfall ihrer Eltern her. Der 27. Dezember 1975 hatte ihr Leben in zwei Teile zerschnitten. Es gab von diesem Tag an ein Leben vor dem Unfall – in ihrer Erinnerung in hellen Pastelltönen gleich den Gemälden von Monet – und das Leben danach, schwer wie Edvard Munchs Werk.

Erstaunlich war das schnelle Verblassen der Erinnerungen an Vater und Mutter – vielleicht weniger verwunderlich, wenn man als 18-Jährige eine kleine Schwester großziehen und gleichzeitig ein Studium bewältigen musste, nebenher in Bierlokalen kellnerierte. Das ging nur mit Disziplin und

Zielstrebigkeit, genau, was ihr vom Vater eingebläut worden war. Mehr als einmal hätte sie alles hinschmeißen, sich der Verantwortung entledigen und einfach das Leben genießen wollen. Erst mit Andrej war der Rausch des Lebens über sie gekommen, war sie so nahe am Glück gewesen, hatte Leichtigkeit erfahren, auf Ebenen jenseits des Verstandes und der Vernunft.

Andrej, der Musiker, Cellist im Volksopernorchester seit er seine Solokarriere aufgegeben hatte – er spielte sein Cello nur für sie, selbst im Orchester ging seine Stimme nie unter – sie hörte ihn heraus, die Macht seiner Zartheit, das Vibrieren in der Tiefe, die Lebenslust hinter jedem Ton. Andrej, Liebster, wie alt wärst du heute – hätte unsere Ehe gehalten?

Die Stirn gegen die Tür gepresst, die Hand an der Klinke versteinert, stand sie da, unfähig, der Sehnsucht nachzugeben. Das alles war 30 Jahre her, und sie stand wie eine Idiotin vor dieser beschissenen Tür und hatte Tränen in den Augen.

Schluss jetzt, sagte sie, die Kehle eng, holte tief Luft, drückte sich von der Tür weg, kämpfte sich den Gang zurück, als führte der Weg steil bergauf.

»Ich konzentriere mich auf die Gegenwart«, befahl sie der Frau im Badezimmerspiegel, die sie mit Ringen unter den Augen und platt gedrückten Haaren ansah, »da gibt es viel zu tun.«

*

»Born to be wild« – aus der wohltuenden Schwärze des Schlafes herausgerissen, tastete Franziska ihren Nachttisch ab, bis ihre Hand endlich das vibrierende Metallgehäuse zu fassen bekam.

»Ferstl.«

»Guten Morgen, Frau Doktor Ferstl. Ich rufe im Auftrag von Frau Magister Fucik an. Die Haftverhandlung ihres Mandanten findet heute um 8.30 Uhr statt.«

»Wer spricht?«, bellte sie ins Handy und ärgerte sich über ihre raue Stimme. Musste schließlich keiner wissen, dass sie noch geschlafen hatte.

»Die Rechtspraktikantin, Magister Hörl.«

»Das ist verdammt kurzfristig!« Wie spät war es eigentlich? Es fühlte sich zwar an wie mitten in der Nacht, aber im Zimmer war es immerhin bereits dämmrig, was allerdings an den zugezogenen Vorhängen lag.

»Die gesetzliche Frist gemäß §174 Absatz 1 Strafprozessordnung erfordert die unverzügliche Vorführung vor einen Richter, längstens innerhalb von 48 Stunden …« Die kindliche Stimme am anderen Ende der Leitung penetrierte Franziskas Ohr und Nerven. Ungelenk rappelte sie sich hoch, blieb am Pyjamaoberteil hängen, und ein Knopf sprang quer durch den Raum.

»Erzählen Sie mir nichts über Fristen, das ist mein Leben«, fauchte sie das Mädchen an. Konnte einem eigentlich gleich am Morgen eine Ader im Hirn platzen? Das war gerade eben nah dran gewesen. »Doktor Frank hat Anspruch auf einen Rechtsvertreter …«

»… den ich hiermit verständigt habe. Auf Wiederhören!« Es knackste in der Leitung, und Franziska warf fassungslos das Handy neben sich auf die Decke. Die Ziffern leuchteten ihr entgegen: 7.30 Uhr. Sie hatte verschlafen.

Die Haftverhandlung konnte sie vergessen. Selbst wenn sie im Pyjama losstürmen würde, käme sie nicht einmal rechtzeitig zum Verhandlungsschluss. Gottverdammte Fucik! Hatte sie es wieder geschafft. Wieso musste Maximilian ausgerechnet die unfähigste Richterin auf diesem Planeten bekommen?

Kaffee. Nur damit konnte Ordnung in ihrem Kopf einkehren. Die nackten Füße tappten über das Parkett, führten sie mit schlafwandlerischer Sicherheit zur Espressomaschine. Während Wasser durch den Kaffeesud rauschte und duftende Aromaschwaden beruhigend auf das Nervenflattern einwirkten, fasste sie in Gedanken einen Plan. Um Maximilian brauchte sie sich nicht sorgen, der konnte schon selbst auf sich aufpassen. Trotzdem war der Fucik ein gravierender Verfahrensmangel unterlaufen, den sie postwendend anfechten würde. Jetzt kam erst die Akteneinsicht dran, und im Anschluss ein Besuch bei Max, um das weitere Vorgehen zu besprechen. Die Haftverhandlung hatte sie für den Nachmittag erwartet. Vielleicht wollte Fucik bei einem Anwalt besonders akribisch vorgehen und allen Anfechtungen zuvorkommen? Blondie konnte Maximilian Frank nicht ausstehen, eine Rarität. Normalerweise war Franziska diejenige, die ihre liebe Not mit den Richtern hatte. Tatsächlich fehlte es ihr an Diplomatie, wie Max es einmal auf seine charmante Art umschrieben hatte. Ein Wunder eigentlich, dass sie trotzdem eine derart erfolgreiche Karriere hingelegt hatte. Man nannte sie hinter ihrem Rücken »Franks Pitbull«, was sie sehr wohl wusste. Besonders Max amüsierte sich auch nach 30 Jahren noch über diesen Spitznamen und schenkte ihr zu allen möglichen Gelegenheiten Porzellan-Pitbulls sowie Pitbull-Bücher und schickte in regelmäßigen Abständen Pitbull-Fotos auf ihr Handy. Eigentlich rechnete sie seit Jahren damit, eines Morgens ein Körbchen mit einem Pitbull-Welpen am Schreibtisch vorzufinden.

Jedenfalls hatte er Fucik einige Verfahrensfehler nachgewiesen, was sie äußerst persönlich nahm. Mittlerweile hatte sich eine Art Kampf entwickelt, bei dem Fucik davon überzeugt war, die Kanzlei Frank, Fürstenstein & Ferstl erhob aus Prinzip Rechtsmittel gegen ihre Beschlüsse und Urteile.

»Das würde dir gefallen, Fucik, Max einzubuchten«, murmelte Franziska in ihren Kaffee und dachte an ihren Partner, der in Kürze mit einer weitaus schlechteren Brühe in den Adern seiner liebsten Jungrichterin gegenüberstehen würde.

*

MAX

Das Geräusch von Papierseiten, die hin- und hergeschoben, angehoben und zur Seite gelegt wurden, war seit Minuten das Einzige, was in dem Verhandlungszimmer zu hören war. Schriftführerin gab es keine, Richterin Fucik sprach das Protokoll in ein Diktiergerät.

Maximilian Frank sah von der Richterin zu Staatsanwalt Braunhof und wieder zurück zu Fucik. Obgleich sie seinen Ausführungen in aller Ruhe gelauscht hatte und den Antrag auf Enthaftung zur Kenntnis genommen hatte, ließ sie sich provozierend viel Zeit für ihre Entscheidung. Seit ihrer letzten Begegnung hatte sie sich eine eckige, schwarze Brille zugelegt und trug das blonde Haar zu einem fransigen Nackenknoten zusammengedreht. Dieses strenge Äußere sollte von ihrer Jugend ablenken, das war Maximilian klar. Er vermutete seit Langem, dass sie bereitwillig zehn Jahre ihrer Jugend gegen zehn Jahre seines Alters tauschen würde, nur um mehr Respekt vonseiten der Beschuldigten, Staatsanwälte und Anwälte zu erfahren. Jeder wusste, wie hart der

Einstieg in diesen Job war, besonders für eine junge, relativ hübsche Blondine. Das durfte man als Mann heutzutage gar nicht mehr laut sagen, es würde bereits die Erwähnung als Diskriminierung aufgefasst werden. Die Frauen in diesem Job waren härter als alle Männer zusammen und bissen sich durch. So wie Franziska damals, aber die war darüber hinaus etwas ganz Besonderes. Maximilian seufzte, konzentrierte sich erneut auf seine Richterin.

Keine Ahnung, wann die Fehde mit Fucik begonnen hatte, doch er las es aus jeder ihrer Bewegungen, der konzentrierten Falte zwischen den Augenbrauen und wie sie von Zeit zu Zeit die Lippen schürzte, dass sie seinen Antrag ablehnen würde. Und dann hieß es zurück zu dem tschetschenischen Freiheitskämpfer, der einen wildfremden Mann am helllichten Tag niedergeschlagen und krankenhausreif geprügelt hatte, weil der seine Frau angesehen hatte. Und zu dem mageren Drogendealer, der dumm genug gewesen war, an der U-Bahnlinie 6 Drogen zu verkaufen, obwohl in allen Zeitungen die »Aktion Scharf« der Polizei gegen den Drogenhandel entlang der U-Bahn-Strecke angekündigt worden war.

Bei dem Gedanken an die Enge der Zelle begann es in ihm zu vibrieren. Das Herz schlug wie nach einem Sprint, ein Schweißfilm breitete sich über die Haut aus, und seine Beine zuckten, wollten davonrennen. Wie sie es auskostet, ärgerte er sich, fühlte animalische Wut aufsteigen, die sich kaum verbergen ließ. Wahrscheinlich sah man ihm all seine Emotionen an, die verrieten, wie sehr die fortgesetzte Haft ihn erniedrigen und weiter an den Rand der Depression treiben würde. Reiß dich zusammen, ermahnte er sich, versuchte, tiefer zu atmen und sich von seinem Fall zu distanzieren.

Es war ein dünner Strang an Indizien, und doch war er der einzige Verdächtige. Die Geschichte war bereits in den

Medien, und die Polizei konnte in Zeiten wie diesen eine Erfolgsmeldung gut gebrauchen. Kürzlich erst hatte die Statistik der Verbrechensbekämpfer nicht gerade Begeisterungsstürme hervorgerufen, Bürgerwehren fanden begeisterte Unterstützer, und die Bewaffnung der Bevölkerung hatte einen neuen Höchststand erreicht. Die Öffentlichkeit wollte das Gefühl von Sicherheit zurück, verlangte nach einer effizienten Exekutive.

Damit war er geliefert.

»Gut«, verkündete Fucik und riss sich endlich vom Akt los. »Dem Antrag der Staatsanwaltschaft wird stattgegeben. Herr Doktor Frank«, sie sah ihn für einen Moment an, ehe sie fortfuhr. »Über Sie wird wegen des dringenden Tatverdachts und der zu befürchtenden Verdunkelungsgefahr die Untersuchungshaft verhängt. Es gibt die Aussage einer Zeugin, dass Sie zum mutmaßlichen Tatzeitpunkt am Tatort waren, und es gibt die Aussage ihrer Sekretärin, wonach es überdies ein Motiv für den Mord gegeben hat. Es gibt keinerlei Hinweise auf einen Einbruch oder einen Kampf am Tatort. Nach Einlangen des Berichts der Spurensicherung und Gerichtsmedizin werde ich die Haft neuerlich prüfen.« Karoline Fucik erhob sich und mit ihr der Staatsanwalt und Maximilian. Maximilian allerdings nicht aus Respekt vor dem Gericht, sondern aus der sich zusammenballenden Angst vor der Zelle, die ihm die Brust verengte, sodass er kaum noch atmen konnte.

»Das ist ein Fehler, Frau Rat. Es gibt keinerlei Beweise …«

»Ein Fehler?«, unterbrach Fucik und machte sich nicht die Mühe, ihre Verärgerung zu verbergen. Im nächsten Moment schlug der Ärger um. Sie richtete den Kragen des Talars, strich das Insignium ihrer Macht glatt. »Es tut mir leid für Sie, Doktor Frank.« War da ein höhnischer Zug um ihren Mund, oder lag es an der Verzweiflung, die Maximilian wie Eisregen traf und die Gesichter ringsum zu Fratzen verzerrte? Der Justizwachebeamte trat an ihn heran, ein graues Gespenst, das nach Uniformmoder stank, nach abgestandenen Räumen und Schweiß.

Die Zelle. Er musste zurück. 24 Stunden rastlose Untätigkeit, sechs Schritte vor, drei zur Seite, sechs Schritte zurück. Pissen und Scheißen vor Publikum. Im Gestank vegetieren, ihn niemals zurücklassen.

Fucik klemmte sich den Akt unter den Arm, nickte Braunhof kurz zu und verließ das Verhandlungszimmer. Maximilian hörte dem Klacken ihrer Absätze nach. Je leiser das Geräusch wurde, desto lauter wummerte das Blut in seinen Ohren.

»Herr Doktor«, rief jemand. Er ignorierte die Stimme. Die Zelle wartete auf ihn. Weitere 24 Stunden.

»Ich erhebe Einspruch«, wollte er schreien, krächzte jedoch gleich einem sterbenden Raben.

Braunhof trat an ihn heran. Die Stirnglatze glänzte im Neonlicht, ein paar mausbraune Strähnen lagen quer darüber frisiert. Maximilian blickte auf den kleinen Mann herab, unfähig, auf die veränderte Rollenverteilung angemessen reagieren zu können.

»Doktor Frank, bitte nehmen Sie meinen Antrag nicht persönlich«, begann er mit seiner charakteristischen Fistelstimme. »Der war obligatorisch, Sie wissen, wie das läuft. Eine schlimme Sache ist das. Die Ferstl wird Sie mit Sicherheit im Handumdrehen herausholen.« Damit klopfte er Maximilian auf den Oberarm und verschwand.

»Also dann«, sagte der Wachebeamte neben ihm, »gemma.«

*

Halbgesperre, Neonlicht. Die gläserne Wand zwischen Besucherzone und Justizanstalt. Ein Justizwachebeamter, gelangweilt, das Rattengesicht bereits wieder abgewandt, hob einen Finger, öffnete für Franziska die Schleuse. Die Tür ging hinter ihr zu. Blick in den grauen Monitor, Gesichtsscan. Das grüne Lämpchen flammte auf, die Schleuse öffnete sich in den Gefängnistrakt.

Am Schalter den Besuch anmelden, warten.

»Für Maximilian Frank«, rief ein junger Justizwachebeamter. Sie nickte ihm zu, folgte ihm den schmalen Gang hinterher, Besucherkojen zur Linken, Fenster zur Rechten; bis er haltmachte und auf eine Tür wies. Fensterloser Raum, chemischer Gestank, als wäre eben der Putztrupp durchgezogen. Eine Glasscheibe teilte den Raum, ein Tisch stand davor.

Anders als sonst setzte sie sich nicht, sondern legte lediglich ihre Unterlagen ab, die Füllfeder daneben, und stützte sich mit beiden Händen am Tisch ab. Eine Nacht voller Albträume lag hinter ihr, in der sie bis 2.00 Uhr gearbeitet, sich um die Planung der nächsten Schritte gekümmert hatte. So sehr sie dem Treffen mit Maximilian entgegenfieberte, so sehr fürchtete sie die Begegnung.

Jenseits der Glasscheibe ging die Tür auf, Maximilian trat ein. Franziska richtete sich ruckartig auf. Schwarze Anzughose, weißes Hemd, natürlich keine Krawatte, kein Gürtel. Seine Haut wirkte grau, die Augen lagen tief in den Höhlen, die Mund- und Stirnfalten stark eingekerbt – Zeugen einer schlaflosen Nacht.

»Ziska.« Gedämpfte Worte, sie musste sich durch schmale Schlitze kämpfen. »Gott sein Dank.«

Der Wachebeamte nickte ihnen zu und schloss die Tür hinter sich.

»Max, die Verhandlung heute Morgen habe ich nicht geschafft. Ich wurde erst eine Stunde vor Verhandlungsbeginn verständigt. Aber den Einspruch habe ich fertig, wollte bloß noch die Details mit dir be…«

»Warst du bei Bianca?«, unterbrach Maximilian ansatzlos.

»Gleich gestern Abend. Sie wird bestätigen, dass du vor 16.00 Uhr daheim warst.«

»Gut.« Maximilian strich sich über das Gesicht und rubbelte den Bartschatten, der ihn zehn Jahre älter machte. Der Stuhl kratzte über den Boden, Max setzte sich.

»Du siehst scheiße aus.« Franziska versuchte, ihre Feststellung locker zu bringen, um ihm wenigstens ein kleines Lächeln abzuringen, und setzte sich ihm gegenüber.

Maximilians Augen bohrten sich in sie, übertrugen seine Panik. »Ich muss hier raus, Franziska. Das …« Seine Stimme stockte, erstarb. Mit beiden Händen rieb er wieder übers Gesicht, und als er erneut aufsah, schien die Fassade zu halten. »Hast du Akteneinsicht genommen?«

»Am Vormittag.« Sie legte den dünnen Schnellhefter mit ihren Notizen zum Fall auf den Tisch. »Die Haft fußt auf der Aussage von Friederike Hohenfellner, die dich im Stiegenhaus gesehen hat, und zwar nach ihrer Angabe um 16.00 Uhr, was mutmaßlich auch der ungefähre Todeszeitpunkt von Siegfried sein soll. Das Ganze wurde von Biancas ungenauer Angabe zu deiner Heimkehr und den Anschuldigungen von Samira Dinic untermauert. Samira schrie bei Eintreffen der Polizeibeamten unentwegt: ›Der Frank hat ihn umgebracht!‹ Eine genauere Befragung war nicht möglich, weil sie einen Nervenzusammenbruch hatte. Sie haben aber mittlerweile von ihr erfahren, dass du und Fürstenstein in letzter Zeit immer wieder Streit hattet und du ihm angeblich gedroht hast.«

»Das ist völlig übertrieben.«

»Wusstest du, dass die beiden ein Verhältnis hatten?«

Maximilian nickte. Seine Finger pochten verstörend unrhythmisch auf die Tischplatte. Franziska bemerkte an ihm ein nervöses Blinzeln, das sich in unregelmäßigen Abständen wiederholte. Auch sein Brustkorb hob sich stoßweise, als müsste er sich stets von Neuem daran erinnern, ein- und auszuatmen. Alles an ihm und in ihm wirkte schlecht eingestellt, fahrig und fremd.

»Hatte so einen Verdacht«, bestätigte er. »Samira ließ in den letzten Monaten wiederholt Andeutungen fallen. Siegfried dagegen hätte niemand etwas angemerkt. Andererseits – wen wundert's? Ich wollte keinen einzigen Tag und schon gar keine Nacht mit Hannelore verheiratet sein.« Der kleine Scherz, wenngleich bitter vorgetragen, beruhigte Franziska ein Stück weit und zeigte wenigstens ein Quäntchen der gewohnten Souveränität ihres Freundes.

»Samira gab an, dass ihr beide Differenzen hattet – dazu machte sie keine genaueren Angaben – und dass Siegfried dich auszahlen wollte. Stimmt das?«

Maximilian zögerte mit seiner Antwort, warf einen Blick hinter sich, als befürchtete er, der Wachebeamte würde mithören. »Nicht so, wie sie es darstellt. Ich bin 65, da ist es nur natürlich, den Ruhestand vorzubereiten. In zwei bis drei Jahren etwa, und das hat nun mal seinen Preis. Siegfried war meine Forderung allerdings zu hoch.« Seine Hände lagen nun übereinander am Tisch, und Franziska wollte sie ergreifen. Ihre Finger stießen gegen die kalte Scheibe. »Er plante mich so rasch wie möglich loszuwerden. Mich aus meiner eigenen Kanzlei zu ekeln.« Bei seinen letzten scharfen Worten hob Franziska den Kopf. Das klang nach einem verdammten Motiv, das würde die Verteidigung verkomplizieren. Sie verkniff sich die Bemerkung, er wusste ohnedies, wie die Lage war. Sie griff sich ihren Füller und hakte einen Punkt ab.

»Wir werden diesen Umstand ins richtige Licht rücken, keine Sorge.« Maximilian nickte, seine Gedanken schienen bereits beim nächsten Problem angekommen. Die Finger ineinander verkrampft, zuckten die Muskeln seiner Arme und Beine in einem steten Stakkato. Ihn anzusehen löste in Franziska Beklemmungen aus. Die Hände wurden feucht, das Atmen schwerer.

»Wenn Bianca für mich aussagt …«

»Wir schaffen das, Max. Bianca hat sich erinnert, das passt. Halte durch, das andere sind lauter fadenscheinige Indizien.«

»Sieh zu, dass du den Bericht der Spurensicherung sofort bekommst. Und den Obduktionsbericht! Wir brauchen den genauen Todeszeitpunkt. Bestimmt wird meine DNA überall sein, ich bin doch täglich im Besprechungszimmer, und den Karton mit Weihnachtsschmuck hab auch ich heruntergehoben …«

»Max, ich mach das seit mehr als 30 Jahren«, erinnerte sie ihn, befreite sich aus dieser psychischen Verbindung mit ihm. Er hörte sie kaum.

»Habe ich den Christbaumschmuck angefasst?« Mit geschlossenen Augen wirkte er jetzt wie ein Untoter. »Ich kann mich nicht erinnern …«

Ungeduldig schob sie sich vom Tisch weg – Herrschaftszeiten noch mal, sie musste ihn so rasch wie möglich hier rausholen. »Max, hör mir zu: Zuerst schaue ich mir die Hohenfellner genauer an. Danach nehme ich mir die gute Samira vor. Du wirst es nicht glauben, aber unsere Nathalie ist wie Dornröschen erwacht und schupft den ganzen

Laden. Ohne das Mädel wären wir aufgeschmissen. Darf nicht vergessen, dem Kurt einzubläuen, ja nett zu der Kleinen zu sein. Das ist ihr Treibstoff.«

Maximilians Augen waren zwar auf sie gerichtet, schienen sie jedoch nicht im Geringsten wahrzunehmen.

»Max!«, blaffte sie ihn an. Er zuckte zusammen und hob die Augenbrauen, was einen bubenhaften Ausdruck in sein Gesicht zauberte. »Reiß dich zusammen, verdammt! Kein Selbstmitleid – jetzt heißt es, Zähne zusammenbeißen und kämpfen.« In ihr vibrierten die Organe. Der Magen flatterte verloren gegen die Bauchdecke, der Druck auf die Blase erhöhte sich, die Galle kämpfte verzweifelt gegen die Wut und Sorge der Leber. Sie unterstanden ganz offensichtlich nicht mehr ihrem Kommando und hatten beschlossen, in Panik zu verfallen.

»Du teilst dir auch nicht mit zwei Typen ein Wohnklo«, fauchte Maximilian, presste die Lippen aufeinander, bis sie weiß waren.

Um den Kloß in ihrem Hals zu überspielen, lachte sie heiser auf. »Umso mehr Konzentration ist gefragt. Bring den beiden Manieren bei und teile deine Lebensweisheiten, aber wage ja nicht aufzugeben. Ich kümmere mich darum, dass deine Haftbedingungen optimiert werden. Vor allem aber müssen wir den wahren Mörder finden. Auf die Polizei brauchen wir nicht zählen, die hat ihren Täter gefunden und wird nichts weiter unternehmen, das kennen wir doch zur Genüge. Also hilf mir – wer könnte es auf Siegfried abgesehen haben?« Maximilian lachte einmal kurz auf, lehnte sich mit verschränkten Armen zurück. Natürlich hatte er diese Frage nicht einmal, sondern eine Million Mal durchgekaut, das war Franziska klar. Sie wartete, klopfte mit dem Füller auf die Unterlagen.

»Du kanntest doch Siegfried, er war ein Arschgesicht. Ich hätte damals auf dich hören sollen, Ziska. Aber er hat uns den Zugang zum österreichischen und dem deutschen Adel gebracht, ich wollte das unbedingt.«

»Was spielt das jetzt für eine Rolle?«, winkte sie ab. »Die Entscheidung wurde getroffen und damit hat es sich. Also: Wer könnte Siegfried die Luft abgedreht haben außer uns, die wir jeden Tag seine Gegenwart ertragen haben, das ist die Frage.« Maximilian zuckte mit den Schultern und starrte die Tischplatte an.

»Max, ich war das letzte Dreivierteljahr nicht an Bord und komplett mit meiner Krankheit beschäftigt. Was hat sich in dieser Zeit in der Kanzlei abgespielt? Hilf mir weiter, komm schon!« Die Erwähnung ihrer Krankheit bewirkte eine Veränderung in Maximilians Haltung. Mit Erleichterung, und ja, sie musste es vor sich selbst zugeben, auch Rührung, registrierte Franziska, wie sich sein Rücken aufrichtete und der Ausdruck auf seinem Gesicht lebendiger wurde. Das war Maximilian, ihr Ritter, der für einen Freund Berge versetzen konnte und niemals müde wurde, ihm jegliche Unterstützung zukommen zu lassen.

»Das habe ich analysiert, Ziska. Privat hatte Siegfried ganz schön Probleme. Mit Hannelore lief es schlechter als sonst. Wie sich herausgestellt hat, fand er Trost bei Samira. Nach meiner Einschätzung ist Samira aber nichts für eine flüchtige Affäre, also wird sie ihm früher oder später das Messer angesetzt haben. Das muss ungefähr im Sommer angefangen haben, denn da begann sie, Andeutungen fallen zu lassen. Subtile, wie nur Frauen das können …«

Franziska räusperte sich indigniert. »Maximilian Frank, keine Klischees.«

»Das willst du nicht hören, alles klar, trotzdem stimmt es. Es ist mir lange nicht aufgefallen. Kleine Gesten, Kekse auf Siegfrieds Kaffeetablett, eine Berührung am Arm, ein Augenzwinkern, Flüstern, ein vertrauliches Du, das sofort korrigiert wird. Ich habe Siegfried vor zwei Wochen darauf angesprochen. Natürlich wollte er mit mir nicht darüber sprechen. Das gehe mich nichts an, meinte er. Wobei er natürlich recht hat, bloß war Frau Dinic zunehmend geistesabwesend, niedergeschlagen und fahrig geworden, blieb mehrmals daheim wegen Migräne, Erkältungen und solchen Sachen, und somit geht es mich sehr wohl etwas an, sagte ich. Das war der erste Krach zwischen Siegfried und mir.«

Franziska notierte sich einige Stichworte. »Okay, bleiben wir beim Privatleben. Ich fasse zusammen: Scheißehe, eine Affäre. Weiß Hannelore davon?«

»Keine Ahnung. Aber bei ihrer krankhaften Eifersucht würde es mich nicht wundern.« Franziska machte ein Fragezeichen hinter Hannelores Namen.

»Samira wollte die Beziehung legitimieren, vermutest du. Soweit ich sie kenne, gebe ich dir recht. Die Frau taugt nicht zur heimlichen Geliebten. Außerdem ist sie noch jung genug für Kinder. Sie hat mir mittlerweile geschätzte 3.000 Kinderfotos ihrer Nichten und Neffen gezeigt, also gehe ich davon aus, dass sie eigene Kinder will.«

Maximilian verzog den Mund zu einem sardonischen Lächeln. »Als hätte Siegfried nicht genug Kinder.«

»Herrgott noch mal, er hat zwei Jungs und ein Mädel hinterlassen«, fauchte sie und presste die Fingerspitzen gegen die Nasenwurzel. Der Kopf dröhnte ihr. »Das ist nicht witzig!« Der Älteste war erst zwölf, verdammte Scheiße. Gerti war auch so klein gewesen, als ihre Eltern gestorben waren. Es passierte andauernd, der Tod nahm einem das Liebste, und selbst das war ihm noch nicht genug. Als sie wieder aufblickte, rieb Maximilian über sein Gesicht und hatte gerötete Augen. Es ging ihm verdammt nahe, das Ganze. Franziska atmete tief ein und noch mal so tief aus. Sie brauchte einen emotionsfreien Verstand, wenn etwas Vernünftiges bei diesem Gespräch herauskommen sollte. Keine Kinder, keine Gefühlsduseleien mehr.

»Wie groß ist die Wahrscheinlichkeit, dass sich Siegfried hätte scheiden lassen?«, fragte sie mit betont nüchterner Stimme.

»Etwa bei zehn Prozent«, antwortete Maximilian ohne Zögern. »Wobei ich nicht weiß, wie gut Samira im Bett ist.« Zwar zeigte Franziska mittels hochgezogener Augenbrauen ihren Protest gegen dieses Statement, wusste aber selbst aus der Berufspraxis nur zu gut, wie banal das echte Leben war. Da kam es auf genau diese Dinge an. »Dann eventuell fünf Prozent mehr.« Wer nicht gut aufpasste, wurde in dem Job ganz schnell zum Misanthropen.

»Wenn Samira zu derselben Überzeugung gekommen ist, haben wir womöglich ein hübsches Mordmotiv. Sie ist zudem eine temperamentvolle Frau. Für Hannelore fiele mir auch ein Motiv ein.«

Maximilian schüttelte den Kopf. »Die hat doch wie ein Klammeräffchen an Siegfried gehangen«, widersprach er ihr. »Da liegst du komplett falsch.«

»Vorausgesetzt, die zehn Prozent wurden schlagend, und Siegfried wollte die Scheidung«, ließ Franziska nicht locker. »Was bedeutet das für Hannelore?« Maximilian antwortete nicht, sondern blickte nur erwartungsvoll auf sie.

»Denk nach, Max – erzkonservatives Elternhaus – die Fürstensteins! Da lässt man sich nicht scheiden, das ist nach wie vor ein Skandal und vor allem ein großer Makel, welcher der Frau anhaftet. Gesellschaftlicher Selbstmord gewissermaßen. Dann kann sie keine Empfänge geben, hat keine Begleitung zu den Großereignissen, wird womöglich gar nicht eingeladen, kann nicht großkotzig auf all die anderen herunterblicken, die kein so perfektes Leben haben wie sie. Dazu kommt noch, dass alle ihre durchlauchtigsten Freunde sagen werden, dass sie das von vornherein erwartet haben, denn Hannelore hat unter ihrem Stand geheiratet, daraus kann nichts Gutes folgen. Selbst ihre Eltern wollten ›den Müller‹ nicht in der Familie.«

»Sein Geld haben sie aber gut brauchen können«, warf Maximilian ein. »Er hat den Familiensitz gerettet.«

»Das war sein einziger Pluspunkt«, gab Franziska zu. »Das alles würde über Hannelore wie ein Kartenhaus zusammenbrechen. Eine Scheidung ist für sie tabu.« Bedächtig nickte Maximilian, und Franziska wusste, wie schwer es ihm fiel, im Dreck befreundeter Menschen zu wühlen. Man fühlte sich wie ein Verräter, besudelt von den schmutzigen Gedankengängen, die man den anderen unterstellte. Jede einzelne Beziehung würde für immer darunter leiden.

»Das war Motiv Nummer zwei aus dem Privatleben. Hatte Siegfried ein Laster? Schulden?«

Die Tür ging auf, und der Wachebeamte steckte den Kopf herein.

»Wird langsam Zeit, Frau Doktor.« Franziska warf ihm einen flammenden Blick zu.

»Das ist ein Klientengespräch, kein Plauderstündchen«, bellte sie zurück.

»Sag ja nur …«, erwiderte der Mann kleinlaut und schloss die Tür.

»Wo war ich … ja, Laster, Schulden?«

Maximilian, der bei dem Einwurf des Justizwachbeamten zusammengezuckt war, verfiel vor Franziskas Augen zu einem Nervenbündel. Den Kopf auf die Hände gestützt, verbarg er sein Gesicht vor ihr, antwortete aber trotzdem auf die Frage. »Kann ich nicht sagen, sein einziges ›Laster‹ war die Jagd. Aber damit brachte er uns finanzkräftige Klienten. Hannelore hatte ihn immer gut im Auge, denke ich. Das Geld floss in die Renovierung des Fürstenstein-Anwesens und die Bewirtschaftung der Ländereien. Er war in letzter Zeit sehr gereizt, irgendetwas hat ihn belastet.«

Franziska horchte auf – wenn das mal nicht eine vielversprechende Spur war … »Denk nach, Max! Hat er irgendwas gesagt?«

»Was glaubst du, was ich in den Stunden in der Zelle sonst mache?«, schrie er los und Franziska wich trotz Glasscheibe unwillkürlich zurück. »Ich werde schon verrückt vor lauter Nachdenken: Was hat er gesagt, gemacht, angedeutet?« Scheiße, er war völlig neben sich.

Franziska spürte, wie sich ihre Nackenmuskeln zu einem Brett versteiften. »Entschuldige, schon gut.« Sie wartete ein paar Minuten, ließ ihm Zeit.

Mit dem Kopf in Händen saß er ihr gegenüber. »Ich muss dir was beichten, Ziska.« Jetzt blickte er auf, traf sie mit seinem verzweifelten Blick, nahm ihr den Atem. »Siegfried hat ein paar neue Klienten gebracht. Russen. Das hätte ich nicht zugelassen, wenn du noch an Bord gewesen wärst, das musst du mir glauben … aber nach deinem Abgang … wir mussten dich auszahlen, einen Ersatzmann einstellen …«

Scheiße, jetzt bekam sie fast selbst ein schlechtes Gewissen, wäre da nicht dieses eine Wort gefallen. »Russen?«, fiel sie ihm ins Wort.

»Extrem reiche Russen, die investieren wollen«, erklärte er, als ob Reichtum eine Rechtfertigung wäre für das schlimmste Sakrileg, das er begehen konnte.

»Du machst Geschäfte mit Oligarchen? Die alle mit der Führungselite und folglich mit dem KGB unter einer Decke stecken?«, bohrte Franziska nach, die Tonlage in schrillen Höhen. »Max? Dein Ernst?« Eiseskälte stieg ihr die Wirbelsäule hoch.

»Krieg dich ein, Ziska. Es sind Siegfrieds Klienten, nicht meine. Da habe ich nichts damit zu tun. Er hat es zum Teil auch bereut, – manche machen ziemlich Ärger, und man hat ständig das Gefühl, als stünde man mit einem Fuß im Grab.« Franziska schnaufte verächtlich und sprang auf. »Außerdem gibt es den KGB nicht mehr.«

»Nach allem, was mit Andrej passiert ist!« Sie hatte sich über den Tisch gebeugt, die Nase fast an der Glasscheibe. Ihre Augen wollten Löcher in diese verdammte Scheibe brennen. »Hast du das vergessen?« Die Stimme versagte ihr fast vor Enttäuschung, war ein heiseres Krächzen geworden. »Hast du es vergessen?«, wiederholte sie.

Maximilians Gesicht spiegelte ihren Zorn wider, sein Mund war schmal geworden, die Kieferknochen bewegten sich unter der Haut. »Dafür hast du die letzten 30 Jahre gesorgt, dass ich Andrej nicht vergesse.«

Ohne ein weiteres Wort zu wechseln, starrten sie einander an. In Franziskas Kopf sprangen die Gedanken kreuz und quer. Mit aller Macht versuchte sie, Max' Worte einzuordnen, den Ärger zu kontrollieren. Irgendwie musste dieser ganze Wahnsinn, der sich plötzlich in ihrem Leben abspielte, eingedämmt werden. Wie nur? Die Wände schienen auf sie zuzuwandern, und die Luft in ihren Lungen fühlte sich zäh wie Schleim an. Sie sah zu viel verletzten Stolz in Maximilians Gesicht, zu viel Qual, zu viel Enttäuschung. Andrej. Ich gebe nicht nach, betete sie sich vor und scheiterte trotzdem. Die Erinnerung hatte sich längst Bahn gebrochen und lauerte bloß auf eine Gelegenheit wie diese. Sie musste hier raus. Sofort.

»Ich kümmere mich um alles und beantrage eine neuerliche Haftverhandlung.« Franziska raffte Tasche und Jacke zusammen, klemmte sich alles unter den Arm. Auch Maximilian schien nicht weiter auf den Zwischenfall eingehen zu wollen. Er lockerte seine Schulter- und Nackenmuskulatur und streifte seine Hände an der Hose ab. Den Blick gesenkt, murmelte sie Abschiedsworte, ging zur Tür.

»Mach rasch, Ziska«, traf sie seine Stimme in den Rücken. »Das hier, das bringt mich um.«

*

Das Gespräch im Straflandesgericht saß wie eine fette Made unter ihrer Haut, nagte sich ihren Weg ins Fleisch. Franziska lief über den Rathausplatz, vorbei an Punschständen, Glitzerkram und Maronibratern. Kinder mit schwebenden Luftballons versperrten ihr den Weg, Erwachsene standen in großen Trauben beisammen, nippten an Glühweinhäferln und lachten überschwänglich. Sie wich den überfüllten Gängen zwischen den Ständen aus und wählte die Wege durch den Rathauspark. Die Eisbahn zwang sie zu einem Umweg; Schlittschuhläufer glitten an ihr vorüber. Trotz Minusgraden verfluchte Franziska die Kälte nicht, sondern lud sie vielmehr ein, ihre Gedanken, all die schrecklichen Erinnerungen, einzufrieren, damit sie in die hintersten Winkel ihrer Gehirnwindungen verbannt werden konnten. Jahrzehntelang hatte das funktioniert. Wäre diesmal nicht der unbändige Ärger und die noch viel schwerwiegendere Enttäuschung über Max dazugekommen, es hätte wieder gelingen können.

Wie hatte er ihr das antun können – ihre Kanzlei entehrt! Selbst wenn sie ab nächstem Jahr nicht mehr Teil der Partnerschaft war, ihr Name stand nach wie vor am Schild. Max hatte gewusst, was sie von den Russen hielt. Nicht »die Russen« schlechthin, Andrej war schließlich auch ein Russe gewesen, sondern von denen an der Macht, die sich mit dem KGB ins Bett gelegt hatten, um fette Kohle zu machen ohne Rücksicht auf andere Menschen oder gar auf ihr eigenes Volk. Keiner von denen, die genug Geld für Investitionen im Ausland übrig hatten, war ohne Verbindungen zur Elite ausgekommen. Der Kreml war fest in KGB-Hand, das wusste verdammt noch mal jeder Journalist, Korrespondent und Politiker, auch wenn der KGB jetzt FSB hieß. Genau diese Arschlöcher hatten Andrej auf dem Gewissen.

Sie war jetzt bereits über dem Ring, am Burgtheater vorbei und fast auf der Freyung beim nächsten Christkindlmarkt-Hotspot angelangt. Das Kopfsteinpflaster war uneben und sorgte dafür, dass sie sich mehr auf den Weg konzentrierte. Diesen Teil der Altstadt mochte Franziska besonders gern, die Herrengasse, die Palais um die Freyung, die enge Naglergasse, der Graben, auf dessen Oberleitungen überdimensionale Kristalllüster schaukelten und weiter bis zum Stephansplatz führten.

Gleich würde sie in der Rosenbursenstraße sein und brauchte einen Plan, um an die alte Hohenfellner heranzukommen. Da, der Blumenladen hinter dem Stephansdom, genau was sie suchte – und keine fünf Minuten später verließ sie mit einem Weihnachtsstern im Arm den Laden, bereit fürs Gefecht.

Im Hochparterre hielt sie vor Hohenfellners Wohnungstür kurz inne. Noch einmal ging sie die Punkte durch, die sie sich im Geiste zurechtgelegt hatte, und betätigte die Klingel. Sofort ertönte Ciceros Gekläffe.

»Kusch, Cicero«, murmelte Franziska und lauschte dem Trippeln von Frauchen Hohenfellner.

»Wer ist da?«, fragte diese mit ihrer allzeit wehleidigen Stimme.

»Ich bin's – Doktor Ferstl, Frau Senatsrätin.« Franziska fand, es war heute ein guter Zeitpunkt dafür, mit Süßholzraspeln zu beginnen, schließlich ging es um Max' Freiheit.

»Is was g'schehn?«, tönte es neugierig nahe der Tür, und im nächsten Moment knackste das Schloss, und die Tür öffnete sich. Cicero knurrte, zeigte seine Zähnchen, die Lefzen wütend hochgezogen. Wenn man ihn auf das Zehnfache aufblasen würde, gäbe er einen Furcht einflößenden Kampfhund ab, befand Franziska und schenkte dem Köter ein Lächeln mit gleichfalls viel Zähnefunkeln.

»Alles in Ordnung, Frau Hohenfellner, ich wollte nur nachfragen, ob es Ihnen nach der Aufregung gestern auch gut geht«, begann sie und streckte dem Hausdrachen den Blumenstock entgegen. »Das ist für Sie, kleine Aufmerksamkeit. Ist mit Ihrem Blutdruck alles im Normalbereich?« Der Köder war ausgelegt und wurde umgehend geschluckt.

»Sie haben ja keine Vorstellung, wie schlecht es mir diese Nacht ergangen ist«, setzte die erwartete Tirade ein. »Ich war sogar zu schwach, die Rettung zu rufen!« In der Tat war Frau Hohenfellners normalerweise perfekt auffrisiertes Gespinst aus violett schimmernden Silberfäden etwas derangiert. Immerhin hatte sie sich gut genug gefühlt, um

Perlenohrstecker und eine dreireihige Perlenkette anzulegen, bemerkte Franziska und ließ sich geduldig auf den letzten Stand von Hohenfellners Blutdruckwerten bringen.

»Wollen S' nicht auf einen Kaffee hereinkommen, Frau Doktor?« Wunderbar, genau was sie hatte erreichen wollen. Franziska lächelte.

»Ich hätte Ihnen gern Weihnachtskekse vom Demel mitgebracht, aber letzthin erzählten Sie von Ihren Blutzuckerwerten, und da wollte ich Sie nicht in Versuchung führen.« Franziska saß auf einem wackeligen Stuhl inmitten einer altdeutschen Einrichtung aus klobig schweren Möbeln, die durchgehend mit Spitzendeckchen belegt waren. An den Wänden drängten sich Ölgemälde mit historischen Jagdszenen und Stilleben, düstere Schemen vergangener Zeiten.

Frau Hohenfellner trat mit zwei Kaffeetassen an den Tisch. Klappernd tanzte das Porzellan auf den Untertassen. Eilig übernahm Franziska das Geschirr und stellte es auf dem Tisch ab. Cicero saß gegenüber auf einer Decke mitten auf dem altdeutschen Sofa und starrte sie mit lauerndem Gesichtsausdruck an, fast als würde er denken: Warte nur, du wirst einen Fehler machen, und dann beiß ich dir die Nase ab.

»Da brauchen Sie sich nicht zurückhalten, Frau Doktor, ich nehm ja sehr gute Tabletten gegen den Zucker, und wenn ich mal über die Stränge schlage, schluck ich einfach eine mehr, das passt dann schon.« Sie ging zurück zu der verschnörkelten Anrichte und holte eine Zuckerdose hervor. »Ich werde mich doch nicht die letzten paar Jahre, die ich noch zu leben habe, kasteien!«

»Recht haben Sie, Frau Hohenfellner.« Franziska sah sich um. »Dürfte ich die Toilette benutzen?«

Dem indignierten Gesichtsausdruck zufolge war Hohenfellner nicht eben erfreut darüber, Franziska in ihre persönlichen Räume vorzulassen, wies ihr jedoch nichtsdestotrotz den Weg. »Erste Tür rechts. Mein Mann hat noch das Bad und WC renovieren lassen. Wir waren die Ersten im Haus, die das WC in der Wohnung hatten. Das sind zwei Wohnungen zusammengelegt, 150 Quadratmeter«, verkündete sie und machte eine ausladende Geste. Cicero bezog Stellung gegenüber der Tür und zog die Lefzen hoch. Was für ein lächerliches Biest er doch war.

Franziska verriegelte die Tür hinter sich. Sofort suchte sie die Ablagefläche nach Medikamenten ab. Nichts zu finden. Leise öffnete sie den Badezimmerschrank und fand einige der üblichen Medikamente betagter Patienten: Tenormin, Indapamid, Iterium, Diamicron, Trajento, Glucophage, Simvastad, Thrombo-as; dreierlei Medikamente gegen Bluthochdruck, zweierlei gegen Zucker, Cholesterin, Blutverdünner, ein Asthmaspray, Augentropfen, ein Antidepressivum und Exelon, ein Alzheimermedikament. Franziska notierte die Namen und steckte Zettel und Stift wieder in die Hosentasche. Noch ein rascher Blick ringsum, während sie die Spülung betätigte. Fliesen, Wanne und Waschtisch waren in Olivgrün gehalten. Gekrönt wurde das alles von Blumenornamenten der 70er-Jahre, die oberhalb des Fliesenabschlusses tapeziert worden waren und dem Raum eine erdrückende Enge verliehen. Franziska ließ den Wasserhahn rauschen, hielt die Fingerspitzen darunter und seifte die Hände ein. Obgleich die Ausstattung Spuren der Jahre aufwies, war alles sauber und gepflegt, man spürte, dass die Hausfrau mit großer Sorgfalt ihres Amtes waltete.

Als sie zum Tisch zurückkehrte, stand bereits neben

einem Teller voller Kekse eine Kaffeekanne, und die Tassen waren gefüllt. Franziska nahm Hohenfellner gegenüber Platz, sah zu, wie Cicero ein Vanillekipferl verschlang, und nippte am Kaffee.

»Das ist der beste Kaffee, den ich jemals getrunken habe«, bekannte Franziska, »besser als diese ganzen Kapselbrühen.« Cicero knurrte, witterte wohl ihr falsches Spiel. Wohingegen sich Hohenfellners Gesicht merklich aufhellte und sie fast sympathisch erscheinen ließ.

»Ruhig, Cicero. Die Frau Doktor ist unser Gast«, wandte sich Hohenfellner zuerst an den Chihuahua, streichelte dem kleinen Tyrannen über den Kopf. »Das liegt daran, weil ich den Kaffee siede.« Sie neigte sich zu Franziska, als müsste sie ihr ein Geheimnis verraten. »Es gibt nur mehr wenige von diesen Kochgeräten. Beim Demel am Kohlmarkt kann man noch solchen Kaffee trinken, alle anderen haben diese Espressoautomaten.« Anerkennend nippte Franziska erneut an dieser Offenbarung von Kaffee und leckte sich Schlagobers von der Oberlippe.

»Ein wunderschönes Porzellan haben Sie da, Frau Hohenfellner – ist das Meißner?«

»Das ist mein Augarten-Service. Ein Hochzeitsgeschenk.« Liebevoll strich sie über die Milchkanne und zeichnete mit den Fingern das handgemalte Röschen nach.

»Schade, dass die Zuckerdose kaputt gegangen ist«, bemerkte Franziska und konnte sehen, wie Frau Hohenfellner aufschreckte.

»Kaputt? Wieso?« Alarmiert griff sie zu dem edlen Stück vor ihr.

»Das ist doch ein anderer Dekor, sehen Sie?«, deutete Franziska auf die gepinselten Blumen. »Da ist mehr Grünzeug um die Blüte herum …«

Hohenfellner holte sich die Zuckerdose nahe vors Gesicht und machte nach ein paar Sekunden ein erleichtertes Gesicht.

»Ach so, da habe ich ein Stück vom anderen Service erwischt. Meine Augen sind halt nicht mehr die Jüngsten!«

Franziska lächelte höflich. »Sie werden doch keinen grauen Star haben, Sie Ärmste?«

»Doch und Makuladegeneration noch dazu. Alle geraden Linien werden zu Wellen, ich habe schon Injektionen in den Augapfel bekommen. Das können Sie sich gar nicht vorstellen, wie furchtbar das war.« Es folgte eine ausführliche Schilderung von der Injektionsnadel, die sich langsam dem Augapfel nähert, und Franziska versuchte, ihre Gedanken weit wegzuführen, um sich unter gar keinen Umständen diese abscheulichen Erlebnisse ihrer Gesprächspartnerin einzuprägen. Eine imposante Standuhr war das da schräg vor ihr; mit Sicherheit hätte jeder beliebige Antiquitätenhändler oder Restaurator beim Anblick des Monstrums einen veritablen Orgasmus erlebt, sie hingegen, Banausin, die sie nun mal war, konnte nur den Kopf schütteln über den Masochismus mancher Leute, sich mit so einem Klotz das Wohnzimmer vollzustellen. Eigentlich hätte sie erwartet, lautes Ticken zu hören – bewegten sich die Zeiger? Jetzt fiel ihr auf, dass die Uhr zehn Minuten nach sieben anzeigte.

»Gefällt Ihnen meine Pendeluhr?«, kam es etwas spitz von Frau Hohenfellner. Sie hatte mittlerweile bemerkt, dass Franziska mit den Gedanken woanders war. »Die ist von meinem Großvater, ungefähr aus dem Jahr 1870.«

»Eine Antiquität sondergleichen«, beeilte sich Franziska die erwartete Begeisterung beizusteuern, »funktioniert sie noch?«

»Das tut sie. Von Zeit zu Zeit ziehe ich sie auf, doch das Ticken gibt mir das Gefühl, einsam zu sein.« Hohenfellners Hand tastete nach Cicero, und ein Vanillekipferl wanderte in sein Mäulchen. Für eine Minute schwelgte er im Genuss, nur um gleich darauf sein bösartiges Starren wieder aufzunehmen.

»Dabei wäre das große Zifferblatt sicher angenehm für Sie zu lesen. Wie ich sehe, tragen Sie gar keine Armbanduhr.«

»Das stimmt. Mein Sohn hat mir vor ein paar Jahren ein Seniorenhandy gekauft, da wird die Zeit schön groß angezeigt.« Sie deutete zu einem Beistelltisch, der neben dem Fernsehlehnstuhl mit allen möglichen elektrischen Hebeleistungen stand. Das dort befindliche Handy hatte ein relativ großes Display.

»Das finde ich großartig, wie Sie mit der Zeit gehen, Frau Hohenfellner. Das hätte ich Ihnen gar nicht zugetraut, dass Sie mit der modernen Elektronik umgehen können.«

»Ach was!« Sie wedelte kokett mit der Hand. »Mein Sohn muss mir alles einstellen, aber der hat ja nie Zeit. Hauptsache ich kann telefonieren, sag ich immer.«

Franziska warf einen Blick auf ihre Armbanduhr. »Wo wir von der Zeit reden – ich muss weiter. Das war sehr nett, vielleicht wollen Sie ja mal zu mir hinaufkommen auf einen Gegenbesuch.«

»Werden Sie wieder öfter da sein – jetzt, wo der Doktor Fürstenstein …«

»Ja«, fiel ihr Franziska ins Wort. Dieses Thema wollte sie tunlichst aussparen. »Ich helfe Ihnen noch, das Geschirr in die Küche zu tragen.«

Damit war sie auf den Beinen und trug die eigene Tasse und die Milchkanne hinaus. Überrumpelt folgte Hohenfellner hinterher. Die Küche war ein schmaler Schlauch, zugepflastert mit Einbaumöbeln. Mit einem Blick sah Franziska alles, was sie wollte. Sofort machte sie kehrt und ging zurück ins Wohnzimmer, ehe Hohenfellner nachkommen konnte. Im Vorbeigehen drückte sie auf eine Taste des Handys am Beistelltisch und das Display leuchtete auf. Mit dem Keksteller und ihrer Handtasche über der Schulter war Franziska gleich wieder zurück in der Küche.

»Nochmals danke, Frau Hohenfellner. Wir sehen uns bestimmt bald wieder«, verabschiedete sie sich.

*

Der alten Routine folgend, hängte Franziska ihren Mantel an die Garderobe und lauschte in die Kanzleiräume.

Einer der Drucker war angesprungen und folgte seiner Bestimmung, Schritte am Parkett verrieten die Anwesenheit der Sekretärin. Nein, es war natürlich Nathalie, und das um 17.00 Uhr. Zeichen und Wunder, dachte Franziska, wäre nicht ein Mord dafür verantwortlich, man könnte religiös werden.

Um das Mädel nicht zu erschrecken, hatte sie mit den Kleiderhaken geklappert, die Tür vernehmlich ins Schloss fallen lassen und aus dem Vorzimmer ihr übliches »Hallo, bin zurück!« Richtung Sekretariat gerufen.

Die Rücksichtnahme in Person – trotzdem riss es Nathalie fast vom Drehsessel, als Franziska sich neben ihr über den Schreibtisch beugte, um sich einen Stapel Briefe zu fischen. Ihr Aufschrei gellte spitz in Franziskas rechtes Ohr, die Kuverts fielen ihr aus der Hand. Indigniert rieb Franziska über die Ohrmuschel, was dem Klingelgeräusch darin allerdings keinerlei Abbruch tat.

»Mädchen, bist du meschugge?«, fuhr sie Nathalie an. »Mir meine letzte Hörkraft zu rauben? Das nächste Mal verklag ich dich auf Schmerzensgeld.«

Die Augen immer noch schreckensweit aufgerissen, zog Nathalie an den iPod-Ohrstöpseln, während die andere Hand auf die Brust gepresst lag. »Frau Doktor! Wollen Sie mich umbringen? Ich wär fast g'storben!« Franziska verdrehte die Augen gen Himmel.

»Kein iPod bei der Arbeit, kapiert? So kann man doch nicht …«

Die Tür ging auf, und Kurt Theschs Lausbubengesicht erschien.

»Nathalie? Hat die Doktor Ferstl Sie mit ihren messerscharfen Flüchen aufgespießt?«, fragte er augenzwinkernd, und Nathalie schwebte schlagartig in einer Wolke Glückseligkeit. Sollte man in Flaschen füllen, grummelte Franziska und war doch froh, dass Kurt das Mädchen so wunderbar ablenken konnte, wenngleich auf eine sehr makabre Art, das musste man schon einschränkend anmerken. »Würde mich nicht wundern, in dieser Kanzlei …«

»Alles in Ordnung, Doktor Thesch. Sie ist bloß plötzlich über mich gebeugt dagestanden …«

»Kind, ich bin hereingepoltert wie ein Nashorn«, ließ Franziska den Vorwurf nicht auf sich sitzen. »Lassen S' bloß den iPod ausgeschaltet, solange Sie arbeiten.« Kopfschüttelnd sammelte sie die verstreute Post wieder ein und begrüßte Kurt. »Hast du einen Moment Zeit?«

»Klar. Komm rein. Kaffee?«

»Hatte ich schon.« Sie setzte sich gegenüber von Kurt an seinen Schreibtisch und nahm die Ordnung darauf befriedigt zur Kenntnis. Der Junge schien gut strukturiert zu sein. »Ich war bei Maximilian. Die Haftverhandlung fand ohne mich statt, die Fucik hat U-Haft wegen Verdunkelungsgefahr verhängt.«

»Scheiße.« Kurt ließ sich auf seinen Sessel fallen und wippte mit der Lehne. »Ausgerechnet die Fucik hat er bekommen …« Von der besonderen Beziehung zwischen Frank und Fucik wusste de facto jeder am »Straflandl« Bescheid, schließlich amüsierten sich die Kollegen prächtig über die Schrullen und Pannen der jungen Richterin. Franziska fand diese Fehde ausgesprochen dumm und unprofessionell von Maximilian, zudem passten solche Animositäten nicht zu seinem Charakter. Irgendwie hatte er sich in den letzten Jahren verändert. Aber über Maximilians Schwächen wollte sie mit ihrem jungen Kollegen eigentlich nicht plaudern.

»Der Fall ist bereits in der Zeitung, von Max steht nichts drin, aber das ist nur eine Frage der Zeit. Schätze, in der nächsten Ausgabe von ›Heute‹ ist alles abgedruckt, und wir haben die Kacke am Dampfen.«

»Wie kann ich helfen?«, fragte Kurt sofort nach, was Franziska geradezu rührte. »Vermutlich hat er dich beauftragt …«

»Genau – und ja, ich brauche jede Menge Unterstützung. Für die Polizei ist das Ganze gelaufen. Ein schneller Ermittlungserfolg, besser geht es nicht. Wenn wir nicht den Mörder finden, bleibt Max über.« Es auszusprechen, machte die Gefahr real. Max' graues Gesicht trat ihr vor Augen, die Fahrigkeit seiner Bewegungen, das unrhythmische Klopfen seiner Finger auf der Tischplatte … sie musste schnell sein, die Aussagen entkräften … Die Nervosität ließ sie aufspringen und im Raum auf und ab gehen.

»Wir stellen einen Enthaftungsantrag, Kurt. Ich bin mit der Argumentation fast durch, es fehlen bloß ein, zwei

Mosaiksteine. Was ich von dir brauche«, sie kehrte wieder zum Schreibtisch zurück, »sind alle möglichen Informationen, was das letzte Dreivierteljahr in der Kanzlei los war. Durch meine Krankenstände habe ich einige Entwicklungen nicht mitbekommen, Max hat einen Großteil von mir ferngehalten, damit ich mich aufs Gesundwerden konzentrieren konnte. Wir müssen Fürstensteins berufliche wie auch die private Ebene durchleuchten – wer hatte einen Grund, Siegfried zu töten.« Das Telefon am Tisch schrillte, aber Kurt nahm nicht ab. Er tippte bereits in Gedanken versunken auf die Tastatur ein. Gereizt nahm Franziska den Hörer und legte gleich wieder auf.

»Privat ist schwer – Fürstenstein hat kaum was erzählt, außer von seinen Jagdgesellschaften, mit wem er da zusammenkam, vor allem, wenn er neue Klienten akquirierte. Er hat sich immer mehr auf Investoren verlegt. Eine Menge Deutsche, die in Immobilien ihr Geld anlegen wollen. Aber auch ein paar Russen …«

»Davon habe ich schon gehört. Was sind das für Typen?«

»Ich bin da nicht involviert. Bestenfalls sehe ich die Klienten, wenn sie zur Unterschriftsleistung vorbeikommen.« Franziska merkte, wie wenig sie diese Info überraschte. Das passte genau zu Siegfried. »Das kann ich aber relativ leicht herausbekommen.«

»Mach das. Zum Zweiten: Finde heraus, welche Verteidigungen wir übernommen haben, die in irgendeiner Weise brisant sind oder einen Bezug zu Siegfried haben.«

»Herr Doktor Thesch, ich habe Ihnen ein Telefonat durchgestellt«, platzte Nathalie ins Zimmer. »Das war ein Reporter von der ›Kronen Zeitung‹. Er hat eben nochmal angerufen und wartet auf einen Rückruf. Was soll ich machen, wenn Journalisten anrufen oder gar das Fernsehen?«

Kurt sah zu Franziska und diese wiederum zu Nathalie, die ihre runden Kuhaugen nicht von ihrem Helden abwenden konnte.

»Nathalie, wimmeln Sie alle ab. Freundlich, aber bestimmt. Nehmen Sie Telefonnummern und Namen entgegen, wir rufen zurück«, erklärte Franziska in aller Ruhe und einer Intensität, die dem Mädchen den Ernst der Lage bewusst machen sollte. »Aber um alles in der Welt – erzählen Sie denen nichts! Wir müssen jedes Wort, das rausgeht, genau überdenken. Solche Berichte in den Medien können helfen und schaden, je nachdem, was lanciert wird. Also bitte: kein Wort nach draußen!«

»Okay.« Enttäuschung stand in dem blass geschminkten Gesicht. Was hatte Nathalie um Himmels willen erwartet? Interviews vor laufender Kamera? Ein Foto von sich auf der ersten Seite von ›Heute‹? Kopfschüttelnd sah Franziska zu, wie die Tür zugezogen wurde. Nervös massierte sie sich die Nasenwurzel. Ein Punkt fehlte noch.

»Der private Bereich – halte Augen und Ohren offen. Du hast einen mehr als guten Draht zu Nathalie.« Da Kurt protestieren wollte, gebot ihm Franziska mit einer Handbewegung Einhalt. »Es ist doch wohl offensichtlich, dass sie dich vergöttert. Du wirst dieses Vertrauen nicht missbrauchen, sondern bloß nutzen, verstanden? Bestimmt wird sie mithelfen wollen, den wahren Mörder von Fürstenstein zu finden und wenn sie dabei an deiner Seite kämpfen kann, ist das ein Geschenk für die Kleine. Wir haben sie völlig unterschätzt – sie mag ja still und ein Sonderling sein, aber sie ist verdammt clever und um einiges robuster, als ich mir hätte träumen lassen. Die Leiche und die ausgeflippte Dinic hat sie weggesteckt wie nichts, schupft den Laden hier, als hätte sie nie was anderes gemacht. Das heißt für mich: Die Kleine hat hier alles genau beobachtet und registriert. Wenn jemand die Geheimnisse der Menschen in unserer Kanzlei kennt, dann Nathalie. Das ist nun deine Aufgabe«, fügte sie bestärkend hinzu und ließ Kurt nicht aus den Augen. Der gequälte Gesichtsausdruck ließ keinen Zweifel daran, dass er sich gern gedrückt hätte, was diesen Teil anging.

»Weibliches Einfühlungsvermögen wäre da viel angebrachter, Franziska«, versuchte er, dem Unausweichlichen zu begegnen. »So von Frau zu Frau redet es sich doch viel leichter.« Der Mann hatte entweder keine Ahnung oder war ein richtig schlechter Strafverteidiger – so kam man doch nicht aus der Schlinge!

»Weibliches Einfühlungsvermögen, ha? Komm mir nicht damit, du kennst mich anscheinend wirklich noch nicht richtig.« Sie musste über seine verzweifelte Grimasse schmunzeln. »Es gibt Schlimmeres, als von einer 17-Jährigen angehimmelt zu werden«, ließ sich Franziska nicht erweichen und musste aufpassen, nicht breit zu grinsen.

»Wird erledigt, Boss. Jetzt versteh ich deinen Spitznamen …«

»Pass bloß auf, was du sagst!«, lachte Franziska und ging zur Tür. »Und: danke«, fügte sie eine Spur verlegen hinzu. Es war nicht selbstverständlich, dass jemand mit ihrer forschen Art so gut klarkam. Dankbarkeit überkam sie beim Anblick des jungen Mannes vor ihr. Sie musste nicht alleine um Max' Freiheit kämpfen. Das war Gold wert.

*

»Gerti!«, rief Franziska, kaum hatte sie einen Fuß in ihr Bürozimmer gesetzt. Die rundliche Frau am Bücherschrank fuhr herum und strahlte wie eine dieser Sonnenblumen von van Gogh, was gut zwischen die sonnengelb ausgemalten Wände passte.

»Hast du keine g'scheiten Bücher?«, schüttelte ihre Schwester den Kopf. Krause Löckchen wirbelten einem Heiligenschein gleich herum. »Nur Juristenkram, das ist doch keine vernünftige Sprache.«

»Frau Germanistin«, ätzte Franziska und ging schnurstracks zu ihr, um sie zu umarmen. Es fühlte sich jedes Mal wie heimkommen an, die kleine Schwester zu drücken. Diesmal fiel die Umarmung deutlich länger aus als gewöhnlich, und auch das sanfte Tätscheln, das sie jetzt auf ihrem Rücken spürte, war ganz und gar nicht üblich.

Gerti schob sie auf Armlänge von sich und beäugte sie kritisch. »Scheiße schaust aus, Ziska. Hab ich mir gedacht, dass dich die G'schicht mitnehmen wird. Hast was gegessen?«

Franziska lächelte ihre Schwester an und zuckte mit den Schultern. Was sollte sie ihr viel erzählen, wenn Gerti sie ohnedies in- und auswendig kannte? »Was treibt dich in die Stadt? Ist dir in Purkersdorf endlich langweilig geworden?«

»Von wegen – Weihnachtseinkäufe und das dringende Bedürfnis, nach dir zu sehen. Recht hab ich gehabt wie immer. Iss was.« Sie kramte aus ihrer enormen Handtasche einen Glasbehälter hervor und stellte ihn vor Franziska auf den Schreibtisch. »Brauchst du nur wärmen. Dein Lieblings-Curry.«

»Manchmal frag ich mich, ob nicht du mich großgezogen hast. Wann hat das begonnen, dass du mich permanent bemutterst?«

Gertis Bäckchen strahlten vor Vergnügen. »Franziska, du bist in der Küche genauso talentiert wie ich mit diesem Juristenkram. Wenn ich nicht kochen gelernt hätte, wären wir nach Mamas Tod verhungert.«

»So ein Blödsinn …«, setzte Franziska an, wurde aber energisch unterbrochen.

»Deine Pausenbrote waren ein Albtraum, die Eierspeise grundsätzlich versalzen, und du hast es regelmäßig geschafft, Nudeln anbrennen zu lassen. Herrgott, die schwimmen im Wasser! Wer kriegt denn so was hin?« Gerti plumpste vor Lachen auf den einzigen Stuhl neben dem Schreibtisch und streckte die Beine von sich.

Franziska konnte das bei aller Liebe nicht auf sich sitzen lassen. »Ich habe gleichzeitig für Prüfungen gebüffelt. Kann doch keiner ahnen, dass Kochwasser so rasch verdunstet …«

»Blödsinn. So etwas war dir einfach wurscht. Stimmt's? Und du warst die allerbeste große Schwester der Welt. Wenn du auch noch perfekt kochen könntest – nein, das hält doch keiner aus! So bleibst du wenigstens annähernd menschlich.«

»Und du bleibst ein freches Mädel, was?« Franziska gab ihr einen schwesterlichen Klaps auf den Arm.

»Da kannst du Gift drauf nehmen, meine Große. Im Ernst jetzt: Arbeite nicht zu viel. Am Sonntag bleibt's dabei, gell? Überlass dem jungen Buam das meiste, hörst? Du bist so gut wie in Pension …«

»Meinst du den Kurt Thesch mit ›Buam‹?«, lachte Franziska auf und ignorierte geflissentlich die Ermahnung zur arbeitsmäßigen Enthaltsamkeit. »Wenn du bereits zu einem 30-Jährigen ›Buam‹ sagst, bist wirklich alt, das ist dir klar, ja?«

Gerti machte eine wegwerfende Handbewegung und setzte ein strenges Gesicht auf. »Ich mag mein Alter, lenk nicht ab. Denn mit Sicherheit setzt du Gott und die Welt in Bewegung, um Max aus der Bredouille herauszuhauen und die Kanzlei in Betrieb zu halten und – warte, was hab ich vergessen, ah ja – einen Mord zu klären?« Es war wundervoll, eine Familie zu haben, das wusste jeder zu schätzen, der früh einen Teil davon verloren hatte. Allerdings wusste Gerti fast alles über sie, und das war nicht immer angenehm. Dem entkam man bloß mit geschickten Ausweichmanövern.

»Kommen die Kinder am Sonntag dazu? Mit Tinchen alles gut?« Es war unfair, das war Franziska vollkommen bewusst, und sie nahm sich vor, beizeiten ausgiebig beschämt zu sein, wusste jedoch, dass Gerti diesen Köder zu 100 Prozent schlucken würde. Schließlich kannte sie ihre kleine Schwester mindestens genauso gut wie diese sie kannte.

Sofort schlug Schwesterherz die Hände zusammen und seufzte. »Wie man's nimmt – sie redet wieder mit mir, allerdings nur übers Wetter, den Maturaball und über Chlorhühner, die wir infolge von TTIP in Zukunft auf dem Tisch haben werden.«

»Eine ganz normale 17-Jährige«, grinste Franziska. Sie liebte ihre Nichte und die beiden Neffen. So sehr, dass es ihr öfter mal unheimlich geworden war. Kinderliebe war eine unfassbare Naturgewalt, das hatte sich in ihrer beruflichen Praxis nur allzu oft bewahrheitet. Man tat die verrücktesten Sachen für Kinder und das, ohne zu zögern. »Du warst genauso.«

»War ich nicht! Du hast gut reden – ich darf nur mehr Fleisch kaufen, wenn das Vieh an Altersschwäche und im Beisein seiner engsten Angehörigen dahingeschieden ist. Ich fürchte, bald isst sie nicht mal mehr das.«

»Dann ist der Liebeskummer überstanden?«, wollte

Franziska beim Thema bleiben. Tinchen war die letzten Wochen ein wandelndes Häuflein Elend gewesen, Franziska hatte bereits überlegt, dem jungen Möchtegern-Gigolo, der Tinchen das Herz gebrochen hatte, mit pädagogisch wertvollem Schwung das Knie in die Osterglocken zu rammen. Durfte sie jedoch nicht, Tinchen hatte bislang an eine Versöhnung geglaubt.

»Geh, wo denkst hin. Die pickelige Bohnenstange ist ihr Traummann gewesen. Aber sie schreibt lauter Einser auf die Tests und Schularbeiten, irgendwie hat sie anscheinend mit der Liebe abgeschlossen und konzentriert sich auf die Karriere. Sagt sie zumindest.«

»Sag bloß nicht …«

»Ich mache es genau wie Tante Ziska, die hat ja so recht!«, zitierte Gerti in mädchenhafter Stimmlage.

»Sie sollte sich lieber an dir orientieren.« Franziska schaute Gerti nicht an, sondern kramte in den Unterlagen, die Nathalie ihr auf den Schreibtisch gelegt hatte. Gertis Hand stoppte ihr geschäftiges Treiben.

»Ziska, du bist ein erstklassiges Vorbild. Ich wäre stolz, wenn sich Tinchen wie du entwickelt.« All die Zärtlichkeit, die in Gertis Worten lag, durchschlug ihren Sicherheitspanzer, wie es Handgranaten nicht gekonnt hätten. Dummerweise waren ihre Augen allzu feucht glänzend, und der Blick zu ihrer Schwester enttarnte sie als Weichei. Was Gerti glücklicherweise längst wusste und einfach mit einem Zwinkern und einem kurzen Drücken ihrer Hand abtat. Sie stand auf und schlüpfte in ihre Daunenjacke. Wie sie da so stand, in ihrem rosaroten Flauschtraum, mit bunter Mütze und Fäustlingen, konnte Franziska wieder das 13-jährige Mädchen sehen, das ohne Zweifel immer noch in dieser großartigen 55 Jahre jungen Frau steckte.

»Der Adventsonntag ist seit 48 Jahren nicht ausgefallen, und das wird auch so bleiben«, versuchte Franziska, im ruppigen Tonfall ihr Gesicht zu wahren, musste aber über sich selbst lachen. Wem wollte sie etwas vormachen? »Ihr seid das Allerwichtigste in meinem Leben.«

»Ich weiß.« Damit umarmte Gerti sie zum Abschied. »Wir sehen uns am Sonntag.«

*

»Samira Dinic« stand auf dem Schild der Gegensprechanlage. Nachdem sie im Krankenhaus erfahren hatte, dass die Patientin Dinic bereits entlassen worden war, hatte Franziska lange abgewogen, ob sie vorher anrufen oder einfach ihr Glück versuchen sollte, ja, sogar eine Nacht drüber geschlafen. Gut möglich, dass Samira beim Anblick ihres Namens am Display den Anruf nicht annehmen würde. Nach den Anschuldigungen, die sie gegen Max vorgebracht hatte, konnte sie sich leicht ausrechnen, was Franziska von ihr wollte. Es brauchte folglich das Überraschungsmoment, um zu ihr vorzudringen.

»Ja?«, krächzte es aus dem Lautsprecher.

»Franziska Ferstl. Darf ich raufkommen, Frau Dinic?« Es folgte eine unendlich lange Pause, sodass Franziska schon fürchtete, Samira Dinic sei in Ohnmacht gefallen oder habe zumindest alle verfügbaren Riegel, Balken und Schränke vor die Haustür geschoben. »Ich wollte nach Ihnen sehen. Keine Hintergedanken, versprochen.« Es war wirklich kindisch, die Finger hinter dem Rücken zu überkreuzen, aber wenn man zur Ehrlichkeit erzogen worden war, fiel es einem zeitlebens schwer zu lügen. Ein hartes Los, wenn man Anwältin geworden war. Also nicht, dass

Anwälte lügen müssten, um ihren Beruf auszuüben, sie waren lediglich äußerst talentierte Akrobaten bei der Interpretation der Wahrheit.

Der automatische Türöffner brummte, und Franziska konnte das Haustor aufstoßen. Aus dem Personalakt wusste sie, dass Samira im dritten Stock wohnte. Entschieden mied sie den Lift, lief die Treppen in dem Neubau hoch, bis sie vor der richtigen Tür am Ende des Flurs stand, die sich öffnete, kaum hatte ihre Stiefelspitze den Schuhabstreifer berührt. Vermutlich hatte Dinic vor dem Spion auf sie gewartet. Der Frotteebademantel hing lose von ihren Schultern, die Füße standen nackt am Laminatboden. Mit schwarzem Blick sah sie zu Franziska auf, ignorierte den Weihnachtsstern, den diese ihr entgegenstreckte.

»Eine kleine Aufmerksamkeit«, begann Franziska und beschloss insgeheim, sich zur Strafe auf *Judas* umtaufen zu lassen. Dinics Anblick war mehr als betrüblich – strähniges Haar, Ringe unter den Augen und hohle Wangen, die Tage zuvor noch rosig geleuchtet hatten. Jetzt hab dich nicht so, du willst doch nur die Wahrheit herausfinden, rief sie sich zur Raison und machte rasch den entscheidenden Schritt über die Schwelle.

Dinic wich zur Seite, erwiderte den Gruß jedoch nicht.

»Ich frage besser nicht, wie es Ihnen geht, das ist offensichtlich. Kann ich irgendetwas für Sie tun?« Ruckartig hob Dinic den Kopf, und die zuvor noch leblosen Augen funkelten mit einem Mal manisch. Franziska versuchte, ihren Schreck so gut es ging zu verbergen, wich jedoch unwillkürlich ein kleines Stück zurück.

»Ja, können Sie – sorgen Sie dafür, dass Maximilian Frank im Gefängnis bleibt, und zwar für immer.« Die Lippen begannen zu beben und an den Wimpern hingen plötzlich dicke Tränen. Franziska stieß den angehaltenen Atem aus. Das fing ja prima an.

»Frau Dinic, ich will den Mörder finden, das gebe ich zu. Maximilian würde nie …« Dinic ließ sie nicht aussprechen, kam sogar noch einen Schritt näher auf sie zu, keuchte ihr den schlechten Atem ungeputzter Zähne und einem leeren Magen entgegen.

»Sie!«, schrie Samira Dinic allen Hass und Bitterkeit direkt in Franziskas Gesicht. »Natürlich werden Sie ihn raus bekommen, mit Ihren Tricks, der Wortklauberei und dem Verdrehen von Tatsachen. Euch kenne ich alle – wenn es darauf ankommt, seid ihr Anwälte wie Bluthunde! Nur mein Siegfried war anders, der war anständig, ist zu seinen Überzeugungen gestanden …«

Franziska wagte nicht, den weiteren Ausführungen zu Siegfrieds Heldentum zu widersprechen. Auf diese Weise bestand immerhin Hoffnung, in ein sanfteres Gewässer für ein Gespräch zu gelangen. Was hätte es auch genützt, auf Siegfrieds Ehebruch hinzuweisen, darauf, dass er vermutlich Samira falsche Versprechungen gemacht hatte, unterdessen drei Kinder auf ihn gewartet hatten, ganz zu schweigen davon, dass er ein halber Nazi gewesen war und sich mit der russischen Mafia eingelassen hatte.

»Er war ein ganz besonderer Mann«, stimmte Franziska vorsichtig zu und merkte, wie ihre Worte auf fruchtbaren Boden fielen. »War das zwischen Ihnen eine ernste Sache?« Samira presste die Lippen aufeinander, senkte die Lider und verschwand in die Küche. Stumm folgte Franziska, sah sich in dem engen Raum um, bis sie auf der Fensterbank ein geeignetes Plätzchen für den Blumentopf fand, den sie immer noch unbeachtet und unerwünscht in Händen hielt. »Wenn's recht ist …«, murmelte sie und beobachtete aus den Augenwinkeln Samiras zitternde Hände, die nach einer Medikamentenpackung griffen und eine Tablette durch die Metallfolie drückten. Gewacalm, las Franziska in der Zeit, in der Samira das Medikament herunterschluckte. Kaffeetassen stapelten sich in der Spüle, auch einige Teller, Messer, Löffel. Eine Box Papiertaschentücher auf der Bank, umgeben von gebrauchten Taschentuchkugeln. Es dauerte eine Weile, ehe Samira wieder die Augen aufschlug und Franziska ansehen konnte; zumindest hatte Franziska den Eindruck gewonnen, dass diese Medikamentendosis dazu diente, ihren Anblick ertragen zu können.

»Ich kann das alles nicht fassen. Er wollte mich heiraten, hat es jedes Mal gesagt, wenn wir zusammen waren. Mit mir war er glücklich.« Samira ließ sich auf die Bank fallen, und Franziska fürchtete, einem Zusammenbruch beiwohnen zu müssen, so bleich waren Samiras Lippen geworden. Die Augen hatten sich wieder mit Tränen gefüllt, und die Brust hob und senkte sich in einem ungesunden Rhythmus. Hoffentlich ging diese Tablette flott ins Blut über. »Seine Frau ist komplett frigide.«

»Ach Frau Dinic, sagen das nicht alle Männer, die fremd gehen?«, platzte es aus Franziska heraus. Sie biss sich in die Innenseite der Wange. Das war ja nicht besonders diplomatisch gewesen. Andererseits kannte Samira Dinic sie als geradlinigen Menschen, der genau das sagte, was Sache war – wozu sich also verstellen?

»Sie kennen sie doch, seine Frau – die ist kalt wie ein Fisch! Der arme Mann war völlig vereinsamt.« Offenbar drückten Franziskas Gesichtsregungen ausgesprochenen Zweifel an dieser Überzeugung aus, denn Samira reagierte heftig. »Nein, er hat mich nicht belogen. Dieses Weib ist eine Fanatikerin, das sage ich Ihnen. Bei der dreht sich alles ums Kaiserhaus und ihre Stellung in der Gesellschaft. Den Sigi hat sie bloß des Geldes wegen geheiratet. Einen Orgasmus bekommt die höchstens, wenn sie vor einem Habsburger einen Hofknicks machen darf. Eine Scheidung war für sie undenkbar. Wir haben in letzter Zeit oft darüber geredet – Sigi wollte wohlüberlegt vorgehen. Der Kinder wegen, verstehen Sie?«

Diesmal schaffte es Franziska, keine Miene zu verziehen weder bei »Sigi«, hierbei dachte sie bloß, dass es doch noch jemanden gegeben hatte, der ihn mit diesem lächerlichen Kosenamen hatte ansprechen dürfen, noch grinste sie bei der Sache mit dem Hofknicks. Vielmehr setzte sie sich Samira gegenüber auf den Sessel, gerade so, als würden sie diese Informationen zutiefst bewegen. Wobei, Samira tat ihr aufrichtig leid, da brauchte sie nicht extra zu schauspielern, bloß – wie konnte man so dämlich sein? Im Leben würde sie es nicht verstehen.

»Also wollte er Sie heiraten?«, fragte Franziska und bemühte sich, jegliche Scheinheiligkeit aus der Stimme zu verbannen.

»Natürlich, wir waren ein Jahr zusammen, haben wunderbar harmoniert, nicht nur im Bett – ich sehe doch, was Sie denken! Zudem wäre ich eine wesentlich bessere Mutter als diese Frau. Ich – also wir – haben diese Details komplett durchgedacht.« Franziska registrierte ein unsicheres Flackern im Gesicht ihres Gegenübers. Blick nach unten, blinzeln, die Hände, die sich ineinanderkrallten.

»Er hat sich Zeit mit der Umsetzung gelassen, könnte ich mir vorstellen …«, versuchte sie, Samira zu weiteren Ausführungen zu bewegen.

»Frau Ferstl, ich bin eine anständige Frau – für mich war diese Heimlichtuerei sehr belastend. Meine Mutter hat ständig gegen Sigi gewettert, und meine Schwester war nicht verständnisvoller.«

In Gedanken antwortete Franziska, dass die wenigsten Ehemänner sich um eine Scheidung bemühten, es sei denn, die Affäre flog auf und die Gemahlin ließ nicht länger mit sich spaßen. Was sie daran erinnerte, was Max erzählt hatte. »In letzter Zeit haben Sie sich öfter mal in der Kanzlei verplappert«, sagte Franziska sanft, um Samira nicht zu verschrecken, »vielleicht unbewusst?«

»Wie gesagt, Heimlichkeiten sind nichts für mich.«

»Hat ihn das geärgert?« An den verkniffenen Lippen konnte Franziska die Antwort leicht ablesen, umso erstaunlicher war Samiras Antwort.

»Aber nein, wir hatten nie Streit, Sigi war nur in meinen Armen glücklich! Wäre ich an dem Abend nur raufgegangen, vielleicht würde er heute noch leben …«

Franziskas Alarmglocken schrillten. »Hatten Sie beide eine Verabredung am Sonntag?«

Das Medikament schien seine Wirkung zu entfalten. Samira lehnte auf der Bank, die Beine von sich gestreckt, die Hände in den Schoß gefaltet. Fast teilnahmslos sah sie aus dem Fenster, wäre da nicht eine Träne träge die Wange hinabgeglitten. »Das Treffen hatte ich abgesagt. Es ist am Nachmittag noch ein SMS von ihm gekommen, da bin ich dann doch hingegangen.« Sie nestelte am Gürtel des Schlafrocks.

»Wann kam das SMS?« Franziska stellte die Frage so beiläufig wie möglich.

»Gegen 16.00 Uhr«, sagte Samira. »Wieso?«

»Das war vermutlich sein letztes Lebenszeichen«, erwiderte Franziska und zuckte mit den Schultern. »Wann waren Sie denn da?«

»Ich bin gleich los, die Fahrt dauert bloß eine Viertelstunde.« Beschämt schnappte sie nach einem Taschentuch und wischte sich über Augen und Wangen. »Ich wusste ja, dass er in der Kanzlei übernachten würde, und hatte schreckliche Sehnsucht. Jedenfalls – ich war bereits fertig gestylt, als er mir schrieb.«

»Für wie viel Uhr hatten Sie sich ursprünglich verabredet?«

»Um 17.00 Uhr. Eigentlich hatte er mich eingeladen, zu dieser Tagung mitzukommen, aber auch das habe ich ausgeschlagen, ich Idiotin.« Samira versteckte ihr Gesicht hinter dem Taschentuch und verharrte, den Kopf auf die Hände gestützt.

»Sie sind also in die Kanzlei hinein…«, versuchte Franziska voranzukommen.

»Nein, ich bin das Hochparterre hinauf. Der Chihuahua von der alten Hohenfellner hat gekläfft, und ich habe mich sofort in der Nische versteckt. Da ist mir mein ganzes Elend bewusst geworden: eine heimliche Geliebte, die sich stets verstecken muss, zum Sex gerufen wird wie eine Prostituierte. Nein, hab ich gesagt, nicht mit Samira Dinic! Hab am Absatz kehrtgemacht und bin heim. Sigi hat auf meinen Anruf nicht geantwortet, und ich dachte, er ist bös auf mich …« Eine Träne folgte der anderen, sie liefen ungehindert über die Wangen.

»Um wie viel Uhr haben Sie ihn angerufen?«, fragte Franziska, überlegte, ob sie Samiras Arm tätscheln oder lieber einen Tee kochen sollte. Sie entdeckte einen Wasserkocher, entschied sich für Letzteres und machte sich sogleich ans Werk.

»Wie?«, kehrte Samira aus ihren Gedanken zurück, als das Prasseln im Kocher die Stille durchbrach.

»Sie sagten, Sie hätten Siegfried angerufen. Wie spät war es da?« Samira zuckte mit den Schultern. Franziska nahm ein Teehäferl aus dem Regal über der Spüle, hängte einen Teebeutel hinein und kehrte zu Samira zurück.

Samiras Gesicht war grau, der eine Daumennagel krallte sich so tief in die Handfläche, dass Franziska damit rechnete, in Kürze ein Pflaster auftreiben zu müssen. »Ist das SMS noch auf dem Handy und könnte ich es sehen?«

»Nein«, antwortete Samira mit einer Vehemenz, die Franziska zusammenzucken ließ. »Sie bekommen von mir keine Munition, um Doktor Frank rauszuholen. Diese Dinge werde ich alle bei der Polizei zu Protokoll geben, dort können Sie es sowieso nachlesen. Keiner wird mir nachsagen, ich hätte der Polizei Informationen vorenthalten und dafür der Anwältin des Mörders gesteckt.«

»Samira, da haben Sie mich ganz falsch verstanden. Natürlich respektiere ich Ihre Entscheidung. Ich will mir keinen Vorteil verschaffen, sondern die Wahrheit herausfinden.« Samira verzog das Gesicht, als wollte sie ihr vor die Füße spucken.

»Alles klar. Sparen Sie sich das Anwaltsgesäusel, mich beeindruckt das nicht.« Wieder wandte sie sich dem Fenster zu, und Franziska konnte sehen, wie sich die Frau in einer anderen Welt verlor – erschlaffte Gesichtsmuskeln, die Augen ohne Fokus. In Franziskas Magengrube kribbelte es. Am Liebesten wäre sie auf der Stelle fortgelaufen.

Der Wasserkocher stellte das ungestüme Brodeln mit einem Klick ein und lieferte Franziska die Gelegenheit, aufzustehen. Die Tasse samt dem Beutel Kamillentee stellte sie vor Samira ab. Auch ohne auf die Uhr zu sehen, wusste Franziska, dass es höchste Zeit für einen eleganten Abgang war. Sie musste langsam mit ihrem Anliegen herausrücken, fühlte jedoch, dass Samira noch nicht so weit war. Geduld, sagte sie sich, ein paar Minuten mehr könnten den Ausschlag geben.

»Warum war ich so versessen darauf, ihm einen Denkzettel zu verpassen?«, murmelte Samira zu sich selbst; Franziska schien sie völlig ausgeblendet zu haben. »Ich wollte es erzwingen. Es ist allein meine Schuld. Mein Sigi könnte noch leben, wäre ich das eine Stockwerk höher gestiegen.« Wie ein Kind blickte die junge Frau zu ihr auf – war sie nicht erst 30 Jahre alt geworden? In Franziska entstand der Wunsch, die Zeit zurückdrehen zu können, ein allmächtiges Wesen zu sein, dem zu entsprechen, was kleine Kinder in ihren Eltern sahen. Aber sie war genauso machtlos wie alle anderen, konnte nur zusehen, wie Entscheidungen unerbittliche Konsequenzen nach sich zogen und das Leben prägten.

»Eigentlich wollte ich nicht damit anfangen, Frau Dinic, aber: Wieso sind Sie davon überzeugt, Doktor Frank hätte Siegfried Fürstenstein auf dem Gewissen?« Samira wandte sich ab, sah wieder zum Fenster hinaus.

»Ich will, dass er lebenslänglich bekommt. Sigi ist schließlich auch für immer tot«, sagte sie, und die Kieferknochen bewegten sich. »Und meine Hoffnungen. Alles.« Franziska hatte das Gefühl, dass Samira sich eine Menge Hoffnungen gemacht hatte. »Sigi hat mir erzählt, wie untragbar Frank geworden ist. Er wollte ihn auszahlen und die Kanzlei neu aufstellen. Es ging auch um Geld, so genau weiß ich das nicht. In den letzten Wochen gab es immer wieder Streit.«

»Ja, das haben Sie auch der Polizei gesagt«, gab sich Franziska geduldig. »Ich habe gehofft, Ihnen wären in der Zwischenzeit zusätzliche Informationen eingefallen – ob es um einen bestimmten Klienten ging, um die Partnerschaft oder Privates?«

»Das werde ich der Polizei sagen und nicht Ihnen«, konterte Samira. Ohne sich um die Wassertropfen zu kümmern, zog sie den Teebeutel aus dem Becher und legte ihn gleichgültig auf der Tischplatte ab.

»Was ich alles bei der Akteneinsicht nachlesen werde«, erinnerte Franziska, bemüht, nicht allzu forsch zu klingen. »Spielen wir doch keine Spielchen, sondern arbeiten wir zusammen wie sonst auch. Ich möchte den Mörder finden, Frau Dinic, wir haben dasselbe Ziel. Dieser Mord wurde an einem meiner Partner verübt, ist in der Kanzlei geschehen, die ich 30 Jahre lang mit aufgebaut habe – und jetzt, wo ich in Pension gehe, passiert so etwas! Das kann ich doch nicht der Polizei überlassen, Frau Dinic, verstehen Sie? Dafür weiß ich zu genau, wie die arbeiten.«

»War ja klar, dass Sie das sagen – ist ja keiner so gut wie Sie, was?«

Franziska blieb der Mund offen stehen, fing sich jedoch gleich wieder. »Sie sind erst ein paar Jahre bei uns, Frau Dinic, da haben Sie nicht gesehen, was ich bereits erleben musste. Bei diesem Mord stimmt etwas nicht, und dem werde ich auf den Grund gehen.«

»Sigi hat die große Kohle für die Kanzlei gebracht, seine Klienten sind alle steinreich gewesen.« Als ob Franziska das nicht wüsste – ungeduldig schlug sie die Beine übereinander, bemüht, Dinic weiterreden zu lassen. »Mit banaler Strafverteidigung kann man nicht richtig Geld machen, hat er gesagt, allerdings schätzen es einige Klienten, wenn man sich darin gut auskennt. Da hat er immer gelacht. Er war so witzig.« Ein wehmütiger Augenaufschlag Richtung Fenster. »Und Doktor Frank war eifersüchtig, wollte auch so erfolgreich sein.«

Na sicher, konterte Franziska in Gedanken, eine letzte

Frage noch und dann nichts wie weg hier. »Hatte Siegfried mit sonst jemandem Ärger? Freunde? Klienten?«

Samira schüttelte den Kopf, hielt dann aber inne. »Freunde – da fällt mir dieser Steuerberater ein, der hin und wieder zu Besuch in der Kanzlei war: ein Blonder mit einer breiten Narbe auf der Wange. Er hat mit Sigi studiert, und in letzter Zeit hatten sie öfter miteinander zu tun. Ich glaube, er war auch für die Fürstensteins tätig. Er heißt – warten Sie – es ist ein Tiername.« Sie rieb sich über die Stirn und machte anscheinend eine Frage der Ehre daraus, diesen Namen abrufen zu können, was Franziska nur recht war. »Diese Medikamente machen mein Hirn zu Watte … Hirscher, genau. Doktor Hirscher. Er ist ein Freund, hat Sigi gesagt. Als Hirscher zuletzt da war, ist Sigi mit ihm Mittagessen gegangen.«

»Warum glauben Sie, dass Siegfried mit diesem Mann Probleme hatte?«, hakte Franziska nach.

»Das war keine übliche Begrüßung unter Freunden, so viel ist sicher. Wenn Sigi eine Abneigung verbergen wollte, dann hat er immer die Lippen so komisch zusammengedrückt, Sie wissen schon, wie alte Leute, die mit dem falschen Gebiss spielen. Außerdem war Sigi danach sehr mürrisch und hat eine Verabredung mit mir abgesagt. So etwas machte er wirklich sehr selten, das können Sie mir glauben. Er war verrückt nach mir. Für mich hätte er alles aufgegeben.«

Franziska betrachtete die fanatischen Gesichtszüge der Frau. Ohne Zweifel glaubte sie fest an das, was sie eben behauptet hatte. War es Wunschdenken, ein übersteigertes Selbstwertgefühl oder hatte sich zwischen den beiden etwas ganz Besonderes abgespielt, auf eine romantisch-kitschige Weise, denn auch diese war im echten Leben öfter anzutreffen, als man erwarten durfte. Hatte es Siegfried erwischt?

»Es muss ganz entsetzlich für Sie gewesen sein, Frau Dinic. Da kommen Sie so nichts ahnend in der Früh in die Kanzlei …« Dinic nickte, presste die Lippen aufeinander und schien die Szenerie hinter ihren geschlossenen Augenlidern zu sehen.

»Es war wahnsinnig heiß in der Kanzlei, ich habe alle Fenster aufgerissen und schließlich auch im Besprechungszimmer. Da lag er, das Gesicht am Boden …« Sie brach ab. »Das Bild werde ich nie vergessen können.« Sie schrie auf, doch sofort fuhr die Hand zum Mund. Franziska sah zu Boden. Man vergaß viel zu vieles, die Gesichter lieber Menschen verblassten in der Erinnerung, schöne Begegnungen gingen in den grauen Windungen des Gehirns verloren. Die Dinge jedoch, die man vergessen wollte, die klebten an einem wie unerwünschte Etiketten, so viel man daran zupfte und rieb, es blieben immer Fusseln zurück, Hinweise auf die einstigen Umrisse.

»Gehen Sie jetzt, Frau Ferstl. Ich muss mich hinlegen.« Diese Schwäche ging auf ihr Konto, biss sich Franziska in die Innenseite der Wange. Verdammt, sie schämte sich. Kurz rieb sie sich über die Oberschenkel und stand auf.

»Danke für das Gespräch, Frau Dinic. Kann ich irgendetwas für Sie tun, einkaufen vielleicht?«

»Sie?«, höhnte Samira Dinic und erhob sich mit der Schwerfälligkeit einer Greisin. Der Spott in ihren Augen erstarb so rasch, wie er gekommen war. Ödnis blieb zurück. »Mir kann keiner helfen.«

*

Der Mittagsbetrieb im Café Engländer hatte seinen Höhepunkt bereits überschritten, die Ecke des Lokals, die Franziska ausgewählt hatte, lag abgeschieden, und nicht einmal die Bedienung wagte es, ihr konzentriertes Arbeiten zu stören. Eben hatte sie noch auf die Tastatur des Notebooks eingehämmert, als würde der stetig wachsende Schriftsatz ein Zauberspruch zur Rettung des Freundes sein, doch mittlerweile überflog sie das Geschriebene mit gekräuselter Stirn und war verunsichert. Es fehlte eine Kleinigkeit, etwas, worauf sie den Finger noch nicht legen, es aber spüren konnte mit allen ihren strafrechtlichen Instinkten.

Was hatte sie bislang gesammelt: Bianca Frank würde ihre Aussage präzisieren, damit wäre das Zeitfenster, in dem Frank als Täter infrage käme, wesentlich reduziert. Natürlich musste man den Obduktionsbericht abwarten, aber es war ein erster Schritt Richtung Enthaftung. Als Nächstes kam Friederike Hohenfellners Aussage, die sie Stück für Stück zerpflücken wollte. Bei Samira Dinic hatte sie entgegen deren Bestreben einen vollen Erfolg gelandet, hatte von Siegfrieds letztem SMS erfahren, mit der er sie zu sich gebeten hatte, und das um etwa 16.00 Uhr. Um diese Zeit war Max nach Biancas Aussage allerdings bereits daheim gewesen. Der entgangene Anruf von Dinic musste um 16.45 Uhr herum erfolgt sein. Dass die Richterin das Telefonprotokoll nicht dem Akt beigelegt hatte, war eine Frechheit. Aber was sollte sie bei der Fucik noch überraschen? Die Polizei und die Staatsanwaltschaft mussten jedenfalls von einer ungefähren Tatzeit zwischen 16.00 und 16.45 Uhr ausgehen.

»Franziska, entschuldige die Verspätung«, beugte sich Kurt Thesch zu ihr herunter und reichte ihr die Hand. Er befreite sich von Mantel und Schal, legte beides auf den Stuhl neben sich und winkte nach der Kellnerin. »Ich müsste mich eigentlich dreiteilen, um alle Termine zu schaffen. Du wirst mir mit dieser Versicherungssache aushelfen müssen. Es geht um den Direktor, der seine Versicherung um ein paar Millionen gebracht haben soll, indem er seine Tochter beim Versicherungsbetrug gedeckt hat, erinnerst du dich?«

»Der Hausbrand? Übernehme ich. Nathalie soll mir die Akte auf den Schreibtisch legen und den Termin mit dem Direktor verschieben. Der ist nicht eilig.«

»Eigentlich ist er ein Klient von Fürstenstein, war 'ne Firmengründung, aber Frank hat sich um die Strafangelegenheit gekümmert.«

Die Kellnerin stellte ein hohes Glas alkoholfreies Bier vor Kurt ab und nahm seine Bestellung auf. Trotz seiner Eile schäkerten die beiden miteinander, und Franziska war sich sicher, dass er ihr Lieblingsstammgast war.

»Das Menü und express wie immer, Jackie, Sie sind die Beste! Ich schulde Ihnen was«, lachte Kurt und Jacqueline zwinkerte ihm zu.

»Eine ganze Menge mittlerweile.« Ihr blonder Pferdeschwanz wackelte heiter.

»Dann werden wir mal groß essen gehen, was meinen Sie? Ins Corso?«

»Kann's kaum erwarten.« Der Tonfall verriet, dass sie ihm kein Wort glaubte. »Die übliche Portion?«

Kurt hielt den Daumen hoch und sagte zu Franziska gewandt: »Nur die Jackie«, er dehnte das »i« für den Reim, »macht mich happy!«

Jacqueline kicherte und nahm die Tageskarte an sich. »Für Sie die Gulaschsuppe?«, fragte sie Franziska, die ihre Bestellung bereits vor einer halben Stunde getätigt hatte, aber noch auf Kurt hatte warten wollen. »Gebäck dazu?«

Kaum waren sie alleine, sank die Stimmung auf ein wesentlich nüchterneres Level ab.

»Hast du die heutige U-Bahn-Zeitung gelesen?«, fragte Franziska und zog die zusammengefaltete Ausgabe aus ihrer Tasche hervor.

»Leider.«

»›Ist Promianwalt Frank der Lichterkettenmörder?‹«, zitierte sie, sprach dabei mit gedämpfter Stimme. »Das ist eine Katastrophe, gelinde gesagt. Einmal für Max, und dann für die Kanzlei. Wir werden jede Menge Klienten verlieren.«

»Na ja, wenn du ihn herausholst, spricht das für unser Geschick«, versuchte Kurt, sie aufzuheitern, und erntete dafür einen giftigen Blick.

»Selbstverständlich werde ich ihn aus der Sache raus bekommen. Zu allererst muss die Berichterstattung in den Medien stimmen. Ich rede heute noch mit allen Journalisten, bei denen ich was gut habe – und bereite die Klage wegen Namensnennung vor.«

»Wie funktioniert das«, zeigte sich Kurt äußerst interessiert, »wieso hast du was gut bei denen?«

»Ganz einfacher Deal: Ich gebe ihnen von Zeit zu Zeit ein heißes Interview mit einem Klienten, dafür lassen sie auch mal jemanden in Ruhe oder berichten über die Tatsachen, die *ich* für wichtig halte. Das Ganze musst du natürlich entsprechend spannend formulieren, sonst wird das nichts. Die Stimmung ändert sich beispielsweise rasch zugunsten einer Mandantin, die im Gefängnis ihr Kind bekommt. Fakt ist, dass Richter und Laienrichter genauso Zeitung lesen wie wir alle. Wir können uns nicht leisten, dass gegen Frank gehetzt wird. Er ist prominent, fesch, reich und damit das perfekte Zugpferd für die Schlagzeilen.«

»Verstehe – womit wirst du sie füttern?«

»Überlege ich mir noch. Ich habe nichts an der Hand, weil ich zu lange raus bin aus dem Spiel. Die U-Haft ist für uns eine Katastrophe, das wirkt auf die Öffentlichkeit, als wäre Max überführt und schuldig. Da bleibt immer was hängen«, antwortete sie und merkte, wie sie immer tiefer in das Medienproblem abdriftete. »Ich brauche Ermittlungsfehler, schlampige Polizeiarbeit, und zwar so augenfällig, dass Max glasklar als Justizopfer dasteht.«

»Da finden wir was«, gab sich Kurt zuversichtlich. »Die Polizei lässt uns dabei sicher nicht im Stich.«

»Kann ich nur hoffen, Kurt. Der Sutel scheint mir ein guter Ermittler zu sein. Aber eigentlich wollte ich dir von der Hohenfellner und Samira Dinic erzählen.« Franziska gab Kurt eine knappe Zusammenfassung ihrer Gespräche und schloss mit der Gegenfrage, was er herausgefunden hatte.

»Nicht viel«, gab er zu. »War mit der Organisation aller Termine beschäftigt und den Vorbereitungen auf die anstehenden Verhandlungen.« Ehe Franziska, die ihre Enttäuschung nicht verbarg und schon eine Augenbraue griesgrämig hochgezogen hatte, ihm die Wichtigkeit seiner Nachforschungen klarmachen konnte, fuhr er eilig fort. »Fürstenstein hat dutzende Immobilientransaktionen betreut, das ist mir aufgefallen. Ach ja, Nathalie konnte ich ausfragen. Du hast recht, für mich plaudert sie jedes Geheimnis aus. Es ist fast beängstigend, dieses Urvertrauen und macht mir ein verdammt schlechtes Gewissen.« Er senkte den Blick und nahm einen großen Schluck vom Bier. Ein bisschen tat er Franziska leid, und für seine Skrupel stieg er in ihrer Achtung, doch wenn sie einen Unschuldigen aus den Fängen der Justiz retten wollten, durften sie nicht zimperlich sein.

»Was weiß sie?«

»Die Geschichte zwischen Samira und Siegfried hat sie schon länger beobachtet. Siegfried hat man nie was angemerkt, aber unsere Frau Dinic hat sich in letzter Zeit gewissen Fantasien als zukünftige Frau Fürstenstein hingegeben und hatte Nathalie ins Vertrauen gezogen. Angeblich hat sie öfter übers Heiraten und Kinderkriegen gesprochen.«

»Was war dein Eindruck von Nathalie?«

»Wir haben Nathalie wirklich unterschätzt – die beobachtet uns alle ganz genau. Vor dir hat sie Angst, weil du kein Federlesen machst, wenn was nicht passt, die Dinic verachtet sie, weil sie einen Mann braucht, um ihre Minderwertigkeitskomplexe zu kompensieren, den Doktor Frank hält sie für einen Mann, der nie aus der Midlife-Crisis gekommen ist und mich – na, lassen wir das …«, schmunzelte Kurt verlegen und blickte Richtung Küche. Die Schwingtür ging im selben Moment auf, und Jackie trat mit einem Tablett beladen heraus. »Endlich, ich verhungere mit Überschallgeschwindigkeit.«

Jackie stellte die Teller ab, lächelte Kurt mit einem süßen Zwinkern zu und verließ den Tisch mit wippenden Hüften. Selbstredend musste Kurt ihr nachsehen, nachsehen, kam Franziska nicht umhin zu bemerken. Auch Samira hatte ihr Spiel gespielt und verloren. Die Frage war, zu welchem Zeitpunkt? Mit dem Tod von Siegfried oder vielleicht schon davor?

»Woher hat das Mädel diese Beobachtungsgabe?«, fragte sie Kurt, der seine Extraportion Bandnudeln zu schaufeln begann. Ein Pilzstückchen fiel von der Gabel.

»Bücher«, murmelte er undeutlich, tupfte sich mit der Serviette den Mund ab und begann erneut. »Sie liest wie eine Besessene. Mindestens zwei Bücher pro Woche. Alles

Mögliche: Jugendromane, Young-Adult, Fantasy, Horror, Krimi, Thriller. Deswegen wollte sie auch unbedingt für einen Strafverteidiger arbeiten. Sie schreibt selbst ein wenig und will Erfahrungen sammeln.«

Diese Erklärung empfand Franziska als plausibel und nickte anerkennend.

»Was hat sie noch über die Dinic gesagt? Hatte sie die letzte Zeit besorgt gewirkt, enttäuscht oder zuversichtlich?«

»Laut Nathalie war Dinic völlig von ihrem Obsiegen überzeugt. Sie soll kürzlich erst gesagt haben: Mich hat noch keiner abserviert, Männer musst du nur richtig rannehmen, dann tun sie, was du willst.«

Franziska, die eben einen Löffel voll Suppe zum Mund hob, lachte auf, und ein paar Spritzer dekorierten das Tischset. »Das hat sie gesagt?«

»Und, dass sie kurz vor dem Ziel steht.«

»Was für eine überaus interessante Aussage«, stellte Franziska fest und ließ den Löffel sinken. »Angesichts der Missstimmung zwischen den beiden, die in der geplatzten Verabredung gipfelte, frage ich mich, ob da nicht etwas gründlich schief gegangen ist und sich die gute Frau Dinic verspekuliert hat.«

»Finanziell wäre eine Scheidung ein ziemliches Desaster für Fürstenstein geworden: Unterhalt für Frau und drei Kinder, Aufteilung des ehelichen Vermögens, möglicher Verlust einiger seiner superkonservativen Klienten …«

Nachdenklich nickte Franziska bei Kurts Worten. »Sag du es mir als Mann: Ist es das wert?«

Kurt zuckte mit den Schultern und schluckte einen Bissen hinunter. »Ich kann mir nicht mal vorstellen zu heiraten, wie soll ich da Aussagen über Scheidungen treffen? Angeblich hängt man als Vater genauso an seinen Kindern, wie es die Mutter tut, also, keine Ahnung, was stärker ist: eine befriedigende Beziehung führen, oder seine Kinder behalten.«

Schweigend löffelte Franziska den Suppentopf leer. Jedenfalls wusste sie, was ihr für den Enthaftungsantrag noch fehlte. »Ich werde Hannelore Fürstenstein besuchen. Am Abend schicke ich den Enthaftungsantrag ab. Innerhalb von 48 Stunden ist dann die nächste Haftverhandlung. Schätze, Freitag habe ich Max draußen.« Das Essen war beendet, es war Zeit, zur nächsten Tat zu schreiten.

»Klasse, Franziska. Vielleicht finde ich heute Abend etwas in Fürstensteins Akten, was uns weiterhilft.« Kurt winkte Jackie zu, die sich sofort in Bewegung setzte. »Ich lade ein«, bestimmte er, ehe Franziska ihre Handtasche öffnen konnte, »das war immerhin unser erstes Date.«

Franziska musste, trotz der Aussichten auf ein Zusammentreffen mit Hannelore, lachen. Dieser Junge war eine einzige Wohltat: ein guter Anwalt, ein charmanter Unterhalter, geistreich und mit einem beschwingten Humor gesegnet. Man müsste 30 Jahre jünger sein, dachte sie und genoss einfach das Gefühl, mal wieder als Frau wahrgenommen zu werden, selbst wenn es albernes Geplänkel war.

Jackie indes strahlte Kurt infolge des großzügigen Trinkgelds an und verabschiedete sich mit herzlichen Worten auch von Franziska. Die nächste Unterhaltung, die sie führen musste, würde nicht annähernd so angenehm verlaufen.

*

Angesichts des gefrierenden Nebels, der sich durch Ostösterreich zog, war an eine Fahrt mit der Harley nicht zu denken. Franziksa öffnete stattdessen die ÖBB-App auf ihrem

Smartphone, gab Mistelbach/Zaya ein und kaufte das Ticket; wie sie von da zum Anwesen in Wilfersdorf gelangen würde, wollte sie vor Ort klären. Doch würde Hannelore sie überhaupt empfangen?

Über den Stubenring schoben sich dreispurig Autos und Transporter, Fiaker und unverdrossene Radfahrer. Franziska lief zwischen den Fahrzeugen über die Fahrbahn, entschlossen, im Stadtpark ihre Gedanken zu ordnen. Kahle Bäume erwarteten sie, ein vergoldeter Johann Strauss, in heiterer Aufspielpose verewigt. Vor ihm blieb sie stehen und suchte in den Kontakten die Festnetznummer der Fürstensteins. Das Freizeichen tönte im Rhythmus ihrer Schritte. In der Sekunde, bevor der Anrufbeantworter angesprungen wäre, meldete sich eine Frauenstimme.

»Von Fürstenstein.« Wie jedes Mal, wenn sie Hannelores Stimme hörte, rollte Franziska mit den Augen. Von wegen Adelsaufhebungsgesetz von 1919. Die Herrschaften ließen sich mit »Hoheit« oder »Exzellenz« ansprechen und verwendeten ihre Adelstitel völlig ungeniert.

Es kostete sie ihre ganze Willenskraft, eine angemessene Begrüßung hervorzubringen. »Hannelore, grüß' dich. Ich bin's, Franziska. Es tut mir ja so leid …«, sagte sie geradezu sanft. Eben war sie noch stolz auf diese einfühlsame Eröffnung, da erlitt ihre Zufriedenheit einen Rückfall in die Untiefen ihrer wohlbegründeten Abneigung.

»Was kann ich für dich tun?« Hannelores Stimme übertraf den gefrierenden Nebel.

»Mein aufrichtiges Beileid, Hannelore«, antwortete Franziska nunmehr deutlich nüchterner.

»Ich danke dir.«

»Ich bin in deiner Nähe und komme einen Sprung vorbei, bist du da?« Dieser Frontalangriff war das probate Mittel im Umgang mit Hannelore. Franziska spürte die Verunsicherung am anderen Ende der Leitung und lächelte, als Hannelores: »Selbstverständlich«, zu ihr durchdrang.

Selbstzufriedenheit mochte eine verwerfliche Gefühlsregung sein, aber was scherte es Franziska? Irgendwann im Leben stellte man fest, dass jede einzelne Emotion wertvoll war, dass es ein Gegengewicht zu all den Abscheulichkeiten ringsum brauchte, um zu überleben. Angesichts der gegenseitigen Abneigung zwischen ihr und Hannelore war es sehr wohl ein Triumph, bei den Fürstensteins vorgelassen zu werden. Das Schmunzeln in Franziskas Gesicht hielt sich auch, nachdem sie eine Fahrkarte gelöst hatte und am Bahnsteig auf das Einfahren des Zuges wartete. Meine Güte, Hannelore hatte eben erst ihren Ehemann verloren und war geschwächt. Was bist du bloß für ein Mensch, rief sie sich zur Ordnung, lass so was bloß nie Gerti hören.

Die Zugfahrt zog sich wie Strudelteig. Nicht, dass Franziska eigene Erfahrung damit gemacht hätte, hierbei konnte sie nur infolge genauester Beobachtungen ihrer talentierten Schwester Analogieschlüsse ziehen. Wobei die Parallele hinkte – Gerti beim Apfelstrudel machen zuzusehen, war kurzweilig. Der Duft nach Äpfeln und Zimt, heißen Butterbröseln und Nüssen stieg in ihr bei dem Gedanken auf, lustige Gespräche über die Küchentheke hinweg, Kinderlachen aus dem Hobbyraum. Nicht zu vergleichen mit dieser monotonen Fahrt durch die schlafenden Felder des Weinviertels und den Windkraftparks am Horizont – träge Riesen im Ostwind. In der Wärme des Bahnabteils fielen Franziska die Augen zu, bis das Quietschen von Bremsen sie aufschrecken ließen. Mistelbach – verdammt! Hastig raffte sie Mantel, Mütze und Tasche zusammen und stürzte zum Ausstieg. Die Tür wollte eben zufallen – Franziska quetschte sich dazwischen, drückte das Metallgewicht zur Seite und sprang aus dem Zug. Ein Bahnhofsaufseher, einige Meter entfernt am Beginn des Zuges, sah sie tadelnd an, vermutete sie jedenfalls, auf diese Entfernung konnte sie die Gesichtszüge des Mannes nicht eindeutig ausmachen. Die Tür krachte hinter ihr ins Schloss, und der Zug setzte sich in Bewegung. Sie ging zielstrebig auf den Bahnhofsaufseher zu.

»Guten Tag«, grüßte sie, »gibt es hier so was wie ein Taxi? Ich muss zum Fürstenstein-Anwesen.«

Der Mann war um die 40 und vermutlich aus der Gegend, wenn man seine rosaroten Wangen und das pralle Bäuchlein als typisch niederösterreichisch verstehen wollte. »Grüß Sie Gott. Ich kann Ihnen den Franz rufen.«

»So rasch es geht, bitte.«

Der Mann nickte und zückte sein Handy. Binnen zehn Minuten stand Franz' weißer Mercedes, Baujahr 1979, vor dem Bahnhofsgebäude und hupte einmal kurz. Franziska ließ sich auf den Beifahrersitz gleiten und grüßte den Mann mit dem stahlgrauen Haarschopf und verbeulten Tweedsakko hinter dem Lenkrad. Es roch nach 100-jährigen Ledersitzen, kaltem Zigarettenqualm, gebadetem Hund und einem Hauch Kampfersalbe.

»Zu de Fürstensteins, gö?«, fragte Franz und strich sich graue Haarsträhnen aus der Stirn.

»Genau. Ich bleibe nicht lang, höchstens eine Stunde. Können Sie mich auch abholen?«

Herr Franz hatte mittlerweile seinen Oldtimer in Bewegung gesetzt und bog auf die Bundesstraße ein.

»Sicher! Des macht z'am Zwanzig, gö. Lassen S' mi ned zu lang warten, gö. Was machen S' dort eigentlich?«

Ganz schön indiskret, fand Franziska. Sie ließ sich trotzdem auf das Gespräch ein, war sie doch selbst genauso neugierig. »Kondolenzbesuch.«

»Hab davon g'hört.« Wissend wippte sein Kopf vor und zurück.

Eine Zeit lang fuhren sie zwischen brachen Feldern, bis Herr Franz auf eine schmale Straße einbog. Mit Leichtigkeit hätte Franziska neben dem Mercedes herjoggen können, ohne außer Puste zu kommen, andererseits war die Fahrgeschwindigkeit angesichts des fortgeschrittenen Alters von Fahrer und Wagen durchaus beruhigend. Franziska erkannte den Weg wieder und hoffte inständig, vor Silvester am Ziel anzukommen.

»Sie kennen die Fürstensteins?«, fragte sie, ihre Nervosität überspielend.

»Wer kennt die ned?«, erwiderte Herr Franz mit wenig Zuneigung in der Stimme. »Dort is alles renoviert worden. Die haben a Göd, bist du deppert.«

»War höchste Zeit den alten Schuppen herzurichten, was?«

»Des kennan S' laut sagen. Hat gut g'heirat, die Tochter, gö. Der Trottel hat alles zahlt.« Zu dem hämischen Lachen gesellte sich ein Husten, der in einen Schleimauswurf größeren Ausmaßes mündete. Glücklicherweise ließ sich das Fahrerfenster herunterkurbeln, und Herr Franz bewies außerordentliche Weitspuckfähigkeiten.

»Eine große Familie, das ist schon was«, versuchte Franziska Herrn Franz zum Plaudern anzuregen.

»Glauben S' wirklich?«, höhnte der Alte in bester Laune. »Bei denen musst aufpassen, gö. Ka Herz ned. Kaner von denen.«

Der Wagen rumpelte über die Holzbrücke, die sich über den ehemaligen Burggraben spannte. Das schmiedeeiserne

Tor zum Ehrenhof stand offen, und so fuhren sie ungehindert die Auffahrt zum Schloss entlang, ein zweigeschossiges Bauwerk, Schönbrunner Gelb und weiß strahlend, mit zentralem Balkon, von einem imposanten Giebel samt Uhr gekrönt, über der zudem das Familienwappen und allegorische Figuren angeordnet waren. Sogleich fielen Franziska die leuchtend roten Dachziegel ins Auge – ganz offensichtlich neu. Ihr letzter Besuch lag wie lange zurück – fünf Jahre? Moment, überlegte Franziska, es musste Siegfrieds 40er gewesen sein – ja, richtig, ein unerträglich steifer Empfang, und das Unterhaltungsprogramm war von einem Streichquintett bestritten worden, welches zum Höhepunkt des Festes die Kaiserhymne von Haydn gespielt hatte. Kein Wunder, dass sie diesen Abend verdrängt hatte.

Herr Franz hielt das Fahrzeug an.

»I bin in aner Stund' wieder da.« Franziska hielt ihm einen Zehneuroschein hin. Franz zupfte ihn ihr aus der Hand und stopfte das Geld umständlich in seine Brusttasche, während sie bereits die Beine aus dem Auto schwang.

Kies knirschte hinter ihr unter den Reifen des Mercedes, gemächlich wendete der Wagen. Franziska machte die paar Schritte zum Tor und ließ den Messingknauf gegen die Eichentür knallen. Stille folgte, drinnen wie draußen. Sie sah sich um; der Rasen wirkte trotz der dünnen Eisschicht wie mit der Nagelschere manikürt, und das Eingangsportal wurde von zwei Buchsbäumen flankiert, akribisch in Spiralen getrimmt und mannshoch. Die Fenster des Erdgeschosses waren mit opulent geformten Schmiedeeisengittern gesichert. Es hatte einen Einbruch gegeben, erinnerte sie sich.

Riegel bewegten sich, Eisen scharrte über Eisen. Das Tor ging mit einem Ächzen auf und gab den Blick auf eine stämmige, kleine Frau preis. Sie trug tatsächlich eine weiße

Schürze über einem schwarzen Kleid, stellte eine emotionslose Miene zur Schau und verkündete: »Durchlaucht erwartet Sie bereits im Salon.« Franziska wollte kotzen – zeitlebens kämpfte sie nun schon für gleiche Rechte aller Bevölkerungsgruppen, ohne Rücksicht auf soziale Herkunft, Geschlecht oder sexuelle Gesinnung, und dann betrat sie das Haus einer von Standesdünkel durchtränkten Möchtegern-Fürstin, die statt einem demokratisch gewählten Bundespräsidenten viel lieber Karl Habsburg-Lothringen in der Hofburg gesehen hätte.

Franziska wurde durch die Halle direkt in den Wohnsalon geführt, und da saß die »Fürstin« schon – vollständig in Schwarz gehüllt, das blonde Haar sorgsam zu einem strammen Dutt frisiert, in tadellos aufrechter Haltung an einem Sekretär drapiert. Papiere lagen vor ihr, eine Lesebrille darauf und eine Porzellantasse daneben. Sie hob den Kopf bei Franziskas Eintreten und nickte ihr zu. Wo lernten diese adeligen Mädchen so zu nicken, fragte sich Franziska. »Hannelore, mein Beileid.« Die schmale Hand, die sich ihr entgegen streckte, war perfekt manikürt. »Wie geht es dir? Kann ich etwas für dich tun?« Das Gesicht dieser Frau zu erforschen, war so einfach, wie Platon aus dem Altgriechischen zu übersetzen. Eine fremde Spezies aus einer längst ausgestorbenen Zeit. Dabei war Hannelore gerade mal 40 Jahre jung und nicht, wie man vermuten könnte, 140.

»Ich danke dir, Franziska. Du hättest dich nicht hierher bemühen müssen.«

»Das ist doch das Wenigste, was ich tun kann. Telefonisch kann man unmöglich kondolieren.«

»Dieser Ansicht scheinen nur mehr wenige Menschen zu frönen. Es ist dir hoch anzurechnen, dass du dieser Tradition folgst, wo du doch so famos unkonventionell sein möchtest«, erwiderte Hannelore, erhob sich und wies sie in den Nebenraum, der lediglich durch eine schwere Schiebetür aus geschliffenem Glas vom Salon getrennt war. »Man hat mir Beileids-SMS geschickt.« Dabei hoben sich ihre Augenbrauen, und das Gesicht bekam einen staunenden Ausdruck. »Unfassbar, nicht wahr?« Franziska, noch verärgert über die Spitze zu ihrer Lebensweise, wusste keine Antwort, schlug sich dafür die Hand vor den Mund, um wenigstens so zu tun, als teilte sie die Entrüstung. Hannelore schien zufrieden. »Ich habe nebenan Tee auftragen lassen.«

Franziska nahm Platz und beobachtete Hannelores fahle Gesichtszüge, während sie Tee einschenkte. Schatten lagen unter ihren Augen, kein Make-up, keine Farbe – wie eine vergilbte Schwarz-Weiß-Fotografie saß sie vor ihr.

»Was ist mit den Kindern, wie haben sie es aufgenommen?« Hannelore senkte den Blick. Ihr Kehlkopf machte eine Schluckbewegung mit, und die Brust weitete sich. Bedauernswert, trotz allem, dachte Franziska. Der Tod war uns allen gewiss und trotzdem jedes Mal ein Schock, der einem für alle Zeiten in den Knochen sitzen blieb. Selbst jetzt, nach 48 Jahren, spürte sie den Stich im Herzen, wenn sie an den Moment dachte, da ihnen die Nachricht vom Tod der Eltern eröffnet worden war. Kinder verstanden den Tod nicht. Selbst mit 18 verstand man den Tod nicht. Er blieb für immer der Feind.

»Sie haben es noch nicht realisiert.«

»Natürlich. Es wird dir nicht anders gehen.«

»Nun.« Hannelore nippte an der Tasse, die sie mit beiden Händen stützte; die Teeoberfläche kräuselte sich. Behutsam stellte sie das Porzellan ab und faltete die Hände in den Schoß. »Es gibt vieles zu erledigen, ich komme kaum vom Schreibtisch weg.«

»Es muss so ein Schock für euch sein.«

»Am Sonntag nach der Kirche war die Welt noch vollkommen«, erwiderte sie mit gesenkten Lidern, »am Montag lag sie in Scherben.«

Franziska war fasziniert von der stoischen Haltung dieser Frau, den steifen Schultern und Hals – nahm sie wie Samira Beruhigungsmittel? Oder konnte sie die Contenance ohne medizinische Hilfe wahren?

»Hast du irgendeine Erklärung für das, was geschehen ist, Hannelore?«, versuchte Franziska, das Gespräch in die gewünschte Richtung zu lenken, sah, wie Hannelore erstarrte. »Ich zermartere mir das Hirn, was am Sonntagnachmittag vorgefallen sein könnte …«

»Das ist doch wohl offensichtlich«, presste Hannelore hervor. »Siegfried wurde von Maximilian ermordet!«

»Also nein, Hannelore, du kennst Max, das ist unmöglich. Wir müssen der Sache auf den Grund gehen.«

Mit einer brüsken Handbewegung verwehrte sich Hannelore gegen diese Ausführungen, sprang auf die Beine und ging auf und ab. Ihre Hände rangen miteinander, die Ellenbogen waren durchgedrückt, der Kopf im Nacken.

»Er sollte zu dieser Tagung in Brüssel, und als Nächstes höre ich von der Polizei, dass er in der Kanzlei ermordet wurde!«

»Liebes, wie schrecklich«, versuchte Franziska zu beschwichtigen, suchte eine neue Schiene, die zum Ziel führte. »Dann bist du also hier am Land festgesessen, während sich das Unglück in Wien ereignet hat.«

Hannelore verschränkte die Arme vor der Brust und fixierte sie schmallippig. »So siehst du mich, als Landpomeranze? Du wirst es nicht glauben, Franziska, auch ich habe Freundinnen, und wir waren zur alljährlichen Christkindlmarkt-Tour verabredet.«

»Entschuldige – bist du mit Siegfried gemeinsam nach Wien gefahren? Oh Hannelore, dann war die Autofahrt eure letzte gemeinsame Zeit?« Franziska legte all ihr Mitgefühl in den letzten Satz, dachte an kleine Hundewelpen und Babykätzchen, um möglichst viel Sympathie für diese Worte zusammenzukratzen. Und es wirkte. Hannelore seufzte getroffen auf, flatterte mit den Lidern und verzog schmerzlich den Mund. Schlaff sank sie zurück auf den Fauteuil.

»Nein«, hauchte sie, »nicht einmal das war uns gegeben. Siegfried fuhr nach dem Mittagessen los, ich erst eine Stunde später.«

»Oh. Verstehe.« Eine bewusste Pause folgte, in der Franziska Tee trank und ein winziges Keks in den Mund schob. Im Salon war es erdrückend still. Selbst das Kauen wirkte störend, weswegen Franziska schuldbewusst die trockenen Brösel im Mund mit Tee hinunterspülte. »Wollte Siegfried noch einen Klienten treffen? Oder einen Freund?«

»Ich weiß nur, dass er einiges aufarbeiten wollte. Auf dem Heimweg bin ich sogar an der Kanzlei vorbei, weil ich das Auto abgeholt habe – es kann schließlich nicht in der Kurzparkzone der Innenstadt bleiben. Es brannte Licht in den Kanzleiräumen.«

»Wie spät war es da?«

»Ach, ich weiß nicht genau, so gegen fünf.«

»Wieso seid ihr eigentlich nicht gemeinsam nach Wien gefahren? Warum hast du den Zug genommen?«

»Eine Freundin hat mich abgeholt«, gab Hannelore schroff zurück. »Ich habe das alles gestern mit der Polizei besprochen.« Mit verschränkten Armen und überkreuzten Beinen warf sie Franziska einen Blick zu, der sich noch als probates Mittel gegen die Klimaerwärmung erweisen konnte. »Wie zu vermuten ist, wirst du Maximilian verteidigen. Wenig verwunderlich, wenn ich diesbezüglich keinerlei Verlangen zur Unterstützung deiner Verteidigungslinie verspüre.«

»Du bist eine nüchterne Frau«, stellte Franziska fest, entschlossen, alle Spielchen beiseitezulassen, »daher gehe ich davon aus, dass du die Wahrheit erfahren möchtest, was an jenem Nachmittag geschehen ist. Nichts anderes führe ich im Schilde. Wenn du auch nur eine Spur Ahnung davon hast, wie ich ticke, weißt du das auch.« Herausfordernd hatte sie sich vorgebeugt und hielt Hannelores Blick stand, bis diese die Augen niederschlug und aufstand. Nahe dem Fenster musterte sie gerahmte Familienbilder, die auf dem Flügel arrangiert waren. Von unsichtbaren Fäden gezogen, ging sie darauf zu, nahm eines davon hoch und betrachtete es lange. Soweit Franziska sehen konnte, handelte es sich um ein Gruppenbild der Familie in steifer Pose, mit ziemlicher Sicherheit bei einem Fotografen im Studio gefertigt.

»Ich habe jemanden ins Haus gehen sehen, der mir bekannt vorkam, aber es will mir nicht einfallen, wer das gewesen ist. Vielleicht aber bloß ein neuer Mieter.«

»Ein Mann?«

»Oh ja – gute 1,90 Meter groß, athletisch, mit einem fremdländischen Touch. Asiatisch, hätte ich behauptet, wäre er nicht solch ein Hüne gewesen.«

»Und du bist dir sicher, ihn schon mal gesehen zu haben?«

»Ja. Wenngleich ich nicht mit ihm gesprochen habe – da hätte ich mir den Namen gemerkt.«

»Du bist vor den Fenstern der Kanzlei gestanden und nicht raufgegangen?«, fragte Franziska nach, bemerkte das Zusammenpressen von Hannelores Lippen, nur einen verstohlenen Lidschlag lang und doch genug, um in ihrem Gesicht zu lesen. »Ihr hattet Zoff.«

Bei dieser Behauptung stellte Hannelore das Bild zurück und drehte sich ruckartig um. »So etwas wie *Zoff* kenne ich nicht, tut mir leid.«

Franziska spürte einen Lachreiz aufsteigen, angesichts dieser Abgrenzung vom niedrigen Volk. Über die hochgereckte Nase blickte Hannelore auf sie herab, erhaben, unantastbar. Wo war der Mensch Hannelore? Der Roboter WALL·E aus dem gleichnamigen Disneyfilm, den sie seinerzeit mit ihren kleinen Neffen und ihrer Nichte angesehen hatte, war menschlicher rübergekommen.

»Meinungsverschiedenheiten pflege ich auszudiskutieren, wie es unter kultivierten Menschen üblich ist.«

»Oh Hannelore, es tut mir schrecklich leid«, insgeheim überlegte sich Franziska eine angemessene Buße für all die heuchlerischen Ansagen der letzten Tage, »ihr seid im Streit auseinandergegangen? Etwas Ernstes?«

Hannelores Brust war ein starrer Panzer, der sich weder hob noch senkte. Ein Blinzeln, ein Recken des Halses, und Hannelore stolzierte zurück zur Sitzbank, schüttelte ein Kissen auf und nahm Platz. Die Beine sorgsam überschlagen, langte sie zur Teetasse und nippte daran. Der abgespreizte kleine Finger unterstützte das Porzellan beim Zurückstellen. Die Hände auf den Knien hob sie den Blick zu Franziska und zeigte keinerlei Emotion.

»Natürlich nicht. Unsere Ehe war vorbildlich. Ich wünschte, er hätte nicht so oft fort müssen. Immer diese Fortbildungen und Tagungen.«

»So viele waren das auch wieder nicht …«, wandte Franziska ein, doch Hannelore nahm keinerlei Notiz davon.

*

Von draußen drangen das Knirschen von Kies und das Grollen eines Automotors herein.

»Wie ich höre, ist eben ein Fahrzeug vorgefahren. Ist dein Taxi zurück?«

»Vermutlich.« Franziska konzentrierte sich auf die verbleibende Chance, Fragen zu stellen. »Falls dir einfällt, wer der Mann war, gibst du mir Bescheid? Um der Wahrheit willen?«

»Von mir aus«, sagte Hannelore, und der Widerwille dahinter war kaum verhohlen.

»Weiß die Polizei eigentlich von ihm?«

»Es ist mir erst letzte Nacht eingefallen, als ich wach lag …« Die Mundwinkel zuckten nach unten – eine Gefühlsregung. Franziska versuchte tiefer zu blicken, das kaum merkliche Zittern in der Stimme in Kombination mit dem Ineinandergreifen der Hände zu verstehen. Hatte Hannelore ihren Mann geliebt? Oder waren sie einander entfremdet gewesen, wie die Affäre mit Samira vermuten ließ. »Falls mir dazu weitere Details einfallen sollten, werde ich es selbstverständlich umgehend der Polizei melden.« Fast wie auf ein geheimes Zeichen hin standen sie beide auf und gingen zur Eingangshalle.

»Es war sehr freundlich zu kommen, Franziska«, verabschiedete sich Hannelore und reichte ihr die Hand. Als hielte man eine tote Forelle, dachte Franziska, und ließ reflexartig los.

Herr Franz startete den Motor und setzte den Wagen in demselben Moment in Bewegung, in dem Franziska die Tür zuschlug.

»Na, war s' recht traurig, die Fürstin?«, fragte Herr Franz, und Franziska spürte unbändige Neugierde hinter der harmlosen Frage lauern. Sie nickte.

»War eine gute Ehe, erzählt man«, sagte sie und hoffte, ihn damit zu weiteren Äußerungen zu bewegen.

»Na ja«, stieg er sofort in die Unterhaltung ein, »mei' Cousine is dort zum Koch'n, gö. Also, er wollt si' angeblich scheiden lassen.« Franziska wandte sich Herrn Franz zu, um ihn besser mustern zu können. Die Augen zusammengekniffen und von tiefen Kerben umrahmt, konzentrierte er sich auf die Straße. Dabei nickte er immer noch zur Bestätigung seiner Aussage.

»War Ihre Cousine am Sonntag auch zum Kochen bei den Fürstensteins?«

»Sicher. Die Fürstin kann do' nix in der Kuchl!« Er lachte auf. Häme schwang mit, öffnete das Feld für weitere Fragen.

»Und da gab's Streit?« Franziska hatte alle Mühe, den Alten nicht zu packen und durchzuschütteln.

»Er hat a andere g'habt. Die Fürstin is ihm draufkommen.«

»Verstehe. Dann wollte *sie* sich bestimmt scheiden lassen«, gab sich Franziska naiv.

»Aber na! Er wollt – ned sie!« Noch mehr Falten zeigten sich auf den Wangen des Herrn Franz. Es bereitete ihm ganz offensichtlich ein diebisches Vergnügen, in die Familienangelegenheiten der prominentesten Familie des Ortes Einblick zu haben. Wenn da mal nicht die Presse davon Wind bekommt, biss sich Franziska auf die Lippen. Je weniger über den Fall in der Zeitung stand, desto besser. Jegliche Publicity schadete zur Zeit Maximilian. Standen Staatsanwaltschaft und Richterin erst mal unter öffentlichem Erfolgsdruck, würden vernünftige Untersuchungen schwierig werden.

»In diesen Kreisen lässt man sich doch nicht scheiden«, wiegelte Franziska ab. Damit konnte sie Herrn Franz nicht überzeugen. Der schüttelte den Kopf und war sich seiner Sache ganz sicher. Womöglich hatte seine Cousine schon öfter von Streitigkeiten berichtet.

»Glauben S' mir: Der wollt nimmer. Das is scho zu lange so g'angen, gö.«

Franziska warf einen Blick zurück. Das Haus wurde kleiner und verschwand hinter Bäumen.

*

Wasser prasselte auf Franziskas Gesicht in weichen, großen Tropfen, spülte den Frust, die Anstrengung und den Schwindel, den die ungezählten Gin Tonics verursacht hatten, in den Abfluss der Dusche. Ihre Gedanken wanderten zu Maximilian, eingesperrt mit zwei anderen Männern, der enge Raum, drei Betten, eine Klomuschel und ein Tisch. Sie spürte förmlich, wie er sich nach einem heißen Bad sehnte, nach einem Moment für sich, allein, unbeobachtet, nach der Möglichkeit, den Blick zum Horizont schweifen zu lassen, das Gesicht im Wind. Jede Stunde in der Zelle tötete ein Stückchen Seele. Der Enthaftungsantrag war fertig, würde morgen ans Gericht gehen.

»Ich hol' dich da raus, Max«, murmelte sie ihr Versprechen erneut. Deswegen war sie Strafverteidigerin geworden. Es gab zu viele Unschuldige hinter Gittern. Die Polizei brauchte schnelle Ergebnisse, die Richter blickten kaum über den Akt hinaus. Personal war knapp, jeder musste seine Fälle so zügig wie möglich abarbeiten. Franziska glaubte an den Rechtsstaat und daran, dass selbst die miesesten Elemente der Gesellschaft Anspruch auf eine ordentliche Verteidigung vor Gericht hatten, weil jeder bis zu seiner Verurteilung als unschuldig anzusehen war – dies war der elementarste Grundsatz der Strafjustiz – und der am meisten geschmähte. Wer sich einmal in den Fängen der Justiz befand, blieb verdächtig. Das war ein Makel, der dem Menschen anhaftete wie eine chronische Krankheit. Die Weste würde nie mehr rein sein, ganz gleich, wie sehr man an dem Fleck rubbelte und schrubbte. Es veränderte jeden, der damit zu kämpfen hatte, das hatte sie in den 30 Jahren ihrer Tätigkeit allzu oft beobachten müssen. Der Mensch selbst fühlte sich beschmutzt und fand kein Mittel, sich davon zu befreien. Manche begannen zu trinken, andere ... Sie wollte den Gedanken nicht zu Ende denken, er würde unweigerlich zu Andrej führen.

Was würde es mit Max tun? Ihr starker, stolzer Max, der es gewohnt war, umworben zu werden, dem stets alle Sympathien gewiss waren und der zeitlebens auf seine makellos weiße Weste bedacht gewesen war, – ein absolutes Muss in ihrem Job, der so nahe am Verbrechen agierte.

Wassertropfen hingen an Franziskas Wimpern und liefen über Nase und Mund. Die Spiegelung ihres Körpers in der Glaskabine zeigte eine wohlgeformte Figur, doch wenn sie an sich herab sah, waren die Zeichen des Alters sichtbar: die Narbe an der Brust, die Besenreiser an den Waden, ein ausgeprägter Hallux am Fuß. Niemand war makellos. Jeder hatte das Gesetz schon mal gebrochen. Jeden konnte die lange Hand der Justiz treffen.

Franziska stoppte den Wasserfluss und griff nach dem Badetuch, wickelte sich ein und suchte ein zweites Handtuch für ihr Haar. Der Gin machte sie rührselig, und das ärgerte sie. »Kein Gin mehr«, stöhnte sie in das Handtuch. Gott, sie hatte seit Monaten keinen Alkohol getrunken, wie hatte sie bloß so schwach werden können. »Als ob du es nicht wüsstest«, raunte das Spiegelbild ihr zu. Die nassen Haare an den Kopf geklatscht, die Gesichtsfarbe bleich, die Augen einer Krähe. Immer noch Andrej. Das Loch da drinnen in der Brust, das sich nie schließen mochte, trotz der Jahre.

Franziska schlüpfte in ihren Schlafanzug, blickte noch einmal in den Spiegel und nickte sich schließlich zu. Es war Zeit.

Die Tür ließ sich widerwillig öffnen, knarrte in rostigen Angeln. Das einzige Fenster war von Holzläden verdeckt, und so lag der Raum in absoluter Dunkelheit. Ungeheizte Luft schlug ihr entgegen, vermengt mit dem muffigen Geruch vergessener Jahre. Ihre wissenden Finger ertasteten die Streichholzschachtel rechts neben dem Türstock, die auf einer Steinschale mit Kerzenstumpen lag, und rieben die kleine Flamme des Streichholzes an, das sie an drei Dochte hielt. Eine der Kerzen nahm Franziska mit sich, ließ Goldlicht den lang gestreckten Raum erhellen, der sie aufnahm wie eine Muschel die verlorene Perle. Zwischen moosgrünen Wänden stand Franziska auf dunklen Dielenbrettern und hob den Blick zum Ende des Zimmers. Eine Skulptur aus hellem Sandstein beherrschte den Raum, zwei Meter hoch, von ihren eigenen Händen aus einem Block geschlagen – zu Beginn unter Tränen, später beseelt von dem Drang, ihrer Trauer und Wut Form zu verleihen. Monat um Monat, Jahr um Jahr hatte sie in diesem Raum geblutet, geschwitzt, mit Hammer und Meißel auf den Stein eingeschlagen, ihm ihre Verzweiflung eingehauen, den Schmerz hineingehämmert. Ihr Werk. Schritt um Schritt näherte sie sich, die Hände pulsierten in der Erinnerung an die harten Schläge, in den Gelenken war mit einem Mal der ziehende Schmerz jener Überanstrengung. Es machte ihr nichts aus, im Gegenteil, der Schmerz machte sie lebendig.

Reigen zweier Körper. Die einzelnen Gliedmaßen ineinander verschlungen zu einem einzigen Leib. Keine Gesichter, keine Details, ein wahrhafter Tanz von Linien und Kurven – die Statue war ihr Monument der Sehnsucht. Wie hatte aus übermächtiger Verzweiflung etwas derart Schönes werden können?

Kerzenstumpen standen in Steinschalen ringsumher, ein paar Kissen lagen verstreut am Boden in dem sonst leeren Zimmer. Der Lichtschein ließ die Skulptur aufleuchten. Sie kauerte sich davor und steckte mit ihrer Kerze die übrigen Lichter an. Schließlich hob sie den Blick zum Sockel. Im Goldlicht schimmerte sein Name.

Andrej.

Ein einzelnes Wort, verschlungen und tief ins Fundament graviert. Vor 30 Jahren in Haft genommen und nie mehr zu ihr zurückgekehrt. Ihre Finger strichen über jeden einzelnen Buchstaben, die Nägel kratzen über die Kerben im Stein. Der Tod war gekommen und hatte ihr die Liebe genommen. Zuerst die Eltern, dann den Verlobten.

Jetzt saß ihr bester Freund in Haft. Max, der am liebsten auf seinem Segelboot stand und übers Meer blickte, war auf elf Quadratmeter reduziert worden, blickte durch ein Gitter vor dem Fenster auf einen Gefängnishof.

Es passierte wieder.

Mit ganzer Wucht traf Franziska diese Erkenntnis. Wenn sie Max nicht freibekam, würde er zugrunde gehen. Genau wie Andrej. Und wieder lag es in ihrer Hand.

*

»Max, Herrschaftszeiten, wie siehst du aus?« Seine Wangen waren eingefallen und von Ekzemen verunstaltet, die Augenhöhlen dunkel umschattet, und noch tiefere Kerben als bei ihrem letzten Besuch gruben sich von der Nase zu den Mundwinkeln herab. Die Neonröhren spiegelten sich in der Scheibe zwischen ihnen, ließen Maximilians Augen schiefergrau erscheinen.

»Behandeln sie dich schlecht?«

»Es geht schon, Ziska. Mein Appetit ist – nun ja – und ich schlafe kaum.« Er rieb sich über die geröteten Wangen. »Den Trockenrasierer vertrage ich schlecht, wie du siehst. Klingen sind nicht erlaubt.« Maximilian hustete. Schleim rasselte in den Lungen. Wie eine kaputte Maschine, schoss es Franziska durch den Kopf. Es dauerte Minuten, ehe er wieder sprechen konnte.

»Warst du beim Arzt?«, fragte sie in die eintretende Stille hinein.

»Mach dir keine Sorgen, ich habe einen Hustensaft bekommen, damit ist wenigstens die Nacht ruhig, und außerdem bin ich jetzt in einer Einzelzelle. Mit Fernseher.« Seine Stimme war kaum wiederzukennen, klang wie eine gesprungene Glocke, blechern, schal. »Danke dafür.«

»Na hör mal, das war das Wenigste, was ich für dich tun konnte. Ich war mir allerdings nicht sicher, ob eine Einzelzelle nicht zu belastend ist.« Ihr Blick glitt über seinen Körper – was vormals schlank und drahtig gewirkt hatte, erinnerte nun an einen alternden Mann. Sein Rücken nicht mehr so gerade, die Beine nicht mehr so standfest.

»Immerhin besser als mit dem Tschetschenen.« Kein Funken Humor schwang mit.

»War Bianca hier?«

»Sie kann nicht. Zwei Stuten stehen zum Fohlen an, und

ein neuer Zuchthengst wird angeliefert«, rechtfertigte er hastig seine Frau. Dabei blickte er Franziska nicht in die Augen, fuhr sich mit den Händen durchs Haar und rutschte auf dem Sessel hin und her. »Das macht nichts, ehrlich. Am Dienstag hat sie mir alles gebracht, was ich brauche. Eigentlich will ich auch gar nicht, dass sie mich so sieht. Zu reden gibt's ja nichts.«

»Verstehe«, antwortete Franziska. Das tat sie wirklich. Stolze Menschen wollten nicht in einer prekären Situation gesehen werden, nicht im Krankenhaus, nicht im Gefängnis. Nur weil sie ihren alten Freund liebte und es ihm schuldig war, konnte sie sich überwinden und zusehen wie er litt. Er hatte es auch für sie getan, vor ein paar Monaten, als sie ans Bett gefesselt gewesen war. »Max, der Enthaftungsantrag ist bei der Richterin. Ich habe mit ihr gesprochen ...«

»Ziska, warst du höflich?«, unterbrach Maximilian aufgebracht.

»Warum zum Henker hackt ihr alle auf meinen Umgangsformen herum?«, brauste Franziska auf. War es zu glauben, dass jedermann der festen Überzeugung war, sie könnte ihr Temperament nicht im Zaum halten? Schließlich war sie seit 30 Jahren eine erfolgreiche Anwältin und nie – fast nie, also wirklich nur hin und wieder – gab es mal eine Verwarnung. »Ich habe mit Engelszungen gesprochen, verstanden? Ganz von Frau zu Frau, Anwältin zu Richterin.«

»Mutter zu störrischem Kind?«, ergänzte Max, und enthüllte unverblümt seine Befürchtungen.

»Unsinn.« Franziska ließ das Gespräch mit Fucik in Gedanken Revue passieren. Keinerlei Drohungen ihrerseits, sachlicher Tonfall – hätte eine Spur freundlicher sein können, zugegeben, jedoch angesichts der Arroganz, mit der ihr das junge Ding begegnete, war einfach nicht mehr drin gewesen.

»Du machst diesen Schmollmund, Ziska, das macht mir Angst. Was hat die Fucik gesagt?«

»Dass ihr Terminkalender zum Bersten voll ist, sie sich aber bemühen wird, dich irgendwo einzuschieben.« Sein leidender Blick verursachte bei Franziska Stiche in der Brust. Unwillkürlich griff sie sich an die Narbe und atmete aus. Sie wünschte, sie hätte Maximilians einschmeichelnde Stimme und Charme, dann hätte sie vielleicht noch am selben Tag einen Termin erwirkt. Max musste auf freien Fuß kommen, das war alles, was zählte. »Es ist ganz gut gelaufen, Max. Ich gebe zu, ich habe da so eine Andeutung gemacht, dass sie bloß nicht wegen eurer Antipathie das Verfahren verschleppen soll.« Maximilian wollte schon etwas einwerfen, doch Franziska legte beschwichtigend ihre Hände auf die Scheibe. »Wirklich nur eine dezente Andeutung, kein bisschen aggressiv. Das war nötig, Max. Sie mag dich nicht. Ich wollte sie daran erinnern, dass jedermann darüber Bescheid weiß und sie damit nicht spielen darf. Meinem Ruf entspricht es, mich wie ein Pitbull in einen Fall zu verbeißen. Das mag nicht sonderlich schmeichelhaft für mich sein, hat aber auch was Gutes: Keiner will, dass ich mich ausgerechnet bei ihm verbeiße.« Sie zwinkerte ihm zu, und seine Miene entspannte sich sichtlich. »Mein Antrag wird durchgehen, das verspreche ich dir.« Er legte seine Hand auf der anderen Seite auf die Scheibe, dort, wo ihre noch wartete. Sie hätten ein altes Ehepaar sein können, wie sie da saßen, ein greifbares Einverständnis zwischen ihnen, das durch Jahrzehnte gewachsen war. Daran durfte die jetzt notwendige Aussprache nichts ändern. »Das ist allerdings erst der Anfang der großen Oper, Max, das weißt du. Wir müssen dafür sorgen, dass keine Anklage erhoben wird. Erzähle mir, was du von den Russengeschäften weißt.« Sie konnte nicht sagen, ob Maximilian oder sie sich selbst bei dem Wort »Russen« versteift hatte, vielleicht waren sie es beide gewesen. Nach einigem Räuspern und einem neuerlichen Hustenanfall erhob sich Maximilian und ging auf und ab.

»Siegfried hat für Klienten Immobilien angekauft, teilweise verkauft. Dafür wurden Firmen gegründet. Ziel war eine steuerschonende Geldanlage, auf Zypern oder den Cayman Islands. Wir haben dieses Geschäftsmodell mit mehreren Klienten aus Deutschland erfolgreich laufen, und immer wieder sind auch Geschäftsleute aus dem Osten auf uns zugekommen, diesbezüglich für sie aktiv zu werden. Siegfried hat diese Kontakte auf seinen Jagden geknüpft. Wir sind breit aufgestellt, ich im Wirtschaftsrecht und Wirtschaftsstrafrecht, Siegfried im Gesellschaftsrecht, Steuerrecht und Wirtschaftsrecht. Mit der Strafverteidigung allein ist nicht das große Geld zu machen, wie du weißt.«

Franziska verschränkte die Arme vor der Brust und kniff die Augen zusammen. »Geld, Geld, Geld. Ich hab's kapiert. Wer von den Russen könnte Probleme machen?«

»Am ehesten Kilian Festakowitsch, Geschäftsmann, liebt Wien, hat in Kitzbühel ein Anwesen und verbringt seine Freizeit auf Jagden. Hat sein Geld mit Import-Export von Luxusgütern gemacht und ist später ins Baugewerbe eingestiegen. Jedenfalls macht er eine Menge Zaster und möchte für schlechte Zeiten vorsorgen.« Franziska schnaubte auf.

»Das glaube ich gern«, spottete sie. »Falls er bei Zar Putin in Ungnade fällt und vom KGB – ja, ich weiß – FSB in die Zange genommen wird. Da muss man freilich Vorkehrungen treffen.« Maximilian räusperte sich geräuschvoll, was der dabei in Bewegung kommenden Schleimmenge nach auf eine ausgewachsene Bronchitis schließen ließ, und kniff den Mund zusammen.

»Jedenfalls lief die Zusammenarbeit wunderbar, soweit ich es beurteilen kann. Siegfried hatte diesbezüglich das Heft in der Hand. Wir waren einmal gemeinsam Abendessen und haben uns glänzend unterhalten«, setzte Maximilian seine Erzählung fort und ignorierte Franziskas bissigen Einwurf einfach. »Festakowitsch ist ein Mann, der weiß, was er will, das muss man ihm lassen. Sonst wäre er wahrscheinlich auch nicht so erfolgreich. Er spricht gut Deutsch und sorgt liebevoll für seine Mutter. Oft begleitet sie ihn auf seinen Fahrten nach Wien und sie gehen gemeinsam in Konzerte oder Opernaufführungen.«

»Ich bin gerührt.« Maximilians Unrast sorgte für Hitzewallungen in ihren Eingeweiden. Längst tippte ihr Füller ein Stakkato auf der Tischplatte, und beide Knie zuckten im Einklang mit. »Gab es zuletzt irgendwelche Probleme mit dem Muttersöhnchen?«

Maximilian stemmte die Hände in die Hüften und blieb von ihr abgewandt stehen. »Nicht dass ich wüsste.«

»Letzthin hast du etwas anderes behauptet.« Langsam drehte er sich um und steuerte auf den freien Platz zu. An der Sessellehne stützte er sich ab und hob den Kopf.

»Wahrscheinlich bin ich wegen dir so nervös im Umgang mit Festakowitsch«, sagte er in einem Ton, der für Franziska anklagend klang. »Siegfried hatte diese Vorurteile nicht …«

»Vorurteile?« Sie fühlte ein Brodeln in ihrem Bauch, und die Ader an ihrer Schläfe begann zu pochen. »Das nennst du Vorurteile, wenn Menschen von einem totalitären Regime eingeschüchtert, vom KGB, scheiße, FSB verfolgt werden, in Gefängnissen verrotten, verschwinden, sterben? Lies mal einen Bericht von Amnesty International!« Sie war aufgestanden und spiegelte seine Haltung, am Tisch aufgestützt, die Augen geradeaus auf ihn gerichtet wie ein Schlagbohrer kurz vor dem Einsatz. Maximilian kannte sie lange genug, um in ihrem Blick das Wort »Idiot« lesen zu können.

»Man kann mit dir nicht über dieses Thema reden, Franziska, sofort rastest du aus!« Einige Sekunden lang starrten sie einander weiter an. Franziska rang um Fassung, hielt sich vor Augen, dass Vorwürfe Max nicht aus dem Gefängnis halfen, und dass sie die Zeit produktiv nutzen mussten. Mit einem Stoßseufzer, dem der tonnenschwere Ärger anzuhören war, befreite sie sich von allen unprofessionellen Emotionen, setzte sich wieder hin und lud Maximilian mit einer Handbewegung dazu ein, es ihr gleichzutun.

»Vergessen wir das mal«, begann sie von Neuem. »Ich brauche Hinweise, denen man folgen kann. Wie war Siegfrieds Verhältnis zu Festakowitsch?«

»Da ist mir nichts Ungewöhnliches aufgefallen.« Die Bereitschaft, einzulenken, übertrug sich zu Franziskas Erleichterung auf Maximilian. Auch er setzte sich wieder hin und bemühte sich um einen sachlichen Ton. »Die Beratungstätigkeit ist immer intensiver geworden, die Honorare entsprechend höher. Wir haben sehr gut an Festakowitsch verdient. Siegfried war Geschäftsführer einer dieser Firmen, die er eigens gegründet hatte, er hat die Transaktionen abgewickelt und Festakowitschs Geld gut angelegt. In letzter Zeit war er zunehmend nervös, doch ich kann nicht sagen, ob es an den Russengeschäften oder seiner privaten Affäre mit Samira gelegen hat.«

»Wie heißen diese Firmen?«

»Die Wichtigste ist die ›Royal Real Estatehouse‹ – RRE. Da war Siegfried Geschäftsführer. Dieses Geflecht findest du natürlich nicht auf unserem Rechner in der Kanzlei. Wir haben diesen Geschäftsbereich getrennt gehalten.« Franziska keuchte auf vor Entrüstung. Dieses Verhalten war fast ein Schuldeingeständnis – wie konnte man anderes denken, als ein krummes Ding dahinter zu vermuten! »Bevor du wieder an die Decke gehst – es ist rechtlich alles in Ordnung.«

»Kein Schwarzgeld? Keine Bestechungsgelder? Keine Steuerhinterziehung?« Franziska lachte bitter, während sie Maximilians versteinerte Miene betrachtete.

»Nicht, dass ich wüsste.« Wieder musste er husten und würgte Schleim in ein Taschentuch, zog ein neues hervor und putzte sich geräuschvoll die Nase. Er sieht so alt aus, dachte Franziska schockiert, erinnerte sich, dass sie nicht viel jünger war als er, und biss sich auf die Unterlippe.

»Dann werde ich mir das mal genauer ansehen, mein Freund.« Ihre Finger trommelten auf den Tisch. »Wo habt ihr die Unterlagen?«

»Siegfried hatte alles auf seinem Notebook. Vermutlich hat er es daheim.«

»Ach, Scheiße noch mal«, zischte Franziska und klopfte mit der ganzen Hand auf den Tisch, »Hannelore lässt mich doch da nicht ran.« Er zuckte mit den Schultern.

»Das ist sowieso keine heiße Spur«, sagte er bestimmt. »Wir sind gut mit Festakowitsch ausgekommen.«

»Also mit irgendjemandem ist Siegfried nicht gut ausgekommen«, äffte sie ihn nach, »sonst würde er noch leben.«

»Es muss ein Einbrecher gewesen sein. So etwas kommt jetzt immer häufiger vor, dass organisierte Banden in Wohnungen oder Ordinationen eindringen, die Bewohner bedrohen und ausrauben.«

»Dann hätte irgendwas fehlen müssen. Sogar Siegfrieds Portemonnaie war voll«, wies ihn Franziska zurecht.

»Vielleicht sind sie nervös geworden, nachdem sie Siegfried attackiert hatten und er offensichtlich tot war.«

Franziska sah ihn zweifelnd an. »Ich weiß nicht …«

»Wir müssen nur beweisen, dass ich es nicht gewesen bin, Franziska, wir müssen nicht den Job der Polizei erledigen.«

»Die haben sich allerdings auf dich eingeschossen und suchen keinen anderen Täter mehr. Dein Alibi hängt ganz von Bianca ab. Ein Glück, dass Siegfried noch dieses SMS an Samira geschickt hat.«

»Ja«, sagte Maximilian und schloss die Augen. »Ein Glück.«

*

Der Gehsteig vor dem Bikerladen in der Triester Straße war von einer langen Reihe Harleys zugeparkt. Franziskas Herz flatterte bei dem Anblick, automatisch schürzte sie die Lippen zu einem Pfeifen. Chrom glänzte in der Wintersonne, und aufpolierte Tanks prangten vor den unterschiedlich geformten Sitzpolsterungen. Ihr eigenes Motorrad ordnete sich perfekt in die Reihe der anderen ein, kippte am Ständer leicht zur Seite und ließ noch ein leises Knacksen und Knistern hören. Mit dem Helm am Arm stieg Franziska ab. Ihr Blick hatte sich bereits an dem Mann am Eingang festgesaugt. Die breitschultrige Gestalt mit roter Bandana über dem grauen Haar, in ausgebeulten Lederhosen und anliegendem Shirt lehnte aufreizend entspannt an der Hauswand und hielt die Nase in die Sonne.

»Adrian Arnold! Dein Laden ist knackvoll, und du stehst

in der Sonne rum«, lachte sie ihm entgegen. Er blinzelte und verzog das Gesicht zu einem Grinsen.

»Die Muße ist die Schwester der Freiheit, das wusste bereits Aristoteles und jeder andere vernünftige Mensch auch«, konterte er.

»Typisch Ari – kommst mir mit Aristoteles, als müsstest du deinem Spitznamen immer noch Ehre machen.« In seiner unmittelbaren Nähe roch es nach Leder, Motoröl und Sandelholz. Das Geruchsereignis intensivierte sich bei der Umarmung, in die er sie zog.

»Ziska«, sagte er, schob sie auf Armlänge von sich und musterte ihr Gesicht eindringlich. Unter seinem Blick fühlte sie sich dünnhäutig wie ein Libellenflügel, schillernd, aber doch transparent. Aris Haut dagegen war wettergegerbt, die Schultern muskelbepackt, der ganze Körper sehnig und geschmeidig – alles in allem ein Kraftpaket, seinen 62 Jahren zum Trotz. Was Franziska besonders an ihm liebte, waren seine Augen, ein Himmelblau, das einem die Rede verschlug. »Ärger?«

Sie zuckte mit den Schultern und befreite sich aus der Umarmung, bevor sie sich zu sehr daran gewöhnte. Ari war schließlich der Mann ihrer besten Freundin – gewesen. Silvie war seit einem Jahr tot und begraben, wenngleich ihr Geist in ihrer Yogahalle, die Ari weiterführte, genauso stark zu spüren war wie eh und je. Es fühlte sich falsch an, Ari zu nahezukommen. Nach all den Jahren der Freundschaft und ihrer eigenen Erkrankung – lieber nicht.

»Was ist mit meinen Seitenspiegeln?«

»Noch nicht da. Ich hätte dich angerufen, wenn sie angekommen wären …«

»Du rufst nie an, Ari«, wies sie ihn zurecht und freute sich darüber, dass er überhaupt nicht zerknirscht war.

»Ein unpersönliches Unterfangen – über Kabel oder Wellen zu sprechen, ist nicht mein Ding.« Er lachte leise, und seine Zähne glänzten weiß in der Sonne auf. Ein alter Gott unter Menschen, dachte Franziska und konnte nicht anders, als seine Gesellschaft zu genießen. Sie war nicht wegen der Ersatzteile gekommen, sondern um in seiner Gelassenheit zu baden, seine Sorglosigkeit in sich aufzunehmen und abzuspeichern. Viele seiner Freunde taten es, fast alle unbewusst. »Man muss die Menschen sehen, Ziska. Alles andere zählt nicht.« Etwas an seinen Worten rührte sie an. Oder war es der durchdringende Ton, der gleichzeitig vor Leben vibrierte, welcher sie schaudern ließ? Max, ging ihr durch den Sinn. Sah sie ihn eigentlich noch realistisch, – so, wie er tatsächlich war? Der Alltag, die Gewohnheit, sie nahmen einem die Scharfsicht. Bilder von einst legten sich wie Blaupause über das tatsächliche Antlitz.

»Dann werde ich nächsten Samstag wieder hier sein.«

Zufrieden grinste Ari, machte einen Schritt auf sie zu und schloss sie noch einmal in die Arme.

»Ich werde auf dich warten.«

*

In Lederhosen, Stiefeln und Bikerjacke lief Franziska die Stufen zur Kanzlei hinauf. Cicero kläffte hinter der Tür im ersten Stock, und ein verdächtiges Scharren verriet Franziska die Anwesenheit von Frau Hohenfellner hinter dem Fischauge. Mit doppelter Geschwindigkeit sprintete Franziska die Stufen weiter hinauf, ehe sich die Falle öffnen konnte und sie mit einer redseligen Hohenfellner im Stiegenhaus festsaß. Wieder einmal pries sie den Tag, an dem sie sich entschlossen hatte, ein tägliches Fitnessprogramm durchzuziehen.

Oben angekommen hatte sie nur ein Ziel: rasch die Kanzleitür hinter sich zu schließen. Auf der Gegenseite des Schlosses steckte ein Schlüsselbund, der sich mit den Drehungen ihres eigenen mitbewegte und dabei klirrende Geräusche von sich gab.

»Jemand da?«, rief sie durch den Vorraum, als sie trotz dieses Hindernisses die Tür geöffnet hatte, und hörte im selben Moment die Espressomaschine Wasserdampf ausstoßen.

»Küche!«, kam es zur Antwort, und sie erkannte Kurts heitere Stimmlage.

»Mach einen Zweiten!«, gab sie Bescheid, ehe sie die Klotür hinter sich schloss. »Verdammt kalt zum Motorradfahren«, schimpfte sie beim Aufknöpfen der Hose vor sich hin. Da halfen auch keine Thermounterwäsche und Angoraüberzieher. »Ich verbiete mir Altweiberwehwehchen«, schnaubte sie noch mal und hoffte inständig, dass Kurt nicht eben an der Tür draußen vorbeiging und ihre Selbstgespräche mithörte. Sie wusch sich die Hände und strich die Haare zurecht. Selbst ihre Naturwelle konnte sich nicht gegen den Helmdruck erwehren. Als sie schließlich manierlich adjustiert in die Küche kam, wartete Kurt bereits mit zwei perfekten Tassen Cappuccino auf sie.

»Neuigkeiten?«, fragte sie, während sie am Schaum nippte.

»Kann man so sagen«, schmunzelte Kurt und biss in eines der Briochekipferln, die Franziska mitgebracht hatte. »Unser russischer Klient Kilian Festakowitsch wohnt, so er in Wien weilt, in einem Penthouse am Kohlmarkt. Er hat eine Ehefrau, die er nie mitnimmt. Kommt meist mit seiner Mutter. Siegfried betreute ihn seit eineinhalb Jahren. Auf dem Rechner findet sich eine Firmengründung, die ›Royal

Real Estatehouse‹ – RRE, genau wie du mir durchgegeben hast. Alles sauber. Wir haben als Kanzlei zusätzlich einige Kleinigkeiten für Festakowitsch erledigt – Strafmandate, Bewilligungen, Opernkarten, Transaktionen für die RRE, beispielsweise den Kauf der Immobilie am Kohlmarkt, den Erwerb einer Garage.«

»Gut gemacht, Kurt. Hast du vielleicht auch noch den Laptop gefunden, von dem ich dir erzählt habe?« Franziskas Hände zitterten vor Anspannung – ihre Instinkte waren in allerhöchster Bereitschaft: Das war die einzige vielversprechende Schiene, die Maximilian nachhaltig aus dem Straflandesgericht bringen konnte, und die wollte sie polieren, bis die spiegelklaren Tatsachen auf dem Tisch lagen.

»Ich habe alles durchstöbert, Ziska. Wenn es einen Laptop in der Kanzlei gibt, muss er im Safe sein. Da können allerdings nur die Partner ran.« Franziska rieb sich die Hände – der Kaffee musste warten.

»Also dann, sehen wir mal, ob ich noch als Partner der Kanzlei durchgehe.« Der Safe war in Maximilians Zimmer. Ein Einbrecher fühlte sich in einer frisch aufgebrochenen Wohnung höchstwahrscheinlich wohler als Franziska in diesem Moment. Nicht auszuschließen, dass es an dem feinen Duft nach Rosmarin und Segelboot lag, der in den Wänden hing und Franziska bewog, ständig über die Schulter zu blinzeln, ob nicht doch Max im Türrahmen stand und sie wie einen Eindringling mit gerunzelter Stirn beobachtete. Kurt hingegen wirkte völlig unbefangen, plapperte unentwegt und konnte es kaum erwarten, ins Innere des Tresors vorzudringen.

Die Zargen des Schließmechanismus rasteten ein, und die Stahltür ließ sich aufziehen. Kurts Kopf schob sich nahe an ihren, gemeinsam starrten sie in den dunkel ausgekleideten Innenraum. Einige Papierordner, die Kassette mit der Portokasse.

»Wo ist der verdammte Laptop?«, fragte sie in die Stille hinein. Ihre Finger glitten erneut über die Papiere und die Geldkassette. Frustriert holte sie wenigstens diese heraus und prüfte den Inhalt. Ein paar Scheine, Kleingeld, alles in allem keine 100 Euro.

»Haben wir vielleicht noch einen zweiten Tresor?« Kurts Frage stieß Franziska vor den Kopf.

»Wozu? Ist doch dieser schon halb leer.«

»Dachte nur – Siegfried wäre es sicherlich unangenehm, in Maximilians Zimmer gehen zu müssen, wenn er etwas in den Tresor legen will.«

»Es hat doch immer einer gereicht …«, begann Franziska, stoppte jedoch mitten im Satz. Es war aber nicht mehr alles beim Alten gewesen. Franziska hatte die Partnerschaft verlassen, die Verhältnisse hatten sich geändert. »Los, sehen wir nach.«

Siegfrieds Zimmer lag gegenüber von Maximilians, dazwischen nur das Sekretariat. Wenn es einen zweiten Tresor gab, dann musste er in seinem Zimmer sein. Da standen sie nun und blickten sich ratlos um.

»Als wäre er erst gestern hier gewesen.« Franziska sprach leise. Der Raum hatte etwas Gespenstisches – oder, Moment mal, lag das nicht eindeutig an dem scheußlichen Hirschkopf an der linken Wand?

»Wohl kaum.« Kurt machte ein paar Schritte auf den Schreibtisch zu, zögerte einen Moment und setzte sich dann auf den Chefsessel. Gemächlich ließ er die Rückenlehne wippen, drehte einmal nach links, einmal nach rechts. »Wo würdest du einen Tresor installieren?«

Franziskas Blick blieb an der linken Wand zur Küche

hängen. Dort hatte sich vor der Renovierung eine Durchreiche befunden. Schnurstracks steuerte sie auf die ausgestopfte Jagdtrophäe zu. »Sonntagsjäger«, murmelte sie und begann, den Rand der Holzplatte, auf der der Kopf gearbeitet war, in der Hoffnung auf Scharniere zu untersuchen. »Nichts. Verdammt.«

»Wie kann man sich bloß ein totes Tier an die Wand hängen?«, ließ Kurt von hinten vernehmen.

»Vegetarier, was?«, ätzte Franziska. Schließlich hatte sie ihn schon mal einen Rindsbraten verspeisen sehen, schneller als man *Donaudampfschifffahrtsgesellschaftskapitän* sagen konnte.

»Ästhet«, erwiderte er, und auch ohne sich umzudrehen, hörte sie sein Grinsen in der Stimme. »Ich bevorzuge bildnerische Kunst an der Wand.«

»1:0 für dich«, lachte sie und stieß versehentlich gegen die Kante der Tafel, die darunter montiert war und auf der die Geschichte des erlegten Hirsches in goldenen Lettern festgehalten war. »Ha!« Ein Spalt, zu fein, um ihn zuvor bemerkt haben zu können – und sofort untersuchte Franziska die Aufhängung. Tatsächlich, ein Schiebemechanismus …«

»Kurt – komm her da – ich hab's!« Aber Kurt stand längst neben ihr und fingerte aufgeregt dazwischen. »Pfoten weg, verdammt«, schnaubte sie ihn an und konnte das Brett endlich verschieben. Ein kleiner Tresor zeigte sein graues Türchen mitsamt den elektronischen Zahlencodetasten. Sofort begann sie ihren Code einzutippen, wartete auf das Einrasten der Metallzargen – aber kein Klicken oder Piepsen wies auf das Entriegeln des Schlosses hin. Ungeduldig zog sie an dem eingelassenen Ring, vergebens – die Tresortür bewegte sich keinen Millimeter.

»Und jetzt, Chefin?«, maulte Kurt. Als wäre sie nicht

genauso enttäuscht! Der Ellenbogen fuhr ganz automatisch aus und stieß den Burschen unsanft in die Seite. Jawohl, Burschen – sollte sie sich ernsthaft von einem 30-Jährigen anmotzen lassen?

»Kreativität ist jetzt gefragt, blöd dreinschau'n kann ich allein auch«, stellte sie klar, und Kurt rieb sich die Rippe. »Siegfrieds Tresor ist jedenfalls groß genug für ein Notebook plus ein paar Kleinigkeiten.«

»Er wird seine eigene Zahlenkombi dafür gehabt haben«, seufzte Kurt und setzte sich auf die Schreibtischkante. »Da können wir jetzt von den Geburtsdaten seiner Kinder, der Ehefrau bis zum Hochzeitstag und dem Tag des ersten Geschlechtsverkehrs alles durchprobieren.«

»Verdammt großartige Idee.« Franziska baute sich mit verschränkten Armen vor ihm auf. Ihr Frust gewann die Oberhand, ob sie wollte oder nicht. Dabei hätte sie gut selbst darauf kommen können, dass ein Tresor, von dem sie nichts wusste, höchstwahrscheinlich nicht mit ihrem Code zu öffnen sein würde. »Wenn du noch ein paar weitere Fixsterne im Leben eines Mannes zum Besten geben kannst, nur zu. Wir besorgen uns die nötigen Zahlen dazu im Handumdrehen!« Sie starrten einander grimmig an.

»Der Tod der Schwiegermutter.«

Es begann in Kurts Gesicht zu zucken, der Mund verzog sich zu einer Grimasse, bis sie beide losprusteten. Mit diesem Kerl konnte man einfach nicht streiten.

Franziska wischte sich die Tränen aus den Augenwinkeln und versuchte, sich erneut auf die Aufgabe als Panzerknacker zu konzentrieren. Der richtige Code – es gab bis zu acht Codes für einen Tresor, je nach Modell. Dies hier war zwar ein kleinerer Typus, aber er würde doch zumindest zwei Codes …

»Was ist, Ziska?«, rief Kurt hinter ihrem Rücken und versuchte, einen Blick auf ihre Finger zu erhaschen, die über die Tastatur des elektronischen Zahlenschlosses huschten.

»Maximilians Code natürlich – ich Idiot! Es müssen immer zwei Zugang haben, für den Notfall. Und Max ist der Seniorpartner hier.« Ihre Finger flogen über die Tastatur. »Schau weg!« Ein Klicken, ein Einrasten – Stille. Franziska sah sich zu Kurt um, der sich im gleichen Moment zu ihr zurückdrehte.

»Worauf wartest du!«, feuerte er sie an. Sie zog am Ring.

»Sesam öffne dich«, flüsterte sie und jubelte im nächsten Moment los. Da lag alles vor ihnen, was sie sich erhofft hatten – ein Notebook, ein Aktenordner und ein zusammengefalteter Plastiksack. Kurt schnappte sich das Notebook, klappte es auf und konzentrierte sich auf den Bildschirm, während Franziska den Rest aus dem Fach räumte. Der Plastiksack war leer und wanderte gleich zurück in den Safe. Mit dem Aktenordner war schon mehr anzufangen. Sie setzte sich Kurt gegenüber und begann darin zu blättern. Rechnungen von Firmen, Auftragsbestätigungen, Frachtpapiere. Franziska sah sich alles durch und blieb doch ratlos zurück. Exporte, Importe, soviel konnte sie herauslesen und dass es sich um osteuropäische Länder handelte, die hierbei involviert waren. Das war genau, was sie gesucht hatte, da war sich Franziska sicher. Dieses Notebook war der Schlüssel, um die Papiere richtig interpretieren zu können.

»Verdammt, bist du endlich in dem Scheißcomputer drin?«

»Weißt du eigentlich, dass du unter Druck ständig fluchst?«, kam eine mürrische Antwort, die sie nur noch mehr in Rage brachte.

»Du hast keine Ahnung, was ich mache, wenn ich wirklich unter Druck stehe«, fauchte sie zurück. »Also, wie lange brauchst du noch?«

»Wird eine Weile dauern, fürchte ich. Mein Liebesleben ist dieses Wochenende in ernsthafter Gefahr.« Diesmal lachte er nicht.

»Wenn du Montag nicht ablieferst, gibt es überhaupt kein Liebesleben mehr, verstanden?« Zur Bekräftigung der Drohung lehnte sie sich ihm entgegen über den Tisch. »Nie wieder.«

»Sex wird soundso überbewertet«, grinste er sie kurz an, zwinkerte ganz Lausbengel, der er geblieben war, und begann munter draufloszuhacken.

*

Weihnachten – das war mit Gerti an den Adventsonntagen in der Küche sitzen und aus einem Topf am Herd Glühwein schöpfen, den süßen Duft nach Rotwein, Zimt und Orangenschale einatmen, tiefschürfende Gespräche beim Keksausstechen führen und heimlich die heißen Plätzchen direkt vom Backblech verputzen.

Das Haus der Strebersberger lag am westlichen Stadtrand, wobei man lediglich an der Ortstafel bemerkte, dass man Wien verlassen und Purkersdorf erreicht hatte. Die Wiener Straße ging unbeeindruckt von irgendwelchen Grenzen einfach geradeaus weiter, die Häuserzeilen, Supermärkte und Randsteine unterschieden sich nicht. Franziska bog rechts ab und fuhr ein Stück weit den Berg hinauf eine Sackgasse entlang, bis sie schließlich bei dem holzvertäfelten Einfamilienhaus ankam. Windspiele aus Wurzeln, Tonperlen, Glöckchen und Glaskörper schaukelten an Bäumen und Veranda. Der Schlingknöterich hatte die Holzstützen dicht umrankt und plante für den kommenden Frühling einen Angriff auf das Obergeschoss. Nachdem Franziska den Motor abgestellt und den Sturzhelm abgenommen hatte, wirkte die Ruhe des Waldrands auf sie gleich einer warmen Daunendecke. Als würden sich feine Wurzeln aus ihren Sohlen schlängeln und Verbindung mit der Erde aufnehmen, überkam sie ein wohltuender Frieden. Unwillkürlich musste Franziska grinsen. Keinesfalls durfte sie diese Gedanken Gerti verraten, sonst hätte diese den geschwisterlichen Weltanschauungskrieg gewonnen – es war besser, jeder blieb in seiner Rolle, Gerti die Kräuterhexe, die sich mit dem Universum vereinte, und Franziska, die Realistin, die gegen die Mühlen der Justiz kämpfte.

Im Eingangsbereich funkelten Teelichter in Glaslaternen von der Decke des Vordachs herab und ein – ganz bestimmt selbstgebundener – Kranz aus Konifere, Tanne und Stechpalme hing, von einer goldenen Schleife gehalten, am Schmiedeeisengitter des Sichtfensters. Franziska drückte die Türklinke herunter und fand sie unverschlossen.

»Gerti? Ich komme mit der rumänischen Räumungsbrigade – hab ihnen gesagt, es ist Absicht, dass ihr nie zusperrt – sie dürfen alles mitnehmen.« Im Vorraum schlüpfte sie eben aus den Stiefeln, da huschte Tinchen von oben herunter und drückte ihr einen Kuss auf die Wange.

»Hi, Tante Ziska! Mama ist schon auf Hochtouren. Mach rasch deinen Glühwein, damit ich sie ertragen kann.«

»Wie geht's dir, Schätzchen? Lass dich ansehen«, verlangte sie ihr Recht als Tante und Taufpatin dieser quirligen 17-Jährigen und war von dem blassen Gesicht, den Schatten unter den Augen und hervorstechenden Beckenknochen nicht gerade angetan.

»Bist du magersüchtig?«

Martina verdrehte demonstrativ die Augen. »Bitte!«, stöhnte sie auf und ging auf Distanz. Mist, es war nicht einfach, mit Teenagern zu reden, wenn man so unverblümt war wie Franziska. Sie biss sich in die Wange und versuchte einen neuen Anlauf.

»Deine Sache, wenn du aussehen willst wie ein Sack Hirschgeweihe, ist wirklich nicht mein Problem. Dann sieht dieser pickelige Mistkerl allerdings gleich, was für eine coole Sau er doch ist, weil ein Mädel wegen ihm den Hungertod sterben will.«

»Tante!« Okay, dieser Versuch war gleichfalls nach hinten losgegangen. »Sag Mama, dass ich kurz zu Dora rüber bin.« Damit stieg Martina in ihre Stiefel, schlüpfte umständlich in eine Daunenjacke, weil ihr hüftlanges Haar dabei nicht zerzaust werden durfte, und schlug die Tür hinter sich zu.

Da sich sonst nichts im Haus regte, folgte Franziska den Schallwellen traditioneller Weihnachtslieder in die enorme Wohnküche ihrer Schwester. Lauthals sang diese: »Es wird scho' glei dumpa, es wird scho' glei' Nacht …«, hatte eine rote Schürze mit einem Rentier darauf umgebunden und rollte schwungvoll Mürbteig aus. Auf der Kücheninsel standen Teelichter in Glasbehältnissen, Machwerke Gertis letzter Tiffany-Workshops, und vom Dunstabzugssims hingen Gewürzkugeln, Glasengel und ein Lavendelbüschel.

»Wie viel hast du schon intus?«, lachte Franziska bei dem Anblick.

»Franziska!«, rief Gerti, und die Freude in ihrem Gesicht ließ Franziska den schrägen Weihnachtsgesang vergessen. »Ich habe dich vermisst, altes Haus – wo warst du so lange? Bist du zu uns gejoggt? Zutrauen würde ich es dir.« Ihre Augen folgten Franziskas Blick zum Herd. »Ich bin übrigens nüchtern und warte sehnsüchtig auf meinen allerliebsten Ziska-Glühwein – leg los!« Gerti plapperte munter drauf los, hielt ihrer Schwester die Wange hin zum Kuss und bearbeitete unverdrossen jenes Stück Teig, das an den Rändern beharrlich zerbröselte.

»Jedes Jahr dasselbe Theater mit diesem Rezept; jedes Jahr schwöre ich, nie wieder diese ›Spitzbuben‹ zu machen – und dann fragt mich Nikolas mit diesem Dackelblick im Gesicht, du weißt schon, wo man wie Butter in der Sonne schmilzt, ob es schon ›Spitzbuben‹ gibt und – voilà – da stehe ich!« In Gertis Gesicht glänzten die Wangen wie rosa lackiert. Wie Franziska entlang der Anrichte sehen konnte, stand ihre Schwester schon geraume Zeit in der Küche, hatte ein Kilo Schwarz-Weiß-Gebäck fertig und das Spritzgebäck zum Füllen mit Marmelade und Glasieren vorbereitet. Das war ihre Aufgabe – Handlangerdienste und Alkoholversorgung, dafür reichten ihre beschränkten Küchentalente allemal aus. Nicht so unbescheiden, munterte sich Franziska innerlich auf, immerhin hatte sie sich in dieser Disziplin mittlerweile einen hervorragenden Ruf erworben.

Routiniert stellte sie den einzig richtigen Kupferkessel mit den geschlungenen Griffen auf die Herdplatte und kippte drei Flaschen Rotwein hinein. Der hatte nun Zeit, sich zu erhitzen, währenddessen Franziska einige Zimtstangen und Sternanis hinterherwarf. Mit den Nelken musste man vorsichtig sein, die machten einen aufdringlich pelzigen Geschmack, daher kamen diese gemeinsam mit dem Kardamom in eine Teefiltertüte. Auch die Zimtstange würde nach einiger Zeit wieder aus dem Wein verschwinden müssen. Ah ja, die Vanilleschote lag bereit, aufgeschlitzt zu werden, das war ihre Geheimzutat. Vanilleschote und ein paar Handvoll Mandelstifte.

»Wie geht es Max?«, platzte Gerti heraus, hielt kurz inne, um zu sehen, wie Franziska reagierte. Die verzog das Gesicht und stöhnte.

»Ich wollte, ich hätte ihn fürs Wochenende schon heraus bekommen«, ließ sie ihren Gefühlen freien Lauf. »Obwohl ich stinksauer bin auf ihn.«

»Wieso das denn?«

»Seit ich weg bin, arbeitet die Kanzlei für Russen.«

»Nein!«, tat Gerti entrüstet und lachte. »Was ist schon dabei?«

»Das fragst du noch? Nach allem, was mit ...« Sie unterbrach sich, wollte nicht die alte Geschichte aufwärmen. Nicht heute. Nicht an Weihnachten.

»Andrej ist 30 Jahre tot, Franziska. Und nicht überall ist der KGB im Spiel, wo Russen beteiligt sind. Wir wissen nicht mal sicher, ob es bei ihm tatsächlich so gewesen ist.« Zärtlich sah Gerti sie an, meinte es gut. Es war unmöglich, eine unfreundliche Antwort zu geben. Fast.

»Natürlich war es so – und natürlich gibt es keine Beweise. Die lassen keine Visitenkarte in der Zelle, wenn ein Insasse einem sogenannten Selbstmord zum Opfer fällt.«

»Davon darfst du aber nicht dein ganzes Leben bestimmen lassen. Ziska, du hast doch nicht etwa Max die Hölle heißgemacht?«, fragte Gerti jetzt streng. »Hast du vergessen, dass er bereits in der Hölle sitzt?«

»Was? Nein. Natürlich nicht.« Schuldbewusst kaute sie auf der Innenseite ihrer Wange herum.

»Du kaust auf der Wange.«

»Tu ich nicht.«

»Doch«, herrschte Gerti sie an. Leugnen war zwecklos. Die eigene Schwester konnte man nicht belügen, nicht, wenn sie Gerti hieß. »Also bist du ausgerastet – herrje.

Der Ärmste. Ich dachte, du hättest deinen autistischen Zug längst unter Kontrolle.«

»Mama hat mich seinerzeit testen lassen, und ich war kein Autist«, wies sie Gerti sofort zurecht. Dieses Spielchen hatten sie seit Jahren nicht mehr gespielt, doch die alten Spielregeln galten anscheinend noch immer, denn Gerti setzte bereits zur altbekannten Replik an.

»Der Test war vor 45 Jahren – da hatte man doch noch keine Ahnung von dieser Krankheit.«

»Für mich hat's gereicht«, beendete Ziska das Geplänkel und kniff die Augen zusammen. Wieso Gerti auch nie von dieser fixen Idee ablassen konnte! »Max weiß alles von Andrej und hat sich trotzdem mit einem Oligarchen eingelassen.« Mehr fiel ihr nicht ein als Rechtfertigung? Franziska stutzte. Anscheinend war sie tatsächlich extrem voreingenommen, wenigstens das gab Franziska vor sich selbst zu. Aber zu Recht, fügte sie in Gedanken hinzu. Sie streckte das Kinn vor und rührte im Rotwein. Aus den Augenwinkeln sah sie Gertis tadelndes Gesicht, das sie wie ihre alte Französischprofessorin aussehen ließ. Jetzt schüttelt sie auch noch den Kopf, dachte Franziska und fühlte etwas wie Heiterkeit aufkommen. »Wir haben uns ausgesprochen«, beendete sie das Thema, »so gut es halt unter den gegebenen Umständen geht. Aber in diese Richtung werde ich recherchieren, darauf kannst du Gift nehmen.«

»Das brauche ich nicht, ich kenne dich gut genug«, erwiderte Gerti. »Pass mir nur auf den Max auf, der wird mit der ganzen Schand nicht ohne Weiteres klarkommen.«

Franziska holte eine Orange aus der Obstschale und kramte in der Schublade nach einem scharfen Messer. »Gerti, ich denk an nichts anderes, als wie ich ihn aus dem Schlamassel raus bekomme«, sagte sie und fuchtelte mit dem Messer durch die Luft. »Geh mir nicht auf die Nerven!« Eine Weile gingen sie schweigend ihrer Arbeit nach. Gerti fluchte ganz und gar unweihnachtlich, weil der Teig unter ihren Händen zerbröselte, Franziska wusch noch eine zweite Orange ab.

»Hast du Tinchen gesehen?«, fragte Gerti so vorsichtig, dass Franziska von der Orange aufsah, die sie, die Zungenspitze zwischen die Vorderzähne geklemmt, die Augen zusammengekniffen, gerade eben extra dünn schälte.

»Ja – ist ein Röntgenbild, das Mädel«, verstand Franziska sofort die eigentliche, unterschwellige Frage. »Versteh ich gut, deine Sorgen. Ist übrigens zu Dora rüber, soll ich ausrichten.«

»Irgendwas ist da im Busch, Ziska. Ich komme nicht an sie ran. Du musst es probieren.«

»Ach, nicht doch«, seufzte Franziska auf. »Ich gehe bei solchen Sachen wie eine Büffelherde vor. Zurück bleibt zertrampeltes Ödland.«

»Quatsch, du bist genau richtig für den Job. Teenager hassen mittlerweile diese psychologisierende Art der Eltern, weil sie sich nicht als Erwachsene ernst genommen fühlen.«

»Dann lass es doch«, empfahl Franziska und wusste genau, dass sie damit bei Gerti auf Granit biss. »Außerdem sind Teenager keine Erwachsenen. Ein Wahnsinn, dass die mit 16 wählen dürfen. Die meisten wissen noch nicht mal, welchen Beruf sie ausüben wollen.«

»Das wussten wir damals auch nicht!«

»Eben.«

»Das hat nichts mit Tinchen zu tun«, stemmte Gerti die bemehlten Hände in die Hüften. Ihre Schwester mochte vielleicht eine Glaskünstlerin, verrückte New-Age-Hexe und Deutschlehrerin sein, aber keiner sollte so dumm sein, daraus zu schließen, sie könnte ihre Vorstellungen nicht durchsetzen. Eigentlich geschah immer, was Gerti wollte, wenn Franziska es sich genau überlegte, und das, seit sie klein gewesen war. Sie selbst hatte zwar damals für die kleine Schwester die Verantwortung übernommen, dafür gesorgt, dass die Rechnungen bezahlt waren, genug Geld im Haus, die Kleine gut angezogen und in der Schule top war, doch wenn sie selbst die Rolle des Vaters angenommen hatte, dann Gerti die der gestaltenden Mutter.

Franziska blickte sich in der Küche um, die ihr zweites Zuhause war – allein diese Tradition, jeden Adventsonntag gemeinsam zu backen, war ganz allein Gertis Initiative geschuldet. Dabei ging es nur am Rande um die Herstellung der Weihnachtsbäckerei. Die war bestenfalls der Aufhänger für stundenlanges Beisammensein, ausgiebige Gespräche, das Auffrischen alter Vertrautheit. Selbst als Gerti eine eigene Familie gegründet hatte, hielt sie daran fest, machte Franziska zu einem fixen Bestandteil dieser Gemeinschaft. Ja, ihre Schwester hatte dafür gesorgt, dass sie heil blieb, trotz all der Verluste, Enttäuschungen und Schwierigkeiten.

»Ist gut, Gerti«, antwortete Franziska und blinzelte etwas Feuchtes aus ihren Augen. Musste das Orangenöl aus der Schale sein. Scharfes Zeug, so eine Zitrusfrucht. »Bei nächster Gelegenheit knöpfe ich sie mir vor.«

»Dann werden wir bald mehr wissen«, zeigte sich Gerti zuversichtlich und hielt die Nase über den Glühweintopf. Die Gewürze und das Orangenöl entfalteten bereits ihren besänftigenden Duft, und ein Stückchen Keksteig landete in Franziskas Mund, wunderbar buttrig und süß. »Du bist die Beste.« Bevor Franziska etwas entgegnen konnte, zeigte Gerti auf die Zuckerdose. »Vergiss nicht den Zucker, gell? Und die Rosinen, hast du daran gedacht?«

Triumphierend wischte sich Franziska die Finger an einem Geschirrtuch ab und zog eine Plastikdose aus dem Rucksack. Eine Wolke besten Rums stieg auf, kaum war der Deckel gelüftet und der Blick auf die prall aufgeblähten Beeren freigegeben, die zuhauf beieinander lagen. »Die würde ich doch nie vergessen«, schmunzelte sie und ließ die beschwipsten Rosinen in den Glühwein plumpsen.

Vom Duft angelockt, dauerte es nicht lange, bis sich weitere Familienmitglieder in der Küche einfanden. Ein rabenschwarzer Haarschopf schob sich durch den Türspalt.

»Ist Tinchen da?«

»Die Luft ist rein, Nikolas, komm zu uns«, ließ ihn Gerti in barschem Ton wissen und wandte sich erklärend an Franziska: »Die Jungs meiden Martina seit dieser Trennung. Ein Katz und Maus Spiel, kann ich dir sagen. Es nervt!«

Nikolas hatte bereits einen »Spitzbuben« im Mund, und der Labrador, der hinter ihm hergetrottet kam, blickte sehnsüchtig zu ihm auf. Leider ignorierte Nikolas ihn und rechtfertigte sich stattdessen mit vollen Backen. »Lass mich doch von ihr nicht anmotzen, bloß weil sie einen Männerfrust hat. Echt nicht. Was du auch sagst, alles eine Provokation, und Tinchen geht an die Decke. Selbst das Atmen würde sie einem verbieten, – nur weil man ein Mann ist.« Franziska konnte nicht anders und musste über den schlaksigen Jungen lachen, der unglaubliche 19 Jahre alt und ihr erklärter Liebling war. Ein Psychotherapeut hätte messerscharf geschlossen, dass Nikolas sie an Andrej erinnerte –

die musische Ader, der verträumte Blick. Glücklicherweise gab sie nichts auf Seelenklempner und deren Ansichten. Dafür hatte sie in ihrem Leben zu viele widersprüchliche Gutachten zu ein und demselben Straftäter gelesen.

»Ja, ja. Ihr seid so arm«, ätzte Gerti und schob ihren Sohn möglichst weit weg vom Backblech und den Hund unter den Tisch. »Bono, Platz.«

»Kann ich bei dir wohnen, Tante Ziska? Zumindest bis sich die Diva wieder einkriegt?«

Franziska fiel fast vom Hocker der Küchentheke und wusste einen Moment lang keine Antwort. Ein Halbwüchsiger in ihrer Wohnung – Bierflaschen im Wohnzimmer, Bandmitglieder betrunken unter dem Couchtisch – erschienen vor ihrem inneren Auge. Leergefressener Kühlschrank, Zigarettenstummel am Teppich, Klamotten quer durch die Wohnung verstreut. Sie zwinkerte die Horrorvisionen verstört weg. Himmelherrschaftszeiten, das war ihr Nikolas, den sie als Säugling gewickelt hatte – gut, er hatte sie dabei angepinkelt, aber wie lange durfte sie ihm das nachtragen? Sie hatten gemeinsam jeden Geburtstag gefeiert, sich als Tiger geschminkt, und er war bei ihr mit seinen Geschwistern Dutzende Male zum Übernachten gewesen, wenn die Eltern eine Auszeit brauchten. Zuletzt sah sie den fast erwachsenen Jungen an, der seinen Zivildienst absolvierte und mit dem sie nach wie vor in Konzerte und ins Theater ging.

»Natürlich, Schätzchen, merk dir nur, dass bei mir Rauch- und Saufverbot gilt. Kein rumliegendes Zeug, außerdem wäscht sich jeder seine Klamotten selbst.«

»Passt, Tantchen. Wird cool.«

Es kostete einiges an Selbstbeherrschung, sich die Verunsicherung nicht anmerken zu lassen. Franziska tunkte das Spritzgebäck weiter in Schokoglasur, als wäre ein neuer

Mitbewohner für sie keine große Sache. Wo sie doch seit Jahrzehnten daran gewöhnt war, alleine zu wohnen. Verdammt.

»Nach dem dritten Verweis fliegst du raus.«

»Alles roger«, grinste Nikolas und graulte Bono den Bauch, der wiederum zufrieden grunzte. Waren anscheinend alle glücklich bis auf …

»Du wirst doch wohl nicht vor Weihnachten deine Mutter verlassen?«, brauste Gerti auf und hieb auf den neuen Keksteig ein, den sie in Arbeit hatte. Vanillekipferl, die brachten sie besonders in Rage, weil ein Teig mit geriebenen Nüssen besonders bröselte. Franziska warf ihr einen prüfenden Blick zu. Die rosa Wangen waren nicht nur dem Glühwein geschuldet. »Wie wäre es mit ein wenig Familiensolidarität – meinst du, für mich ist das alles ein Sonntagsauflug? Jedes Problem bleibt am Ende an mir hängen.« Die Teigmoleküle klammerten sich ängstlich aneinander, so schien es jedenfalls, denn kaum ein Brösel löste sich noch aus der dicken Kugel, was einem Wunder gleichkam. Die geballte Mutterkraft wirkte wie ein Schmelzofen auf Mehl, Butter und Zucker ein, ließ ihnen keine Chance für Extratouren. Auch Nikolas blickte bekümmert und sah mit einem Mal dem Labrador zum Verwechseln ähnlich.

»Geh' Mama, so war das nicht gemeint«, lenkte er kleinlaut ein. Wie alle anderen im Haushalt der Strebersberger wusste Nikolas um die besondere Empfindlichkeit seiner Mutter in der Weihnachtszeit. Sie war da nicht anders als Franziska. Ein kleiner Stich in der Brust erinnerte Franziska an ihre eigenen Verlustängste, die in der dunklen Jahreszeit aus ihren Verstecken krochen. Man konnte um diese kleinen Nager wissen und sie trotzdem nicht loswerden. Das war ihre allerschlimmste Eigenschaft. Tja, und

Gerti musste es noch viel schlechter damit gehen als ihr, die Kleine war damals 13 gewesen, als die Eltern nicht mehr nach Hause zurückkehrten. Jedes Jahr zu Weihnachten versicherten sie sich, dass die Menschen, die sie liebten, gesund waren, und warteten ängstlich, ob das dünne Sicherheitsnetz ihrer Existenz nicht doch noch zu reißen begann.

Max' Netz war löchrig geworden. Franziska wusste nicht, wieso ihre Gedanken schon wieder bei ihm gelandet waren. Wenigstens diesen Sonntag hatte sie eine Auszeit von den quälenden Überlegungen gesucht. Gut möglich, dass die zwei Becher Glühwein daran schuld waren, doch sie sah sich förmlich in höchster Verzweiflung ein zerfetztes Fischernetz flicken, in welchem sich ein panischer Max wie ein Schwertfisch wand. Morgen war die Haftverhandlung, und alles musste glattgehen. Sie hatte alle Löcher geflickt, es gab kein Durchfallen, es musste halten – es würde halten. Ganz bestimmt …

»Was war das für ein Roter, Gerti?«, versuchte Franziska vom Thema abzulenken. »Mir ist schon ganz komisch …«

»Die Frage ist wohl eher, wie viel Rum hast du mit den Rosinen in den Glühwein gekippt«, lachte Gerti. Ein Segen, dass diese Frau nie lange wütend war. Die Küchentür ging auf, und Karlheinz schlenderte in die Küche, Zeitung unterm Arm, in ausgebeulten Jogginghosen und Fleecejacke das totale Kontrastbild zum harten Businessman, den er unter der Woche gab.

»Lieblingsschwägerin, hallo!« Er umarmte Franziska und stibitzte sich ein fertig getunktes Spritzgebäck. »Der Glühwein riecht bis zum Dachboden – darf ich?« Dabei hob er den Deckel vom Topf und schöpfte sich genüsslich einen Becher voll. Kein anderer Mann zeigte seine Vorfreude so offen wie Karlheinz: Er ließ die Zunge schnalzen, blähte die Nasenflügel, um noch mehr Aromen aufzunehmen, ja selbst sein Bäuchlein zeugte von der hingebungsvollen Aufgeschlossenheit gegenüber kulinarischen Genüssen. »Prost, die Damen!«, hob er das Häferl und nahm einen großen Zug. »Ja, das ist Weihnachten.« Damit küsste er seine Frau hinters Ohr, die ein beschwipstes Kichern von sich gab, und schlenderte mit Bono im Schlepptau wieder zur Tür. Ein paar »Spitzbuben« waren unauffällig in seiner freien Hand verschwunden. »Übrigens, Tinchen ist zurück. Falls, du weißt schon …« Anscheinend war die ganze Familie auf Franziskas Einschreiten eingeschworen.

Längst hatte sie sich mit dem abgekarteten Spiel abgefunden und beschloss, es einfach hinter sich zu bringen. »Hab schon verstanden, Leute«, erhob sich Franziska und prüfte ihre Standfestigkeit: Alles bestens, da hatten noch leicht drei Häferln Platz in ihrem Blutkreislauf. Die hob sie sich für »danach« auf. Könnte nötig werden.

»Hey, Tinchen«, sagte Franziska durch den Türspalt ins Mädchenzimmer hinein. »Hab dir einen kleinen Glühwein mitgebracht.« Vertrauensbildend ließ sie den Gewürznebel in den Raum wabern. Kein Teenager konnte da widerstehen – besser als jeder Alcopop und das noch frei Haus von einem Erwachsenen. Die totale Anerkennung, hätte Nikolas gesagt.

»Hey.« Na ja, die Begeisterung war ausbaufähig. Unverdrossen nahm Franziska die matte Reaktion als Einladung an und schob die Tür hinter sich mit dem Fuß zu. Tinchen saß am Bett, auf den aufgestellten Beinen eine Collegemappe und vor den Füßen zwei Biologiebücher.

»Gibt's morgen einen Test?«, fragte Franziska und hoffte, ein paar Silben mehr aus dem Mädchen zu locken.

»Ja.« Nicht gerade üppig, die Antwort. Immerhin setzte sich Tinchen auf und langte nach dem heißen Becher. »Lieb von dir, Tante.«

»Krawuzi, ich werde mich nie dran gewöhnen, dass ihr *Tante* zu mir sagt.« Tinchen lachte leise. *Krawuzi* war ihrer beider Codewort gewesen, wenn sie früher gemeinsam etwas ausgeheckt hatten, was Gerti nicht hatte wissen dürfen. Eine heimliche Mäusezucht zum Beispiel, oder eine Runde Nintendo spielen trotz strengstem Verbot. »Jedes Mal denke ich: Was?, ich bin doch viel zu jung, um schon Tante zu sein!«

Tinchen klappte die Mappe zu und strich sich eine Haarsträhne hinters Ohr. Endlich sah das Elfengesicht eine Spur heiterer aus. »Du hast recht, Mama hätte dir nicht gleich drei Nichten und Neffen antun dürfen.«

»Endlich versteht mich eine!« Sie lächelten sich in schwesterlicher Solidarität an und stießen mit den Tassen gegeneinander. »Schönen Adventsonntag, Tinchen«, sagte Franziska und ließ ihren Blick unverhohlen über den Mädchenkörper gleiten, schaute genau und tief.

»Weißt du eigentlich, wie gruselig du gucken kannst, Ziska?«, zeigte sich Martina unangenehm berührt. »Deine Augen bekommen manchmal die Farbe von Obsidian, wie ein Dämon, echt! Obwohl die eigentlich grün sind. Kein Wunder, dass wir bei dir immer so brav waren.«

»Tatsächlich, das nennst du brav?« Geistige Schnappschüsse von Polsterschlachten, zerbrochenen Vasen und bemalten Wänden blitzen auf. »Na dann weißt du hoffentlich, dass es besser ist, du sagst mir gleich, was los ist.« Es gab durchaus gewisse Vorteile, wenn man berufsmäßig mit Gestrauchelten, Lügnern und Gaunern zu tun hatte. Man hatte Übung darin, Geheimnisse aufzuspüren. Noch hielt Martina sich zurück, zögerte. Es würde allerdings nicht mehr lange dauern, um die Staumauer zum Bersten zu bringen. Franziska konnte die Risse darin ausmachen und wusste, dass Tinchen reden wollte.

»Der Typ hat dich geschwängert.« Ein Schuss ins Blaue. Die schreckensweiten Augen kombiniert mit einem unnatürlichen Purpurrot im Gesicht zeigten jedoch, dass es sich vielmehr um einen Schuss ins Schwarze handelte. »Scheiße, ich habe recht!«, entfuhr es ihr, und Tinchen versteckte das purpurfarbene Antlitz hinter ihren Händen.

»Mama darf das niemals erfahren«, schluchzte sie auf. »Eher will ich sterben!« Franziska entfernte den Glühweinbecher aus Martinas Hand, stellte ihn mit ihrem eigenen auf das Nachtkästchen und nahm die Kleine linkisch in den Arm. Während sie das Mädel wiegte und selbst versuchte, den Schock zu überwinden, rasten ihre Gedanken in alle Richtungen auf der Suche nach Lösungsmöglichkeiten. Als das Schluchzen schwächer wurde, schob sie Martina ein Stück von sich, damit sie ihr ins Gesicht schauen konnte. Von der Elfe war nichts mehr geblieben als ein kleiner Kobold mit verquollenen Augen und schniefender Nase. Franziska zog ein Papiertaschentuch aus der Box neben dem Bett und hielt es ihr hin. Unter heftigem Schluchzen blies Tinchen die Nase frei, wischte sich mit einem zweiten Tuch das Gesicht trocken und blickte schließlich zu Franziska auf.

»Wie sicher ist das mit der Schwangerschaft – warst du bei einer Ärztin?«

»Nein, ich habe heute bei Dora drüben den Test gemacht und er war positiv. Ich bin drei Wochen drüber.«

»Hör mir zu: Unser Handeln hat immer Konsequenzen.

Wir müssen dazu stehen, alles andere ist feig. Vom Sterben möchte ich nie wieder etwas hören – verstanden? Das darfst du nicht mal denken! Wir leben im 21. Jahrhundert, ein Kind ist kein Weltuntergang, sondern etwas«, sie zögerte einen Augenblick, denn selbst hatte sie seit Andrej nie mehr den Wunsch nach Kindern verspürt, »etwas Einzigartiges.«

»Aber …«

»Versprich mir das, Tinchen. Wir reden vom Leben. Nur davon. Nicht mal an etwas anderes denken, verstanden?«

»Ja, Ziska.« Dem offenen Blick und ergebenen Tonfall zufolge meinte Tinchen es ehrlich.

»Ich sage deiner Mama nichts, das wirst du selbst erledigen müssen.«

»Aber …«

»Nichts aber. Auf deine Mutter kannst du dich verlassen. Kein Mensch liebt dich so wie sie. Das ist eine Tatsache, Schatz. Was ich dir anbieten kann, ist Folgendes: Wir besuchen meine Gynäkologin, muss keiner was davon wissen. Vorerst jedenfalls. Wenn die jedoch eine Schwangerschaft bestätigt, geht es schnurstracks heim zu Gerti, und wir besprechen die weitere Vorgangsweise mit ihr. Frauenrat. Du bist nicht allein – hörst du? Von mir bekommst du volle Rückendeckung bei deiner Entscheidung, wie immer sie ausfällt. Genauso wird es sich mit deinen Eltern verhalten. Das garantiere ich dir.« Sie nahm die Hände von ihrer Nichte und richtete sich auf. »Gut. Das wären die Rahmenbedingungen. Nimmst du das Angebot an?«

Diese riesengroßen, rot geheulten Augen blickten sie in einer Art und Weise an, dass es Franziska schier das Herz zerriss. Wie unerträglich, dass es nur so wenig gab, was sie tun konnte! Den Jungen würde sie sich aber vorknöpfen, wenn Tinchen tatsächlich schwanger war … falls noch etwas von ihm übrig war, nachdem Karlheinz davon erfahren würde. Nein, sie wollte ihn sich vorher holen. Herrgott noch mal, was war mit den Kindern heutzutage los? Alles wussten sie besser und schafften es nicht, ein Kondom überzustreifen, verdammt und zugenäht …

»Akzeptabel«, erwiderte Tinchen in derselben geschäftsmäßigen Weise, in der Franziska ihr Angebot unterbreitet hatte. »Schick mir den Termin per SMS. Wir sagen Mama, dass wir gemeinsam Maturaballkleid shoppen gehen.«

»Perfekt«, erwiderte Franziska und nickte anerkennend. Haltung und Entschlossenheit schätzte sie besonders. »Damit wir nicht lügen, können wir bei Popp & Kretschmer reinschauen. Also, falls wir danach Lust drauf haben. Ist ganz in der Nähe von meiner Gynäkologin. Am Opernring.«

»Tante Ziska, du bist überhaupt nicht wie eine 60-Jährige – du bist echt meine beste Freundin.«

»Weißt du, Tinchen«, begann sie und streichelte nachdenklich über das Haar ihrer Nichte, »wir Menschen sind wie Bäume, die Jahre legen sich wie Ringe um unsere Seele, und dieser junge Kern geht eigentlich nie verloren. Manche vergessen ihn im Laufe der Zeit, aber er ist dennoch da.« Franziska spürte, wie die Rührseligkeit sie einhüllte. Das konnte sie jetzt überhaupt nicht gebrauchen. Rasch wandte sie sich zum Nachtkästchen und griff nach dem Glühweinbecher. Sie würde alles für dieses Mädel tun, damit es ein gutes Leben führen konnte. Alles.

KAPITEL ZWEI

2. ADVENTWOCHE

Den Kopf zwischen die Schultern gezogen, die Vorhänge der Küche geschlossen, hielt sich Franziska an einer Tasse Kaffee fest. Unerhört grelle Leuchtziffern – wozu hatte man noch mal eine Küchenuhr? Ach ja, um Stress aufzubauen. Die Haftverhandlung war für 10.00 Uhr angesetzt, und Franziska überlegte, ob sie überhaupt davor noch in die Kanzlei fahren sollte.

Ihr Kopf fühlte sich wie ein aufgeblasener Handschuh an, inklusive Augen. Wenn die beiden jemals ein Glaskörper gewesen waren, konnte Franziska ab sofort davon ausgehen, dass sie sich in Luftballons verwandelt hatten, die mit blanker Gewalt aus ihren Höhlen brechen wollten. Es half kein Jammern, vielleicht noch das eherne Gelöbnis, nie wieder Alkohol zu trinken, dem sie nach Tinchens Geständnis so übermäßig zugesprochen hatte.

Verdammt nochmal, sie musste den sicheren Küchentresen verlassen und hinaus in die gleißende Welt. Nahrung brachte sie ohnehin nicht auf sicherem Weg durch den Körper, was sollte sie also noch länger herumsitzen. Die Harley war in Purkersdorf geblieben, und der Fußmarsch zur U-Bahn stand unbarmherzig bevor.

»Work-out«, krächzte sie mit der Stimme einer Barfrau und musste über sich selbst lachen. »Es muss ein Ende haben mit dem Komatrinken, du bist kein Teenager mehr.« Zusätzlich war da noch die Aussicht auf das allwöchentliche Selbstverteidigungstraining heute Abend, das ein einziger Bußgang werden würde. Franziska ächzte beim Aufstehen wie ein alter Baum bei Eisregen.

Wo um Himmels willen waren schwarze Sonnenbrillen, wenn man mal welche brauchte? Nachdem die dritte Kommodenschublade durchwühlt war, fand sich ein Paar riesengroßer Brillen à la Audrey Hepburn, komplett in Schwarz, die nach nur wenigen Jahrzehnten des Wartens bereits wieder in Mode waren. Ein schwerer Seufzer löste sich aus ihrer Brust, als die Gläser wohltuende Finsternis spendeten. Bis zum Verhandlungssaal gedachte Franziska die Dinger zu tragen und schauderte bei dem Gedanken an jenen Augenblick der Wahrheit, in dem sie dem Neonlicht ins helle Antlitz sehen musste. Bis dahin waren es zwar noch gute zwei Stunden, doch wie sollte sie in dieser kurzen Zeit bloß die Luft aus ihrem Kopf kriegen?

Irgendwie hatte sie es ins Büro geschafft, saß in sich gesunken am Schreibtisch und starrte auf den Bildschirm, Sonnenbrille auf der Nase. Der Obduktionsbericht war dank ihrer guten Beziehungen zur Kanzleileiterin vom Gericht per Mail eingelangt und wenig überraschend. Er beschrieb die Schnürfurche am Hals und die daraus resultierende Strangulation infolge einer leichten Quetschung des Kehlkopfes, was Einblutungen in die Luftröhre sowie der Kehlkopfschleimhaut verursacht hatte. Die Vena jugularis interna war linksseitig am Hals abgedrückt worden und hatte damit den Blutabtransport aus dem Kopf gedrosselt, was stecknadelkopfgroße diffuse Blutungen im Gehirn zur Folge hatte. Der erhöhte Hirndruck aufgrund der vermehrten Blutmenge im Gehirn musste zwangsläufig zu einer pathologischen Atmung geführt haben, ehe der Atemstillstand einsetzte. Damit würden sich die Wollfasern in der Lunge des Verstorbenen erklären. Man führte noch einiges zur lividen Gesichtsverfärbung aus und den weißen Stellen an Nase, Jochbein und Backenknochen, an denen das Gesicht aufgelegen haben musste. Der Todeszeitpunkt konnte nicht genauer als mittlerer bis später Nachmittag angegeben werden – irgendwann zwischen 14.00 und 18.00 Uhr.

Franziska lehnte sich in ihrem Schreibtischsessel zurück und stöhnte beim Wippen der Lehne auf. Das Zimmer schwankte, in ihrem Kopf schlug das Gehirn gegen Stacheldraht. Vorsichtig fixierte sie mit dem seitlichen Hebel die Rückenlehne und wartete darauf, dass sich die Wogen beruhigten. Auf ihrer Netzhaut brannte unvermindert das Foto von Siegfrieds Leiche, dieser kaum wiederzuerkennende lividblaue Schädel. Die Finger in einer gekrümmten Haltung erstarrt, nahe dem Kabel, von dem kleine Glühlämpchen abstanden. Zu alldem jene Urinlache, in der wir alle mal endeten, wenn die Muskeln den Dienst ein für alle Mal quittierten. Alles auf bunten Fotos für die Nachwelt festgehalten. Der Kerl war absolut nicht Franziskas Fall gewesen, aber solch ein Abgang, nein, das wünschte sie keinem Menschen.

»Ziska?«

Sie drehte mit großer Vorsicht den Kopf zur Zimmertür. Kurt, wie üblich in Anzug und Krawatte, schob sich ins Zimmer und schloss leise die Tür hinter sich. Kein Wort wollte ihr über die Lippen kommen, obwohl sie eigentlich froh war über die Unterbrechung ihrer trüben Gedanken. Die Kopfschmerztablette tat zögerlich ihre Wirkung, hatte allerdings keinen positiven Einfluss auf ihre Stimmung.

»Wollen wir gemeinsam ins Landl fahren? Ich hab um 10.30 Uhr einen Termin dort«, fragte Kurt in ungewohnt verhaltenem Ton.

»Du bist nicht in das beschissene Notebook gekommen«, stöhnte Franziska angesichts seiner betretenen Miene.

»Noch nicht«, korrigierte er sie. »Hacken ist schließlich nicht mein Hauptberuf.«

»Dann finde uns einen Nerd, der das drauf hat. Die Schulen sind voll davon.«

»Ich bin so nah dran«, gab er mit einem kaum sichtbaren Spalt zwischen Daumen und Zeigefinger zu verstehen. Sein Ehrgeiz hinter der Geste belebte sowohl die Bewegungen als auch die Lautstärke seiner Worte. Er kam näher an den Schreibtisch heran. »Gib mir noch bis morgen.«

»Bis morgen, dann geht das Ding an einen Profi.«

»Ich bin ein Profi.«

»Ach so? Und ich bin eine Ballerina, hm?« Sie machte jene charakteristische Handbewegung des Sterbenden Schwans im letzten Akt, weil sie sich zufällig genauso fühlte, erntete jedoch keinen Applaus. Franziska schob die schwarze Brille ins Haar hinauf und versicherte sich, dass Kurt immer noch vor ihr stand.

»Ich dachte, wir sind ein Team, Ziska.«

»Sind wir«, antwortete sie weitaus weniger scharf, als es sonst ihre Art war. Der Junge schaute aber auch so was von verletzt drein – hatte sie ihn beleidigt? Franziska setzte sich auf. »Kurt, komm schon, natürlich sind wir ein Team.«

»Dann vertrau mir«, schoss er sie an, die Augenbrauen zusammengezogen und frei von jeder Heiterkeit. »Wenn ich sage, ich kann etwas, dann ist es so. Behandle mich nicht wie einen Jungen. Ich bin ein 32-jähriger Mann. Ein Spitzenanwalt. Hör auf, dich aufzuführen, als wärest du Baba Jaga persönlich.«

Jetzt schnappte Franziska nach Luft. Baba Jaga – eine alte Hexe? Mit einem solchen Angriff hatte sie nicht gerechnet.

Es war wohl ihrem geschwächten Zustand zuzuschreiben, dass ihr fürs Erste keine passende Antwort einfiel, sondern sie zu grübeln begann. Behandelte sie Kurt tatsächlich wie ein Kind? Möglicherweise tat sie das mit allen Menschen unter 50. Ganz offensichtlich war sie, ohne es zu bemerken, ins Greisenalter hinübergeglitten, wo man Jüngere nicht länger ernst nahm, sich selbst dafür umso mehr. Sie hatte gedacht, davor gefeit zu sein – die Nichte und die Neffen, das Berufsleben – das war ihr Garant gewesen, mitten im Leben zu stehen, den Anschluss an die junge Generation nicht zu verlieren. War die Krankheit schuld daran, oder war es bereits davor passiert? An den Schläfen pochte das Blut, der Druck im Schädel stieg. Ein wirklich unpassender Zeitpunkt für tiefschürfende Gedanken.

»Okay«, sagte sie, damit die Pause nicht allzu lang wurde. »Du bist ein Mann. Erwachsen. Kapiert.« Kurt starrte sie noch eine Minute lang an und wandte sich dann ab. Mist. Irgendwie hatte sie das eben total verbockt. Dabei mochte sie den Jungen gern. An der Tür drehte er sich um.

»In zehn Minuten gehen wir.«

»Kein Problem.« Mit stoischer Miene wartete sie, bis sich die Tür hinter ihm schloss. Beim Aufstehen zog sich ihr Magen gefährlich zusammen, es dauerte ein paar Sekunden, ehe Franziska den Spiegel über dem Sideboard ansteuerte. Der Kamm fuhr so vorsichtig durch die Locken, als wäre dieser Kopf frisch implantiert worden und drohe mit jedem Ziepen abzureißen. Franziska sah sich im Spiegel; Salz und Pfeffer war mittlerweile ihre Haarfarbe. Die Augen zugleich grün und laubbraun. Alles an ihr war ambivalent. Auf der einen Seite extrem nüchtern und geschäftstüchtig, auf der anderen Seite so rührselig wie ihre kleine Schwester. Nach außen eine Oma, im Inneren ein wilder Luchs, den es nach Freiheit verlangte. Eigentlich war sie noch gar nicht so verbraucht, selbst heute mit Kater im Gepäck, sah sie – na ja, gar nicht übel aus. Wieso dieses Gehabe, als wäre sie Meister Yoda persönlich?

Noch lange nicht, schloss sie ihre Gedanken ab, kämmte die Haare zurück, legte ein wenig Lippenstift auf und zupfte den weißen Blusenkragen zurecht. »Allerdings genug Yoda, um Max heute freizubekommen.«

Damit stapfte sie, ausnahmsweise auf Stöckelschuhen statt in Motorradboots, aus dem Zimmer, bereit für den Kampf.

*

Karoline Fucik blickte über den Rand ihres schwarzen Brillengestells und wies mit der Hand in Richtung Franziska. Der weite Ärmel des Talars fiel zurück und entblößte ihren Unterarm. Goldene Engelsrufer baumelten an ihrem Armband, zerstörten das sorgfältige Arrangement, welches eine erfahrene Richterin hätte darstellen sollen – der ganze Aufwand, angefangen bei dem strengen Haarknoten, dem hochgeschlossenen Talar, dem dezenten Make-up bis hin zur Grabesmiene, alles vergebene Liebesmühe. Bei jeder Handbewegung ertönte ein silberhelles, mehrstimmiges Klingeln von den filigranen Läutwerken im Inneren der Miniaturkugeln. Das Geräusch hatte etwas Wohltuendes, lenkte Franziska von Maximilian ab, der unbewegt neben ihr saß, wenn man großzügig von dem vibrierenden Knie absah, das sie mittlerweile zur Weißglut brachte.

»Wollen Sie Ihren Antrag noch ausführen, Frau Anwältin, oder verweisen Sie auf Ihren Schriftsatz?«

»Es wird mir ein Vergnügen sein, meinen Antrag auszuführen, Frau Rat.« Franziska stand auf. Max' Unruhe hatte sich längst auf sie übertragen, obwohl sie so siegessicher in die Verhandlung gegangen war. »Wir haben die Aufhebung der Untersuchungshaft beantragt, da alle Verdachtsmomente, die meinem Mandanten vorgeworfen werden, von der Verteidigung widerlegt werden können und auch der Haftgrund ›Verdunkelungsgefahr‹ nicht länger haltbar ist.« Damit richtete sie ihren Blick auf Staatsanwalt Oswald Braunhof, dem sie seinen Verrat noch lange nicht verzeihen wollte. Braunhof wandte sich augenblicklich von ihr ab.

»Da wäre an erster Stelle die Aussage von Frau Samira Dinic, die behauptet, dass mein Mandant Siegfried Fürstenstein getötet haben soll: Diese Aussage wurde aus einer heftigen Gemütserregung heraus getätigt. Frau Dinic hat durch die Entdeckung der Leiche ihres Geliebten einen – nur allzu nachvollziehbaren – Nervenzusammenbruch erlitten. Begründet ist dieser Verdacht lediglich durch die Behauptung, dass mein Mandant und der Verstorbene Meinungsdifferenzen gehabt haben sollen, wobei bislang keine spezifizierten Angaben dazu vorliegen. Diskussionen unter Kollegen sind keinesfalls ungewöhnlich, ja geradezu standestypisch, möchte ich sagen, und ganz sicher kein stichhaltiges Indiz für ein Mordmotiv.« Theatralisch hob sie den Blick zur Decke und griff sich mit der Hand an die Stirn. Jeder hier im Raum konnte jetzt die Lächerlichkeit des Vorwurfes der Staatsanwaltschaft mit Händen greifen. »Es gibt keinerlei Hinweise für Probleme in der Beziehung zwischen den beiden Kollegen. Ich jedenfalls habe nie dergleichen gehört oder beobachtet.«

»Sonst noch etwas zu diesem Punkt, Frau Doktor Ferstl?«, unterbrach Richterin Fucik ihre Show ganz klar in der Absicht, wieder das Heft zurückzuerlangen. Der Ärger über Franziskas Auftritt war ihr wie eine Grabinschrift ins Gesicht gemeißelt.

Mit Sicherheit wird Fucik bald so alt aussehen, wie sie es sich so innig wünscht, dachte Franziska und zog die Mundwinkel ein klein wenig hoch. »Durchaus. Ich verlange, dass verifiziert wird, wann Frau Dinic ihren Geliebten, Doktor Fürstenstein, zuletzt gesehen hat. Nach meinen Informationen hatte das Liebespaar für den Todestag ein Rendezvous vereinbart, und zwar in der Kanzlei, um 17.00 Uhr. Soweit ich erfahren habe, war Frau Dinic irgendwann zwischen 16.00 und 17.00 Uhr in der Rosenbursenstraße und wollte zu ihrem Liebhaber. Möglicherweise war *sie* die Letzte, die Doktor Fürstenstein lebend gesehen hat, und nicht mein Mandant. Und, tja, es ist nicht meine Aufgabe, weiteren Ermittlungsschritten vorzugreifen und Hypothesen aufzustellen, aber Frau Dinic hätte sehr wohl ein Motiv für den Mord an ihrem Geliebten. Dieser befand sich in einer aufrechten Ehe, es gibt drei eheliche Kinder, und zusätzlich machten umfassende wirtschaftliche Investitionen eine Scheidung recht unwahrscheinlich. Übrigens hat die Gemahlin des Opfers, Frau Fürstenstein, zu jener Zeit vor dem Haustor den Wagen übernommen und einen verdächtigen Fremden hineingehen sehen. Darüber konnte ich im Akt ebenfalls nichts lesen – geschweige denn, dass es Ermittlungsschritte in diese Richtung gab.«

»Wie kommen Sie zu diesen Informationen?«, mischte sich Braunhof ein.

Franziska wirbelte zu ihm herum, hob eine Augenbraue und schürzte die Lippen, damit er sofort einschätzen konnte, was sie von seiner Untersuchung und Sachverhaltsfeststellung hielt. »Wie kommt es, dass Sie diese Informationen nicht haben? Wieso steht nicht im Akt, dass Fürstenstein noch ein SMS verschickt hat im Zeitraum des vermuteten Todeszeitpunktes?«

Er starrte sie einen Moment lang aus seinen kleinen Frettchenaugen an und reckte die Nase in die Höhe. Auch er war im Talar, und fand dadurch das nötige Selbstbewusstsein, anderen Menschen hin und wieder in die Augen zu sehen.

Ratte, dachte sie grimmig und ging zu Phase zwei über, ehe er sich noch vom ersten Schock erholen konnte. »Und da wären wir gleich bei der Aussage meines Mandanten, dass er um 16.00 Uhr daheim war. Wenn sich die Polizei die Mühe gemacht hätte, genauer nachzufragen, hätte sie herausgefunden, dass sich die Ehefrau, Bianca Frank, sehr wohl erinnern kann, dass sie selbst in der Dämmerung heimgekehrt war und das Auto ihres Mannes vor dem Haus erkannt hatte. Die Sonne ging am 27.11. um 16.00 Uhr unter. Der Heimweg meines Mandanten ist mit 40 Minuten zu veranschlagen, also muss er kurz nach 15.00 Uhr aufgebrochen sein. Er war somit spätestens um 16.00 Uhr zu Hause. Anhand der Anrufliste des Mordopfers, – das Protokoll liegt ärgerlicherweise nicht dem Akt bei, das möchte ich hiermit nochmals rügen und im Protokoll festgehalten wissen«, sagte Franziska mit stechendem Blick in Richtung der Richterin, »hat Fürstenstein noch einmal gegen 16.00 Uhr mit seiner Geliebten kommuniziert, und damit fällt jeglicher Verdacht gegen meinen Mandanten in sich zusammen.«

Braunhof kratzte über seinen Unterarm, und Hautschuppen rieselten aus dem Ärmel. »Es gibt natürlich ein Telefonprotokoll.«

»Nicht im Akt, den ich zur Einsicht bekommen habe.«

»Dann war es vielleicht falsch eingeordnet oder Sie haben es übersehen ...«

»Im Gegensatz zur Polizei kann ich es mir nicht leisten, schlampig zu arbeiten«, erwiderte sie vollkommen ruhig und umso frostiger. »Wäre das Protokoll im Akt gewesen, hätte das Gericht den Haftantrag ablehnen müssen.«

»Sie vergessen, dass die Hausbewohnerin Frau Hohenfellner Ihren Mandanten gegen 16.00 Uhr im Stiegenhaus gesehen hat«, widersetzte sich Braunhof ihrer Unterstellung. »Die Aussage der Ehefrau des Verdächtigen ist mehr als vage gewesen und aus meiner Sicht nach wie vor fragwürdig.«

»Die Zeugin Hohenfellner ist eine betagte Dame«, hob Franziska zu ihrem letzten Schlag aus. »Sie nimmt unter anderen das Medikament Exelon ein, das bekanntlich ein Mittel gegen Alzheimer ist.« Franziska machte eine bedeutungsvolle Pause, damit das Wort »Alzheimer« bei den Anwesenden sickern konnte. »Ihr Handy ist eine veritable Antiquität, wenn ich das bemerken darf. Nach eigener Erzählung benützt Frau Hohenfellner es insbesondere als Uhr, da sie meist keine Armbanduhr trägt. Wie ich mich selbst überzeugen konnte, ist die Anzeige des Handys nach wie vor auf Sommerzeit eingestellt, da ihr Sohn bislang noch keine Gelegenheit fand, die Umstellung vorzunehmen. Wie gesagt, es ist ein altes Modell, bei dem die Umstellung noch nicht automatisch erfolgt. Zu alledem leidet die Zeugin an der Augenkrankheit Makuladegeneration, wodurch es zu einer starken Beeinträchtigung der Sehleistung kommt. Solche Patienten haben oft Probleme, Details zu erkennen, da sich Objekte verdoppeln oder in Wellenmuster auflösen.« Franziska hielt inne und blickte von Braunhof zu Fucik.

»Somit ist es gut möglich, dass sich Frau Hohenfellner zum einen um eine Stunde in der Uhrzeit geirrt hat, zum anderen in der Person, die sie vermeintlich am Gang gesehen hat. Denn – das möchte ich an dieser Stelle für das

Protokoll hervorheben – Frau Hohenfellner hat schließlich nicht mit jener Person im Hausflur gesprochen.« Braunhof knurrte ein paar unverständliche Worte, erhob jedoch keinerlei Widerspruch. Franziska schürzte die Lippen, um ihre Genugtuung nicht mit einem Lächeln zu verraten. »Wir stellen den Antrag auf unverzügliche Aufhebung der Untersuchungshaft«, schloss sie und setzte sich neben Maximilian.

Eigentlich hatte sie erwartet, ihn deutlich entspannter vorzufinden. Tatsächlich wippten jetzt beide Knie in einem höllischen Rhythmus, und sein Gesicht war aschgrau. Sie hob die Augenbrauen und warf ihm einen mahnenden Blick zu. Was ist?, formte sie mit den Lippen und zog einen Schmollmund. Seine Miene verzog sich zu einem: Ich kann nicht anders! Und dann überraschte ihn ein Hustenkrampf. In Gedanken ging Franziska die Liste von Ärzten durch, zu welchen sie Max nach der Enthaftung bringen konnten. Möglichst einer, der ihn sofort drannahm und zudem Lungenfacharzt war. Verdammt, die Gynäkologin!, fiel es ihr siedend heiß ein – fast hätte sie Tinchens »kleines« Problem vergessen.

»Was sagt die Staatsanwaltschaft?«, wollte Fucik wissen. Anstatt eine Antwort zu geben, kratzte Braunhof über seinen Arm. Hautschüppchen rieselten wie Schnee in einer Glaskugel herab und erinnerten Franziska absurderweise an die letzten weißen Weihnachten, als Tinchen, Nikolas und Leo noch Kinder gewesen und verzückt durch den Schnee getollt waren. Das musste 2010 gewesen sein, wenn sie sich nicht täuschte … Herrgott noch mal, sie musste sich auf das Verfahren konzentrieren! Braunhofs Gesicht spiegelte einen inneren Kampf. Warum war er dermaßen von Maximilians Schuld besessen? Eigentlich war sie genauso wie Maximilian mit Braunhof immer recht gut ausgekommen, wenn man bedenkt, dass sie prinzipiell auf gegnerischen Posten standen und die Rollenverteilung ihnen wenig Spielraum ließ.

»Wir behalten uns weitere Anträge vor«, hielt sich Braunhof bedeckt. Das meine ich auch, dachte Franziska, während sie ihm zunickte. Die Staatsanwaltschaft hatte eben eine Menge Stoff zum Überprüfen bekommen und war gut beraten, einen renommierten Anwalt aus ihren Fängen zu lassen, wenn sie nicht Unsummen an Haftentschädigung zahlen und nebenher von der Presse verhöhnt werden wollte. Genau dafür würde sie nämlich sorgen, so wahr sie Franziska Ferstl hieß.

Richterin Fucik stand auf, und Franziskas Herz setzte einen Schlag aus. Bitte, lass sie das Richtige tun, betete Franziska und hielt den Atem an. Jetzt verkünde schon endlich deinen Beschluss, knurrte sie hinter zusammengebissenen Zähnen und fragte sich, worüber diese Frau eigentlich so lange nachdenken musste.

»Die Untersuchungshaft von Herrn Doktor Maximilian Frank wird mit sofortiger Wirkung aufgehoben.«

Mit einem Schlag erstarb das Vibrieren neben Franziska. Maximilians Hand umklammerte ihren Oberschenkel und drückte so fest zu, dass sie beinahe aufschrie. Franziska biss die Zähne zusammen und ließ sich nichts anmerken, nickte Fucik zu und schob ihre Unterlagen zusammen.

»Die Untersuchungshaft hätte niemals verhängt werden dürfen. Wir behalten uns weitere Schritte vor«, antwortete sie und genoss Fuciks zusammengepresste Lippen.

»Wie Sie meinen«, schnappte Fucik zurück und machte auf ihrem Weg zum Ausgang beim Staatsanwalt halt. »Wir sehen uns am Nachmittag, Doktor Braunhof, wenn ich mich nicht irre.«

Maximilian saß wie versteinert da, lediglich sein forscher Händedruck auf ihrem Oberschenkel bezeugte, dass er verstanden hatte, was eben geschehen war.

»Max!«, raunte sie und schob seine Hand nachdrücklich von ihrem Bein. »Sag bloß, du hast an mir gezweifelt.«

»Du hast keine Ahnung, wie froh ich bin«, kam leise die Antwort, und Franziska wandte bestürzt den Blick ab. Da waren Tränen in seinen Augen! Ihr Max, der Fels in der Brandung, war mit den Nerven am Ende.

»Komm, lass uns abhauen und die Formalitäten erledigen.« Maximilian nickte, sprang auf und folgte ihr hinterher.

Franziska schob sich an Braunhof vorbei, wollte ihn eigentlich nur kurz grüßen, blieb dann jedoch unvermittelt stehen.

»Doktor Braunhof, falls dieses Telefonprotokoll auftauchen sollte«, sie schenkte ihm ein versöhnliches Lächeln, jetzt, da sie Max frei wusste, fühlte sie sich leicht und gönnerhaft, sodass sie die professionelle Beziehung zum Staatsanwalt nicht länger strapazieren wollte, »wäre es nett, wenn ich es per Mail bekäme.«

Sein Frettchengesicht hob sich und erwiderte ein verhaltenes: »Gerne, Doktor Ferstl.« Auf seinem Platz hatte sich eine weiße Staubschicht aus Hautschuppen gebildet. Seine Psoriasis schien unter Stress schlimmer zu werden. Er hatte ihren Blick bemerkt und schob sich vor den Tisch in ihr Sichtfeld.

»Ach kommen Sie, Braunhof! Mein Neffe hat seit seinem ersten Lebensjahr Neurodermitis! Ist doch nichts dabei. Haben Sie schon mal Aleppo-Seife probiert? Olivenöl und Lorbeer sind angeblich das Einzige, was da hineinkommt. Soll prima helfen. Ich schicke Ihnen den Link.«

Maximilian nickte Braunhof zu und verließ hinter Franziska das Verhandlungszimmer. Der erste Akt dieses Albtraums war überstanden, und dennoch hatte Franziska das Gefühl, als wäre dies nur ein Auftakt gewesen.

*

Die Formalitäten der Enthaftung dauerten eine gefühlte Ewigkeit, jedenfalls für einen Menschen wie Franziska. Maximilian stand endlich neben ihr, ein matter Abglanz seines früheren Selbst. Sie hoffte inständig, es läge an den Medikamenten, die er verschrieben bekommen hatte, den Antibiotika und schweren Hustensaftgeschützen. Ein wenig zitterte seine Hand, als er ungewohnt langsam seine Unterschrift unter ein Dokument setzte, und genauso zäh und träge waren alle seine Bewegungen geworden. Sogar die vertraute Geste des Über-den-Kopf-Streichens wirkte stark verlangsamt. Immer wieder berührte sie seinen Arm, seine Schulter, lächelte ihm zu und wartete auf ein Zeichen, einen Hinweis darauf, dass er noch da war unter dieser Schicht des Scheiterns, der Erschöpfung und Resignation.

Als sie über die Schwelle des Straflandesgerichtes traten, riss der Hochnebel auf und ließ theatralisch einen Sonnenstrahl auf die Szenerie fallen. »Genauso habe ich es mir vorgestellt, Max – wir beide verlassen siegreich das Schlachtfeld.« Franziska versuchte sich an einem Lachen, scheiterte jedoch an Maximilians Miene. Ein Kübel Eiswasser hätte sich wärmer angefühlt. Was für ein bitterer Sieg.

»Das war doch erst der Anfang«, erwiderte er leise, aber umso eindringlicher. »Morgen stehe ich wahrscheinlich wieder in den Zeitungen als Killer-Anwalt. Ich bin doch schon längst verurteilt.«

»Max«, sagte sie und wollte ihn beschwichtigen, ihm Mut zureden und die Schreckgespenster verjagen, die ihn quälten. Dabei wusste sie nur zu gut, wie recht er hatte. Was wäre sie für eine Freundin, wenn sie ihm mit matten Sprüchen Trost spenden wollte? »Na gut. Bleiben wir bei den Tatsachen. Es ist noch viel zu tun. Zugegeben. Es ist Schaden an deinem Ruf entstanden.«

»Für die ganze Kanzlei. Es ist meine Schuld.«

»Papperlapapp – nur Memmen weinen über vergossene Milch!« Er war ihre Schonungslosigkeit gewohnt, vielleicht brauchte er genau das Gewohnte, um wieder Fuß fassen zu können. »Zuallererst wirst du mir wieder gesund, verstanden? Wo zum Teufel ist deine Frau, verdammt noch mal – sie hätte dich doch abholen sollen!«

»Ich habe es ihr verboten.«

»Wie bitte?« Franziska meinte, sich verhört zu haben. »Was führt ihr beiden für eine beschissene Ehe, sag mal?« Maximilian sah sie nicht an. Mal hielt er das Gesicht in die Sonne, mal inspizierte er die Mauern des Wiener Rathauses, als hätte er es nicht schon bei tausend Gelegenheiten betrachten können. »Bianca – was ist los mit der Frau?«, forderte sie ihn erneut auf zu reden.

»Es ist schwierig«, kam zur Antwort, und ehe Franziska aufbrausen konnte, was Maximilian sich nach den Jahrzehnten der Zusammenarbeit leicht hatte ausrechnen können, setzte er nach: »Eine Art Entfremdung.«

»Seit wann?« Es dauerte den ganzen Weg durch den Rathauspark, bis Maximilian antwortete.

»Ein paar Monate. Und ehe du weiter bohrst: Es ist wegen des Reitstalls, der ja jetzt zum Gestüt geworden ist. Sie will Rennpferde züchten. Das kostet – nein, ich will gar nicht daran denken. Jedenfalls ist es ihr Traum und mein

Albtraum, weil ich das alles finanzieren muss.« Franziska hakte sich bei ihm unter, spürte, dass er ihre Unterstützung auch physisch benötigte.

»Als Eheberaterin mache ich eine schlechte Figur, Max, da halte ich mich lieber raus. Wichtig ist, dass wir alle, auch Bianca, an einem Strang ziehen. Das wirst du ihr klarmachen müssen. Ich mache dir übrigens für morgen einen Termin bei Doktor Fellner, dem Lungenspezialisten. Bei dem bekomme ich ad hoc immer einen Termin, ich habe mal seinen Sohn vertreten. Schönes Früchtchen, sag ich dir. Er soll die Diagnose und deine Medikamente überprüfen, diesen Anstaltsärzten traue ich nicht über den Weg. So. Jetzt setzen wir uns mal zu einem anständigen Mittagessen zusammen und feiern deine Freiheit.« Maximilian hob abwehrend die Hände, doch Franziska ließ ihn nicht zu Wort kommen. »Keine Widerrede! Du bist mager wie ein rumänischer Straßenköter.« Maximilian blieb stehen, riss die Augen auf und gaffte sie an. Schon glaubte sie, den Bogen überspannt zu haben, da brodelte ein Lachen ganz tief in Maximilian, das immer turbulenter wurde und schließlich in eine Eruption mündete, die jedem Vulkan zu Ehren gereicht hätte. Verblüfft beobachtete sie die Veränderung in ihm, verursacht durch einfaches, befreiendes Lachen. Erst als sie sicher war, dass dem Ausbruch kein Zusammenbruch folgte, atmete sie aus. Die ganze Anspannung der vergangenen Tage fiel von ihr ab, trieb ihr Tränen in die Augen.

»Oh Franziska!«, platzte Maximilian heraus. Das Lachen hatte sein Gesicht weich werden lassen und etwas unsagbar Berührendes, Zärtliches glänzte in seinen Augen. »Was täte ich nur ohne dich, du altes Schlachtross!« Seine Arme breiteten sich aus.

»Blöder Idiot!«, grinste sie ihn an und genoss die Umarmung dieses fantastischen Bären, in dessen Armen sie sich wie eine dieser Disney-Prinzessinnen fühlte. Für einen Prinzen war er zwar mittlerweile zu alt, aber er gab immer noch einen respektablen König ab.

So kam es, dass zwei 60-Jährige im Schatten des Burgtheaters einander in den Armen lagen und mit geschlossenen Augen genossen, was sie hatten: eine lebenslange Freundschaft.

*

»Willst du mit einem guten Tropfen anstoßen?«, fragte Maximilian später im »Schwarzen Kameel« über die Speisekarte hinweg.

»Ich hatte gestern zu viel von meinem berüchtigten Glühwein«, schüttelte Franziska den Kopf. »Aber nimm du ein Glas, ich stoße mit Wasser an.«

Maximilian orderte die Getränke und das Essen, gewann allmählich wieder seine gewohnte Selbstsicherheit. Zufrieden lehnte sich Franziska zurück. Sie hatte völlig überreagiert – wie hatte sie nur daran zweifeln können, dass Max die Turbulenzen durchstehen würde? Ihre Intuition schien sie in diesem persönlichsten Fall, den sie je hatte, zu verlassen, und das gefiel ihr keineswegs.

»Ruf Bianca an, Max. Sie soll dich abholen kommen. Ich habe kein Auto mehr, vergessen?«

»Ach was, ich fahre mit dem Taxi.«

»Bis nach Wolfsgraben? Hast du sie noch alle?«, tippte sich Franziska an die Stirn. »Wenn du nicht anrufen willst, schick ihr ein SMS.« Überraschenderweise tat er das, was Franziska die Möglichkeit gab, ihn genauer zu beobachten. In der letzten halben Stunde hatte er immer wieder gehustet, und alles in allem wirkte er um Jahre gealtert. Was er jetzt dringend brauchte, war die Unterstützung seiner Frau.

»Ihr müsst miteinander reden und wieder klarkommen, Max.«

»Natürlich.« Er seufzte und legte das Telefon weg. »Sie ist halt nicht so wie du.«

Franziskas Augenbrauen schossen fast bis zum Haaransatz hinauf. Was war das jetzt wieder für eine Ansage? »Natürlich, du Depp, sie ist gut 20 Jahre jünger.«

»Wen interessiert's, wie alt sie ist – ich habe eine Frau gesucht, wie du eine bist und habe es verbockt.« Mitten in Franziskas Verwirrung stellte der Kellner Wein und Mineralwasser zwischen sie beide, was ihr die Zeit verschaffte, Maximilians Worte einzuordnen.

»Das ist ein nettes Kompliment, Max, aber nicht notwendig. Dafür kennen wir einander schon zu lange«, begann Franziska, kaum war der Kellner verschwunden. Zu ihrer Verwunderung bildete sich eine Steilfalte auf seiner Stirn, und sein Mund wurde bitter.

»Dann wird es vielleicht Zeit, endlich ehrlich zu sein«, flüsterte er, ohne sie anzusehen. Seine Hände nestelten an der Stoffserviette, bis er anscheinend doch noch den Mut aufbrachte, aufzusehen und Franziska mit einem Blick zu durchbohren, der noch nie so intensiv und schmerzerfüllt gewesen war. »Wärest du nicht all die Jahre derart abweisend gewesen und hättest alle meine Annäherungsversuche im Ansatz erstickt, was für ein großartiges Leben hätten wir führen können? Wir würden heute Enkelkinder haben, wären viel auf Reisen, unbeschwert, glücklich. Aber du hast ein einsames Leben mit einem Toten vorgezogen, und ich habe zur Strafe für meine Sehnsucht nach Familie einen Stall voll Pferde am Hals – anstelle von Kindern.«

»Max!«, keuchte sie. »Was redest du da? Das war doch niemals ein Thema zwischen uns …«

»Weil du das Offensichtliche nicht sehen wolltest«, sagte er so ruhig und gefasst, dass es Franziska die Rede verschlug. »Außerdem – bei einer Frau wie dir traue nicht mal ich mich, in die Offensive zu gehen … Was soll's, der Sand ist längst durchs Glas gelaufen.« Er hob sein Weinglas, wartete aber nicht ab, ob sie ihm auch zuprosten würde, sondern stieß sachte dagegen und nahm einen Schluck.

»Das ist«, sie wusste kaum, wie sie Luft bekommen sollte, derart schockiert war sie über Maximilians Geständnis – seine Lippen glänzten feucht vom Wein, die Falten um den Mund hoben sich unter dem bemühten Lächeln, »verdammt noch mal«, ihr ewiges Fluchen half ihr, sich zu fangen, »eine Überraschung.«

Dieser Advent gab sich alle Mühe, in die Geschichte einzugehen, und zwar als »Weihnachten des Grauens«. Zuerst der Mord, dann Max in U-Haft, plötzlich machten alle möglichen Männer ihr fest gefügtes Selbstbild dem Boden gleich und überließen ihr die mühselige Arbeit, die Scherben neu zusammenzusetzen. Denn wie es aussah, war Franziska Ferstl längst nicht so jugendlich souverän, wie sie dachte, sondern benahm sich genau wie alle anderen schrulligen, selbstgefälligen 60-jährigen Matronen. Nicht zu vergessen die Tatsache, dass ihr bester Freund eigentlich eine Familie hatte mit ihr gründen wollen, was an der für sie nach wie vor absurden Tatsache gescheitert sein sollte, dass sie niemals über Andrejs Tod hinweggekommen war. Was vergessen? Ach ja, eine eventuell schwangere Nichte und ein Neffe, der in ihre Wohnung einziehen wollte.

Da sollte man kein Alkoholproblem bekommen.

Wenigstens hatte sie im Gerichtssaal gesiegt, die letzte Konstante in ihrem Leben hielt also noch. Ihr Instinkt und Können im Job waren unvermindert vorhanden, halleluja.

Stute fohlt – kann nicht weg. Ziska soll dich fahren. LG Bianca

»Da siehst du's«, hielt Maximilian ihr noch ein bisschen länger das Display seines Handys hin. »Ich komme nach den Pferden, Hunden und mit Sicherheit auch nach den Hühnern. Die haben wir nämlich seit Kurzem auch noch.«

*

Nathalie stand im Vorzimmer und gaffte mit offenem Mund ihren Chef an. Dieser Ausdruck von Argwohn, vermischt mit Sensationsgier und die damit einhergehende körperliche Starrheit verärgerten Franziska über die Maßen.

»Nathalie, worauf warten Sie?«, fragte sie und war sich des barschen Tons bewusst. »Dass Doktor Thesch zur Tür hereinkommt?« Das Mädchen erwachte aus seinem Tagtraum, klimperte mit den dick getuschten Wimpern und legte die Hände schützend vor die Brust. Franziska konnte nicht anders, als zu bemerken, um wie viel hübscher die Kleine geworden war – sie schminkte sich nicht mehr wie ein Star der Stummfilm-Ära, hatte den strähnigen Haarlook gegen einen ansprechenden Haarschnitt getauscht und wirkte insgesamt lebendiger.

»Ähm – nein«, räusperte sich Nathalie und ließ sich keinerlei Verletztheit anmerken, falls Franziskas Worte derlei ausgelöst hatten. »Soll ich Kaffee machen?«

»Das wäre großartig, danke«, ergriff Maximilian das Wort. Endlich fand er in seine Rolle als Seniorchef zurück.

Ein Hauch Erleichterung ließ Franziska aufatmen, wenngleich die Beklemmung dieser ersten Begegnung nach Siegfrieds Tod und Maximilians Festnahme nach wie vor im Raum lasteten. Eigentlich hockte dieses Gefühl bereits seit Maximilians Liebeserklärung in ihrer Brust, wurde Franziska überraschend bewusst. »Und Nathalie«, rief Maximilian dem Mädchen nach. Sie wirbelte herum, sodass sich der Glockenrock für einen Moment aufblähte, um sich in der nächsten Sekunde um ihre Fesseln zu schlingen. Erwartungsvoll stand sie im Türstock und wartete. »Ich hoffe, Sie fühlen sich in meiner Gegenwart nicht allzu befangen«, fuhr er fort. Hoch aufgerichtet und stolz, nur die Augen, dachte Franziska, die Augen sind Verräter. »Es ist keine einfache Situation, für uns alle.«

Nathalie legte den Kopf ein wenig schief und nickte nachdenklich. »Nicht einfach, das stimmt. Trotzdem spannend – und das ist immerhin was.« Sie schenkte ihm ein kleines Lächeln, wofür Franziska auf eine ganz und gar absurde Weise dankbar war. Diese seltsamen Gefühlsaufwallungen schrieb sie kurzerhand den verwirrenden Geständnissen zu und drängte Maximilian dezent ins Arbeitszimmer.

»Wir haben den zweiten Safe aufgemacht, Max«, sagte sie, nachdem sie die Tür hinter sich zugezogen hatte. »Ist das für dich in Ordnung?«

Maximilian zuckte beinahe unmerklich zusammen, hustete und ließ sich auf seinen Schreibtischsessel fallen.

»Aber ja. Mit welchem Code bist du rein?«

»Mit deinem natürlich.« Franziska zwinkerte ihm zu und setzte sich auf den Schreibtischrand.

»Was war drin?«

»Papiere, ein Laptop«, antwortete sie und schlug die Beine übereinander. So hatten sie schon tausendmal beisammengesessen, doch heute dachte sie zum ersten Mal in seiner Gegenwart darüber nach, wie sie aussah. Verrückt, einfach dämlich. Bloß, weil Max sie vor 30 Jahren hatte heiraten wollen?

»Geld?«

Seine Frage riss sie aus den Gedanken. Langsam bekam sie richtige Konzentrationsstörungen. So durfte das nicht weitergehen. »Hätte welches drin sein sollen?«

»Möglich«, gab sich Maximilian kryptisch, was Franziska wiederum auf die Palme brachte.

»Wir suchen einen Mörder, Max.« Ihre Fußspitze begann zu wippen. Mit aller noch vorhandenen Disziplin mäßigte sie ihr Temperament und setzte ihren Satz weitaus weniger aggressiv fort. »Könntest du dich bitte einer präzisen Ausdrucksweise befleißigen?«

Ein kleines Lächeln verriet, dass Maximilian genau wusste, wie aufgebracht sie war. Kein Wunder, sie waren ein altes Ehepaar … nein!, korrigierte sich Franziska geschockt. Sind wir nicht!

»Manchmal bewahrte Siegfried für Festakowitsch Geld auf«, verbesserte er sich ohne eine weitere – ganz sicher dumme – Bemerkung zu machen. Ja, er kannte sie wirklich gut. Diese Information hingegen stimmte sie nachdenklich. Geld für einen Klienten aufbewahren? Das klang verdammt nach Schwarzgeld und war ein schwerer Verstoß gegen das Standesrecht der Rechtsanwälte. Kein vernünftiger Anwalt würde sich auf eine derart windige Angelegenheit einlassen.

Die Tür wurde aufgestoßen und Nathalie tappte vorsichtig herein, den Blick starr auf die Kaffeetassen gerichtet. »Ich hab 'ne Melange und einen Espresso gemacht. Hoffentlich ist alles so wie von der Frau Dinic. Die bleibt übrigens im Krankenstand, hat heute angerufen. Und Kekse hab ich auch dazugelegt.« Da sowohl Franziska als auch Maximilian sie entgeistert betrachteten, stellte das Mädel ihr Tablett ab und wischte sich verlegen die Hände am Rock ab. Weil immer noch keiner etwas sagte, biss sie sich auf die Unterlippe und machte kehrt. »Und jetzt verschwinde ich …«

»Danke, Nathalie!«, rief ihr Franziska verspätet nach, versuchte, den Gesprächsfaden wiederzufinden – das Russengeld, oh verdammt …

»Du weißt genau, was das bedeutet, und hast nichts dagegen unternommen?« Auf ihre Frage hin zuckte Maximilian mit den Schultern. Das durfte alles nicht wahr sein – war ihm die Reputation der Kanzlei vollkommen egal?

»Ich hatte da nicht den vollen Durchblick, ehrlich gestanden. Ich habe ihn gewarnt, natürlich. Ob er sich an meinen Rat gehalten hat, weiß ich nicht.«

Eine Zeit lang musterte Franziska ihn eindringlich, dann sprang sie auf und begann im Raum auf und ab zu tigern. »Wann hast du das letzte Mal im Safe nachgesehen?«

Nachdenklich rieb sich Maximilian über Wange und Kinn, legte den Kopf in den Nacken und sah schließlich wieder zu ihr. »Schwer zu sagen. Schätze, es ist ein, zwei Wochen her.« Franziska stöhnte frustriert auf und stürmte zum Schreibtisch zurück. Ihr Elan ließ ein paar Papiere von der Oberfläche flattern, aber der Kalender landete wie beabsichtigt vor Maximilian, und Franziska tippte vehement mit einem Stift auf den Papiergrund. »Das ist der erste Adventsonntag, 27. November, Siegfrieds Todestag. War es in der Woche davor?« Sie warf den Stift wieder zurück auf den Schreibtisch und marschierte mit in die Hüften gestemmten Armen durch den Raum. »Man geht schließlich nicht so ohne Weiteres in ein Kollegenzimmer und hantiert dort am Safe herum. Es muss einen Anlass gegeben haben. Schau hin – erinnerst du dich an etwas?« Wie befohlen lehnte sich Maximilian vor, sinnierte über den Daten und Einträgen. Er nutzte den altmodischen Standkalender ausschließlich für Geburtstage, Jubiläen und Mittagsverabredungen. »Was hast du überhaupt aus dem Safe gebraucht?« Unentschlossen rieb er an seinem Ohrläppchen. Das durfte doch nicht wahr sein – der Mann musste doch wissen, was er letzte Woche getan hatte!

»Es war – warte mal, nein, das war es nicht …«

»Max!«, brauste sie auf. »Hast du Alzheimer, oder was ist los? Was kannst du aus Siegfrieds Safe benötigt haben?«

Sein Gesicht war grau geworden, die Augen funkelten sie mit gespenstischer Finsternis an. »Was glaubst du, wie das war, eingesperrt zu sein.« Er sprang auf. Seine Brust hob und senkte sich in viel zu rascher Abfolge. »Weißt du, wie es ist, wenn die Wände immer näher kommen; die Luft wird so dick, dass sie sich nicht einatmen lässt. Du willst rennen, aber die Tür ist zu. Zu für ewig. Das Fenster ist zu. Kein Himmel. Du wirfst dich gegen die Tür. Umsonst. Die Stille ist ständig da, drückt dich wie ein Kolben zu Boden. Selbst wenn jemand spricht, rauscht sie im Kopf. Selbst wenn Musik läuft, sie liegt drum herum wie eine Zwinge, die enger und enger gedreht wird. Dann kommen die Psychopharmaka. Dein Kopf wird zu Matsch. Am Anfang kommst du dagegen an. Irgendwann ist es egal. Alles egal.« Sein Atem ging keuchend. Franziskas Hände waren mitten in der Bewegung zu ihm erstarrt, wussten nicht, ob sie ihn berühren sollten oder besser nicht. Sie sah den Schweißfilm auf seiner Stirn, roch saure Angst, die aus jeder Pore zu strömen schien.

»Max«, stammelte sie, überwand die letzte Distanz und drückte ihn fest an sich. »Ach du Scheiße … ich hatte keine Ahnung.« Wie ein Kind wiegte sie ihn in den Armen, spürte sein Zittern. »Es tut mir so schrecklich leid.«

Was war sie für eine herzlose Person – dabei hätte ihr doch bewusst sein müssen, wie dreckig es ihm ging, aber nein, sie musste ja noch zusätzlichen Druck machen. Die Leute nannten sie völlig zurecht einen Pitbull …

»Max, ich bring dich nach Hause. Dort kannst du ausruhen, über die Felder spazieren, frische Luft atmen. Du bist draußen, und ich sorge dafür, dass es so bleibt.« Er antwortete nicht. Auch wenn sie sein Gesicht nicht sah, wusste sie, dass er gegen Tränen ankämpfte. Ein Mann durfte nicht weinen, so war er vom alten Frank erzogen worden. Sie durfte ihm nicht den letzten Rest Würde rauben.

»Frank? Nathalie hat gesagt, ich soll gleich reingehen, sind Sie …« Kurts Stimme erstarb. Franziska blickte auf und warf ihm einen grimmigen Blick zu. Wobei sein Gesichtsausdruck überaus amüsant war – offen stehender Mund, kugelrunde Augen, die Augenbrauen fast bis zum Haaransatz hochgezogen.

»Jetzt komm rein, Tür zu.« Sofort reagierte Kurt und tat, wie ihm geheißen. Vielleicht, um Maximilian Zeit zu geben, ging er schnurstracks auf jene Glasvitrine nahe der Sitzecke zu, in der einige Flaschen und Gläser wohlbeleuchtet ihres Genusses harrten, nahm ein Whiskyglas heraus und befüllte es.

»Das ist eine gute Idee«, bestärkte sie ihn. Maximilian hatte sich von ihr gelöst und rang um Haltung. Sofort zog sie ihre Arme zurück und ließ ihm Raum. Seine Hände rubbelten über das Gesicht, strichen die Haare sorgsam zurück, und dann nickte er ihr zu. Da stand auch schon Kurt neben ihr und reichte Maximilian das Glas.

»Willkommen zurück, Chef.« Er war in der Tat ein netter Junge. Moment, Junge durfte sie nicht mehr sagen. Kurt ist ein netter Mann und erwachsen, wiederholte Franziska in Gedanken und sah dankbar zu ihm. Noch dazu sieht er gut aus, huschte gleich der nächste Gedanken hinterher und sie fragte sich, ob es nicht besser wäre, ihn weiter als Jungen wahrzunehmen.

»Danke, Thesch. Es geht schon wieder.« Maximilian nahm das Glas entgegen und sah von Kurt zu Franziska. »Wollt ihr nichts?«

»Ich passe«, wehrte Franziska ab, doch Kurt kehrte zur Glasvitrine zurück, um sich selbst auch ein Glas einzuschenken. Schließlich prosteten die Männer einander zu und ließen ein lautes Seufzen hören, nachdem der edle Tropfen die Kehle passiert hatte.

»Wir arbeiten an Ihrem Fall, Chef«, begann Kurt. »Machen Sie sich keine Sorgen.«

»Das ist sehr nett, und ich danke Ihnen dafür«, erwiderte Maximilian, »jedoch kenne ich die Mühlen der Justiz leider zu gut, als beruhigt schlafen zu können, ehe das Verfahren gegen mich eingestellt ist. Jedweder Ausgang ist möglich, und wir alle wissen, wie lange sich das Verfahren hinziehen kann. Es kann meinen wirtschaftlichen Ruin bedeuten, ganz so, wie es vielen anderen vor mir ergangen ist, egal ob sie sich am Ende als unschuldig erwiesen haben oder nicht. Justitia frisst ihre Beschuldigten und spuckt deren Knochen aus. Meine Bitte daher: Halten wir die Kanzlei am Laufen, das hat oberste Priorität. Franziska, inseriere im Anwaltsblatt und sieh zu, dass wir so bald wie möglich einen weiteren Anwalt an Bord haben. Das entlastet euch.

Ich werde fürs Erste nicht einsatzfähig sein, mich jedoch bemühen, mitzuhelfen.«

»Ist gut, Max«, sagte Franziska. »Ich kümmere mich darum. Trotzdem – meine Priorität ist es, einen Prozess abzuwenden.«

»Kennen Sie vielleicht das Passwort von Doktor Fürstenstein für den Laptop?«, meldete sich Kurt noch mal zu Wort, und Maximilian runzelte die Stirn.

»Nein.«

»Komm schon, Max«, fuhr Franziska dazwischen, »du weißt doch immer alle Passwörter – meines hattest du auch. Das kauf ich dir nicht ab, dass du Siegfried nicht über die Schulter geschaut hast.« Maximilian warf ihr einen verärgerten Blick zu. War ihm wohl peinlich vor Kurt, dachte Franziska und bekam kurzfristig ein schlechtes Gewissen.

»Versuchen Sie mal«, begann Maximilian, und Franziska glaubte seinen Widerwillen physisch wahrnehmen zu können. Wieder zögerte er, und es vergingen ein paar Sekunden, in denen er sich die Nasenwurzel rieb, als gälte es, einen bohrenden Kopfschmerz zu vertreiben. »Ich glaube, er nahm als Zugang immer sein Hochzeitsjahr, das war 2003, und den Namen seines Hausdrachens, also Hannelore. Kann Ihnen aber nicht sagen, in welcher Reihenfolge, ob mit Underline oder Sonderzeichen. Jedenfalls für den Kanzleirechner, für den Laptop kann ich es nicht mit Sicherheit sagen.«

Franziskas Gesicht hellte sich auf. »Na bitte, geht doch!« Voller Hoffnung drehte sie sich zu Kurt, der ebenfalls strahlte.

»Klasse – damit kann ich was anfangen. Ich mach mich gleich ans Werk!« Er leerte das Glas und wollte schon zur Tür hinaus, da fiel Franziska im letzten Moment noch etwas ein.

»Kurt, darf ich mir deinen Wagen leihen – du bist doch

mit dem Auto in der Stadt?« Er kramte einen Autoschlüssel aus der Hosentasche und warf ihn ihr zu.

»Wie jeden Montag«, sagte er. Franziska fing den Schlüssel mit einer Hand auf. Sein Zwinkern erinnerte sie daran, dass er häufig seinen Vater in Graz besuchte – oder wahrscheinlicher – eine Freundin. »Steht am Ende der Straße, ein blauer Audi A3. Für mehr langt es noch nicht.«

»Zulassungsschein?«, erinnerte sie ihn und ging ihm entgegen.

»Hier.« Er zog ein Ausweisetui aus der Brusttasche und übergab ihr das gelbe Papier.

»Ich fahre Maximilian nach Wolfsgraben. In spätestens zwei Stunden bin ich zurück.« Sie weitete bedeutungsvoll die Augen und hoffte, dass Kurt verstand, dass sie heute noch etwas mit ihm besprechen wollte – ohne Maximilian. Kurts stoischer Miene war nicht zu entnehmen, ob er ihren versteckten Wink richtig eingeordnet hatte. »Danke.«

»Kein Problem, ich knacke inzwischen den Laptop«, antwortete er und wandte sich schon zum Gehen, da räusperte sich Maximilian.

»Wollt ihr ihn der Polizei übergeben?« Sowohl Kurt als auch Franziska starrten ihn fragend an. Hatte er denn etwas dagegen? Als keiner von beiden reagierte, fügte er hinzu: »Könnten Beweismittel drauf sein.«

»Davon wollen wir uns ja gerade überzeugen«, erwiderte Franziska. »Im Anschluss geben wir die Beweismittel natürlich weiter.«

»Haben die von der Polizei nicht alles durchsucht?« Maximilian wirkte erstaunt, und Franziska gab ihm insgeheim recht.

»Hauptsächlich den Besprechungsraum, wo der Mord passiert ist. Seine persönlichen Sachen, klarerweise, Schreibtischladen, Regale, das Offensichtliche«, erzählte Franziska und beobachtete Maximilian dabei genau. Womöglich erlitt er einen neuerlichen Zusammenbruch, wenn sie Worte wie »Mord« verwendete. »Den Wandsafe haben sie nicht gefunden. Ein Wunder, dass ich ihn entdeckt habe.« Die offene Frage von vorhin fiel ihr wieder ein. »Wann hast du ihn das letzte Mal geöffnet, Max?« Er sah von ihr zu Kurt und wieder zurück zu Franziska.

»Einmal musste ich Siegfried bei den Russen vertreten, da habe ich Unterlagen herausgeholt. Im Outlook-Kalender könnte ich nachsehen, wann der Termin war.« Zögerlich streckte er die Hand nach der Tastatur aus. »Ich glaube, es war Anfang der Woche.« Der PC würde Zeit zum Hochfahren brauchen, womöglich würde er ewig lange herumsuchen … Franziska fühlte sich zwischen Tatendrang und Mitgefühl hin- und hergerissen. Maximilian musste sich ausruhen, war krank. Andererseits konnten sie gar nicht rasch genug den wahren Mörder finden. Auf die Polizei oder Staatsanwaltschaft konnten sie nicht zählen, die hatten ihren Sack zugemacht und Max war in diesem Fall die Katze.

»Lass mal, besser, du siehst Zuhause in aller Ruhe nach. Jetzt musst du dich erst einmal entspannen, zurück in deine gewohnte Umgebung.« Den Arm in seine Richtung ausgestreckt, bemühte sie sich um ein aufmunterndes Lächeln. »Komm, wir brechen auf.« Allzu willig folgte Maximilian der Aufforderung. Trotz all seiner Bemühungen um Haltung sah Franziska die entscheidenden Millimeter, um die seine Brust eingesunken war, vermisste seinen Widerspruchsgeist.

Im Sekretariat stand Nathalie von ihrem Platz auf und steuerte mit einer Unterschriftenmappe in Händen direkt

Kurt an. Der wiederum ging unmerklich in Deckung. Gerade amüsierte sich Franziska über das Bild, das sich ihr bot, da sprang die Tür zum Vorraum auf, prallte gegen die Mauer und schwenkte zurück – sie wurde aufgehalten: von Samira Dinic.

»Mörder!«, schrie sie, den Finger spitz auf Maximilian gerichtet. Nathalie quiekte auf, ließ die Mappe fallen. Kurt machte einen Satz in ihre Richtung, als wollte er das Mädchen auffangen. Es blieb Franziska kaum Zeit, Maximilians Erstarrung zu registrieren, denn Samira trabte auf ihn zu, ein Nashorn, das Anlauf nahm, den Finger anklagend erhoben. Ehe Franziska reagieren konnte, war Samira an ihr vorüber und zog ihre Krallen über sein Gesicht. »Mörder! Sie haben mein Leben zerstört!« Immer schriller schrie sie, boxte gegen seine Brust. Maximilian wehrte sich nicht. Die Arme hingen kraftlos herab, die Augen blieben geschlossen – sein Körper hatte dem Angriff nichts entgegenzusetzen.

»Hören Sie auf!«, brüllte Franziska, umklammerte die Arme der Frau und brauchte ihre ganze Kraft, den Widerstand, der ihr entgegenschlug, im Zaum zu halten. »Kurt!«

»Er ist ein Mörder, sehen Sie ihn sich an, er leugnet nicht mal!« Hysterisches Lachen folgte, das Zappeln ließ nach. Kurt hielt Samiras Handgelenke fest und die Übermacht zeigte Wirkung.

»Nathalie – ruf die Rettung an, eine Psychose. Los!«, befahl Franziska und traute sich noch immer nicht, Samira loszulassen. Die schluchzte jetzt und lehnte ihren Kopf gegen Kurt. Die Augen weit aufgerissen schaute er Franziska hilfesuchend an. Sie zuckte mit den Schultern. »Halte sie fest«, raunte sie ihm zu und lockerte ihren Griff. Sie ließ ihre Hände über die Manteltaschen gleiten auf der Suche nach Waffen. Womöglich hatte diese Wahnsinnige ein Küchenmesser eingepackt, ehe sie ihren Rachefeldzug begonnen hatte. Ein Blick in die Handtasche zeigte, dass Samira nicht soweit gedacht hatte. Franziska überließ die schluchzende Frau Kurt und sah Maximilian an.

»Scheiße Max, wieso hast du dich nicht gewehrt?«, wisperte sie bei seinem Anblick. Blutige Striemen zogen sich über seine Wangen, seine Lippen waren leichenblass. Kein Wort, nur Kopfschütteln kam als Reaktion. Immerhin hat er mich gehört, nahm sie die Bewegung erleichtert zur Kenntnis.

»Gehn wir«, flüsterte er, und sie packte unverzüglich ihre Handtasche. Es bestand in der Tat keine Notwendigkeit, auf den Krankenwagen zu warten. Wahrscheinlich würden die Sanitäter Samira gar nicht mitnehmen, denn ein paar Kratzer im Gesicht eines Mannes waren kein Angriff auf Leib und Leben. Wenn hingegen irgendetwas von dieser Geschichte zur Presse durchsickerte, käme Max erneut in die Schlagzeilen – nein, sie mussten verschwinden.

»In zwei Stunden, Kurt, halt mich am Laufenden!«, sagte sie im Vorübergehen und schloss hinter Maximilian die Tür.

*

In der Weite der Landschaft kauerte sich das Haus an den Hügel. Ein frostiger Wind pfiff um die Ecken, wurde von den Jungbäumen kaum gebremst. Maximilian drückte gegen die Tür.

»Bianca wird noch im Stall sein.« Er ließ Franziska den Vortritt, schien ihr Zögern nicht zu bemerken. Es war wenig verlockend, auf Bianca zu stoßen, andererseits wollte sie Maximilian nicht alleine lassen. Mit einem Seufzen ließ sie sich aus dem Mantel helfen. Die Temperatur im Eingangsbereich unterschied sich kaum von der Außentemperatur und auch im Wohnzimmer war es unangenehm kühl. Maximilian rieb sich die Hände und kniete vor dem Kamin nieder. Während er Asche kehrte und Feuerholz aufschichtete, stellte Franziska Teewasser auf und suchte in den Küchenschränken nach einer Kanne und Teebeuteln. Sie hörte mit wachsender Besorgnis sein bellendes Husten, das ihn in immer kürzer auftretenden Intervallen überfiel.

»Du solltest dich hinlegen, Max. Dein Husten gefällt mir gar nicht.«

»Ach was«, kam es heiser keuchend aus dem angrenzenden Raum, »ich brauche nur was von dem Hustensaft, dann geht es wieder.«

»Ich verschaffe dir einen Termin bei Doktor Fellner«, sagte sie. »Da gehst du hin, verstanden?« Keine Antwort. »Verstanden?« Leises Prasseln zeugte vom erfolgreichen Entfachen des Kaminfeuers.

»Ist gut, Ziska.« Lautes Hundegebell hallte im Haus wider. Die Eingangstür fiel mit einem Knall ins Schloss. Im nächsten Augenblick scharrten Hundekrallen über den Steinboden und das Bellen schlug in freudiges Winseln um.

»Chérie, Schätzchen, komm zu Papi, ja brav bist du, so ein braves Mädchen …« Franziska musste grinsen. Kein Zweifel, Haustiere taten Menschen gut.

»Was machst du in meiner Küche?« Bianca stand im Durchgang, verströmte Stallgeruch und Aggression.

»Ich koche deinem kranken Ehemann Tee«, blaffte Franziska zurück. »Hast du ihn überhaupt begrüßt?«

Bianca hob nicht mal die Augenbraue. »Meine Küche, mein Mann«, kam als Antwort. »Ab in den Gästebereich.«

Franziska schürzte die Lippen, räumte jedoch den Platz hinter der Kücheninsel. Als sie auf gleicher Höhe mit Bianca stand, neigte sie sich zu ihr und raunte ihr ins Ohr: »Aus dem Gefängnis habe ich dir deinen Mann aber bringen dürfen, was?« Ein abschätziges »Ha« folgte, und die Frauen brachten den üblichen Sicherheitsabstand zwischen sich.

Im Wohnzimmer loderte ein Feuer im Kamin, und Maximilian kehrte soeben aus dem Vorraum zurück.

»Habe die Bodenheizung aktiviert. Die Zeitschaltuhr ist auf 15.30 Uhr …«

Chérie schlug an, rannte zur Eingangstür und vollzog das übliche Theater von scharrenden Krallen, Knurren, Bellen und Sprüngen gegen die Tür. Gleich darauf ertönte die Türglocke. Maximilian machte kehrt und ging zurück in den Vorraum. Bald waren Stimmen zu hören. Franziska reckte den Hals, um einen Blick auf die Besucher werfen zu können; eine der Stimmen erkannte sie sofort. Wenig später betrat tatsächlich Inspektor Sutel das Wohnzimmer, hinter ihm eine Beamtin und danach einem Schatten gleich Maximilian.

»Können Sie Doktor Frank keinen Tag Ruhe gönnen?«, empfing Franziska den Inspektor.

»Guten Tag, Frau Doktor Ferstl«, begrüßte er sie betont höflich, wenn auch nicht freundlich. Sein Gesicht war eine Maske, die grauen Augen stachen kalt hervor. Die Frau neben ihm nickte zur Begrüßung. »Wir kommen eigentlich zu Frau Frank und das nicht zuletzt wegen ihren Ausführungen in der Haftverhandlung. Da meinten Sie ja, wir hätten nicht ordentlich ermittelt.«

»Haben Sie auch nicht, Inspektor Sutel«, erwiderte Franziska, das Kinn vorgereckt, bereit zum verbalen Schlagabtausch. »Kein Grund beleidigt zu sein, wenn man auf seine Fehler aufmerksam gemacht wird.«

»Fehler?« Er lachte auf. »Weil eine Ehefrau ihre Aussage zugunsten des Ehemanns korrigiert? Nein, so was gab's wohl noch nie.« Sein Zynismus troff wie Schmalz aus einem Lángos vom Christkindlmarkt und schlug Franziska gleichermaßen auf die Galle.

Demonstrativ verschränkte sie die Arme vor der Brust und lehnte sich in den Fauteuil. »Sie haben die Fragen so formuliert, dass die Antworten zu ihrer Theorie passten. Hat Sie schließlich keiner daran gehindert, genauer nachzufragen, zum Beispiel, ob bereits die Dämmerung eingesetzt hatte. Genau dasselbe mit den anderen Zeugen.« Sie runzelte die Stirn und schüttelte den Kopf, gab die enttäuschte Mutter. »Ich hatte Ihnen mehr zugetraut.«

Während Franziska die beiden Kriminalbeamten im Gespräch verwickelt hielt, wusste sie Maximilian bei Bianca. Sie hoffte inständig, dass die beiden Biancas Angaben zum Mordabend nochmals durchgingen, damit es später bei der Protokollierung zu keinen Pannen kam. Natürlich sollte sie die Wahrheit sagen, doch eine andere Wahrheit war, dass vor Gericht jede Formulierung auf die Waagschale gelegt wurde und schon mancher Strick aus unbedachten Äußerungen gedreht worden war. »Es ist Ihnen wohl klar, dass ich an Frau Franks Seite sein werde, wenn Sie ihre Aussage macht?«

Sutel überragte sie wie ein Koloss und war sich dieser physischen Überlegenheit mehr als bewusst. Keck hielt sie die Nase hoch, die Lippen schmal und den Ton forsch. Einschüchtern war nicht drin, sorry, Inspektor.

»Damit habe ich kein Problem«, sagte er, schien aber verärgert. Die Partnerin schob sich etwas in den Vordergrund und versuchte mit einem Lächeln, die Atmosphäre zu entspannen.

»Wir haben nicht vor, Frau Frank etwas in den Mund zu legen, Frau Doktor Ferstl. Es geht allein um die Wahrheitsfindung.« Franziska betrachtete die hagere Frau mit dem streng zurückgekämmten Haar, nicht gefärbt, kaum geschminkt. Sie schätzte die Inspektorin auf knappe 30.

»Ich bin zu lange in diesem Geschäft, um mir keine Sorgen machen zu können, Frau …?«

»Brettschneider«, beeilte sich die Inspektorin zu antworten.

»Frau Brettschneider. Danke. Waren Sie denn bereits bei Frau Fürstenstein? Oder Frau Dinic? Sonst jemandem?«

»Nein«, gab die Inspektorin zu, »wir wollten hier beginnen.«

Maximilian kam herein und nickte Franziska mit eindeutiger Miene zu.

»Schätze, wir sollten das rasch hinter uns bringen«, reagierte Franziska sofort und stand auf. »Mein Mandant hat eine Bronchitis und gehört eigentlich ins Bett. Wenn wir die Angelegenheit so knapp wie möglich halten könnten, wäre das sehr rücksichtsvoll.«

»Ich führe Sie ins Arbeitszimmer«, übernahm Maximilian. Er hustete und räusperte sich. »Und ziehe mich danach zurück. Fühlt sich an, als hätte ich Fieber. Frau Doktor Ferstl wird sich um alles kümmern.«. Besorgt griff sie nach seiner Hand, eine stumme Frage auf den Lippen. Er tätschelte ihren Arm, murmelte: »Es geht schon«, ging der Gruppe voran in Richtung Arbeitszimmer, wo Bianca mit einem undefinierbaren Lächeln auf ihren Auftritt wartete.

*

»Will dieser Tag kein Ende nehmen?«

Franziska hatte für fünf Minuten die Beine hochgelegt, die Arme über der Stirn verschränkt und ihre Augen geschlossen. Die Kanzlei war verlassen bis auf Kurt, der sich in seinem Zimmer eingeigelt hatte und an Siegfrieds Laptop werkte.

Genau wie sie vermutet hatte, war Samira nicht in die Psychiatrie eingeliefert worden. Um in Wien zwangseingewiesen zu werden, musste man zumindest jemanden mit einer Eisenstange erschlagen.

Nachdem die Beruhigungsspritze des Notarztes zu wirken begonnen hatte, war Samira in Nathalies Begleitung mit dem Taxi heimgefahren. Das Mädel stieg jeden Tag mehr in Franziskas Achtung. Wer hätte gedacht, welche Talente in so einem verträumten jungen Menschen versteckt waren.

Ein Schrei ließ Franziska hochfahren.

»Was ist passiert?«, rief sie und stürzte aus ihrem Zimmer, stolperte beinahe über den Türstaffel und prallte gegen Kurt, der ebenfalls in ihre Richtung losgelaufen war.

»Ich habe es geschafft!«, posaunte er heraus und zerquetschte sie fast vor Übermut in seinen Armen. Junge, der Kleine hatte ordentlich Kraft!

»Schon gut!«, lachte sie und befreite sich aus seinen Fängen. »Wurde aber auch Zeit.«

»Los, schauen wir uns das gemeinsam an.«

Die Hochstimmung hielt nicht lange an. Eine Unzahl von Dokumenten war zu sichten, Firmengründungen, Verträge, diverse Korrespondenzen, Kaufabschlüsse. Siegfried Fürstenstein trat dabei selbst als Geschäftsführer der einen oder anderen Gesellschaft auf.

»Scheiße, ist das viel«, fluchte Franziska mit einer Inbrunst, die Kurt zum Lachen brachte.

»Du hast so was von recht – ich brauche eine Pause.« Er streckte und rekelte sich wie ein Stubentiger. Sein Hemd rutschte aus dem Hosenbund. Sofort bemerkte er den Fauxpas und stopfte es diskret zurück. »Um sich dieses Konstrukt vorstellen zu können, müsste man ein Organigramm anfertigen. Firmen in Zypern, auf den Jungferninseln, eine Bank in der Ukraine ist involviert – ein paar Firmen sind sogar hier, oh Wunder ... und all die Transaktionen ...«, er scrollte den Bildschirm weiter hinunter, »boah, da hat Fürstenstein etwas richtig Komplexes aufgebaut. Ist nicht auszumachen, was zu wem gehört.«

»Und keine Hinweise, die uns ein Motiv für einen Mord liefern«, vervollständigte Franziska seine Ausführungen.

»Ich werde heute Nacht und morgen noch mal alles durchgehen.« Kurt stand auf und vertrat sich die Beine. »Im Augenblick flimmert mir alles nur mehr vor den Augen.« Franziska sah ihm bei ein paar Kniebeugen zu und schmunzelte.

»Danke, Kurt. Das werde ich dir niemals vergessen.« Sie schürzte die Lippen wegen eines Einfalls, der ihr eben gekommen war. »Wie ist es – möchtest du Partner werden in der Kanzlei? Ich würde mich für dich bei Max einsetzen.« Überraschung stand in Kurts Gesicht geschrieben und er verharrte mitten in einer Kniebeuge.

»Partner, dein Ernst? Ich habe nicht genug Kohle dafür.« Franziska lachte, delektierte sich an der kindlichen Freude, Kurts entwaffnender Aufrichtigkeit.

»Das kann ich regeln. Außerdem werden die Umsätze bei dieser ganzen Negativ-Publicity sinken, und damit auch der Wert der Partneranteile. Eine gute Gelegenheit für dich.« Sie zwinkerte ihm zu und stand selbst auf.

»Wahnsinn!«, stieß Kurt aus und stützte verlegen die Hände auf die Knie, nur um sie dann wieder aneinander zu reiben und neuerlich aufzustützen. »Okay, ich werde drüber nachdenken.« Jetzt stand er wenigstens wieder gerade und rubbelte sich durch den Haarschopf. »Finanzierung und alles. So einen Betrieb muss man außerdem führen können …« Ein wenig verloren sich seine Wort in den Gedanken, die er bereits wälzte.

Franziska klopfte ihm zustimmend auf die Schulter und warf noch mal einen Blick auf den Laptop. Die Uhr am Bildschirm zeigte 19.30 Uhr an.

»Mein Selbstverteidigungstraining habe ich verpasst«, sagte sie und rekelte sich ebenfalls. Schätze, ich muss wieder mal alleine vor dem Fernseher mein Pensum absolvieren.« Kurt begleitete sie ins Vorzimmer, wo er ihr in den Mantel half und noch ein paar Momente unschlüssig herumdruckste.

»Was ist?«

»Ich wollte dir sagen«, begann er, und senkte den Blick auf seine Hände, die miteinander einen Ringkampf vollführten, »also, einfach nur – ist vielleicht blöd – aber ist mir irgendwie ein Anliegen …«

»Spuck es aus, Kurt«, mahnte sie ihn. »Mir wird heiß in Mantel und Hut.«

»Okay. Ich wollte sagen: Ich finde dich echt in Ordnung«, stieß er mit einem tiefen Atemzug hervor und ließ ihr keine Gelegenheit etwas zu erwidern. »Die Auseinandersetzung heute Morgen tut mir total leid, verstehst du. Hat mich einfach geärgert, wie du mich manchmal behandelst. Trotzdem, du bist klasse. Von mir aus kannst du mich als Jungen sehen, wenn's nicht anders geht.« Sein Gesicht verzog sich durch sein grimmiges Grinsen in eine Karikatur seiner selbst, und Franziska konnte nicht anders, als dieses Grinsen zu erwidern. Was für ein wunderbarer, verrückter Kerl das war …

»Du hattest völlig recht damit, mir den Kopf zu waschen, mein Lieber.« Ihre beiden Hände legten sich ganz ohne nachzudenken auf Kurts stoppelige Wangen. Es fühlte sich gut und richtig an, keine Verlegenheit störte diesen Moment, weder auf ihrer noch auf seiner Seite. »Glaub ja nicht, ich könnte in meinem Alter nicht noch was dazulernen – deshalb: Danke für diese Abreibung. Du bist ein prima Kollege«, sagte sie, bestärkte das Gesagte durch einen festen Blick und umarmte ihn zum Abschied. So abrupt, wie sie ihre Ansprache hervorgebracht hatte, so abrupt ging sie. Er musste schließlich nicht mitansehen, wie feucht ihre Augen geworden waren.

*

Die alte Routine fing Franziska ein, als hätte es nie jenen Bruch im Alltag gegeben: morgens pünktlich aus den Federn, schnell unter die Dusche, Kaffee, Kleider, Abmarsch Richtung Kanzlei. Termine durchsehen, sich mit den Partnern bei einer weiteren Tasse Kaffee absprechen und entweder Klienten beziehungsweise Gerichtstermine wahrnehmen oder Schriftsätze ausarbeiten.

»Nathalie – können Sie für mich zur Post gehen?«, sagte Franziska auf dem Weg zum Drucker, eine Mappe in Händen.

»Klar, ich muss ohnehin dem Doktor Thesch eine Kleinigkeit zum Essen bringen, er kommt heute nicht weg.« Franziska blickte auf, sah eben noch den verklärten Blick eines verliebten Teenagers und im Bruchteil einer Sekunde nacktes Entsetzen. Nathalie starrte zur Tür, wo sich ganz offensichtlich eben ein Gespenst gezeigt hatte. Das wollte sich Franziska selbstverständlich nicht entgehen lassen – eigentlich rechnete sie eher mit Siegfried Fürstensteins Geist, jedoch, so falsch lag sie mit ihrer ersten Eingebung nicht. Wenn man Hannelore Fürstenstein im weitesten Sinne als Schreckenserscheinung durchgehen ließ. Zugegebenermaßen sah sie keineswegs schrecklich aus – das zu einem Knoten frisierte Haar und ein schräg sitzender Hut rundeten dabei die Komposition der Schwarzen Witwe perfekt ab. Nur das Gesicht leuchtete wie frisch gefallener Schnee und tatsächlich waren ihre Lippen rot wie Blut. Manch einer hätte da an Schneewittchen gedacht, aber wenn schon Fabelwesen, dann doch eher die Witwe von Graf Dracula. Wer auch immer der Frau eingeredet hatte, roter Lippenstift stehe ihr zu Gesicht, gehörte geteert und gefedert, befand Franziska und bemühte sich um einen neutralen Gesichtsausdruck.

»Hannelore!«, rief Franziska und eilte ihr entgegen. »Du hier?« In diesen zwei Worten steckte so viel mehr an Fragen, als diese paar Buchstabenformationen hergeben wollten. Warum kommst du an den Ort des Verbrechens? Wieso hast du nicht vorher angerufen? Was erwartest du dir von einer solchen Konfrontation? Dachtest du gar, auf Max zu stoßen?

Hannelore sprach einen leisen Gruß aus, schlüpfte aus dem rechten Lederhandschuh und reichte Franziska die eiskalte Hand. Ein wahrhaft unbehagliches Vibrieren machte sich in Franziskas Magen breit. Wenigstens war Maximilian am heutigen Tag nicht in der Kanzlei aufgetaucht. Ein schwacher Trost im Angesicht der Witwe Fürstenstein. Der Lippenstift kaschierte erfolgreich die Blutleere, die so charakteristisch für Hannelore war. Wie dünn und zerbrechlich sie wirkte – am liebsten hätte Franziska sie in eine Wolldecke gepackt und mit einem Krankenwagen in ihr kleines Schloss zurückgeschickt.

»Was kann ich für dich tun, Hannelore?«, sagte sie stattdessen und wies ihr den Weg in ihr Büro.

»Es geht schon, vielen Dank.« Das Schloss schnappte ein. »Ich habe noch Siegfrieds Zweitschlüssel zur Kanzlei«, erklärte Hannelore und zögerte eine unendlich lange Sekunde, in der Franziska den Atem anhielt. »Ich musste einfach kommen, hierher, wo er gestorben ist.«

Außer einem verstörten »Verstehe«, fiel Franziska nichts Geistreiches ein. Es entstand eine neuerliche Pause, schwer wie Lehm und genauso klebrig. »Möchtest du einen Tee? Etwas Gebäck?« Hannelore schüttelte den Kopf und sank elegant auf den Sessel.

»Ich wollte sehen, was an persönlichen Dingen abzuholen ist, ob es Wertgegenstände gibt. Vormittags habe ich die Formalitäten für die Bestattung erledigt und dachte, so kann ich meinen Wienbesuch gleich nutzen.«

»Dann ist die Leiche freigegeben«, stellte Franziska mehr fest, als daraus eine Frage zu formulieren. »Wann wird die Beerdigung sein?«

»Kommenden Montag.« Eine schwere Schluckbewegung zeugte von dem inneren Aufruhr, der Hannelore erfüllte. »Die Parten gehen heute noch hinaus.«

»Selbstverständlich werde ich da sein, Hannelore – wo ist euer Grab?«

»Die Fürstensteins haben eine Familiengruft am Wiener Zentralfriedhof. Papa«, Hannelore betonte das Wort im französischen Stil auf der zweiten Silbe und näselte dabei, dass es Franziska die Haare an Armen und Beinen aufstellte,

»gab seine Zustimmung, dass auch Siegfried dort bestattet werden darf. Wenn Siegfried das bloß noch gehört hätte«, seufzte sie und kramte in ihrer Handtasche nach einem Taschentuch. Das verschaffte Franziska die Möglichkeit, ihre Augen zur Decke hin zu verdrehen und sich danach rasch wieder zu fangen.

»Werden viele Trauergäste erwartet?«

»Oh ja. Ein ungeheurer organisatorischer Aufwand. Wir ersuchen, auf Kränze zu verzichten und den entsprechenden Geldbetrag dem Opferverband ›Weißer Ring‹ zu spenden. Die Erlagscheine liegen den Parten bei.«

»Das ist ein schöner Zug.«

»Das hätte Siegfried so gewollt, er hat den Verein stets großzügig unterstützt.«

Franziska nickte. Siegfrieds diesbezügliche Aktivitäten waren sogar durch die Medien gegangen, und auch Maximilian und sie hatten wiederholt große Geldsummen überwiesen. »Würdest du mich in das Zimmer begleiten?«, fragte Hannelore leise.

»Das Arbeitszimmer?«

»Nein, das … andere.« Franziska starrte sie mit blankem Entsetzen an. Sie sollte mitgehen? Horrorbilder von einer kollabierenden Witwe, die sich händeringend am Schauplatz des Verbrechens in hysterischen Krämpfen wand, entstanden vor ihrem inneren Auge. »Keine Sorge, ich mache keine Szene«, ergänzte Hannelore und schien Franziskas Gedanken erraten zu haben. In diesen Tagen bleibt mir aber auch gar kein emotionaler Aufruhr erspart, dachte Franziska. Lieber arbeitete sie täglich 18 Stunden an einem Schriftsatz, als diese Fülle an Dramen miterleben zu müssen. Das Schlimmste dabei waren die Erwartungen der anderen, gerade so, als könnte Franziska Ferstl mit all dem adäquat umgehen.

»Also gut, gehen wir.« Das Seufzen konnte Franziska an dieser Stelle nicht unterdrücken. Mittlerweile war es ihr egal, ob Hannelore ihren Frust bemerkte. Um das Ganze möglichst rasch hinter sich zu bringen, stürzte sie fast zur Tür, erinnerte sich dann noch an die Witwe und drehte sich fragend um. Hannelore lächelte beinahe. Wie seltsam – was war so komisch? Ohne ein weiteres Wort zu verlieren, folgte Hannelore ihr nach, betrat das Besprechungszimmer und sah stumm zu der verwaisten Tanne. Keiner hatte den Baum geschmückt, eine einsame Lichterkette lag auf den Zweigen. Die Schachtel mit dem Schmuck stand darunter. Wo vormals der Teppich samt Leiche gelegen war, sah man einen helleren Fleck am Parkettboden. Der Geruch nach Tod und Fäkalien war mit ihm verschwunden.

»Hier also«, sagte Hannelore schließlich, die Hand über den Mund gelegt. Zum Glück waren keine Tränen in ihren Augen, und Franziska atmete aus. Jetzt merkte sie erst, wie angespannt sie war. Sie ging zum Fenster und öffnete es. Da keiner gern das Zimmer betrat, war der Raum schlecht gelüftet. Die hereinströmende Kühle legte sich wohltuend auf ihr Gemüt, ließ sie tief atmen.

»Die Polizei war wieder bei mir«, begann Hannelore. Sie wandte sich vom Baum ab, um Franziska genau zu betrachten. »Sie haben mich dazu befragt, was ich am Sonntagnachmittag vor dem Haus hier gesehen habe. Das habe ich dir zu verdanken. Damit hast du Max freibekommen.«

»Hannelore, wir müssen die Wahrheit herausfinden«, sagte Franziska und machte ein paar Schritte auf Hannelore zu. »Dazu braucht es alle Informationen. Du kannst nicht wollen, dass ein Unschuldiger für Siegfrieds Tod büßt.«

»Unschuldiger?« Hannelore lachte auf, und Franziska fröstelte bei der Eiseskälte, die dabei zutage trat. »Es gibt keine Unschuldigen.« Befremden machte sich in Franziska breit. Trauernde Menschen wurden ihr zunehmend unheimlich. Wenn Kurt jetzt bloß hier wäre – der konnte so gut mit Frauen …

»Ich habe es dir bereits erklärt: Ich werde den wahren Tathergang rekonstruieren und damit den Mörder von Siegfried finden.«

Ein kreissägeartiger Ton unterbrach Franziska. Er stammte nicht von Hannelore, sondern von einer anderen Frau, die plötzlich hinter Hannelore in der Tür aufgetaucht war. Ein Irrenhaus war das!

»Hat denn hier jeder einen Schlüssel zur Kanzlei?«, rief Franziska angesichts des verquollenen Gesichts von Samira Dinic. »Sie sollten doch daheim bleiben!«

»Das hättet ihr wohl gern, was?«, geiferte Samira. Ihre Augen weit aufgerissen, die Hände in den Haaren vergraben, gab sie einen bizarren Anblick ab. »Dass man mich mit Beruhigungsmitteln mundtot macht und Siegfrieds Tod ungesühnt bleibt – aber nicht mit mir – ich werde es herausschreien: Maximilian Frank hat Siegfried ermordet!«

Hannelore drehte sich langsam um. Franziska konnte ihr Gesicht zwar nicht sehen, wusste aber trotzdem, wie frostig ihr Blick sein musste. Samiras Gesicht zeigte blankes Entsetzen, als sie Hannelore erkannte.

»Sie!«, schrie sie auf und zeigte mit dem Finger auf Hannelore. »Die blaublütige Witwe persönlich! Er hat Sie gehasst, hören Sie? Gehasst!«

Franziska wollte im Erdboden versinken, sich in Luft auflösen, aus dem Fenster fliegen. Das war die Hölle – zwei eifersüchtige Frauen in dem Zimmer, wo das Objekt ihrer Begierde ermordet worden war.

»Mit der Hure meines Mannes spreche ich nicht«, antwortete Hannelore und hob das Kinn an. Otto von Habsburg wäre stolz gewesen, hätte er dieses Vorbild an Contenance miterlebt. Leider fehlten diese Tugenden ihrem Gegenüber völlig, und mit einem spitzen Schrei stürzte sich Samira auf die von ihr so verabscheute Frau. Mit einem Satz hechtete Franziska zwischen die beiden und fing Samira ab. Wieder ertönte dieser durchdringende Kreissägeton, der Franziska durch Mark und Bein fuhr. Ihre Ohren begannen zu summen. Samira entfaltete unnatürliche Kräfte, wehrte sich gegen Franziskas Umklammerung, warf den Kopf in alle Richtungen in dem Versuch, sie zu verletzen. Zähne schnappten nach ihrer Wange, Spucke traf Hannelore bei der nächsten Kopfdrehung mitten ins Gesicht.

»Kurt!«, brüllte Franziska hinaus in den Vorraum. »Verdammt noch mal, Kurt! Hilf mir!« Wieso war er nicht längst angerannt gekommen – diesen Aufruhr konnte man doch unmöglich überhören.

»Sie waren nicht die erste und wären nicht die letzte Schlampe gewesen, die Siegfried bestiegen hat. Das bedeutet gar nichts.« Schwer atmend tupfte sich Hannelore das Gesicht ab. Der Hohn, mit dem Hannelore ihr Gegenüber bedachte, war nicht gerade hilfreich bei dem Versuch, Samira unter Kontrolle zu bekommen. Der nun folgende Schrei war so laut, dass Franziskas Trommelfell platzen wollte. Samiras Körper bäumte sich bärengleich auf, ein Tritt traf Franziskas Schienbein. Ihr Griff lockerte sich für den Bruchteil einer Sekunde und Samira befreite sich aus der Armsperre. Nägel ritzten scharf über ihre Haut.

»Scheiße!« Mit einer raschen Bewegung drehte sie Samiras Arm auf den Rücken zurück. Aus dem Kreischen wurde Wimmern.

»Schnauze, Lore«, presste Franziska zwischen zusammengebissenen Zähnen hervor. Ihr Blick ließ Hannelore zurückweichen, immerhin. Auf dem Arm brannten die roten Striemen, die Samiras Nägel hinterlassen hatten. Sobald Kurt die Verrückte festhielt, würde sie sich eine Nagelschere besorgen und diese Krallen stutzen, so wahr sie Franziska Ferstl hieß… »Hol mir sofort Kurt her. Flott!« Würdevoll stolzierte Hannelore an ihnen vorbei, man hätte meinen können, der kecke Hut sei eine getarnte Kaiserkrone.

»Wenigstens ist Ihre Hoheit weg vom Schuss«, murmelte Franziska und stellte erleichtert fest, dass Samiras Widerstand in sich zusammenbrach.

»Er hat mich geliebt, sagen Sie es ihr! Nur mich …« Noch wagte Franziska nicht, die Arme ihrer Sekretärin loszulassen. Sie lockerte vorsichtig den Griff und wartete ihre Reaktion ab. Nichts geschah. »Es … ist alles … so schrecklich«, heulte Samira, und Franziska stimmte ihr aufrichtig zu.

»Hören Sie, Dinic, Sie dürfen sich nicht so gehen lassen, sonst landen Sie in der Klapsmühle. Werfen Sie nicht Ihr Leben weg – es wird eine Weile dauern, aber dann geht es wieder aufwärts. Sehen Sie«, Franziska zögerte, ehe sie weitersprach; sollte sie wirklich dieser Verrückten intime Details ihres Lebens anvertrauen?, »mir ist es auch mal so ergangen – also, meine große Liebe ist gestorben. Gewaltsam. Das ist furchtbar. Trotzdem kommt die Zeit, wo man drüber weg ist und so was wie Glück empfindet. Vertrauen Sie mir. Das ist doch der einzige Vorteil des Älterwerdens, dass man weiß, alles geht vorüber. Früher oder später.« Ihre linkische Ansprache zeigte Wirkung. Mittlerweile hatte Samira ihren Kopf gegen Franziskas Schulter gelehnt und atmete einigermaßen ruhig. Als schließlich Kurt herbeieilte, war das Schlimmste des Anfalls vorüber.

»Tut mir leid – ich hatte einen Klienten am Apparat«, sagte er und hob die Arme in der Bereitschaft, mitanzupacken. Franziska nickte ihm zu, auf jene Ist-schon-gut-Weise, die jeder verstand. »Was kann ich tun?«

»Würdest du sie nach Hause fahren?«, sagte Franziska, die Stimme rau. »Und sorge dafür, dass ihre Schwester zu ihr nach Hause kommt, die beiden verstehen sich sehr gut.« Kurt übernahm die Frau, legte seinerseits den Arm um ihre Schultern und redete ihr gut zu. Franziska griff indes in deren Manteltasche und zog einen Schlüsselbund heraus. Den Kanzleischlüssel hatte sie rasch abmontiert – auf einen neuerlichen Überraschungsbesuch war sie wahrlich nicht neugierig. Samira schien es nicht zu bemerken – wie eine Marionette stakste sie neben Kurt her, murmelte etwas von »Verschwörung … Mörder … blaublütige Witwe«. Kaum war ein Taxi gerufen, verließen die beiden die Kanzlei und Franziska kehrte ins Sekretariat zurück. Diesmal war es Nathalie, die blass dastand und die Hände rang. Am liebsten wollte Franziska schreiend davonrennen – nicht noch eine Szene! Mit letzter Beherrschung setzte sie ein verständnisvolles Gesicht auf und wartete auf den unentrinnbaren nächsten Gefühlsausbruch.

»Es tut mir leid, Frau Doktor! Ich habe Sie gehört, aber mich nicht rein getraut – sind S' mir nicht bös, bitte!«

»Quatsch, Nathalie, vergessen Sie das. Ich muss ein paar Minuten …«, sie hielt inne, da war doch noch etwas gewesen? Irgendetwas hatte sie vergessen …

»Die Fürstenstein ist im Büro vom Fürstenstein«, erriet Nathalie ihren Gedanken, und Franziska stöhnte. Das war's gewesen! Himmelherrschaftszeiten, es war noch immer nicht vorbei.

»Danke, Nathalie. Da muss ich jetzt durch.«

Als Franziska eintrat, stand Hannelore vor dem Hirschkopf. Das mächtige Geweih geradewegs über ihrem Kopf sah ungemein komisch aus.

»Franziska«, begann Hannelore, kämpfte sichtlich die Emotionen nieder, die sie in dem Zimmer ihres Gatten zu überwältigen drohten – mal ganz abgesehen von der Konfrontation mit seiner Geliebten, »was ich dir noch sagen wollte: Ich habe mich wieder erinnert, wer dieser Fremde war – ich bin mir sicher, dass es sich dabei um den Bodyguard von Kilian Festakowitsch gehandelt hat.« Für einen kurzen Moment war Franziska sprachlos, ordnete die Information blitzschnell ein und versuchte, sich ihr Erstaunen nicht anmerken zu lassen.

»Danke, Hannelore. Das ist eine wichtige Beobachtung. Ich vermute, das hast du auch der Polizei gegenüber zu Protokoll gegeben.«

»Es ist mir eben erst bewusst geworden, wahrscheinlich durch Dinics Erscheinen. Natürlich werde ich die Polizei informieren.«

»Tut mir leid, was vorhin passiert ist. Ich hätte ihr den Schlüssel beizeiten abnehmen müssen.«

Hannelore machte eine wegwerfende Handbewegung und weigerte sich, weiter auf das Thema Dinic einzugehen. »Ich erwarte, dass Siegfrieds Gesellschaftsanteil nach dem letzten Wirtschaftsjahr berechnet wird. Ihr müsst die Bewertung dem Verlassenschaftskurator melden, sobald wie möglich. In nachvollziehbarer Weise.« Noch mehr Forderungen gegen die Kanzlei – und Maximilian stand ganz alleine da. Ohne die Umsätze eingesehen zu haben, war

Franziska klar, dass die Existenz der Kanzlei auf Messers Schneide stand.

»Selbstverständlich«, antwortete sie mit einem Würgen im Hals, das ihr fast die Stimme nahm.

»Ich fahre los – die Kinder werden bald nach Hause kommen.«

»Ach, noch eine Frage – bekommt Doktor Hirscher ebenfalls eine Parte zugeschickt?«, folgte Franziska einer plötzlichen Eingebung.

»Hirscher? Ja, selbstverständlich. Er ist unser Steuerberater und ein Studienkollege von Siegfried gewesen. Dieselbe Studentenverbindung.«

»Welche Verbindung war es?«, nutzte Franziska die Gunst der Stunde, war sich bewusst, dass dies die Gelegenheit war, um an mehr Informationen zu kommen.

»Saxonia, Teutonia, Arminia Czernowitz? Ich kann es dir nicht sagen, es hat mich nie interessiert.«

»Eine schlagende Verbindung? Deutschnational?« Das war keine große Überraschung, immerhin war Siegfrieds Wange mit einer kleinen Narbe, einem Schmiss, wie die Burschenschafter es nannten, verunziert gewesen. »Und das interessiert dich nicht?«

»Dich geht es jedenfalls nichts an. Was soll an Tradition schlecht sein? Irgendjemand muss sich schließlich darum kümmern, dass die deutsche Rasse und das deutsche Brauchtum gepflegt werden.«

Franziska hörte sich aufkeuchen. »Vielleicht sollte einer von euch mal zu denken anfangen – diese ganze Deutschtümelei und Rassismus haben die Welt schon mal in einen Weltkrieg gestürzt«, presste sie hervor und war sich bewusst, dass ihr Gesicht vor Wut rot angelaufen war. Ihre Kiefermuskeln zuckten.

»Papa war jedenfalls wie seine kaiserliche Hoheit Karl von Habsburg im KÖL.«

»Akademischer Bund katholisch-österreichischer Landsmannschaften? Na, viel besser. Hat denn keiner was aus dem Krieg gelernt? Wie vertrottelt muss man eigentlich sein, um bei solchen Vereinen mitzumachen?«

Hannelore beachtete ihre Erregung nicht weiter, sondern streifte ihre Handschuhe über. »Wie du meinst. Ich habe andere Sorgen, wie du dir denken kannst.« Mit einer fließenden Bewegung streckte sie Franziska die Hand entgegen. »Wir sehen einander bei der Beerdigung.«

Ohne weiter auf die ausgestreckte Hand zu achten, ging Franziska nach nebenan ins Sekretariat.

»Nathalie, bitte sorge dafür, dass Doktor Fürstensteins persönliches Eigentum verpackt und aufs Anwesen der Familie geschickt wird. Dann erspart sich die *Durchlaucht*«, in dieses Wort ließ sie alle Verachtung fließen, die sie in ihre Stimme legen konnte, »einen neuerlichen Besuch bei uns.« Nathalie war am Drehsessel vor dem PC herumgewirbelt und sah sie groß an. »Und vergiss den Hirschkopf nicht.«

»Ist gut.« Nathalie verzog den Mund und notierte sich etwas auf ihre To-do-Liste. Das Mädchen brauchte unbedingt Unterstützung, erinnerte sich Franziska angesichts der Länge von Notizen auf dieser Liste.

Hannelore war hinter ihr vorbei gegangen und im Vorraum angelangt. Im Spiegel überprüfte sie ihr Erscheinungsbild mit allem Selbstbewusstsein, das ihr durch Herkunft, Aussehen und Bildung in den Schoß gefallen war. Während Franziska sie beobachtete, spürte sie förmlich die Überlegenheit, die jene Frau ausstrahlte. Ein Geburtsrecht, von einem Gott gegeben, dem nicht alle Menschen gleich lieb waren. Diese Leute lebten nach den alten Prinzipien, und das Volk gierte nach deren Schauspiel, das sich bei königlichen Hochzeiten, Taufen und Beerdigungen darbot. Illustrierte, Tageszeitungen und Fernsehstationen vervielfältigen den Zirkus und hielten den Adel am Leben.

»Den Schlüssel, wenn's recht ist«, streckte Franziska fordernd die Hand aus.

Hannelore legte ihn auf die Kommode und ging.

*

Frau Doktor Walz betrat das Wartezimmer und streckte mit einem aufmunternden Lächeln zuerst Franziska und gleich darauf Martina die Hand entgegen. Ihr Arztkittel flatterte beim Gehen auf, gab den Blick auf weiße Hosen und Shirt frei. Genauso stellte sich Franziska eine Ärztin vor, und das beruhigte ihre aufgekratzten Nerven. Aus dem Augenwinkel meinte sie bei Tinchen eine ähnliche Reaktion zu bemerken.

»Kommen Sie weiter. Ich bin in einer Sekunde bei Ihnen«, forderte sie beide auf und verschwand in dem kleinen Kämmerchen der Sprechstundenhilfe.

Unter ihren Schritten knarrte das Parkett seinen Protest. Die herrschaftliche Altbauwohnung am Ring hatte unzählige Privatpatientinnen gesehen. Dementsprechend elegant war auch das Arztzimmer eingerichtet. Zwischen den hohen Fenstern, eingefasst von grünem Damast, stand eine Märtyrerfigur aus dem 19. Jahrhundert, die dringend einer Restauration bedurfte. Davor ein Mahagonischreibtisch und Besucherstühle. Es blieb Tinchen nicht viel Zeit sich umzusehen, die Ärztin kam bereits herein.

»Wie mir Frau Doktor Ferstl am Telefon kurz berichtet hat, haben wir es mit einer Art Notfall zu tun.« Franziskas Finger verkrampften sich in der Stuhllehne. Walz war eine hervorragende Diagnostikerin, das wusste sie aus eigener Erfahrung. Mit aller Macht zwang sie sich, weiter zuzuhören. »Wir beide gehen ins Behandlungszimmer, Fräulein Strebersberger, hinter dem Vorhang können Sie sich unten herum frei machen, und ich sehe dann nach, woran wir sind.«

Franziska tätschelte Martina aufmunternd den Arm. »Ich warte hier, Tinchen.« Das Mädchen schluckte, erhob sich jedoch tapfer. »Was immer bei der Untersuchung herauskommt, wir schaffen das gemeinsam.«

Zehn Minuten später kamen zuerst Doktor Walz und kurze Zeit später Martina zurück. Die Augen niedergeschlagen, hängende Schultern, leichenblass. Ein Blick genügte, um alles über die Untersuchung zu wissen, und Franziskas Herz verpasste es einmal zu schlagen. Unwillkürlich griff sie sich an die Narbe seitlich der Brust, verzweifelt auf der Suche nach einem aufmunternden Satz für Martina.

»Nun«, eröffnete die Ärztin, »wie gesagt, Fräulein Strebersberger, Sie erwarten kein Kind.«

»Aber – das ist doch wunderbar«, entfuhr es Franziska, die gerade die Welt nicht mehr verstand. Wieso diese Grabesmiene auf Tinchens Gesicht? Hatte sich das dumme Ding gar ein Kind gewünscht?

Die Ärztin hob beschwichtigend eine Hand. »Der Ultraschall hat ergeben, dass offenbar eine Molenschwangerschaft vorliegt. Ein Ei nistet sich ein, entwickelt sich jedoch nicht. Ich konnte keine Herztöne feststellen. Trotzdem gibt es aber einen erhöhten HCG-Wert, auf den der Schwangerschaftstest anspringt.«

»Mole? Das ist ein Geschwür«, keuchte Franziska auf und klammerte sich an die Schreibtischkante. »Das ist doch so was wie ein Tumor!« Sie waren wegen einer Schwangerschaft gekommen, und jetzt hatte Tinchen einen Tumor im Bauch? Alles ringsum drängte sich an sie heran, als würde sie in einen Schlauch gezogen. Gerti kam ihr in den Sinn, Weihnachten, dann plötzlich ihre Mutter, nach der sie sich jetzt, in dieser Sekunde, entsetzlich sehnte – lauter unangebrachte Dinge, die nicht zueinander passen wollten und nichts beitrugen zur rationalen Beurteilung der Situation.

»Frau Doktor Ferstl, so stimmt das nicht. Das Gewächs ist in den meisten Fällen gutartig. Wir müssen eine Curettage durchführen, das ist unumgänglich. Danach werden wir genau die HCG-Werte im Auge behalten. Es besteht die Möglichkeit, dass Zellen zurückbleiben und weiterwuchern.«

»Wieso habe ich das?«, fragte Martina, und Franziska wunderte sich, wie fest ihre Stimme klang.

»Ihr Allgemeinzustand«, höflicherweise wandte sich die Ärztin nun wieder ihrer Patientin zu, »sie sind unterernährt, meine Liebe, das ist Ihnen doch hoffentlich klar – das könnte einen Beitrag zu diesem Geschehen geleistet haben.« Walz konzentrierte nunmehr ihre Aufmerksamkeit auf Franziska, deren Kopf dröhnte, als hätte eine Bombe neben ihr eingeschlagen. Wild wuchernde Zellen. Das war Krebs – Tinchen hatte Krebs! Wie um alles in der Welt sollte sie diese Nachricht Gerti überbringen?

Franziska hörte die Worte der Ärztin, als säßen sie in einem mit Wasser gefüllten Tank, dumpf und dröhnend.

»Ich empfehle Ihnen dringend eine psychotherapeutische Begleitung, Fräulein Strebersberger. Einerseits müssen Sie sich die Ursache für die Essstörungen ansehen.« Walz tippte dabei mit dem Stift auf den Rezeptblock, als dächte sie bereits darüber nach, welchen Therapeuten sie empfehlen sollte und welche Medikamente es zu verschreiben galt. »Zum anderen müssen Sie demnächst die Curettage vornehmen lassen.« Martina hielt den Kopf gesenkt, die Haare fielen vors Gesicht, ohne dass sie sich die Mühe gab, die Strähnen hinter das Ohr zu streifen. Dünn und zerbrechlich wie eine Puppe wirkte sie. Reflexartig ergriff Franziska ihre Hand und drückte sie. Da war fast nichts außer Knochen und Knorpel und der bange Gedanke, wie es hatte so weit kommen können. Vor ihren Augen hatte sich das alles abgespielt und sie war untätig geblieben. Scheiße und noch mal …

»Hier ist die Nummer einer sehr guten Therapeutin, die ich Ihnen empfehlen kann.« Walz schob eine Visitenkarte über den Tisch. »Sie hat immense Erfahrungen mit Jugendlichen und ist meist komplett ausgebucht. Berufen Sie sich auf mich.«

Franziska nahm mit der freien Hand die Karte entgegen und bedankte sich.

»Ich habe Ihnen noch ein Vitaminpräparat zur Stärkung aufgeschrieben, das nehmen Sie bitte täglich. Sie brauchen unbedingt einen besseren Allgemeinzustand. Für nächste Woche machen Sie sich einen Termin mit meiner Sprechstundenhilfe aus, bis dahin möchte ich eine Blutuntersuchung von Ihnen. Kommen Sie mit Ihrer Mutter, ich werde alle Fragen beantworten. Jetzt brauchen Sie mal etwas Zeit, um das alles zu verarbeiten. In der Zwischenzeit organisiere ich den Termin für die Curettage. Die Überweisung bekommen Sie von meiner Sprechstundenhilfe«, an dieser Stelle konnte man der Ärztin anmerken, dass sie sich um einen neutralen Gesichtsausdruck bemühte, jedoch sehr bewegt war, »wir werden alles gemeinsam besprechen und lösen.«

*

»Wenigstens bin ich nicht schwanger«, sagte Martina draußen auf der Ringstraße.

»Ich wollte, du wärst es«, murmelte Franziska halb abgewandt. Den Arm um Martinas Schultern gelegt, gab sie den Weg vor in Richtung Hotel Sacher. Sie brauchte jetzt einen Cognac. Musste sich hinsetzen. Nachdenken.

»Bist du verrückt?«, empörte sich Tinchen. »Wie hätte ich das Mama sagen sollen?«

Franziska antwortete nicht, sondern ging stur weiter. Vielleicht war es gut so, dass Martina den Ernst der Lage nicht erfasste. Womöglich waren alle Sorgen umsonst, weil dieses Geschwür mit einer einfachen Operation entfernt werden konnte. Doch allein der Gedanke an diesen Eingriff am Unterleib ihrer kleinen Nichte, die aus ihrer Sicht gerade erst dem Kindergarten entwachsen war, klemmte ihren Brustkorb in einen eisernen Schraubstock. Sie wusste doch selbst am allerbesten, wie … nein, es durfte nicht Krebs sein. In einem so lieben Kind konnte nichts Bösartiges wachsen. Franziska wünschte sich, weniger rational veranlagt zu sein, um an die eigenen frommen Lügen glauben zu können. Und sie wünschte sich, nicht diejenige zu sein, die Gerti all das schonend beibringen musste.

*

Wenn es einen wichtigen Raum in der Wohnung gab, dann war dies das Badezimmer. Franziskas Bad war ein Eldorado: Fenster in den Garten, schwarz-weiß verfliest in Jugendstilmanier samt frei stehender Badewanne und einem kleinen Dschungel ringsum.

Mit geschlossenen Augen konnte sie meinen, in einem Geysir zu liegen, derart heiß war das Badewasser. Ihre Haut war mittlerweile rot angelaufen, hatte sich der Hitze ausgeliefert. Das Zittern war fast verflogen. Wenn sie an Gertis Gesicht dachte, als sie von Martinas Geschwür erfahren hatte, wollte dieses Vibrieren erneut starten. Unglauben und gleich darauf nacktes Entsetzen – Gerti unter Schock. Die Ursache für den Arztbesuch war nebensächlich geworden. *Man meint, ein Unglück widerfährt einem, aber plötzlich kommt es noch viel schlimmer.*

Franziska tastete nach der Teetasse am Rand der Wanne. Beruhigende Kräuter, noch aus der Zeit der Schwäche, der Strahlentherapie. Das sollte nicht Tinchens Schicksal werden. Der Tee spülte warm ihre Kehle, besänftigte das aufgebrachte Innenleben. Orangenblütenduft stieg aus dem Wasser auf, Balsam auf ihren Gedanken. Hör mit dem Grübeln auf, sagte sie sich, Gerti und Karlheinz sind bei Tinchen, und ich werde für sie alle da sein. Familienbande, so war das eben.

Ein weiterer Schluck, ein tiefer Atemzug. Das Licht gedämpft, die Stille vollkommen. Franziska sank tiefer ins Wasser, fühlte die Müdigkeit wie eine schwere Decke über sich gleiten.

Man meint, ein Unglück widerfährt einem, aber plötzlich kommt es noch viel schlimmer.

Mit geschlossenen Augen dämmerte Franziska dahin, und die Ereignisse der letzten Tage blitzten wie eine Diashow auf. Die Fotos von Siegfrieds Leiche, die Vorstellung, wie Samira ihn aufgefunden hatte, schreiend, sich erbrechend …

Wie war die Leiche ursprünglich gelegen?, fragte sie sich. Auf den Aufnahmen war es seitlich gewesen, doch die Obduktion hatte Teppichfasern in seiner Lunge gefunden und helle Stellen auf Nase, Kinn und Jochbein festgehalten, die Augen geschlossen. Also hatte er noch gelebt, als er zu Boden ging, Gesicht voran. Bewusstlos. Es gab keine Kampfspuren im Raum, alles schien, als wäre er vollkommen überrascht worden.

Und auf der Seite des Mörders, was war da vor sich gegangen? Hatte dieser von Siegfried erschrocken abgelassen und war davongestürzt, oder war dies eine kaltblütige Tat gewesen – hatte sich der Mörder danach geschäftsmäßig vom Erfolg seines Unterfangens überzeugt und war gefasst von dannen gezogen? Ein Profikiller hätte den Exitus des Opfers verifiziert, stellte sie sich vor.

Max hatte Siegfried offiziell als Letzter gesehen, – er hatte ausgesagt, dass Siegfried den Baum hatte schmücken wollen und sie sich nur einen kurzen Gruß zugerufen hätten, ehe Max die Kanzleitür gegen 15.15 Uhr hinter sich zugeschlagen hatte. Hannelore wiederum hatte etwa eine Stunde später, als sie das Auto abholte, den Bodyguard des Russen beobachtet, wie er das Haus betrat. Samira wiederum war in dieser Zeitspanne nach eigener Aussage ebenfalls im Hausflur gewesen, jedoch nicht in der Kanzlei. Wie lange war sie am Gang stehengeblieben? War sie tatsächlich nur ein paar Stufen hoch und wieder umgekehrt, ohne Siegfried zu sehen? Franziska fragte sich, ob sie Samira diese Geschichte abkaufen sollte. Hatte Samira vielmehr die Kanzlei betreten, mit Siegfried heftig gestritten, ihm die Lichterkette hinterrücks um den Hals geschlungen und zugezogen? Siegfried hatte Franziska an Körpergröße kaum überragt, also wäre es Samira rein physisch möglich gewesen, ihm die Schlinge über den Kopf zu werfen und den Mord durchzuführen, ohne dabei einer übermäßigen Gegenwehr von Siegfried ausgesetzt zu sein.

Ein kurzer, kräftiger Ruck – seine Hände versuchen reflexartig, sich von dem Kabel zu befreien. Atemnot, Ohnmacht, er fällt, es geht ganz schnell. Franziska sah es vor sich, schüttelte den Kopf und wischte sich eine nasse Haarsträhne aus dem Gesicht. Nein, Samira hatte ihn geliebt. Andererseits, wie hätte sie auf eine klare Absage seitens Siegfrieds reagiert? Samira wollte einen fixen Termin, eine Entscheidung. Er sollte sich von Hannelore scheiden lassen und hatte sich möglicherweise nicht darauf eingelassen. In diesem Falle traute Franziska der heißblütigen Frau alles zu.

Was war mit dem geheimnisvollen Fremden, der nach der jüngsten Aussage Hannelores der Bodyguard von Festakowitsch sein soll – war er in der Kanzlei gewesen? Hatte Siegfried ihm die Tür geöffnet – ihn gar erwartet? Warum war er gekommen, an einem Sonntagnachmittag, ohne seinen Dienstgeber … Er musste von ihm geschickt worden sein. Aber warum? Um etwas abzuholen? Etwas zu bringen? Um Siegfried zu drohen, zu töten …? Die Russen hatten Andrej auf dem Gewissen, sie wusste, wozu sie fähig waren. Franziska zog die Knie an, tauchte unter, bis sich ihre Gedanken in dem fernen Gluckern der Wasserwelt verloren. Schließlich schob sie sich prustend an die Oberfläche, wischte sich die Haare aus dem Gesicht, sah zur Decke.

Da war noch dieser Steuerberater Hirscher, der möglicherweise in den ganzen Machenschaften der Russen eine Rolle spielte. Sie mussten die Dateien des Laptops durchsehen, ob sein Name vorkam – morgen, nicht vergessen, Kurt machte das bestimmt für sie. Franziska seufzte. Ein Glück, dass es noch den Jungen in der Kanzlei gab – hach, er war kein Junge, das musste sie sich endlich hinter die Ohren schreiben. Er war ein fantastischer Anwalt, tüchtig, kollegial und eine echte Stütze. Ein fescher Mann. Das dringende Bedürfnis, sich bei ihm erkenntlich zu zeigen, war übergroß. Die Partnerschaft war das Mindeste, was sie ihm anbieten konnte. Max würde sie mit Leichtigkeit überzeugen.

Ihr Blick wanderte zum großen Spiegel, an dem ein paar Bilder von Südfrankreich klebten. Wann würde sie endlich dort sein? Max musste zuvor aus den Klauen der Justiz gerettet, Martina unbedingt gesund werden, Kurt brauchte ihre Protektion als Partner der Kanzlei. Aber dann … ja dann – kleines Gepäck am Motorrad und ab ins wahre Leben.

*

Nathalie hatte eine weiße Bluse an.

Für einen Moment wollte sich Franziska die Augen reiben, als sie am Mittwochmorgen die Kanzlei betrat und eine fremde Frau am Schreibtisch sitzen sah. Die Haare zu einem locker-fransigen Knoten aufgesteckt, die Bluse über einem eng anliegenden Rock und die Füße in Stiefeletten.

»Wie hübsch Sie sind«, sagte Franziska zur Begrüßung und meinte ihre Worte aufrichtig. Wenn in ein paar Monaten die Zahnspange verschwand und dieser Trend zur Farbe anhielt, wer könnte da nicht versprechen, dass sich Kurt doch noch in die Kleine verguckte. Nathalie strahlte sie an und schob ihr einen Stapel Post hinüber.

»Wollen Sie den gleich mitnehmen oder soll ich ihn in Ihr Zimmer tragen?«

»Nehme ich mit«, antwortete Franziska und nahm den kleinen Stapel auf. »Ist Thesch schon da?« Eigentlich war das Aufleuchten in Nathalies Augen Antwort genug, doch sie nickte und bejahte gleichzeitig die Frage.

»Er hat einen Klienten im Zimmer.«

»Sagen Sie ihm, er möchte bitte im Anschluss bei mir reinschauen.« Die Telefonanlage blinkte und Nathalie blickte sie fragend an. Franziska hatte unwillkürlich den Zeigefinger erhoben, um noch einen weiteren Auftrag zu geben. »Und verbinden Sie mich mit Festakowitsch.«

Jetzt erst nahm Nathalie das eingehende Gespräch an, und Franziska zog sich in ihr Zimmer zurück. »Der Standard« lag auf ihrem Platz bereit, wollte rasch durchgeblättert werden, ehe sie mit Festakowitsch sprechen konnte. Sie schlug die Zeitung auf: *Alle Spuren führen zum Kreml. Vor zehn Jahren starb Alexander Litwinenko an den Folgen einer Polonium-Vergiftung.* Ihr Magen verwandelte sich in kaltes Eisen. Es wurden weitere Dissidenten angeführt, die über die Jahre unter ungeklärten Umständen ums Leben gekommen waren. Andrejs Vater war unter ihnen. Andrej, der nichts weiter als Musiker hatte sein wollen, war als Druckmittel missbraucht worden. Nach seinem Tod hatten sie keines mehr.

Das Telefonläuten schnitt in ihre Starre.

»Ferstl.« Ihr Hals krächzte rau das eine Wort hervor.

»Nathalie hier. Ich erreiche Festakowitsch nicht. Komme immer auf die Mailbox.«

Etwas in Franziska atmete auf. Sie durfte nicht an die Vergangenheit denken. »Hinterlassen Sie eine Nachricht. Sagen Sie, dass Siegfried Fürstenstein verstorben ist und wir die weitere Vorgehensweise abklären müssen. Bitten Sie um einen Rückruf.«

»Geht klar. Ach, übrigens«, begann Nathalie und die Tür zu Franziskas Büro wurde aufgerissen. Kurt stand da, das Notebook unter den Arm geklemmt, voller Elan. »Doktor Thesch kommt …«

»Ist schon da.« Franziska legte den Hörer auf und musterte Kurt, der bereits ihr gegenüber Platz nahm und das Notebook aufklappte.

»Hast du die Dateien auf Hirscher durchsucht?«, fragte sie rundheraus.

»Gleich, nachdem ich dein SMS bekommen habe.«

»Ja – und?«

»Er ist Geschäftsführer in einer der Firmen, die Siegfried gegründet hat. Luxtrading, eine Import-Export GmbH.«

»Das ist doch mal eine Spur«, grinste Franziska. Hirscher war also mit Siegfried nicht nur über die Burschenschaft verbunden, sondern auch geschäftlich. »Such mir die Nummer und Adresse von Hirscher heraus, ich werde ihn vielleicht mal besuchen müssen.«

Es dauerte keine drei Sekunden, da hatte Kurt den Steuerberater im Internet gefunden, und die Kontaktdaten kamen mit einem hellen »Bing« auf Franziskas PC an. Irgendetwas an Kurt irritierte sie – Anzug und Hemd waren wie gewohnt schick und sauber, das Gesicht rasiert … er war rasiert und rubbelte sich trotzdem ständig über den imaginären Bart.

»Du hast doch was«, sagte sie, fühlte sich unbehaglich.

Kurt schnaufte und beugte sich vor. »Franziska, ich habe die Dateien auch auf Maximilian Franks Namen durchsucht. Ich war mir nicht sicher, ob du daran überhaupt denkst und – tja, mein Gefühl sagte mir, wir müssen mit allem rechnen und unliebsame Überraschungen vermeiden.«

Ein kleiner Stich im Herzen, so als wüsste es längst, worauf Kurt hinaus wollte. Nicht eine Sekunde hatte sie daran gedacht, dass Maximilian sich dermaßen tief mit den Russen einlassen würde. Sie anlog. Scham brannte auf ihren Wangen. Sie, ein alter Hase, der stets mit allem rechnete und von sich glaubte, keinerlei Illusionen mehr zu hegen, was die menschliche Natur angeht, war naiv wie ein Mädchen an die Sache rangegangen. Hatte an Freundschaft geglaubt. Anscheinend verriet sie ihr Gesichtsausdruck – Kurt presste die Lippen aufeinander, als wollte er verhindern, dass die Worte seinen Mund verließen.

Mit gesenktem Blick brachte er es hinter sich: »Er ist Geschäftsführer einer Briefkastenfirma.«

»Scheiße. Verdammt.« Ihre Hand schlug auf die Tischplatte und brannte im nächsten Moment wie verrückt. Gut so. Besser die Hand als ihre Wangen. Am liebsten wäre sie auf der Stelle nach Wolfsgraben gefahren, um Maximilian die Hölle heißzumachen. Dieser Idiot! Wie konnte er ihr solche Informationen verschweigen – seinem Anwalt musste man alles sagen, das wusste er doch. Keine Überraschungen!

»Ziska, es ist nichts Illegales, damit macht er sich nicht strafbar.«

»Wir sind Anwälte, Strafverteidiger, Kurt – unsere Weste muss weißer sein als die Bluse der Hausfrau in der Waschmittelwerbung! Die ständige Nähe zur Kriminalität macht uns per se verdächtig. Diese ganzen Offshore-Geschäfte dienen in den meisten Fällen der Steuerhinterziehung und Geldwäsche, selbst wenn alles andere rundherum völlig legal ist. Maximilian wäre in drei Jahren in Pension gegangen, Herrgott noch mal, wieso tut der Trottel so was?« Sie konnte nicht länger sitzen, sprang auf, lief durch das Zimmer, die Arme in die Hüften gestützt.

»Es gibt nur einen Grund, den ich mir denken kann«, sagte Kurt, ganz offensichtlich nicht willens, diesen auszusprechen.

Franziska hielt inne und drehte sich zu ihm. »Geld«, stieß sie zwischen zusammengebissenen Zähnen hervor. »Der beschissene Reitstall seiner Frau.«

»Vergiss nicht das Anwesen in Kroatien, die Segeljacht, den Neubau in Wolfsgraben – alles sehr schick und kostspielig«, ergänzte Kurt.

»Ich werde mir Max so was von zur Brust nehmen – danach wird er sich wünschen, nie aus dem Knast rausgekommen zu sein.« Nachdem Kurt weder schmunzelte noch sonst das Gesicht verzog, tippte Franziska darauf, recht furchteinflößend dreinzuschauen. Gut so – jetzt war Schluss mit Mitgefühl und Freundschaft. Max war ab sofort ein Klient wie jeder andere, und er würde nach ihren Spielregeln spielen oder sich eine andere Strafverteidigerin suchen müssen. Das Telefon schrillte und Franziska nahm reflexartig ab.

»Ferstl«, bellte sie in den Hörer.

»Frau Doktor«, piepste Nathalie durch die Muschel.

Was hab ich jetzt schon wieder angestellt, das arme Kind ist ganz verschreckt, durchfuhr es Franziska.

»Da ist der Doktor Waldherr und will den Doktor Frank sprechen, aber er würde auch mit Ihnen reden …«

»Worum geht's?«

»Um die Partnerschaft …«, antwortete Nathalie vage, aber es reichte aus, damit Franziska sich orientieren konnte.

»Waldherr, alles klar – stellen Sie ihn mir durch.« Sie warf Kurt einen bedeutungsvollen Blick zu und fühlte doch gleichzeitig ein unangenehmes Kribbeln. Maximilian war mit Waldherr kurz vor dem Abschluss gestanden, er sollte der neue Partner werden.

»Ferstl, guten Tag, Doktor Waldherr«, meldete sie sich mit gebotener Freundlichkeit, kaum dass es in der Leitung klickte. »Womit kann ich Ihnen weiterhelfen?«

»Auch Ihnen einen Wunderschönen, Frau Kollegin«, kam es eine Spur näselnd retour. Waldherr war gerade mal 40, benahm sich aber mit Vorliebe wie Graf Bobby auf Sommerfrische. »Wenngleich – das ist ja eine ganz schlimme Sache, was man da in der Zeitung liest, mein Gott! Sie müssen ja dermaßen devastiert sein, meine Liebe!« Genau wie erwartet – die Aasgeier saßen bereits auf den Ästen und beäugten den sterbenden Elefanten.

»Lieber Doktor Waldherr, glauben Sie nicht alles, was in der Zeitung steht. Der Betrieb läuft jedenfalls uneingeschränkt weiter.«

»Sehr löblich, wirklich heroisch.« Waldherr war ganz offensichtlich auf der Suche nach einer geeigneten Überleitung. In Anbetracht des Widerwillens, den Franziska dem Gespräch entgegenbrachte, war sie gern bereit, ihm hilfreich unter die Arme zu greifen.

»Sie wollten Frank etwas bezüglich der Partnerschaft mitteilen?«, warf sie ihr Hölzchen.

»So ist es, Frau Kollegin. Also genau genommen – ich sag es gerade heraus«, wand er sich unter den eigenen Worten, »ja, sehen Sie, Sie müssen verstehen, dass sich die Geschäftsgrundlagen dramatisch verändert haben. Der Ruf der Kanzlei liegt im Argen, der Wert des Gesellschafteranteils ist folglich nur mehr einen Bruchteil wert. Ich schlage vor, wir sehen fürs Erste vom Abschluss des Vertrages ab, bis sich die ganze Angelegenheit um den Mord in Wohlgefallen aufgelöst hat.«

Franziska schloss für eine Sekunde die Augen, um Waldherr nicht ihre spontane Antwort quer durch den Äther an den Kopf zu werfen. »Ich habe verstanden, Doktor Waldherr. Wir hören uns.« Sie legte den Hörer zurück auf die Gabel und starrte das Telefon an.

»Was Schlimmes?«, fragte Kurt.

»War zu erwarten«, riss sich Franziska zusammen und zwang sich zu einem Lächeln. »Waldherr ist abgesprungen.«

»Scheiße.«

Franziska lachte ohne jede Heiterkeit. »Hey, fürs Fluchen bin ich zuständig.«

»Kann ja mal aushelfen«, zwinkerte Kurt ihr zu. Sie sah seine aufrichtige Betroffenheit hinter der heiteren Fassade, kniff die Augen zusammen und fällte eine Entscheidung.

»Kurt, du bekommst von mir den Code zum Wandsafe«, sagte sie, sprang auf und steuerte Richtung Tür. »Sperr das Notebook über Nacht ein, wenn du es nicht mit nach Hause nimmst. Komm mit.«

Siegfried Fürstensteins Büro war nach wie vor unberührt – oder hatte Hannelore seine persönlichen Sachen durchgesehen? Sie war mit dem Zweitschlüssel unbemerkt in die Kanzlei gekommen, und Siegfrieds Zimmer war auch vom Vorraum aus zu betreten.

Am Schreibtisch lag alles unverändert da. Auch das Familienfoto stand nach wie vor im Silberrahmen neben dem Telefon. Franziska steuerte den Hirschkopf an, schob das Brett darunter zur Seite und tippte den Code ein.

»Gesehen?«, fragte sie Kurt, der ihr dabei auf die Finger geschaut hatte.

»Alles hier abgespeichert.« Er tippte sich an die Schläfe.

Die Stahltür ließ sich leicht öffnen, und einem Impuls folgend tastete Franziska den Innenraum des Safes ab. An der Rückwand klebte etwas, es fühlte sich an wie eine Plastikkarte in der Größe eines Handys.

»Warte mal, da ist was«, murmelte sie, ganz auf dieses Ding konzentriert, das sich mit dem Fingernagel leicht ablösen ließ. Spitze Kanten, am Rand dünner als in der Mitte.

Kurt und sie starrten auf das Päckchen, das Franziska in der Hand hielt. Das Violett eines 500-Euro-Scheins leuchtete ihnen entgegen – eines kompletten Päckchens 500 Euro Scheine.

»Wie viel ist das?«, sagte Kurt nach einiger Zeit.

Franziska hob das eingeschweißte Geldbündel, das nicht viel dicker als ein Smartphone war, auf Augenhöhe an.

»50.000 Euro, schätze ich mal«, sprach sie ihre Vermutung laut aus.

»So ein kleines Päckchen, 50.000 Mäuse?« Kurt sprach atemlos. Franziska riss sich vom Anblick des Geldes los und warf ihrem Partner einen kritischen Blick zu.

»Nur Geld, ganz ruhig bleiben«, sagte sie mit allem Nachdruck. Ihre Gedanken liefen heiß. Was machte ein solcher Betrag bei Fürstenstein im Safe? Hier waren nur die Unterlagen der Russen untergebracht gewesen. Das bedeutete … »Schwarzgeld, Scheiße.«

»Dann ist es wahr – Fürstenstein hat für die Russen Schwarzgeld verwahrt«, sprach Kurt laut aus, was Franziska dachte. »War das die Portokassa oder gehörte es zu seiner ›steuerfreien‹ Bezahlung?«

Gebannt beobachtete er, wie Franziska das eingeschweißte Geld drehte und wendete. 50.000 Euro auf so kleinem Raum zusammengepresst, überlegte Franziska, das konnte nur mit dem Hintergedanken gemacht worden sein, es gut verstecken zu können – bloß eines? Hatte es vielleicht mehr als nur das eine Päckchen im Safe gegeben? Maximilian musste etwas darüber wissen und beim heiligen Kelsen, Vater des österreichischen Verfassungsrechts, sie würde es aus ihm herausquetschen, wie man einen Pickel ausdrückte. Für einen Moment war sie versucht, weiter mit Kurt darüber zu diskutieren, sah zu ihm hinüber und entschied sich dagegen. Ihr Gefühl sagte ihr, sich bereits genug über Max ausgelassen zu haben. Auch wenn er ihr einiges verschwiegen hatte, sie waren Freunde. Über Freunde zog man nicht her, nicht vor Publikum. Das war nicht ihre Art.

»Legen wir das Geld zurück«, entschied sie und klebte das Päckchen wieder an die Rückwand des Safes.

»Ist doch keine Lösung …«, begann Kurt, und im selben Moment klopfte es und die Tür wurde geöffnet. Nathalie, neugierig, den Blick zuerst auf Kurt fixiert, ließ sich kein Detail der Szene entgehen.

»Oh, da ist ja noch ein Safe!«, rief sie und zog gleich darauf die Lippen zwischen die Zähne, als könnte das die Bemerkung ungesagt machen. Franziska überließ es Kurt, den Safe zu verschließen, und ging so auf Nathalie zu, dass sie ihr die Sicht versperrte. Die wiederum tat, als bemerke sie nicht, wie ungelegen sie hereingeplatzt war, und lächelte vorsichtig.

»Festakowitsch hat anrufen lassen – Sie sollen morgen um 18.00 Uhr zu ihm kommen.«

»Ich zu ihm?«, entrüstete sich Franziska. Allein die Vorstellung, von dem Oligarchen vorgeladen zu werden, war empörend.

»Ja, in sein Penthouse am Kohlmarkt«, konkretisierte Nathalie.

»Üblicherweise kommen die Klienten zu uns in die Kanzlei«, ereiferte sich Franziska zunehmend. »Was denkt sich der Typ? Dass wir seine Lakaien sind?«

Kurt hatte mittlerweile das Brett vor die Safetür geschoben und war neben sie getreten. »Vermutlich«, nickte er. »Mit genug Geld kann man sich fast alles erlauben. Denn – du wirst ohne Frage hingehen.« Franziska drehte sich wütend zu ihm, die Hände in die Hüften gestemmt und mit einem Gefühl, als würden aus ihren Augen Funken sprühen. Am liebsten hätte sie ihn angeknurrt. Stattdessen sah sie sein verschmitztes Zwinkern und zeigte Zähne.

»Und ob.«

*

»In der Löwengrube«; erst im Frühjahr hatte sie das Stück von Felix Mitterer gemeinsam mit Nikolas gesehen und dabei keine Sekunde daran gedacht, nur wenige Monate später selbst eine solche Grube betreten zu müssen.

Die bombastischen Straßenkronleuchter samt deren glitzerndem Kristall hatte Franziska am Wiener Graben hinter sich gelassen. Jetzt, unter der Decke der hereinbrechenden Nacht, wirkten sie längst nicht mehr so deplatziert wie tagsüber und verströmten die Illusion von heiler Welt. Der sich anschließende Kohlmarkt war die Luxusmeile der Stadt, wo die Verkäuferinnen vornehmer taten als ihre potenziellen Kunden, und Tiffany, Dior, Gucci und Armani absurde Preise für überflüssigen Tand verlangten. Der Quadratmeterpreis für Wohnungen lag in dieser Gegend bei 12.000 Euro. Für einen einzigen Quadratmeter. Das Penthouse von Festakowitsch war laut der Unterlagen auf dem Notebook fast neun Millionen wert und besaß angeblich einen Pool am Dach. Bereits das Eingangsportal war mit Marmor, Messing und Hightech überfrachtet. Auf ihr Läuten hin meldete sich eine tiefe Stimme.

»*Da.*«

»Ferstl.«

»Warten Sie bei Lift«, kam es mit starkem russischen Akzent zurück.

Franziska betrat den Hauseingang und wenige Sekunden später öffneten sich die Liftschiebetüren, gaben den Blick auf einen hochgewachsenen Mann frei. Er bedeutete ihr, einzusteigen. Kein Gruß, kein noch so kleines Lächeln erhellte sein Gesicht. Seine breiten Schultern, der weite Brustkorb und die schmalen Hüften ließen keinen Zweifel an seiner Profession aufkommen; Franziska fragte sich lediglich, ob er ein Schulterholster trug. Höchstwahrscheinlich war er selbst eine Waffe und bedurfte solchen Schnickschnacks nicht. Er wäre problemlos als griechischer Gott im Maßanzug durchgegangen, wäre da nicht ein asiatischer Einschlag in seinen Gesichtszügen zu erkennen und die Nase – wohl von mehreren Brüchen – gezeichnet gewesen. An der Unterlippe kerbte eine Narbe die Haut ein, und um das Kinn herum lag ein dunkler Bartschatten. War er der Mann, den Hannelore gesehen hatte?

Er richtete weiterhin kein Wort an sie, beobachtete jede ihrer Regungen mit stoischer Miene und beherrschte durch seine Körpermasse und extrem aufrechte Haltung die Situation. In der Kabine gab es jedenfalls Testosteron für mindestens drei, und Franziska hatte nicht die geringste Absicht, sich von der zur Schau gestellten Männlichkeit einschüchtern zu lassen. Deinem Blick halte ich locker stand, sagte sie lautlos, 30 Jahre Selbstverteidigungstraining waren schließlich genau dafür gedacht.

»Öffnen Sie Handtasche.«

Sie folgte widerwillig der Aufforderung. Mit einem Griff sondierte er den Inhalt.

»Handy ausschalten. Ganz.« Wieder gehorchte sie ohne Widerwort.

Ein fast unmerklicher Ruck zeigte, dass sie im Obergeschoss angekommen waren. Die Türen glitten auseinander, und für einen Moment wähnte sich Franziska, auf der

Titanic gelandet zu sein. Schwarz-weißer Marmorboden, Jugendstilleuchter, Holztäfelung, seitlich eine geschwungene Treppe ins Obergeschoss, die Liftverkleidung aus Messing. Ein Mädchen trat ihr entgegen, grüßte mit russischem Akzent und nahm ihr Mantel und Hut ab. Dem Bodyguard hinterher, ging Franziska den Gang entlang, bis er an einer der Flügeltüren zum Halt kam und der Hüne anklopfte. Er trat ohne Aufforderung ein und hielt ihr die Tür auf. Der Raum lag im Halbdunkel. Eine Stehlampe, die vielmehr eine Lichtsäule war, sowie ein Kaminfeuer, hinter vier Glasscheiben eingeschlossen, waren die einzigen Lichtquellen, doch der Blick über die Stadt, die jenseits der Rundumverglasung Franziska zu Füßen lag, erzeugte die Illusion, im Himmel über Sternen zu schweben.

»Dobryj Vetschir.« Die belegte Männerstimme ließ Franziska nach rechts blicken. Ein etwas untersetzter Mann von 50 Jahren, der immer noch die selbstbewusste Haltung seiner früheren Attraktivität besaß, kam auf sie zu, blieb jedoch drei Meter von ihr entfernt stehen. »Ich bin etwas erkältet und werde Ihnen daher besser nicht die Hand reichen.« Der russische Akzent in seinem sonst makellosen Deutsch war charmant. Unstet huschten die wässrig grauen Augen über sie hinweg und mieden einen längeren Blickkontakt.

»Herr Festakowitsch?«

»So ist es.« Er sah an ihr vorbei und wies auf die grauen Sitzmöbel in Kaminnähe. Ein messingfarbener Samowar stand auf einem niedrigen Tischchen und aus dem Kannenschnabel stieg Dampf. »Sehr freundlich von Ihnen, zu mir zu kommen.«

Sie ging ihm voran und setzte sich auf den seidenglatten Stoff des Sofas. Es roch neu, wie das ganze Penthouse. So beeindruckend die Räumlichkeiten auch waren, genauso gut hätte sie sich auch im Schauraum eines Möbelhauses befinden können. Es lagen keinerlei Gebrauchsgegenstände herum, nichts, was auf die Persönlichkeit des Eigentümers schließen ließ. Er saß ihr gegenüber, einen Schal um den Hals gewickelt, mehr Opernstar als Oligarch. Ohne ein weiteres Wort zu verschwenden, hob er die Hand – ein Siegelring steckte daran, und das Handgelenk war von einer Breitling geschmückt – und dasselbe Mädchen, welches ihr zuvor den Mantel abgenommen hatte, trat lautlos aus dem Schatten heraus, um die Teeschalen zu füllen. Erlesenes Gebäck lag in Porzellanschüsseln bereit, kleine Miniaturkunstwerke, zu schade, um hineinzubeißen.

»Boh otchoka«, bellte er das Mädchen an, woraufhin dieses ohne eine Erwiderung verschwand. Die Tür fiel leise hinter ihr ins Schloss. Die darauffolgende Stille vibrierte erwartungsvoll im Zimmer. Franziska glaubte sich allein mit Festakowitsch, entdeckte dann jedoch die reglose Silhouette des Bodyguards nächst der Tür, breitbeinig, die Hände ineinander verschränkt.

»Bitte, nehmen Sie«, forderte Festakowitsch sie auf und sorgte so dafür, dass sie ihm wieder ihre Aufmerksamkeit schenkte. Im Nacken kribbelte es bei dem Gedanken an den Mann neben der Tür. Franziska nickte zum Dank, beabsichtige jedoch lediglich, vom Tee zu trinken.

»Wie angekündigt führt mich der Tod von Siegfried Fürstenstein zu Ihnen«, begann Franziska ohne Umschweife, »Sie waren sein wichtigster Klient, wenn ich die Unterlagen richtig beurteile.«

»Sehr bedauerlich, dieser frühe Tod«, sagte Festakowitsch, und eine Haarsträhne fiel ihm in die Stirn. Sein Blick mied nach wie vor den ihren, hing jetzt vermutlich am Bodyguard. »Die Umstände seines Dahinscheidens ebenfalls. Was mich dazu bringt, unsere Geschäftsbeziehung zu überdenken.«

Franziska hob die Brauen. Das kam überraschend.

»Soweit ich sehen konnte, gibt es eine gewisse *Verflechtung* zwischen Ihren Unternehmungen und den Partnern der Kanzlei«, wagte Franziska einen ersten Vorstoß.

Festakowitsch lehnte sich leicht schräg in die Polsterung, die Arme auf die Lehnen gestreckt. »Ich hätte es vorgezogen, mit Maximilian Frank diese Angelegenheiten zu besprechen«, erklärte er, »jetzt, wo er aus dem Gefängnis entlassen wurde.« Festakowitsch bediente alle Vorurteile, die sie Russen gegenüber hatte. Was für ein Macho. Wie Klischees entstanden? Sie entsprachen schlichtweg Tatsachen.

»Er ist erkrankt und wird noch längere Zeit außer Gefecht sein. Sie müssen mit mir vorliebnehmen, Herr Festakowitsch«, stellte Franziska klar und ließ dabei keinen Zweifel, dass es daran nichts zu rütteln gab.

»Was ich hiermit augenscheinlich tue«, neigte ihr Gegenüber den Kopf. Doch die Anerkennung blieb wenig überzeugend. Die schmalen Lippen kräuselten sich spöttisch und die Nasenflügel blähten sich etwas. »Sergej, Sigara.« Nicht einmal die Luft bewegte sich – der Bodyguard setzte seine Schritte katzengleich, und obwohl Franziska wusste, dass er kommen würde, erschrak sie beinahe, als er neben sie trat und Festakowitsch eine aufgeklappte Schatulle reichte. Fachmännisch befühlte der Russe die einzelnen Tabakstangen und entschied sich für eine besonders dicke Zigarre. Mit entsprechendem Gerät schnitt er ein Ende ab und hielt das andere unter die Flamme, die Sergejs Feuerzeug spendete. Rauchwolken entstiegen seinem Mund zusammen mit paffenden Geräuschen, und kaum hatte sich das Feuer in das Kraut gefressen, verschloss Sergej das Feuerzeug und zog sich zurück. Die ganze Zeit über hatte Sergej seinen Blick auf Kilian Festakowitschs Gesicht geheftet gehalten, ergeben und erwartungsvoll. Es konnte ihm unmöglich bewusst gewesen sein, dass er für ein paar Sekunden die stoische Maske abgelegt und derart tief hatte blicken lassen. Für Franziska standen nun drei Dinge fest: Erstens war Festakowitsch nicht ernsthaft erkältet, zweitens wollte er mit aller Absicht ihr gegenüber unhöflich sein. Drittens, tja, da hatte sie definitiv ein ganz komisches Gefühl, was Sergej und Festakowitsch anging.

»Es ist nicht so, dass ich eine derartige Geschäftsbeziehung unterstützt hätte, in meiner Zeit als Partner von Frank, Fürstenstein & Ferstl«, setzte Franziska neuerlich an. »Eine Auflösung der Zusammenarbeit ist mir recht.«

»Ist das so, ja?« Festakowitsch blies Rauch in ihre Richtung. Obwohl sie Zigarrenrauch hasste, zuckte sie mit keiner Wimper. Ihre Sinne arbeiteten auf Hochtouren – sie fühlte Sergej sich im Hintergrund bewegen und wartete auf eine weitere verbale Attacke von Festakowitsch. Und sie kam. »Dann werden Sie dafür sorgen, dass meine 400.000 Euro an mich zurückgezahlt werden.«

Nein, jetzt hatte sie sich verhört – er konnte nicht 400.000 Euro gesagt haben. Wenn, dann würde vielmehr er der Kanzlei noch etwas an Honoraren schulden. Einfach absurd. Dann sah sie das eingeschweißte Geldbündel 500-Euro-Scheine vor ihrem geistigen Auge und schluckte.

»Von welchem Geld reden Sie, Festakowitsch? Für welche Leistungen?« Er sah sie für einen Moment lang mit Verachtung an. »Schwarzgeld?«, setzte sie nach.

Die Zigarre lässig aus dem Mund ziehend, hob er die Oberlippe an und zeigte gelbliche Schneidezähne. »Ich bitte Sie, Frau Anwältin!«, gab er sich entrüstet. »Fürstenstein hat für mich Bargeld aufbewahrt, nichts weiter.«

»Dann gibt es bestimmt eine Quittung über den Betrag. Wir dürfen keine Klientengelder aufbewahren, dafür gibt es Treuhandkonten. Vermutlich liegt Ihr Geld auf einem solchen und wird Ihnen somit ordnungsgemäß ausbezahlt werden.« Das Lachen aus Festakowitschs Mund klang bitter wie Galle. Genau der Geschmack, den Franziska eben selbst schmeckte. Die Geschichte war um vieles schlimmer als befürchtet.

»Keine dummen Spielchen, Frau Anwältin«, kam es warnend von Festakowitsch. »Sie sind eine erfahrene Frau und wissen genau, was hier läuft.«

»Ich bin nicht im Detail informiert, da muss ich Sie enttäuschen. Womit können Sie Ihre Forderung belegen?«, fragte sie nach und war sich bewusst, wie provozierend ihre Erwiderung war. Über Schwarzgeld gab es keine Quittungen.

Wie aus dem Nichts schwebte plötzlich eine Glock 17, Kaliber 9 Millimeter Luger vor Franziskas Nase. Mit viel Willenskraft gelang es ihr, weder zurückzuschrecken noch einen Ton von sich zu geben. Nach außen wirkte sie vollkommen ruhig und keiner konnte sehen, wie ihr Herz gegen den Rippenbogen hämmerte.

»Das ist meine Quittung«, sagte Festakowitsch und klang gelangweilt.

»Die Pistole ist gesichert.« Franziska atmete vorsichtig aus. Sergejs Mandelaugen waren auf sie gerichtet und frei von Emotionen. Weder schien ihn sein Tun zu erfreuen noch abzustoßen.

»Wollen Sie mir Angst machen, Festakowitsch?«, sagte sie ganz ruhig, hob langsam die Hand und wischte die

Waffe zur Seite. Sergej ließ dies bedingt zu, zog rechtzeitig die Hand zurück, ehe es zu einer Berührung kam. Ein Blick zu seinem Boss, und er steckte die Pistole zurück in das Schulterholster. »Haben Sie Fürstenstein ebenfalls bedroht?« Genauso provokant wie ihr Gegner lehnte sie sich zurück in die Polsterung des Sofas. »Haben Sie ihn auf dem Gewissen?«

Er schnaubte verächtlich.

»Wer sich in dieses Spiel einlässt, kennt die Spielregeln«, sagte Festakowitsch und klopfte die Zigarre ab. »Ich brauche niemanden zu töten, Frau Anwältin. Fürstenstein hätte mir selbstverständlich mein Geld zurückgegeben.« Er verzog das Gesicht zu einer grinsenden Fratze. »Und das werden Sie nun an seiner statt tun. Ihr Partner Frank steckt bis zum Hals in meinen Geschäften. Oder wollen Sie, dass alles publik wird, jetzt, wo er unter Mordverdacht steht?«

»Wieso hat Fürstenstein mit Ihnen Geschäfte gemacht, frage ich mich?«, ging sie nicht weiter auf seine Drohung ein. Die Empörung in ihrer Brust wollte sie schier zerreißen. Was hatte sie Maximilian immer gepredigt – lass die Finger von den Russen – aber nein, jetzt saßen sie mit denen in einem Boot und waren drauf und dran, über Bord zu gehen, mitten ins Zentrum eines Haifischschwarms.

»Sehen Sie«, sagte er und der russische Akzent steigerte ihre Wut ins Unermessliche, »Geld ist der Schlüssel zur Macht, nicht die Macht an sich. Man muss wissen, wo der Schlüssel passt und wo nicht. Manchmal braucht es einen Umweg, für den man allerdings wieder Geld benötigt. Am Ende läuft immer alles auf Geld hinaus.« Genüsslich schwelgte Festakowitsch in seiner Philosophie, als hätte er nur darauf gewartet, endlich mal wieder damit auftrumpfen zu können.

Diese penetrante Überlegenheit, die er zur Schau stellte,

verursachte ihr Brechreiz. Da die Menschen zumeist Fehler begingen, wenn sie ins Reden kamen, zwang sich Franziska dazu, den Ausführungen weiter zuzuhören.

»Ein Beispiel: Für keine Summe der Welt würde Sergej Sie ficken, alte Frau.« Er betonte »Sie« und das »i« im Wort »ficken« ungehörig provokant.

Franziska schmunzelte reflexartig. Nein, ein Kretin wie du kann mich nicht kränken, antwortete sie in Gedanken.

»Und doch würde es nur zweier Anrufe bedürfen, und er würde es tun. Obwohl er dafür keinen Cent bekäme, hätte es mich einiges gekostet.« Er zwinkerte seinem Bodyguard zu. Franziska bewunderte dessen Gelassenheit. Entweder nahm er seinen Chef nicht ernst, wusste über dessen Hang zur Prahlerei Bescheid, oder war einfach ein eiskalter Bursche. Als sich Festakowitsch wieder ihr zuwandte, war nichts mehr von dem süffisanten Unterhalter übrig. Diesmal sah er ihr direkt ins Gesicht. »Jeder hat eine Schwachstelle. Fürstenstein war mir treu ergeben, und jetzt ist es auch Frank.«

Was für ein lächerliches Schauspiel – der Typ war dermaßen drittklassig, Franziska hätte ihm mit Wonne ins Gesicht gelacht, gespuckt oder am besten gleich gekotzt. Wäre da nicht eine Glock 17 mitsamt menschlicher Kampfmaschine im Raum gewesen.

Anzüglich ließ sie stattdessen ihren Blick über Sergejs Gestalt gleiten. Seine Miene blieb steinern, und doch – zuckte da nicht die Kiefermuskulatur ein wenig, glomm nicht Zorn in seiner Pupille auf? Franziska genoss die angespannte Atmosphäre im Raum, wandte sich wieder Festakowitsch zu und musterte auch ihn eingehend.

»Meiner Einschätzung nach würde Sergej es bei Ihnen gratis machen, Festakowitsch. Ohne abgekartete Transaktionen im Hintergrund.« Welch ergötzlicher Anblick –

die Augen des Russen weiteten sich, und der Kehlkopf sprang einmal auf und ab. Franziska konnte der Versuchung nicht widerstehen, noch ein Schäuflein Frechheit draufzulegen. »Bestimmt wissen Sie, dass er nichts lieber täte, als Sie durchzurammeln? Hm?«

Kilian Festakowitsch setzte sich auf und lehnte sich bedrohlich über den Tisch zwischen ihnen. »Wollen Sie andeuten, ich wäre schwul?«, donnerte er sie an, »Ich bin Russe …«

»… und homophob. Alles klar.« Oh ja, das hatte gut getan! Kilian Festakowitsch war für den Moment vom hohen Ross gestiegen. Überdehnen sollte sie den Bogen allerdings nicht. Schließlich wollte sie in einem Stück und ohne zusätzliche Körperöffnungen nach Hause kommen. »Nachdem wir unsere sexuellen Ausrichtungen und diesbezüglichen Aussichten abgeklärt haben, beantworten Sie mir folgende Frage: Warum haben Sie Sergej an jenem Adventsonntag zu Fürstenstein geschickt? Homosexuelle Handlungen werden Ihrer Reaktion zufolge nicht auf seiner Agenda gewesen sein.«

Sergej machte einen Schritt auf die Sitzgruppe zu, doch ein Blick seines Chefs genügte, um ihm Einhalt zu gebieten.

»Sie wandeln auf dünnem Eis, Anwältin.«

»Das tun Sie auch, Russe. Ich habe ein eingeschweißtes Bündel Geld gefunden, in dem sich der eine oder andere Fingerabdruck wiederfinden wird. Dazu habe ich einen Laptop voller Daten zu Ihren Geschäften mit Fürstenstein. Ich bin bereit, dies alles der Wirtschaftspolizei und Steuerfahndung zu übergeben, wenn dadurch mein Mandant vom Vorwurf des Mordes freigewaschen wird.«

»Sind Sie eine Verrückte?« Kilian Festakowitsch setzte sich auf, verlor zunehmend die Geduld mit ihr. »Damit richten Sie Maximilian Frank zugrunde!«

»Das ist mir scheißegal – ich bin 60 und abgesichert, Maximilian Frank hat längst einen Pensionsanspruch erworben. Wirtschaftlich wird die Sache zwar ruinös enden, aber für Sie gleich mit, dafür sorge ich. Denn ich kann Oligarchen nicht leiden. Für Maximilian Frank ist dieser Weg auf alle Fälle besser, als den Rest des Lebens hinter Gittern zu verbringen.«

Festakowitschs Lachen löste ein Prickeln in Franziskas Magengrube aus, und gemeinsam mit Sergejs Frostblick fühlte sie sich zunehmend als einsames Zebra unter Raubkatzen.

»Kann gut sein, dass Siegfried Fürstenstein Steuern hinterzogen hat und die Kanzlei dafür geradestehen muss«, sagte sie und bemühte sich, sachlich zu klingen. »Aber Mord ist das entsetzlichste Verbrechen, und ich werde keine Ruhe geben, bis diese Tat restlos aufgeklärt ist.«

Der Mund des Russen verzog sich abschätzig. »Und opfern ihren Freund?«

Franziska fühlte Verspannung in ihrer Nackenmuskulatur wie Nadelstiche, ignorierte sie jedoch. Der Russe würde jede Bewegung zur Lockerung als Zeichen der Schwäche interpretieren. »Vor ein paar Jahren sind hier in Wien zwei Bankmanager ermordet worden, die Affäre betraf Kasachstan«, sagte sie stattdessen. »Ich sichere Frank ab, damit ihm nicht ähnliches widerfährt.« Ihre Wut kochte hoch. »Ihr Ex-Sowjets seid alle vom selben Schlag – Geheimdienste, Regierungsaufträge, von denen Millionenbeträge zu Scheinfirmen abwandern, die später in der Schweiz, Österreich oder sonst wo wieder auftauchen. Die Oberschicht bedient sich schamlos und beseitigt diejenigen, die ihnen im Weg stehen. Was ist euch ein Menschenleben wert?« *Nichts.* Das Wort lag in der Luft, vergiftete sie mit jedem Atemzug. Für einen Moment meinte sie, Andrejs Augen vor sich zu sehen, dieses Meeresblau, unsterblich schön. Sie musste hart schlucken, um nicht loszuschreien. Der Moment verging, und sie starrte bloß in den wässrigen Blick ihres Gegenübers. Ihre Stimme war jetzt rau, verriet zu viel Emotion. »So war es schon immer und das hat sich nie geändert.«

»Was ist mit Ihnen los, Anwältin im Ruhestand?«, presste Kilian Festakowitsch zwischen den Zähnen hervor. »Sie wollen mir drohen? Mich beleidigen? Sind Sie lebensmüde?«

Franziska hielt seinem Blick stand, wich keinen Millimeter zurück. »Ich. Drohe. Nicht.« Das Duell der Augen hielt an. Als hätten sich die Geweihe zweier Hirsche ineinander verkeilt, gab keiner der beiden nach.

»Das wagst du nicht, Anwältin.«

Franziska rief sich zur Räson. Es konnte sie den Kopf kosten, wenn ihr Kurs weiterhin auf Konfrontation ausgerichtet blieb. Jetzt war es an der Zeit, ihn auf ihre Seite zu ziehen, ehe ihre Emotionen die letzte Chance auf einen Deal zerstörten.

»Besser wäre es natürlich, Sie geben mir Informationen, die uns in diesem Fall weiterhelfen. Ich will den Mörder finden. Sie behaupten, Sie stecken nicht dahinter. Dann helfen Sie mir.« Als ob dieser Sergej kein Killer wäre! Franziska atmete den Fluchtinstinkt weg. Auch ihre Augen konnten kalt sein. Mit einem feindseligen Grinsen beugte sie sich dem Russen entgegen, mitten in eine Geruchswolke aus herbem Aftershave und Zigarre.

»Warum war Sergej in der Rosenbursenstraße?«, fragte sie. Festakowitschs Kiefermuskeln zuckten, die Zähne mahlten aufeinander, aber er sagte kein Wort. »Es gibt einen Augenzeugen, der Sergej am Sonntag im Haus der Kanzlei gesehen hat«, hakte sie nach.

Kilian Festakowitsch atmete geräuschvoll aus und lehnte sich zurück in die Polsterung. »Ich hatte am Freitag ein Meeting mit Siegfried Fürstenstein und dachte, ich hätte dabei meine Füllfeder liegen lassen. Sergej sollte sie für mich holen. Im Übrigen hat sie sich im Auto gefunden.« Zum Beweis zog er einen Füller aus dem Jackett und hielt ihn lächelnd Franziska entgegen. Grüner Chrysopras und ein Serpentin glänzten im Spotlicht, Pen of the Year 2015, Eine »Sanssouci Potsdam« von Faber-Castell, kostete schlappe 3.500 Euro und war genau die Füllfeder, die Franziska sich zum Abschied aus der Kanzlei geleistet hätte, wäre sie nicht längst vergriffen gewesen. Ein Grund mehr, Kilian Festakowitsch zu hassen.

»War Sergej da?«, hakte sie nach, mit einem Seitenblick Richtung Bodyguard. »Ich erfahre es ohnehin. Wäre doch gut möglich, dass Sergej noch einen weiteren Auftrag ausgeführt hat und Siegfried Fürstenstein beim Baumschmücken mit der Lichterkette *zur Hand gegangen* ist.«

»Sergej wurde die Tür nicht geöffnet, und er ist wieder zurückgekommen«, erwiderte Festakowitsch achselzuckend.

»Russische Märchenstunde – ich bin kein Kind, Festakowitsch.«

Allmählich schien er ein Gefühl für ihre Vorgangsweise zu bekommen. Sein Blick wurde neugieriger und hinter der niedrigen Stirn schienen die Gedanken zu rasen. Das Lächeln, das nun seine Skepsis ablöste, verursachte ihr den gleichen Schauer, den die Glock vorhin ausgelöst hatte.

»Langsam gefallen Sie mir, Anwältin.«

»Ich heiße Ferstl.« Sie verkniff sich zu blinzeln.

»Sie geben nie auf, was?«

»Warum haben Sie Sergej hingeschickt?«

»Fürstenstein wollte ihm das Geld übergeben.«

»Dann hatte er das Geld?«, fragte Franziska und konnte ihre Aufregung nicht verhehlen.

»Er hat den Termin jedenfalls nicht abgesagt«, bestätigte er ihren Verdacht.

»Es sind 50.000 Euro im Safe«, murmelte sie mehr zu sich selbst. Was war mit dem restlichen Geld geschehen? »Sergej, waren Sie in der Kanzlei?« Auf ihre Frage hin zeigte Sergej nicht die geringste Reaktion.

Erst als Festakowitsch sich räusperte und ein Zeichen mit zwei Fingern gab, äußerte sich der Bodyguard mit einem leisen: »Njet.«

»Ich glaube Ihnen nicht. Hat Fürstenstein Ihnen geöffnet?«

Sergejs Augen zuckten zu Festakowitsch hinüber. Wieder bekam er ein Handzeichen. »Njet.«

»Haben Sie den Augenzeugen vergessen?«

»Das lässt sich regeln«, antwortete Festakowitsch. Franziska dachte an Hannelore, fragte sich, wie sicher sie sich ihrer Beobachtung war und ob sie vor Gericht dem Druck standhalten könnte. Jedenfalls war sie für Festakowitschs Bestechungsversuche nicht empfänglich, aber das wusste er schließlich noch nicht.

»Wir sind nicht in Russland, Festakowitsch«, sagte sie mit einem ganz ähnlichen Lächeln wie er.

»Wir werden sehen, Anwältin.« Die Zigarre war ausgegangen, trotzdem zog er daran, drehte den Tabak zwischen den Fingern, nestelte daran herum, bis einzelne Blattteilchen herabrieselten. »Natürlich wäre es für ihn ein Leichtes gewesen, dieses lächerliche Schloss aufzumachen, ohne Spuren zu hinterlassen. Doch was hätte er zu sehen bekommen? Einen

Toten unterm Weihnachtsbaum. Jeder vernünftige Mensch wäre keinen Schritt weiter gegangen, um keinerlei DNA-Spuren zu hinterlassen.« Kilian Festakowitsch steckte den Füller sorgsam in die Innentasche seines Jacketts. Ein kurzes Summen erklang. Festakowitsch fischte ein Smartphone aus derselben Tasche und kontrollierte das Display.

»Bedaure, Anwältin, ich habe zu tun.« Damit wandte er seine Aufmerksamkeit Sergej zu. »Lass den Wagen vorfahren. Wir müssen los.«

Sofort griff Sergej nach seinem Telefon und bellte einige russische Wörter in das Gerät.

»Sorgen Sie dafür, dass ich mein Geld vor Weihnachten erhalte. In bar. Besprechen Sie die Angelegenheit mit Frank, bevor Sie einen nicht wiedergutzumachenden Fehler begehen, das kann ich Ihnen nur raten.«

Trotz des unverblümten Rausschmisses empfand Franziska so etwas wie Genugtuung darüber, den Oligarchen in Rage versetzt zu haben. Ja, Kilian Festakowitsch war nervös geworden. Da sie selbst es kaum erwarten konnte, heil aus Festakowitschs Räumlichkeiten zu entkommen, sprang sie auf und warf sich die Tasche über die Schulter.

»Sie hören von mir, Festakowitsch.«

Er lachte süffisant auf, schmierig legte sich der Klang auf Franziskas Gemüt, machte sie 30 Jahre jünger und schwächer, schickte sie in die Machtlosigkeit jener Tage nach Andrejs Tod zurück.

»Hören Sie auf meinen Rat, Anwältin. Sie können sonst nur verlieren.«

»Wir werden sehen, Russe.«

*

Das Weihnachtstauwetter war früh dran. Die Wiener jammerten kollektiv über Migräne und Müdigkeit, passionierte Motorradfahrer wie Franziska genossen den milden Fahrtwind und Sonnenschein auf den nicht mehr ganz so eisigen Oberschenkeln.

Sie hatte zu Maximilian nach Wolfsgraben hinausfahren wollen, doch Bianca, die sein Telefon abgenommen hatte, lehnte dies entschieden ab. »Aus der Bronchitis ist eine Lungenentzündung geworden. Wir warten noch den heutigen Tag ab, wenn das Fieber nicht sinkt, bringe ich ihn ins Spital.«

Es kostete ein hohes Maß an Konzentration, die Fahrt in die Innenstadt zu bewältigen. Ständig schweiften ihre Gedanken zu Maximilian und Festakowitschs Worte machten sich wie Holzwürmer im Fressrausch in ihrem Kopf zu schaffen. Jeder hatte eine Schwachstelle, das waren seine Worte gewesen, ganz eindeutig auf Fürstenstein gemünzt, aber auch auf Maximilian. Sie musste diese Schwachstellen finden. Regel Nummer eins im Anwaltsleben: keine Überraschungen! Man musste alles über seinen Klienten wissen, nur so konnte man auf alle Angriffe vorbereitet sein, eine gute Strategie entwickeln und das bestmögliche Verhandlungsergebnis herausschlagen. Max fiel vorerst für ein klärendes Gespräch aus, Bianca gab vor, mit den Geldangelegenheiten nicht vertraut zu sein. Das kaufte sie ihr sogar ab, waren doch ihre Anstrengungen, Maximilians Geld mit beiden Händen, Schaufeln und Schubkarren hinauszuwerfen, wahrhaftig tagfüllend. Irgendetwas musste sie in der Sache unternehmen; die Rastlosigkeit zog sie in die Kanzlei, die an einem Samstagmorgen ihr ganz allein gehören würde. Der Besuch bei Ari müsste ausfallen, wahrscheinlich war ihr Seitenspiegel ohnehin noch nicht geliefert worden – und selbst wenn, wie sollte sie nach Südfrankreich aufbrechen, wenn das Leben ihrer wichtigsten Menschen völlig kopfstand; Max, Gerti, Tinchen, ja selbst Karlheinz brauchte Unterstützung, genauso wie die Kanzlei und Kurt. Ein Glück, dass sie keine eigene Familie hatte, um die sie sich sorgen musste, das wäre nicht auszuhalten gewesen.

Die Luft im Sekretariat war von der Zentralheizung ausgetrocknet, und eine mit Nelken gespickte Orange stand, einem Schrumpfkopf ähnlich, auf Samiras Schreibtisch. Franziska setzte sich, lehnte sich zurück und betrachtete die beiden gegeneinandergestellten Schreibtische. Auf Nathalies Seite lagen Bergkristall- und Rosenquarzbrocken, hing ein sternförmiges Amulett an einem Lederband von der Tischlampe herab und, etwas hinter dem Bildschirm versteckt, ein Fläschchen mit schwarzem Nagellack. Wenigstens kein Knoblauchkranz, dachte Franziska und griff nach der Plastikbox mit dem Schild »Posteingang«. Nathalie war kein Vorwurf zu machen, sie arbeitete für zwei und war mehr als fleißig, die liegen gebliebene Post konnte sie dem Mädchen wahrlich nicht verübeln. Franziska krallte sich den Brieföffner und schlitzte Kuvert für Kuvert auf. Das meiste betraf Klientenkorrespondenz, Einladungen für Veranstaltungen, Fortbildung und gezielte Werbung. Sie öffnete schon den nächsten Brief, hielt dann jedoch mitten in der Bewegung inne. Niederösterreichische Landesregierung? Das Schreiben war an Fürstenstein adressiert. Anscheinend ließ er sich seine Korrespondenz hierher schicken und nicht an die Heimadresse. Das war nicht ungewöhnlich, sie verbrachten sehr viel Zeit hier, und da war es naheliegend, das Büro als Zustelladresse anzugeben. Sie hätte den Brief nicht öffnen dürfen, so viel war klar. Aber wenn er nun schon mal offen war …

Franziska zog das Papier aus dem Kuvert und las das amtliche Schreiben. Offenbar wurde den Fürstensteins eine neuerliche Förderung zwecks Renovierung des Schlosses gewährt. Förderungen – da gab es doch vor ein paar Jahren den Fall in der Steiermark, wo Förderungen eine Rolle gespielt hatten. Öffentliche Gelder, die nicht nur den Bauarbeiten zugutegekommen, sondern auch privaten Zwecken zugeführt worden waren. Die Fürstensteins veranstalteten regelmäßig Jagden, verbunden mit Festen und großen Veranstaltungen. Sie verkehrten mit allen wichtigen Landesräten, waren oftmals beim Landeshauptmann zu Gast, waren so gut vernetzt wie eine Kreuzspinne im Herbst. Ihr Instinkt sagte, dass dies die Schwachstelle sein musste, von der Festakowitsch gesprochen hatte. Fürstenstein hatte ihn über die Jagd kennengelernt, und Festakowitsch hatte Fürstenstein mit Sicherheit erst tiefer in seine Geschäfte blicken lassen, als er ein Ass gegen ihn im Ärmel hatte. Wer kam schließlich leichter hinter die Machenschaften eines Schlitzohrs als ein anderes Schlitzohr. Man brauchte die gleiche Denkweise.

Franziska schob das Schreiben in den Umschlag zurück und klebte ein Post-it für Nathalie drauf. »An Fürstenstein schicken.« Die Werbung landete im Papierkorb, und schließlich nahm sie die Briefe für Maximilian an sich, um sie in sein Zimmer zu bringen.

Eigentlich hatte sie ihm die Post einfach auf den dort befindlichen Stapel älterer Briefe legen wollen und danach gleich wieder hinausgehen, zögerte jedoch. Das Ladenelement unter der Schreibtischplatte zog sie magnetisch an. Er war ihr Freund, war krank. Sie sollte ihm vertrauen. Trotzdem, ohne weitere Informationen konnte sie ihn nicht verteidigen – die Zeit drängte, sie brauchte eine wasserdichte Strategie. Sie waren Freunde, da war es sicherlich keine große Sache, wenn sie nachsah, ob sich nicht noch ein paar hilfreiche Informationen in seinen Schubladen befanden? Irgendwie fühlte sie sich dazu berechtigt – vielleicht, weil sie immer noch sauer auf ihn war, sich mit Russen eingelassen zu haben. Das schlechte Gewissen schob sie beiseite und zog an der ersten Lade. Versperrt. Erleichterung und Enttäuschung machten sich gleichermaßen in ihr breit, wenngleich die Enttäuschung überwog. Hatte Max den Schreibtischschlüssel an seinem Schlüsselbund befestigt? Sie blickte ringsum: die Besprechungsecke mit der Ledergarnitur, das Bücherregal, der Schrank, ein schmales Sideboard, der Schreibtisch. Drei Aquarelle an den Wänden. Ihr Blick wanderte zurück zum Bücherregal und der unförmigen Tonschale am mittleren Bord. Das Erstlingswerk seiner kleinen Nichte, die er – ganz offensichtlich – aufrichtig liebte. Nach Wühlen in Büroklammern, Visitenkarten, Hustenbonbons, Streichholzbriefchen, einem getrockneten Rosmarinzweig, Kleingeld und Rechnungsabschnitten fanden sich drei Schlüsselchen an einem dünnen Metallring. Wenn das der Schlüssel zum Schreibtisch war, würde sie reinschauen, falls nicht, das Herumschnüffeln endgültig lassen.

Der kleine Schlüssel glitt ins Schloss wie ein heißes Messer in Butter. Noch einmal zögerte Franziska, zog dann aber entschlossen die erste Lade auf. Schreibutensilien, Locher und Klammergerätschaft, nichts Aufregendes. Genauso ging es mit der zweiten und dritten Lade, Papiervorräte, Notizbücher, Gesetzesnovellen, Fotos. Erst in der untersten Schublade fanden sich einige Schnellhefter, seitlich beschriftet, Kontoauszüge der letzten beiden Jahre, von seinem privaten Girokonto, Treuhandkonten, das Firmenkonto, zwei Kreditkonten. Das Privatkonto war gedeckt und unauffällig. Franziska ging im Datum zurück, wobei sie im Jahr zuvor auf ein erhebliches Minus stieß. Aus demselben Jahr stammte der erste Auszug des Kreditkontos. Sie addierte die Kreditsummen. Wie es aussah, zahlte Maximilian Schulden in Höhe von 700.000 Euro ab. Der Hausbau fiel zeitlich hinein, der Ausbau des Gestüts. Sie sah sich den anderen Schnellhefter durch: Für die Kanzlei hatte er einen weiteren Kredit aufgenommen, 400.000 Euro. Das entsprach in etwa ihrem Gesellschaftsanteil, der im Jänner fällig wurde. Er hatte den Betrag wegen ihr aufnehmen müssen und bislang keinen anderen Partner gefunden, der ihn den Kredit hätte wieder abdecken lassen. Bei der jetzigen Situation würde ihm jeder Interessent abspringen. Waldherr hatte es getan. Das Wasser stand Max wahrhaftig bis zur Nasenspitze.

»Was tust du?«

Franziska zuckte zusammen, als hätte sie einen elektrischen Schlag abbekommen. Alle Systeme stockten – kein Herzschlag, kein Atemzug, kein Lidschlag, nicht die kleinste Körperbewegung. Maximilian stand im Türstock und starrte sie mit einer Mischung aus Verwunderung und Ärger an.

»Max, ich …« Sie brauchte auf der Stelle eine Ausrede – Scheiße, seine Kontoauszüge lagen in ihren Händen, die untere Lade des Schreibtisches stand nach wie vor offen.

»Ziska, was soll das?«, fragte er erneut, diesmal lauter, und kam auf sie zu.

»Bist du nicht mit einer Lungenentzündung im Bett?«, stieß sie hervor und schob die Papiere vor sich zusammen. Schamesröte glühte auf ihren Wangen. Verdammt noch mal, wieso wurde man mit 60 Jahren immer noch rot? »Ich habe Bianca angerufen, weil ich dich sprechen wollte, und sie sagte …«

»Warum schnüffelst du in meinen Bankunterlagen herum?« Er war nähergekommen, griff nach den Kontoauszügen, zog sie ihr aus den Fingern. Hastig legte sie die anderen Mappen zurück in die Lade, wurde aber von Maximilian auf halbem Weg gestoppt. Seine Hände legten sich glühend auf die ihren. Franziska blickte hoch und sah Schweißperlen auf Max' Stirn, fiebrig glänzende Augen und aschfahle, eingesunkene Wangen.

»Herrgott noch mal, Max, du gehörst ins Spital!« Sie sprang auf, wollte seine Stirn berühren, doch er stöhnte verärgert auf, drängte sie zur Seite und packte die Unterlagen allesamt in die Lade zurück. Dann drehte er den Schlüssel herum und steckte den ganzen Bund ein.

»Das hätte ich nicht von dir gedacht, Ziska.« Sichtlich erschöpft sank er auf seinen Schreibtischsessel, den Franziska bereits geräumt hatte.

»Es tut mir leid, Max. Das sieht alles ganz anders aus, als es von mir beabsichtigt war – ich brauche Informatio nen, um dich verteidigen zu können, – Max, verstehst du? Bianca …«

»Lass Bianca aus dem Spiel – die hat mit dem hier nichts zu tun«, unterbrach er sie, und an der abgehackten Art zu sprechen war deutlich das Ausmaß seiner Enttäuschung zu erkennen.

»Jetzt hab dich nicht so«, blaffte sie zurück, selbst über die Maßen verärgert und genervt von dieser Situation, ja von den gesamten Geschehnissen der letzten beiden Wochen. »Du bist mein Klient und hast mir alle Informationen zu geben, die ich verlange, verstanden?« Verblüfft blickte Maximilian sie an, Franziska ließ ihn jedoch nicht zu Wort kommen. »Du hast mir unglaubliche Dinge verschwiegen, für den Fall relevante Dinge: Du bist Geschäftsführer einer dieser Briefkastenfirmen – Festakowitsch hat irgendetwas gegen dich in der Hand, genau, wie er es gegenüber Fürstenstein hatte! Du hast enorme Schulden – sogar auf der Kanzlei lastet ein Kredit!« Sie spürte, wie sie sich immer mehr in Rage redete; Blut pumpte in ihren Kopf, dröhnte in den Ohren. »Nichts davon hast du mir gesagt. Willst du lebenslänglich hinter Gitter, verdammt noch mal?« Maximilians Lippen bebten. Franziska hoffte, es war die Wut, Rührseligkeit konnte sie an diesem Tag einfach nicht mehr ertragen.

»Du hättest nur zu fragen brauchen«, murmelte er, fiel in sich zusammen, als hätte eine unsichtbare Hand die Marionettenfäden durchschnitten. Erschöpfung hatte die Gefühlswallung vollständig abgelöst. Die Lider fielen zu, seine Atemzüge rasselten.

»Für die richtigen Fragen muss ich vorher eine Idee haben, was los ist. Wir haben mehrmals über die Russengeschäfte gesprochen, verdammt noch mal, keine Andeutung hast du gemacht.« Franziska merkte, wie sich ihre Hände zu Fäusten ballten, und versuchte, gegen den Drang anzukämpfen, noch lauter zu werden. »Falls die Staatsanwaltschaft davon Wind bekommt, macht dich Braunhof fertig. Falls du da überhaupt noch lebst, denn Festakowitsch will sein Schwarzgeld zurück, vor Weihnachten. Sechsstelliger Betrag, Max. Willst du wirklich weiterhin schweigen?« Maximilian zeigte keinerlei Anzeichen von Überraschung oder Schock. Er weiß davon, dachte Franziska und eine Unzahl wüster Flüche gingen ihr durch den Kopf. Besser, als über die Konsequenzen aus dieser Erkenntnis nachzudenken. Wobei, es war für sie völlig klar, was zu tun war. Sie mussten mit offenen Karten spielen, wenn Max freikommen sollte.

»Siegfried wickelte die Geschäfte mit Festakowitsch ab, mich ließ er nach Möglichkeit außen vor. Das habe ich selbst so festgelegt.« Maximilian vermied es, Franziska anzusehen. Stattdessen starrte er auf einen Faden, der an seinem Hemdsärmel abstand. »Einmal bestand die Notwendigkeit für eine Geschäftsführerbestellung, das habe ich übernommen, für eine nicht unerhebliche Summe. Ich weiß, dass Siegfried einiges an, nennen wir es, Zuwendungen von Festakowitsch erhalten hat, ohne Honorarnote. Er hat auch immer wieder mal größere Summen für ihn aufbewahrt. Vermutlich fürchtete Festakowitsch, dass in sein Penthouse gezielt eingebrochen würde – der Mann hat nicht nur Freunde.« Franziska beobachtete, wie er abschätzig lachte, den Faden zwirbelte und zu einem Knoten zusammenrollte. Der Schweißfilm auf seiner Haut roch sauer. Sie musste ihn in ein Bett verfrachten, vorzugsweise ein Spitalsbett, trotzdem konnte sie ihn einfach nicht unterbrechen, sagte sich, dass diese zusätzlichen fünf Minuten keine Rolle mehr spielten.

»Gab es zwischen Siegfried und Festakowitsch einen Konflikt – irgendetwas, worauf wir bauen können? Ich habe Hannelores Zeugenaussage, die den Bodyguard ins Haus gehen sah, ich habe ein Geldbündel, das von Festakowitsch stammen muss, mir fehlt bloß noch das Motiv.« Maximilian blickte zu ihr auf, zuckte mit den Schultern. Rotgeränderte Lider und Tränensäcke, Stirn und Nasenrücken glänzten im Licht der Schreibtischlampe; Franziska gab sich geschlagen.

»Steuerschonende Veranlagungen mittels Briefkastenfirmen sind zurzeit nicht gerade gut angeschrieben«, sagte er. »Die Medien werden sich darauf stürzen und der Kanzlei den Rest geben.«

Franziska seufzte – als ob das noch eine Rolle spielte.

»Wir werden uns gut überlegen, welche Informationen wir weitergeben. Ein gewisses Aufsehen wird sich nicht vermeiden lassen, das ist richtig. Notfalls steige ich mit meinem Anteil wieder ein, Max. Wir werden es überleben. Irgendwie. Besser so, als dass du unschuldig ins Gefängnis kommst. Und jetzt ab zum Arzt.«

Bei ihren Worten ließ er den Kopf in die Hände sinken und seufzte so tief auf, dass Franziska alarmiert zu ihm trat und die Hand über seinen Rücken streichen ließ. »Das wird schon«, wiederholte sie ein ums andere Mal, fest entschlossen, diese Prognose wahr werden zu lassen.

*

Ari lehnte im Sonnenschein vor seinem Laden. Schon von Weitem konnte Franziska an den entspannten Schultern, dem zurückgeneigten Kopf, den geschlossenen Augen und der Art, wie sein Bein auf dem Sims der Auslage ruhte, erkennen, wie sehr ihr Freund den Moment genoss. Etwas an dem Anblick ließ ihre Schritte langsamer werden, bis sie in einiger Entfernung stehen blieb und ihn einfach nur ansah. Ein Junge mit Irokesenhaarschnitt in der Nonkonformisten-Uniform eines Punks schlenderte an Ari vorüber. Sein struppiger Mischlingsrüde trottete hinter ihm her, hielt vor Ari an und schnüffelte an seinem Bein. Fast befürchtete Franziska, dass der kleine Pinscher sein Bein heben wollte. Auch der Punk musterte Ari neugierig.

»Hey, Alter, auf was bist 'n du? Hast noch was für 'n Freund übrig?«

Ari blinzelte. Gemächlich löste er sich von der Wand, gerade so, als wäre jede Bewegung von Armen und Beinen ein unfassbarer Genuss. Sein Schmunzeln leuchtete bis zu

Franziska, die schwarze Bandana um seine Stirn war etwas nach hinten gerutscht.

»Bester, das hier«, er zeigte dabei von seinem Oberkörper bis zu den Beinen hinunter, »das ist meine Droge. Wenn du den richtig beherrschst, ihn pflegst und nicht nur ausbeutest, wenn du darauf spielen kannst wie ein Musiker auf seinem Instrument, dann brauchst du kein Gift, um high zu sein.«

Der Punk starrte ihn an, und obwohl Franziska sein Gesicht nicht von vorne sehen konnte, vermutete sie, dass sein Mund leicht offen stand. Seiner Haltung nach hatten Aris Worte ihn einigermaßen verwirrt. Er zog an der Leine, damit der Hund nicht länger Aris Handrücken ablecken konnte, und machte einen Schritt weg von ihm.

»Sag doch gleich, dass du nix abgeben magst«, maulte er und schlurfte weiter. Ari lachte, zog eine Hand aus der Hosentasche und warf dem Jungen mit einem scharfen Pfiff, den er zwischen den Zähnen hervorpresste, eine Münze zu.

»Kauf dem Hund 'ne Dose Futter«, rief er.

»Danke, Alter«, erwiderte der Punk und steckte die Münze in seine verschlissene Hose. Ari blickte ihm einen Moment lang nach, ehe er sich umdrehte und ins Geschäft ging. Franziska sah auf die Uhr. Mittagszeit, in Kürze würde er den Laden dichtmachen.

»Ari«, sagte Franziska, nichts weiter.

Er blickte von der Mappe auf, die am Geschäftstresen lag, und sofort fühlte sie sich im Sog seiner magischen Augen. Hatte sie eben »magische Augen« gedacht? Tatsächlich war dieses Augenpaar von einer Intensität und Intelligenz, wie sie es bei noch niemandem zuvor erlebt hatte. Als könnten sie Schicht für Schicht des äußeren Anscheins abtragen, bis sie, im Kern angelangt, alles über dich wussten, was selbst dir neu gewesen wäre.

»Du bist nicht wegen des Seitenspiegels hier.«

»Hast du Lust auf eine Ausfahrt?«

»Immer doch, mein wilder Engel.«

Eine Stunde später standen sie auf dem höchsten Aussichtspunkt über dem Irenental und blickten über die sanften Täler des Wienerwaldes, flankiert von stolz aufragenden Buchen, Lärchen und Fichten.

Der Geruch von feuchter Erde besänftigte Franziska. Sie wollte sich nichts von der Seele reden, sie brauchte Abstand von dem Wahnsinn, der ihr Leben neuerlich in Unruhe versetzt hatte. War nach ihrer Erkrankung endlich Normalität eingekehrt, hatte Siegfrieds Tod dieses wertvolle Pflänzchen dem Erdboden gleichgemacht.

Mit keinem Menschen konnte man so einträchtig schweigen wie mit Ari. Rücken an Rücken saßen sie auf einem Stein, die Sonne schenkte ihnen ihre winterzarten Strahlen und wärmte gerade genug, um nicht zittern zu müssen.

Irgendwann hatte sich die Kälte doch durch Stein und Moos gefressen und das Leder ihres Overalls durchdrungen. Franziska stand als Erste auf und vertrat sich die Beine. Zuerst beobachtete Ari sie bloß, als sie jedoch auf den Waldrand zuhielt, folgte er ihr.

»Danke«, sagte sie, die Stimme rau nach dem langen Schweigen.

»Die Einladung kam genau richtig«, erwiderte Ari und legte seinen Arm um ihre Schultern. Es fühlte sich kameradschaftlich an und gab Franziska das Gefühl, einen Freund an der Seite zu haben. Sie hoffte inständig, dass er sie nicht nach ihren Problemen fragte.

»Was ist mit Südfrankreich?«

»Rückt von mir ab.«

»Ist vielleicht noch zu früh, um auszusteigen«, gab Ari zu bedenken und veranlasste Franziska dazu, entrüstet auszuatmen.

»Ich muss dieses Leben noch einmal richtig spüren, verstehst du? Da ist ein Hunger in mir, – er zehrt an meinen Eingeweiden und lässt mich nicht mehr los.«

Ari nickte, drückte bloß ihre Schulter. Ein paar Schritte gingen sie noch durch das raschelnde Laub, spürten die Feuchtigkeit der Luft die Wangen benetzen, ließen den Duft von Erde und Laub durch die Nasen fließen. Am nächsten Panoramapunkt räusperte sich Ari und blieb abrupt stehen. Die Hände an den Hüften, den Blick zu den kahlen Baumwipfeln gerichtet, stand mit einem Mal etwas Unausgesprochenes zwischen ihnen.

»Was ist los?« Franziska ertrug die Anspannung nicht länger.

»Ziska, ich habe mein Geschäft verkauft. Im März geht's auf in den Süden.«

»Du brichst hier alle Zelte ab?« Etwas ballte sich in ihrem Magen zusammen, wehrte den verbalen Schlag ab.

»Wenn es bei dir soweit ist, gib mir Bescheid. Wer weiß, vielleicht freut dich die Begleitung eines Freundes? Denn so viel ist sicher: *Ein Leben ohne Freund ist ein gescheitertes Leben.*« Sein Gesicht strahlte vor Zuversicht und Tatendrang, mit einem Mal beneidete sie ihn.

»Lass mich raten – Aristoteles?« Sie zwang sich zu einem Lächeln, bei Ari konnte man sicher sein, dass er für jede Lebenslage den richtigen Ausspruch seines Lieblingsphilosophen parat hatte.

Kein Ari in Wien. Adrian machte ernst, zog die Pläne

vom freien Leben durch, und sie blieb zurück. Verdammtes Pflichtbewusstsein. Verdammt.

*

Gertis Hände hantierten rastlos mit Nudelholz, Schüsseln und Keksformen, die sie in das Spülbecken tauchte, abschrubbte und auf einem Küchentuch zum Abtropfen auflegte.

»Bist du endlich fertig?«, rief Leo, ohne von den Karten in seiner Hand aufzusehen. Ein Spielbrett lag vor ihm auf dem Küchentisch, umgeben von Pappmonstern, Helden, Hexen, einer Vielzahl verschiedenfarbiger Würfel, Kartonscheiben, goldfarbenen Münzen und einer Holzfigur, die auch ein Läufer aus einem Schachspiel hätte sein können. Die Spielanleitung lag ausgebreitet vor ihm, 20 Seiten stark.

»Alles soweit okay bei dir?« Bereits beim Wort »okay« bereute Franziska ihre Frage. Gerti war ungewohnt still, mied ihren Blick und hätte dem Aussehen nach gut und gern ein Arzt nach einem 72-Stunden-Dienst sein können. Denen waren die langen Dienste mittlerweile verboten, Gerti jedoch schien die letzten Nächte kaum ein Auge zugetan zu haben. Ihre Augen waren von dunklen Schatten umgeben und die Wangen ungewohnt eingesunken.

»Die Zeit vergeht schneller, als ich mir Antifaltencreme ins Gesicht pappen kann«, antwortete Gerti mit einer gekünstelten Heiterkeit, die wehtat, und drehte den Wasserhahn zu. Mit einem Lappen wischte sie ringsum Wassertropfen ab und lehnte für eine Sekunde die Stirn gegen den Oberschrank. »In zwei Wochen ist Heiligabend.«

»Habt ihr alle Termine für die Untersuchungen beisammen?«, fragte Franziska leise. Auch wenn die Familie versuchte, offen mit Tinchens Erkrankung umzugehen, jene Ungläubigkeit diesem Schicksalsschlag gegenüber war nicht wegzubekommen; es dämpfte alle Bereiche des Lebens, hüllte jedes einzelne Familienmitglied in graue Watte. Gerti nickte, breitete das Tuch auf der Herdstange aus und drehte sich ganz Franziska zu.

»Die Ergebnisse der Blutuntersuchung kommen morgen, der Termin für die Curettage ist am 22. Dezember. Danach heißt es warten.« Im selben Moment flog die Küchentür auf, und Nikolas mit Bono im Schlepptau schlurften herein.

»Geht's schon los?«, platzte er in die Unterhaltung, die ohnehin an einem toten Punkt angelangt war. »Krieg ich was von Ziskas Killerpunsch ab?« Bei dem Wort »Killerpunsch« fühlte Franziska einen Stich in ihrem Solarplexus. »Killeranwalt« hatten sie Maximilian genannt in der Schlagzeile der U-Bahn-Zeitung.

»Killeranwalt auf freiem Fuß.«

Selbstredend, dass sie eine Klage wegen übler Nachrede und Verleumdung eingebracht hatte, – aber was half das? Ein paar Euro Geldstrafe und ein Dementi in einer unbeachteten Ecke der Zeitung. Es war höchste Zeit, den Journalisten einen anderen Brocken Frischfleisch hinzuwerfen, auf den sie sich stürzen konnten, aber sie hatte nichts an der Hand, und zum ersten Mal hielten ihre Pressekontakte nicht. Sie war weg vom Fenster, abgeschrieben. Nächste Woche war es soweit – die Anträge waren alle gestellt, die Staatsanwaltschaft musste weitere Ermittlungen einleiten, und zwar gegen Kilian Festakowitsch und Sergej Nikalonov, den Bodyguard. Während Nikolas Glühwein in einen Becher schöpfte, was Gerti mit zusammengezogenen Augenbrauen beobachtete und: »Das reicht schon!«, rufen ließ, sah Franziska für einen Moment Andrej dort stehen, dunkles Haar, ozeanblaue Augen und die Körperhaltung eines Musikers, in dem ständig eine Melodie zu schwingen schien. Martina platzte herein, mit rosigen Wangen und glänzenden Augen, und der Moment war vorbei.

»Tante Ziska! Hey, wie schön«, fiel sie Franziska um den Hals und drückte die spitzen Schulterknochen gegen ihre Brust.

»Tinchen, du siehst prima aus«, erwiderte sie ganz im Bann der impulsiven Umarmung.

»Ich war eine Runde Joggen mit Dora. Weißt du, wie faul Bono ist? Dieser Hund ähnelt jeden Tag mehr Nikolas.« An ihren Bruder gerichtet, setzte sie nach: »Du bist ein ausgesprochen schlechtes Vorbild für Bono!«

Eigentlich erwartete Franziska das übliche Hickhack zwischen den Geschwistern, doch Nikolas zwinkerte von der Sitzbank aus seiner Schwester bloß zu und kraulte den Labrador hinterm Ohr, während dessen Schwanz im selben Takt rhythmisch auf die Holzdielen trommelte.

»Bono ist eben Musiker wie ich, wir sind Seelenverwandte.« Das sagte er mit einem spöttischen Blick Richtung Gerti, die ihren Sinn für Humor allerdings bei der Gynäkologin verloren hatte.

»Was soll denn das heißen?«, stellte sie Nikolas zur Rede. »Dass eure Mutter total bescheuert ist? Ich habe nie gesagt, dass du und dein Hund Seelenverwandte seid!«

»Ist aber gut möglich, dass du so was sagst«, entgegnete Nikolas, während Tinchen und Franziska lachten, und ehe Gerti etwas erwidern konnte, fuhr er fort: »Jeder hier weiß das, Mami.«

Gerti sah ihre Tochter lachen, warf Franziska einen Blick zu und lachte mit. Ihr Lachen tat Franziska weh. Sie drehte sich zum Herd um und nahm den Deckel vom Glühweintopf. Tinchen rutschte neben Nikolas auf die Bank und half Leo beim Aufstellen der Spielfiguren.

»Ich hab die Spielregeln vergessen«, sagte Tinchen fröhlich. »›Legenden von Andor‹ haben wir bestimmt zwei Jahre nicht mehr gespielt.«

Franziska sah, wie sich Gerti verstohlen die Augen wischte. Karlheinz, der sich unbemerkt in die Küche gesellt hatte, umarmte seine Frau, drückte ihr einen Kuss auf die Wange und hielt seinen Glühweinbecher neben den Topf. Seine Gesten waren vertraut und liebevoll, und nicht das erste Mal freute sich Franziska, dass wenigstens ihre Schwester jenes Glück gefunden hatte, das ihr verwehrt geblieben war. Ein aufrichtiger Gedanke, der zugleich bitter war. Glück und Unglück waren die Seiten derselben Medaille. Was würde vom Glück bleiben, wenn Tinchen …

Vielleicht würde alles halb so schlimm sein, vielleicht aber standen sie alle am Anfang eines steinigen Weges. Noch waren sie stark und einigermaßen zuversichtlich. Die Familie saß vereint um den Tisch und spielte »Legenden von Andor«; gemeinsam kämpften sie gegen dunkle Magier und Monster, die unerwartet auftauchten und die es mit vereinten Kräften zu besiegen galt. Einer alleine konnte die Herausforderung nicht schaffen.

Franziska saß auf dem Stuhl gegenüber ihrer Nichte und lächelte. Sie würde die Familie stützen, so gut sie es konnte. Und Max. Dummer Max, den sie letztlich doch noch ins Spital hatte bringen müssen, der sich mit den Russen eingelassen und alles verspielt hatte, was er in Jahrzehnten mit harter Arbeit aufgebaut hatte. Denn auch die Dummen mussten verteidigt werden.

KAPITEL DREI

3. ADVENTWOCHE

Die große Allee am Wiener Zentralfriedhof, Tor 2, führte direkt zur Friedhofskirche des heiligen Borromäus. Ein monumentales Bauwerk, geprägt von einer seltsamen Vermischung aus Jugendstil, ägyptischen Elementen und Historismus, das seine Kuppel hoch über den ringsum angeordneten Ehrengräbern trug. Im dichten Nebel hoben sich die weißen Türmchen kaum ab, nur die Kuppel schimmerte hindurch, einem Waldhügel gleich. Die Luft schmeckte so feucht, dass Franziska meinte, Moos im Mund zu haben. Es fehlte nicht viel, und der Nebel würde sich in feinen Sprühregen verwandeln. Vorbei an altehrwürdigen Familiengrüften steuerte sie mit Gerti an ihrer Seite direkt auf die Präsidentengruft zu, jenen großen Platz vor dem Dom, wo alle österreichischen Bundespräsidenten bestattet waren. Franziska sah hinauf zum Uhrturm. »Tempus fugit«, stand anstelle der Zahlen ringsum im Uhrzeigersinn. »Genauso ist es, die Zeit flieht«, sagte sie wie jedes Mal, wenn sie hierher musste. Als ob sie einer Erinnerung bedurfte.

»Früher hat sie doch Luegerkirche geheißen«, keuchte Gerti, während sie die unzähligen Stufen zum Hauptportal emporstiegen, und brach damit endlich ihre Einsilbigkeit. »Den Bürgermeister Lueger haben sie ja auch in der Gruft unterm Altar bestattet. Ich weiß gar nicht mehr, warum der Name auf *Borromäus* geändert wurde. Kein Mensch kennt einen Heiligen namens Borromäus.«

Auch wenn sie das Thema nicht sonderlich interessierte,

stieg Franziska dankbar auf das Gespräch ein. Die ganze Fahrt zum Friedhof hatte sich Gerti abweisend gezeigt, war gedankenversunken am Steuer gesessen und hatte kaum auf Fragen reagiert.

»Vielleicht, weil der alte Lueger ein Antisemit war?«, antwortete Franziska mit einer Gegenfrage. »Und mach um Himmels willen mehr Sport, Gerti, du schnaufst wie eine Lokomotive.«

»Ich bin mehr fürs Lesen. Maximal Biografien über Sportler, das reicht mir.« Das klang schon viel mehr nach Gerti. Am obersten Absatz angekommen, stützte sich Gerti auf ihren Oberschenkeln ab und wartete, bis sich die Atmung beruhigte.

»Die Aufbahrung ist direkt in der Kirche und nicht in einer der Aufbahrungshallen. Das muss Hannelore einiges gekostet haben«, überbrückte Franziska die Zeit mit lautem Nachdenken.

Gerti nickte und richtete sich wieder auf.

»Das bedeutet aber auch, dass wir einen kompletten Gottesdienst über uns ergehen lassen müssen, das ist dir wohl klar?« Gerti war längst aus der Kirche ausgetreten und entweder Atheistin oder eine Wicca, eigentlich hatte sich Franziska dafür nie interessiert. Seit dem Tod der Eltern war Gott kein Thema für sie. Über ihnen schillerte eine enorme Glasfensterfront, Christus sah streng auf sie beide herab, die Engel links und rechts wollten jeden Moment in ihre Posaunen blasen. Franziska fühlte sich unwohl und wollte die ganze Angelegenheit einfach nur rasch hinter sich bringen. Sie ging auf die Schwingtüren zu und hielt einen Flügel für Gerti auf.

»Du hättest wirklich nicht mitgehen müssen«, raunte sie ihrer Schwester zu.

»Ich habe es dir versprochen«, flüsterte diese zurück. »Was ich verspreche, halte ich, egal was passiert.« Franziska warf ihr einen verwunderten Blick zu. Was sollte das jetzt wieder bedeuten? Irgendetwas stimmte ganz gehörig nicht mit Gerti.

Der Sarg stand vor dem Altar, 20 Meter den Mittelgang hinauf. Blumenkränze hingen auf Drahtgestellen an den Seiten und Kerzenleuchter vollendeten das feierliche Ambiente. Das Schwarz des Sargs glänzte in hartem Kontrast zu den Farben der Blumen.

»Als hätte man den Sarg aus einem Klavier gemacht«, sagte Gerti leise und wusste mit Sicherheit genau, wie schwer es Franziska fallen würde, eine ernste Miene zu bewahren. Sie hatten beide noch nie gut mit Beerdigungen umgehen können. Vermutlich lenkten sie sich mit ihren absurden Beobachtungen von der gnadenlosen Endlichkeit des irdischen Lebens ab, der der Eltern, der Freunde und der eigenen. Ganz zu schweigen von der neuen Erfahrung, dass selbst die eigenen Kinder nicht davor gefeit waren.

Franziska drückte Gertis Hand und hoffte, ihr damit Kraft spenden zu können. Es tat gut, sie an der Seite zu haben, wo doch Maximilian im Spital und Kurt bei Verhandlungen war.

»Dort drüben sitzen die Schwarzenbergs, und da – der Ex-Bundeskanzler. Mich wundert, dass nicht der ORF mit dem ›Seitenblicke‹-Team hier ist, bei all den Prominenten …«

Die Trauergesellschaft war zahlreich erschienen, die meisten Bänke waren besetzt – beachtlich, angesichts der Größe dieser Kirche. Weiß und Gold dominierten den Raum, die massiven Säulen hätten die Erde selbst stützen können. Die Altarbilder waren von einem ganzen Engelschwarm bevölkert, die sich um den himmlischen Herrscher gruppierten. Die Christbäume an beiden Seiten des Hochaltars wirkten dagegen geradezu profan.

Vor dem Sarg blieben sie stehen, die Hände dem Brauch folgend zu einem Gebet gefaltet, und senkten ehrerbietig die Köpfe. Nachdem eine angemessene Zeit verstrichen war, bekreuzigten sie sich und wandten sich der ersten Reihe zu, den nächsten Angehörigen. Hannelores Gesicht war von einem schwarzen Schleier verhüllt, der von ihrem Hut über die Schultern fiel.

»Wie seinerzeit die kaiserliche Hoheit Zita«, stieß Gerti sie an. »Und dort«, ihre Augen wanderten zu den Sitzreihen der linken Seite, »sitzt der Karl Habsburg. Ich fasse es nicht.«

Franziska konnte nichts darauf erwidern, denn schon stand sie unmittelbar vor Hannelore. An ihren Seiten saßen die Kinder Valerie, Josef und Franz und danach die Großeltern Fürstenstein und Müller. Während sich die alten Fürstensteins aufrecht hielten und deren undurchdringliche Gesichter keinen Rückschluss auf Gefühle zuließen, wirkten die Kinder umso zerbrechlicher. Das Mädchen mit langen dünnen Beinen und einem weißblonden Pferdeschwanz sah einem Fohlen gleich, einem, das gleich davonlaufen wollte bei dem Anblick des Sarges, in dem der Vater lag. Die Kinderaugen hefteten sich Hilfe suchend auf Franziska, die gerade eben Hannelores Hand ergriffen hatte und ihr Beileid zum Ausdruck brachte. Durch den Schleier war Hannelores Gesicht nur zu erahnen, blasse Haut schimmerte durch das Gewebe, ihre Stimme war gedämpft und ausdrucksarm.

»Ich danke dir, Franziska.«

Sie kondolierten der Reihe nach den Kindern und den Großeltern. Siegfrieds Mutter schätzte Franziska auf knapp

80 Jahre und eine Altersdemenz schien sie vor dem schlimmsten aller Schmerzen zu schützen. Teilnahmslos blickte sie vor sich hin, lächelte, als Franziska ihre Hand drückte, und verfiel sogleich wieder in jene gnädige Unwissenheit ihrer Krankheit. Der Vater hingegen saß mit krummem Rücken an der Seite seiner Frau und unterdrückte mit bebenden Lippen sein Schluchzen. Seine Hände waren heiß, als hätte er Fieber oder befände sich im Fegefeuer. Dabei war das erst der Anfang. Wenn erst das »Ave Maria« gesungen würde, konnten die Emotionen kaum noch unterdrückt werden, schauderte Franziska bereits bei dem Gedanken daran, was ihnen noch bevorstand; mitfühlend drückte sie dem Mann die Hand, legte die andere darüber, um noch ein bisschen mehr Trost schenken zu können. Niemand war an seiner Seite, der ihm beistehen konnte bei diesem schrecklichsten Gang seines langen Lebens. Er schloss die Augen und nickte.

Gemeinsam gingen Gerti und sie den Seitengang zurück auf der Suche nach einer freien Bank. Aus den Augenwinkeln sah Franziska Tränen in Gertis Augen glänzen. Die Kinder. Das war das Schlimmste. Sie hätte Gerti nicht mitnehmen dürfen. Nicht jetzt, wo Tinchen krank war.

»Hast du die Gruppe da drüben gesehen, die mit den Kappen und den Schärpen?«, fragte Gerti.

»Studentenverbindung«, erklärte Franziska, »eine von den Extremen. Einen von denen muss ich sprechen, also schreck dich nicht. Hirscher, ein Steuerberater.«

»Mit denen redest du? Das sind Deutschnationale«, empörte sich Gerti und konnte kaum die Lautstärke unterdrücken. »Wieso sitzen die mit dem österreichischen Adel zusammen? Dachte, das wären unterschiedliche Lager?«

»Ach was, Pack schlägt sich, Pack versöhnt sich«, erwiderte Franziska leichthin, obwohl sie sich der Gegenwart jener Gruppe unangenehm bewusst war. »Siegfried war einer von ihnen.«

Ein Priester zog ein, zwei Ministranten folgten ihm, schwenkten goldene Weihrauchtöpfe und murmelten Gebete. Gerti behielt recht – für Siegfried wurde ein Gottesdienst abgehalten, in lateinischer Sprache, am Hochaltar. Zäh krochen die Minuten dahin, als hätte jemand anstelle von Sand Ameisen in das Stundenglas gefüllt, die um keinen Preis durch die enge Öffnung fallen wollten, dafür aber aufgebracht im oberen Teil herumwuselten. Von wegen »Tempus fugit«.

»Alles geht vorüber«, sagte Franziska erleichtert, als endlich der Sarg von vier uniformierten Burschenschaftern aus der Kirche getragen wurde. Sie ordneten sich in den Trauerzug ein, folgten der Menschenmenge die Stufen hinab, wo der Sarg und die Kränze auf ein Gespann mit zwei Rappen aufgeladen wurden.

»Diese Ösis verstehen was von Beerdigungen«, sagte eine Dame direkt vor Franziska zu ihrem Begleiter. Pelzmäntel glänzten feucht, Mottenpulver brannte in ihrer Nase.

Der Weg zur Familiengruft der Fürstensteins war nicht allzu weit. Das Pferdegespann fuhr eine Runde um die Kirche und dann eine breite Seitenstraße entlang; Musiker begleiteten den Zug mit Chopins Trauermarsch in einer Endlosschleife.

»Haben Sie später Zeit zum Reden?«

Franziska drehte sich ruckartig herum. Der Mann schräg hinter ihr war niemand anderer als Inspektor Sutel. »Sie hier?«, sagte sie und wandte sich wieder ab.

Sutel schloss auf und ging an Franziskas Seite weiter. »Wegen Ihnen habe ich eine Menge Ärger und Arbeit«, meinte er und wirkte dabei gelassen. Sein Mantel flatterte beim Gehen auf, als wäre er eine dieser nebelgrauen Krähen in den Ästen über ihnen. Ruhig, abwartend – doch man wusste um den scharfen Schnabel, der Fleisch zerfetzen konnte. Franziska beobachtete ihn aus den Augenwinkeln: Er hatte sich tatsächlich in einen Anzug geworfen; stand ihm gut, sehr gut sogar; die Hände waren in den Manteltaschen vergraben, der Kopf leicht eingezogen. Ein Boxer in der Ringpause.

»Gewöhnen Sie sich daran«, sagte Franziska, ohne ihr Gesicht zu verziehen oder auch nur einen Anflug an Sarkasmus in ihre Stimme zu legen. Was sie sagte, meinte sie ernst. »Es kommt noch mehr.«

»Warum überrascht mich das nicht«, gab er zurück.

»Zur Abwechslung können Sie jetzt mal den richtigen Mörder verfolgen«, legte Franziska noch eins drauf.

»Alles spricht gegen Maximilian Frank, Frau Ferstl. Sie wollen es bloß nicht wahrhaben.«

Franziska spürte, wie sich ihr Magen zusammenzog und Zorn in ihr aufstieg. »Tun Sie einfach, was die Staatsanwaltschaft Ihnen aufträgt«, sagte sie so ruhig wie möglich. »Vernehmen Sie die beantragten Zeugen, überprüfen Sie Alibis. Schauen Sie über ihren Tellerrand.«

»Sie glauben doch nicht wirklich, dass der Russe Fürstenstein gekillt hat?« Damit war klar, dass Sutel heute bereits mit dem Staatsanwalt gesprochen hatte. Dieser neumodische elektronische Datenverkehr mit der Behörde hatte die Arbeit um ein Vielfaches beschleunigt, sinnierte Franziska in einem Anfall von Nostalgie, vorbei die Zeiten, wo es einen Postlauf von bis zu einer Woche gegeben hatte.

»Sergej Nikalonov ist ein Killer.«

»Gegen den liegt nichts vor. Eine so weiße Weste, als wär's ein Taufkleidchen.«

Sutels Tonfall gefiel ihr jedenfalls ganz und gar nicht. Überheblicher Lümmel, dachte sie, aber das konnte sie selbst auch gut. »Angst vor der Russenmafia?«

»Angst müssten die Zeugen haben, wenn sie aussagen sollen«, erwiderte er schulterzuckend. »Ich habe was dagegen, unnötige Arbeit zu erledigen – als hätte ich nicht genug zu tun.«

»Wenn Sie Sergej Nikalonov sehen, wird sich Ihre Meinung ändern.« Ihre Worte prallten an ihm ab.

»Ich will mehr Informationen über die Geschäfte, die zwischen Fürstenstein und Festakowitsch gelaufen sind. Deswegen bin ich gekommen.«

»Und weil Sie sehen wollten, ob sich Maximilian Frank auf die Beerdigung wagt.« Er antwortete nicht. Aus den Augenwinkeln sah Franziska, wie seine Kiefermuskeln zuckten. »Er ist im Spital.«

»Was Ernstes?«

»Lungenentzündung.«

»Ich werde die Unterlagen den Kollegen der Wirtschaftspolizei weiterleiten, Frau Ferstl.«

Sollte sie das einschüchtern? Franziska rollte demonstrativ mit den Augen. »Das war mir bewusst. Wir haben nichts zu verbergen – wir – mein Mandant und die Kanzlei.«

»Trotzdem stellen Sie in Ihren Anträgen einen Zusammenhang zwischen Festakowitsch und Fürstenstein her, der auf ein illegales Geschäft hindeutet. Schwarzgeld. Und das hat sehr wohl etwas mit Frank, Fürstenstein & Ferstl zu tun.«

Franziska hatte sich zurückfallen lassen, ließ den Trauerzug vor sich her schleichen. »Müssen wir das hier besprechen?«

»Ich möchte wissen, wieso Sie diese Informationen weitergegeben haben – sind Sie so verzweifelt?« Vielleicht kam es Franziska nur so vor, weil Sutel in gewisser Weise recht hatte, aber lag da nicht eine unerträgliche Selbstgefälligkeit in seiner Stimme? »Nehmen Sie tatsächlich eine Untersuchung durch die Wirtschafts- und Korruptionsstaatsanwaltschaft in Kauf, um Frank freizubekommen?«

»Maximilian Frank hat mit den Geschäften nur peripher zu tun, Inspektor Sutel. Wir wollen in der Sache mit offenen Karten spielen, es geht schließlich für Frank um alles. Natürlich ist er verzweifelt – was denken Sie denn? Dass das ein Kindergeburtstag ist für ihn? Wie abgestumpft sind Sie bloß, um eine solche Frage zu stellen«, sie wollte noch weiter auf ihn einhacken, hielt sich aber gerade noch zurück.

Jeder hier spielte seine Rolle.

Sie pflichtete ihrer inneren Stimme zu, die verdächtig nach ihrem Vater klang. Alle spielten, keiner lebte sein Leben. Da vorne lag einer im Sarg, der nicht mehr weiterspielen durfte, weil er jemanden bei seinen eigenen Spielzügen gestört hatte.

»Wir werden uns über diese *periphere* Involvierung unterhalten müssen, Frau Ferstl.«

»Für Sie *Doktor* Ferstl.« Jedem seine Rolle, dachte Franziska und hob das Kinn an.

*

Das Grabmal erwies sich als gotische Miniaturkirche. Kleine Türmchen aus weißem Stein, stellenweise vermoost und verwittert. Die Tore der Gruft waren einem gähnenden Maul gleich aufgezogen, ließen einen modrigen Hauch entweichen, der sich mit dem Nebel zu bleischwerer Atemluft vermengte.

Eine Schafherde bei Gewitter – so standen die Trauergäste beisammen, fühlten den Tod auf die Brust drücken bei jedem mühsamen Dehnen der Rippen. Männer in Jagdmontur nahmen Aufstellung, davor die Burschenschafter in ihren Fantasieuniformen. Es könnte auch ein makabrer Faschingsumzug sein, wunderte sich Franziska über das Aufgebot. Die eintönige Litanei des Priesters lullte sie ein, leere Formeln, seelenlos vorgetragen. Endlich die letzten segnenden Worte, und als der Sarg in die Gruft hineingetragen wurde, hob die Männergruppe zu »Ich hatte einen Kameraden« an, und die Burschenschaft zog geschlossen die Säbel.

»Das ist ein Wehrmachtslied – ein Nazilied«, keuchte Gerti auf und rammte Franziska den Ellenbogen in die Seite. »Ich fasse es nicht!« Einige der Trauergäste drehten sich nach ihr um. Franziska fasste sie warnend am Arm, ohne dass ihre Schwester darauf reagierte. »Darf man das überhaupt öffentlich singen, ist das nicht Wiederbetätigung?«

»Es ist keine Wiederbetätigung. Das spielen sie sogar bei offiziellen Anlässen«, antwortete Franziska und bemühte sich um einen beruhigenden Ton. »Ich hab's gehört, als die gefallenen UNO-Soldaten in Deutschland eintrafen.«

»Der Fürstenstein war Anwalt, kein Soldat«, erwiderte Gerti etwas leiser als zuvor.

»So viel ich weiß, war er eine Zeit lang Berufssoldat und hat nebenher studiert.« Vielleicht erklärte sich dadurch auch Siegfrieds Hang zur Jägerei, mutmaßte Franziska, sagte aber nichts. Es spielte keine Rolle mehr. Tot und begraben.

»Das darf einfach nicht wahr sein – ich nehme an einer Veranstaltung teil, auf der Nazilieder gespielt werden«, ließ Gerti nicht locker, doch ihre Worte gingen in einem Tumult nahe am Eingang zur Gruft unter. Neugierig reckte sie den Hals und versuchte, zwischen den Köpfen der vor ihr

Stehenden hindurch zu spähen. Auch Franziska, die einiges größer war als Gerti, blickte alarmiert nach vorne, die Arme bereits angehoben, als wollte sie jeden Augenblick zur Tat schreiten.

»Da ist eine Frau«, sagte Gerti. »Ganz in Schwarz.« Tatsächlich gellte im nächsten Moment eine Frauenstimme über die Versammlung, durch den Nebel verzerrt. In die Menschentraube kam Bewegung.

»Lasst mich zu ihm!«, wehte die Stimme durch Nebelfetzen zu ihnen, mal lauter, mal leiser. »Ich muss von Sigi Abschied nehmen ... oh mein Gott ... warum ...« Die Worte zerbrachen in Wehklagen, und die Trauergäste tuschelten miteinander, zeigten ungeniert nach vorne, drehten sich zur Seite, um die Meinung des Nachbarn zu dem Spektakel einzuholen.

Franziskas Brust wurde eng im selben Augenblick, in dem sie die Stimme erkannte. Energisch schob sie sich zwischen den Menschen hindurch, hin zu der Frau vor dem Grabmal.

»Sigi, oh mein Sigi – wieso? Der Mörder darf leben und du ...« Samira fiel auf der Stufe der Gruft auf die Knie, bebte am ganzen Leib. Die Familie Fürstenstein war zurückgewichen und blickte Hilfe suchend in die Runde. Das kleine Mädchen an Hannelores Hand starrte wie gebannt auf das Klageweib; der Jüngste, Franz, hatte das Gesicht im Schoß der Großmutter Fürstenstein verborgen.

Die verhüllte Gestalt Hannelores bewegte sich kaum, bis sie Franziska entdeckt hatte. Ihre behandschuhte Hand wies auf Samira. »Wieso ist diese Verrückte immer noch auf freiem Fuß, Franziska?«, rief sie ihr entgegen. »Die hätte längst in die geschlossene Psychiatrie gehört – schaff sie hier weg.« Deutlich war ihr der Schock über diesen Auftritt anzuhören. Die Geliebte ihres Mannes vor all den prominenten Gästen – nicht lange, und die Demütigung würde in ihrem Bewusstsein anstelle des Schocks Platz greifen.

Längst war Franziska neben dem Häufchen Elend angekommen, das da am Boden kauerte, und versuchte, Samira auf die Beine zu ziehen.

»Kommen Sie, Samira. Das bringt doch nichts.« Zwar lehnte sich die verzweifelte Frau gegen Franziskas Bein, war aber außerstande, sich zu erheben oder auch nur etwas zu sagen. Ihr Schluchzen kam stoßweise und erschreckend laut. Zwei Männerhände ergriffen Samiras Arm und Taille. Franziska blickte auf und sah in Inspektor Sutels angespanntes Gesicht.

»Wir gehen jetzt von hier weg, Frau Dinic. Ich helfe Ihnen, kommen Sie«, sagte er mit einer Intensität, die von einer geradezu hypnotischen Wirkung war. Selbst Franziska fühlte den Zwang, mit Sutel zu gehen. »Haben Sie Ihre Medikamente nicht eingenommen?« Franziska sah fragend zu Sutel, so intensiv, dass er ihr »Sie hat einen schizophrenen Schub« zuraunte.

Schizophrener Schub? Franziska keuchte auf – ihre Sekretärin war schizophren? Und womöglich die Letzte, die Siegfried lebend gesehen hatte … war es denkbar, dass Samira ihn getötet hatte und danach nichts mehr von der Tat wusste? Sutel sah ihr wohl den Hoffnungsfunken an, so wie er die Lippen zusammenkniff. Allen Animositäten zum Trotz war Franziska ob Sutels Unterstützung erleichtert. Sie packte ebenfalls einen Arm, und gemeinsam gelang es ihnen, Samira auf die Beine zu ziehen. Unendlich langsam schleppten sie die Frau durch die sich willfährig bildende Gasse, dabei klammerte sie sich mehr an Sutels Arm als auf ihren. Für Franziska keine unangenehme Wendung –

sie sorgte dafür, dass Samiras Tasche nicht über den Boden schleifte, zog ihr den Mantel zurecht und redete beruhigend auf sie ein. Nahe dem Friedhofseingang versiegte das Jammern, wurde zu einem stillen Schluchzen, und Franziska blickte fragend zu Sutel. Er zuckte mit den Schultern und seufzte geschlagen.

»Soll ich Sie nach Hause fahren, Frau Dinic?« Seine Frage war mehr eine Feststellung, so wie er sie aussprach.

Dinic hob das Gesicht, und ein Hauch von Interesse lag auf ihrem Antlitz. »Sie sind ein guter Mensch«, brach es aus ihr heraus, und neuerlich füllten sich die Augen mit Tränen. Seine grimmige Erwiderung wirkte verlegen, und Franziska konnte sich das Schmunzeln nicht verkneifen. Sutel sah es, musste jedoch angesichts der auf ihn gerichteten Aufmerksamkeit von Dinic seinen Unmut verbergen. Stattdessen presste er die Lippen aufeinander und tätschelte die Hand, die seinen Oberarm fest umklammert hielt.

»Mein Auto steht nicht weit von hier – Sie schaffen das.« Seine Worte setzte er mit solchem Nachdruck, als würde er damit nicht nur die Wegstrecke bis zum Wagen meinen.

Dinic seufzte. »Ich habe keinerlei Rechte – nicht zu trauern, nicht mal, an seinem Grab zu stehen«, murmelte sie, Franziska konnte sie kaum verstehen. Plötzlich ging ein Ruck durch Dinics Körper, die Emotionen brandeten hoch, und sie schrie: »Aber das kalte Luder, sie darf Hof halten, sich bemitleiden lassen, obwohl sie ihn gar nicht geliebt hat.«

Franziskas Griff wurde fester. »Sie müssen aufhören, daran zu denken, Frau Dinic, das ist purer Masochismus. Es ist nun mal, wie es ist.«

Dinics Augen wollten Franziska erdolchen. »Sie brauchen nicht mitzufahren, Frau Doktor Ferstl«, sagte sie dabei derart kühl, dass Franziska sich für einen Moment lang fragte, ob der vorherige Kontrollverlust nicht zu einem Gutteil Show gewesen war – oder war es die psychische Störung?

»Sie können bei der Beerdigung bleiben, Frau Doktor Ferstl«, mischte sich Sutel ein. »Ich kümmere mich um Frau Dinic. Sie sind zum Leichenschmaus geladen?«

»Es gibt eine Tafel im Hotel Imperial. Ich werde nicht lang bleiben«, versicherte sie ihm.

»Eine Tafel im Imperial«, äffte Samira nach und gab einen spitzen Aufschrei von sich. »Mein Sigi liegt unter der Erde, die Ehefrau diniert mit ihrer feinen Clique. Er hat immer gesagt: Du kannst dir nicht vorstellen, wie abgebrüht meine Frau ist, die schaut aus wie ein Engel und hat die Härte von einem Söldner.«

»Ein Leichenschmaus ist doch üblich«, warf Inspektor Sutel ein, wollte sie offenbar beruhigen und musste einsehen, dass er daran scheiterte.

»Oh ja – Tradition! Das kann sie. Den Mörder hätte sie bestimmt auch eingeladen dazu. Bei dem Gefallen, den er ihr getan hat ...«

Schüsse gellten durch den Nebel, Krähen flogen laut kreischend auf, umkreisten das Gelände mit schlagenden Flügeln. Franziska, aber auch Sutel und Samira Dinic zuckten zusammen und rissen die Köpfe in die Richtung, aus der sie gekommen waren. Hornbläser ertönten.

»Das waren wohl die Jäger«, schloss Franziska aus den nun herüberwehenden Klangfetzen, rieb Samira beruhigend über den Rücken, konnte den eigenen Ärger kaum verhehlen. »Ein Abschiedssalut – was noch?«

»Gehen wir, bevor ich die Veranstaltung noch auflöse und mich in alle Fettnäpfchen setz, die es in Wien gibt«, knurrte Inspektor Sutel. »Ich schaue vielleicht später bei Ihnen vorbei, Ferstl.« Damit zog er Dinic mit sich mit. »Sie können mir die ganze Fahrt lang erzählen, wieso Maximilian Frank den Fürstenstein umgebracht hat.«

Besorgt sah Franziska den beiden nach. Diese Konstellation gefiel ihr gar nicht.

*

Nach einer halben Stunde karger Konversation setzte Gerti sie vor dem Hauptportal des Imperials am Kärntnerring ab.

»Danke für deine Begleitung«, versuchte Franziska noch einmal zu ihrer Schwester vorzudringen.

»Schon gut. Wir hören uns.« Vergeblich. Gerti sah ihr nicht mal in die Augen. Der Wagen fuhr los, kaum dass Franziska die Tür zugeschlagen hatte. Franziska sah den Abblendlichtern nach. Bestimmt war Tinchens Erkrankung die Ursache für Gertis ungewohntes Verhalten. Herrgott nochmal, sie fühlte sich ja selbst wie ein Seiltänzer ohne Netz seit dieser Diagnose. Franziska schloss für eine Sekunde die Augen und mahnte sich zur Konzentration auf die anstehende Aufgabe.

Vorbei am livrierten Türsteher, betrat sie das Hotel über die Drehtür. Ein wahrlich angemessener Rahmen für die Prominenz der Trauergesellschaft: Marmorsäulen, Kristalllüster und Messing, ganz wie es sich für ein ehemaliges Palais eines Herzogs von Württemberg gehörte. Die dunkle Wandvertäfelung und Holzdecke des »Salons Imperial« sorgten für Behaglichkeit und waren gleichzeitig von Schwere und Würde geprägt. Der Raum sog geradezu alle Geräusche in sich auf; da waren opulente Goldbrokatvorhänge, die nur wenig Tageslicht durch die hohen Fenster dringen ließen, ein goldgemusterter Teppichboden, der zu leuchten schien, blütenweiße Damasttischtücher, Polsterstühle und Blumenschmuck.

Die Gesellschaft saß aufgeteilt an mehreren runden Tischen, durchwegs Politiker, Anwälte, der eine oder andere Schauspieler und unzählige Adelsvertreter.

Franziska sondierte das Feld – an ihrem Tisch befanden sich mehrere Damen mit ihren Begleitern, bloß Hirscher war nicht dabei. Endlich erspähte sie ihn am gegenüberliegenden Tisch. Er saß mit dem Rücken zu ihr, ein schmaler Mann mit akkurat geschnittenem Haar.

»Ach, kennen Sie den Doktor Hirscher?«, fragte ihr Sitznachbar. Überrascht drehte sie den Kopf. Ein Rechtsanwalt, bekanntes Gesicht – wie hieß er doch rasch? Lehner. Irgendwas mit Lehner… Franziska ärgerte sich über ihr Gedächtnis. Sonst vergaß sie nie einen Namen. Lehnbacher, richtig.

»Über Siegfried«, hielt sie sich bedeckt. Der Mann schien Hirscher zu kennen und nicht sonderlich zu mögen, wenn sie seinen Gesichtsausdruck richtig interpretierte. Woher kannte sie Lehnbacher? Das runde Gesicht des Anwalts, seine bullige Art zu sitzen brachte sie darauf – richtig, der Verband sozialistischer Studenten. Lehnbacher war eine große Nummer gewesen zu ihrer Zeit an der Uni. Die Sozis und die Burschenschafter waren sich doch spinnefeind, seit Urzeiten – wie kam es, dass ein alter Sozi auf der Beerdigung eines Burschenschafters saß? Neugierig blickte sie Lehnbacher an. »Sie kennen Hirscher? Ist er Ihr Steuerberater?«

»Um Himmels willen«, erwiderte Lehnbacher und lachte auf eine Art, die eher nach Husten klang. »Ich kenne ihn von gemeinsamen Jagden, über Siegfried.«

»Da trifft man wohl alle politischen Lager.«

Lehnbacher zuckte mit den Schultern. »Jagen ist das neue Golfen. Für Manager und Politiker mit Killerinstinkt.« Er zwinkerte ihr zu. War wohl ein Witz gewesen. Vielleicht bemerkte er ihr Befremden, denn er fügte fast entschuldigend hinzu: »Ich allerdings habe die Jagdleidenschaft von meinem Vater geerbt. Er war Berufsjäger, bei den Bundesforsten angestellt. Ich wollte auch Jäger werden, aber der Vater wollte, dass der Bua was Gescheites lernt. Früher war das noch so.«

Franziska lächelte, überlegte, wie sie mehr über Hirscher erfahren könnte. »Hirscher soll ja ein hervorragender Steuerberater sein, das muss man zugeben, auch wenn man nicht seine Weltanschauung teilt«, startete Franziska einen neuerlichen Versuch. Das war ein geselliger Mann, der Lehnbacher, wäre doch gelacht, wenn sie ihn nicht zum Reden brachte.

»Wenn man will, kann man in jedem Menschen ein, zwei außergewöhnliche Qualitäten finden.« Lehnbacher hustete sein Lachen, hielt sich diesmal die Hand vor den Mund. »Wer weiß, vielleicht wird der Typ unser nächster Finanzminister.«

»Wie das?« Franziska war mehr als erstaunt. Dieser farblose Mann ihr gegenüber sollte eines der wichtigsten Ämter im Land übernehmen?

»Hirscher hat große Ambitionen. In konservativen Kreisen ist er gut vernetzt, aber da ist er bisher nicht weiter gekommen. Zuletzt ist er im Dunstkreis der Rechtsaußenpartei wiederholt gesehen worden. Die haben einen ziemlichen Personalmangel, zumindest an hoch qualifizierten Mitgliedern, und wenn die Rechten bei der nächsten Wahl eine Mehrheit erringen, dafür stehen die Chancen laut Umfragen gut, tja, dann hat Hirscher den Fuß in der Tür.«

Helles Geläut erklang, unterbrach die Unterhaltung. Verärgert starrte Franziska zu Ferdinand Fürstenstein. Seine Durchlaucht hatte sich erhoben, den Dessertlöffel in der Hand, der kurz zuvor noch gegen das Weinglas geschlagen hatte. Er hüstelte, hielt seinen asketischen Körper aufrecht und wartete, bis Ruhe im Salon einkehrte.

»Unser Beisammensein gilt meinem dahingegangenen Schwiegersohn, Siegfried. Er war ein wunderbarer Familienvater und Ehemann, pflegte das Familienerbe und musste viel zu früh von uns gehen.« Wieder hüstelte er und sah zu seiner Tochter hinunter. Hannelore saß reglos da, starrte auf einen Punkt jenseits der Wandvertäfelung, reagierte nicht auf das ungeduldige Scharren ihres Jüngsten, nicht auf die Worte ihres Vaters oder die Blicke der Gäste. Hätte sie nicht von Zeit zu Zeit mit den Lidern geschlagen, man hätte sie für eine Wachsfigur gehalten. »Er wäre hocherfreut, Sie alle beisammen zu sehen, und vielleicht ist sein Geist in irgendeiner Weise, wie es nur Gott wissen kann, unter uns.« Neuerliches Hüsteln. Entweder war Fürstenstein erkältet oder etwas war mit seinem Kehlkopf nicht in Ordnung, kommentierte Franziska in Gedanken. Bei einem jahrzehntelangen Pfeifenraucher könnte da durchaus etwas im Busch sein.

»Lassen Sie uns die Gläser erheben, gefüllt mit Siegfrieds Lieblingswein, einem steirischen Welschriesling, und eine Schweigeminute abhalten.« Alle erhoben sich. Franziska fühlte die Indignation einiger Anwesenden an ihrem Tisch, die üppige Gräfin von Irgendwo, welche eben erst unvorstellbare Mengen an Gänseleberpastete und Rehfilet samt Beilagen verdrückt hatte und nun wenig elegant auf die Beine kam, oder die junge Gemahlin ihres anderen Tischnachbarn, ein Verfassungsjurist aus dem Bundeskanzleramt, für die die ganze Veranstaltung schon viel zu lange dauerte. Sie alle hoben die Gläser, sprachen den Toast »Auf Siegfried« nach und standen nach einem kräftigen Schluck Wein eine Minute lang still da. Totenstille? Nein, Franziska hörte Räuspern und das dumpfe Scharren von Schuhen auf dem Teppichboden. Seide raschelte, Ohrgehänge klirrten aneinander. Die Stille war ungeduldig, konnte es kaum erwarten, zu enden. Keiner wollte sie, diese Erinnerung daran, was auf jeden von uns wartete. Der Nachgeschmack des Weins prickelte sauer auf Franziskas Zunge. Hirscher, ein paar Meter vor ihr, stand regungslos – ein Soldat, der eines Kameraden gedachte. Finanzminister, soso. Ihre Gedanken konnten sich nicht von ihm lösen. Seine Gestalt strahlte selbstgefällige Würde aus. Eine aufrechte Haltung hatte noch keiner Erscheinung geschadet, so etwas kam vor den Kameras gut an. Das konnte sogar die fehlende Körpergröße durchaus wettmachen. Heutzutage war das Erscheinungsbild wichtiger als alles andere. Man sollte Schauspieler für die Regierungsposten engagieren, überlegte Franziska, Schauspieler, die ihre Rollen, geschrieben von den eigentlichen politischen Köpfen, für das Publikum, alias Wahlvolk, ansprechend zum Besten gaben. Was für verrückte Gedanken man in einer Trauerminute wälzen konnte.

»Ich danke Ihnen«, beendete Fürstenstein das Schweigen, und unter der Klangkulisse schabender Sesselbeine und Gläser, die aneinanderstießen, kam Bewegung in die Gäste. Franziska sah, wie Hirscher den Stuhl unter den Tisch schob und sich Richtung Flügeltür bewegte. Auch andere Gäste nutzten die Gelegenheit, um sich kurz die Beine zu vertreten und die Toiletten aufzusuchen. Diese Gelegenheit mochte sich Franziska nicht entgehen lassen –

sie entschuldigte sich bei Lehnbacher, legte die Serviette zurück auf den Tisch und folgte Hirscher hinterher. Am Ausgang stauten die Gäste, kamen nebeneinander zu stehen, grüßten, plauderten oder blickten ungeduldig über die Köpfe der anderen. Geschickt fädelte Franziska sich in die Schlange ein und kam neben ihrem Zielobjekt zum Stillstand. Sie konnte direkt auf seine Narbe sehen, eine blasse, aber deutliche Kerbe über dem Jochbein. Ein Schmiss – das im Fechtkampf, der Mensur, unter den Burschenschaftern errungene Zeichen für Männlichkeit und Mut. Manche Männer brauchten das anscheinend. Nebeneinander standen sie schließlich vor dem Durchgang, und Hirscher ließ ihr galant den Vortritt.

»Ach, Frau Doktor Ferstl, nicht wahr?«, blitzte Wiedererkennen in seinem Gesicht auf und seine Augen richteten sich auf sie. Instinktiv hob Franziska die Hände, nahm innerlich eine Abwehrhaltung an. Da war etwas an dem Mann, das alle Alarmsysteme in ihr weckte. Er hatte sie erkannt. Tatsächlich hatten sie einander bei der einen oder anderen Veranstaltung der Fürstensteins gesehen, vor denen sie sich nicht hatte drücken können. Mehr als ein paar Grußworte hatten sie nie gewechselt. Umso erstaunlicher, dass er ihrem Gesicht sofort den richtigen Namen zuordnen konnte. Als hätte auch er nur auf diese Gelegenheit gewartet.

»Doktor Hirscher, nicht wahr? Wie schade, dass wir einander unter so traurigen Umständen wiedersehen.«

»In der Tat«, nickte er. Hirscher war kleiner als sie und wirkte, als könnte er keine 100 Meter am Stück laufen. Wahrscheinlich war er um einiges zäher als es im ersten Augenblick wirkte. Genauso stellte man sich einen Steuerberater vor, dachte sie, farblos, Schreibtischhocker, langweilig. Nach außen hin passte er perfekt in die gewählte Rolle. Wäre da nicht dieser haifischartige Blick gewesen. Franziska atmete durch, musste das Gespräch vorantreiben. Hirscher kam ihr zuvor. »Sie sind die ehemalige Partnerin der Kanzlei Fürstenstein, Frank & Ferstl«, hielt er das Gespräch in Gang. »Wir sind einander zuletzt begegnet – warten Sie – war das der Empfang zu Siegfrieds 40. Geburtstag?« Siegfrieds Namen schien ihn, kaum ausgesprochen, zu erschrecken. »Schreckliche Sache, was da geschehen ist.«

»Wir sind alle schockiert«, bestätigte Franziska, und Hirscher nickte zustimmend.

»Rauchen Sie?«, erkundigte er sich. »Ich brauche jetzt eine Zigarette.« Er zeigte Richtung Seitenausgang. Unmöglich konnte sich Franziska diese Gelegenheit entgehen lassen, auch wenn sie seit 20 Jahren keine Zigarette mehr angesteckt hatte. Offensichtlich wollte Hirscher Details über Siegfrieds Tod in Erfahrung bringen, und das passte perfekt in ihr eigenes Bestreben, mehr über Siegfrieds Geschäfte herauszufinden. Dafür konnte man schon mal bei zehn Grad Celsius unter einem Vordach einen Sargnagel inhalieren.

Hirscher hielt ihr eine Packung Chesterfield entgegen und sein Feuerzeug bereit. Wie Teenager nach dem Unterricht standen sie beisammen, die Schultern hochgezogen, abseits der Masse, um dem Laster zu frönen. Eigentlich amüsant, genoss Franziska den ersten Zug und sah zu, wie die Rauchwolke vom Ostwind mitgerissen wurde. Die Stärke des Nikotins überraschte sie. Wie damals mit 15 bemächtigte sich ein angenehmer Schwindel ihres Kopfes, und sie legte die freie Hand auf den Stehtisch.

»Sie waren mit Siegfried eng befreundet, hat mir Hannelore erzählt«, versuchte Franziska eine Vertrauensbasis zu schaffen. Sollte er ruhig glauben, dass Hannelore und sie dicke Freundinnen waren.

»Das ist richtig«, nickte er. »Seit Studententagen.«

»Richtig«, sagte sie leichthin, als wäre die Mitgliedschaft in einer schlagenden deutschnationalen Gruppierung das Normalste der Welt. »Wieso tragen Sie nicht die Farben Ihrer Studentenverbindung? Ist das nicht Pflicht?«

»Ich habe im Anschluss einen Termin«, erklärte er und zog an der Zigarette, entblößte beim Ausblasen die leicht nach innen gerichteten Schneidezähne. »Aber Siegfried war das ohnehin nicht mehr so wichtig. Er hatte sich in letzter Zeit sehr verändert.« Franziska blickte ihn an, so als wüsste sie Bescheid und warte nur darauf, ihre eigenen Beobachtungen auszutauschen, falls er selbst nicht genug dazu wusste. Also sprach er weiter. »Manchmal hat er ganz wirr geredet. Wollte einen Neustart.«

»Was soll daran wirr sein?«

Hirscher zog die Augenbrauen hoch, und seine Zigarettenhand schwebte unbewegt auf Kopfhöhe.

»Das fragen Sie nicht ernsthaft«, sagte er, den einen Mundwinkel hochgezogen. »Bei dem Haufen Schulden, all den kassierten Förderungen für den Familiensitz, Versprechungen und Verbindlichkeiten, die er eingegangen ist – da kommt keiner mehr raus. Das wissen Sie doch«, setzte er nach, und es lag Misstrauen in seinem Blick.

»Sicher«, bestätigte Franziska sofort, »gerade deswegen ist es nur umso verständlicher, aussteigen zu wollen.«

»Doch nicht wegen einer serbischen Sekretärin.« Mehr brauchte er nicht dazu sagen, zwischen den Worten schwang die Verachtung des Nationalisten. »War heute

Vormittag eine fromme Tat von Ihnen, die Frau fortzubringen. Was für ein Affront gegen Hannelore.«

»Hätte er sich denn von Hannelore getrennt?« Franziska sog Rauch ein, gewöhnte sich viel zu rasch an die Automatik der Bewegung. Der Körper vergisst nichts, dachte sie und blickte zur Ringstraße, die überquoll vor Touristenbussen, Autos und Fiakern. Kahle Baumkronen stachen ihre dürren Äste in den Nebeldunst, Krähen hockten beisammen, lauernd und doch träge.

»Ich kann es mir nicht vorstellen.« Hirschers Blick richtete sich auf Franziska, war unangenehm klebrig. »Der Skandal, der finanzielle Ruin, die Kinder ...« Er schüttelte den Kopf.

»Eine Scheidung ist heutzutage doch kein Skandal mehr«, wandte Franziska halb amüsiert ein. »In welcher Zeit leben Sie denn?«

Hirscher schüttelte den Kopf, verzog den Mundwinkel zu einem schiefen Grinsen. »Nicht in den Kreisen der Fürstensteins. Alter Adel, Opus Dei. Das hätte ihn Dreiviertel seiner wichtigsten Klienten gekostet.«

»Verstehe.«

»Haben Sie Siegfried gefunden?« Er konnte die Neugierde nicht länger verhehlen, sie platzte förmlich aus ihm heraus. »Seine Leiche?«

»Die serbische Sekretärin war's«, äffte Franziska ihn nach, und Hirscher schien den Wink zu kapieren. Er rieb sich über Kinn und Wangen, sah betreten zu Boden, als sie weiter sprach. »Ja. Die arme Frau Dinic hatte das Vergnügen. Mir selbst haben die Fotos gereicht.«

»Das ist sicher hart gewesen, – für *die*«, gab er sich Mühe, bei Franziska zu punkten, konnte sich allerdings nicht dazu überwinden, Siegfrieds Geliebte beim Namen zu nennen.

Trotzdem wollte er mehr wissen. »Der Verdacht gegen Maximilian Frank hat sich erledigt? In der Zeitung stand, dass die Untersuchungshaft aufgehoben wurde.«

»Sie hätte erst gar nicht verhängt werden dürfen.«

Er hob eine Augenbraue, nickte jedoch zustimmend. »Gibt es eine Spur?« Seine Haiaugen bohrten sich in Franziska. »Einen Verdacht?«

»Es wird noch ermittelt«, wich Franziska aus. »Für uns bleibt es ein Rätsel.«

»Absolut«, stimmte er sofort zu. »Diese Brutalität. Mit einem Kabel erdrosselt. Es hat so etwas – ich möchte sagen: Heimtückisches. Das macht unsereiner nicht.«

»Unsereiner?« Der Glanz in seinen Augen irritierte Franziska. War das Eifer? Fanatismus? Worauf wollte Hirscher sie stoßen?

»Jemand wie Frank«, erklärte er eilig.

Unsereiner. Das Wort ging Franziska im Kopf herum. Keiner aus der Bildungsschicht, keiner von uns Juristen, keiner von den Geldsäcken? Haben wir etwa keine unbändigen Emotionen, sind wir so abgestumpft und über die Maßen kultiviert, dass Gewalt undenkbar geworden ist? Franziska schüttelte den Kopf. Das Tier in uns schläft nur, es ist nicht tot.

»Ich habe gesehen, dass Sie Geschäftsführer einer Briefkastenfirma sind, die Siegfried für Festakowitsch gegründet hat.« Für einen Moment stockte Hirscher der Atem, das konnte Franziska an dem Ausbleiben der fast unsichtbaren Atemwölkchen erkennen, doch das blieb die einzige Reaktion auf ihre Feststellung. Unbeirrt sah Hirscher sie an.

»Wir waren Freunde und Geschäftspartner, wie gesagt.«

»Worüber hat Siegfried mit Ihnen an seinem Todestag gesprochen – Sie waren einer der Letzten, der mit ihm telefoniert hat.«

»Dazu habe ich der Polizei bereits Auskunft gegeben. Ich hatte keine Zeit zum Reden und musste das Telefonat bald beenden. Adventfeier mit den Kindern, Sie verstehen.«

»Was wollte Siegfried von Ihnen – es ging um Festakowitsch, nicht wahr?«

Wieder blieben die Atemwölkchen aus, und Hirschers Lidschlag wurde unregelmäßig, bis er den Blick an ihr vorbeilenkte. »Ja, aber nichts Weltbewegendes aus meiner Sicht. Wir kamen überein, am Montag darüber zu sprechen, wenn ich im Büro bin.«

»Dann ist Festakowitsch ebenfalls ein Klient von Ihnen?«

Hirschers Nicken war eine zögerliche Bewegung. »Ich habe Siegfried und Festakowitsch zusammengebracht. Bei einer Jagdgesellschaft.«

»Das ist ein lukratives Geschäft«, sagte Franziska und steckte den Zigarettenstummel in die sandgefüllte Schale auf dem Stehtisch. »Und die Zusammenarbeit zwischen Siegfried und Ihnen hat gut funktioniert. Es gab sicher noch mehr gemeinsame Klienten, nicht wahr? Es wäre für Sie recht unbequem geworden, wenn Siegfried ausgestiegen wäre.«

»Was wollen Sie da andeuten?« Seine Gelassenheit war verschwunden, seine Lippen wirkten noch schmäler.

»Sie haben selbst gesagt, dass Siegfried Ausstiegstendenzen zeigte. Das wäre nicht nur für ihn unangenehm gewesen – unter den Folgen hätten seine Frau, seine Kinder und auch Sie gelitten. Ihre Geschäfte sind gerade noch legal, aber längst nicht mehr toleriert. Gegen Steuerflucht werden zunehmend Maßnahmen gesetzt, und die Klienten sind äußerst sensibel. Da kann man keine Öffentlichkeit brauchen. Wenn Siegfried alles hingeschmissen hätte, wären die Klatschspalten voll gewesen, immerhin ist seine Frau eine Societylady, von altem Adel und bei jeder Charityveranstaltung geladen. Man hätte gesucht und geschnüffelt, vielleicht hätte sogar die rachsüchtige Ehefrau selbst einen Hinweis fallen lassen? Soll alles schon vorgekommen sein.«

»Unsinn«, er trat von einem Bein aufs andere, verschränkte die Arme vor der Brust und machte einen Schritt von ihr weg. »Ich war sogar als neuer Partner im Gespräch.«

»Siegfried wollte die Kanzlei von Maximilian Frank übernehmen und sich mit Ihnen zusammentun?« Wenn das keine spannenden Neuigkeiten waren! »Kann ich mir gut vorstellen – Maximilian hat nur widerwillig bei den Geschäften mit den Russen mitgemacht.«

»Durchaus nicht, Frau Doktor Ferstl«, er betonte jedes einzelne Wort in der Erwartung ihrer Wirkung. War das ein Glitzern in seinen Augen? »Hat er Ihnen das weismachen wollen?« Das schmallippige Grinsen machte sein Gesicht noch haiähnlicher. Die Narbe verzerrte sich. Hirscher sog mit zusammengekniffenen Augen am letzten Rest seiner Zigarette und warf den Stummel in den Sand. »Er hat schon vor Festakowitsch mitpartizipiert. Das Geschäftsfeld russischer Klienten hat sich erst entwickelt und zunächst hatte sich Frank zurückhaltend verhalten, doch letztendlich war er dabei.« Triumph stand in sein Gesicht geschrieben und eine Selbstgefälligkeit, die Franziska ihm liebend gern herausgeschlagen hätte. Vor Festakowitsch – das bedeutete, die Geschäfte waren bereits vor ihrem Ausscheiden gelaufen, hinter ihrem Rücken. Hirscher musste lügen. Er oder Max. »Frank wäre ohnehin in wenigen Jahren in den Ruhestand gegangen, der machte uns keinerlei Probleme. Was wollen Sie also daraus für obskure Schlüsse ziehen? Siegfried drängte darauf, dass ich als Partner einsteige, gleich, nachdem Sie die Sozietät verlassen haben. Wir waren über den

Gesellschafteranteil noch uneins, richtig, aber im Gespräch. So viel, wie Frank verlangte, wollte ich nicht bezahlen. Schließlich bringe ich sehr viele Klienten mit.«

»Und jetzt übernehmen Sie unsere Klienten einfach?« Eine der Krähen reckte den Schnabel und krächzte. Lach mich ruhig aus, dachte Franziska, Maximilian hat das alles vor mir geheim gehalten und selbst jetzt, wo ihm das Wasser bis zum Hals steht, hatte er nicht ausgepackt. Schreien wollte sie – die verdammte Krähe anbrüllen, den selbstgefälligen kleinen Arsch vor ihr, die ganze Bagage. Was sagte Gerti immer? Atmen. Genau – sie musste sich zusammenreißen, tief ein- und ausatmen. So ging das. Cool bleiben. »Nach meiner Unterhaltung mit Festakowitsch zu schließen, wird er die Kanzlei auf alle Fälle wechseln.« Hirschers Augen verengten sich und Franziska überlegte, wie viel er eigentlich wusste. Jede Wette, dass er längst mit Festakowitsch darüber gesprochen hatte.

»Das ist richtig. Zumindest vorübergehend werde ich mich um seine Geschäfte kümmern. Ist das ein Problem für Sie?« Bingo.

Demnächst konnte sie sich als Wahrsagerin verdingen, bei der Intuition.

»Nicht im Geringsten – auf Festakowitsch kann ich gern verzichten. Können Sie ihm ruhig ausrichten, aber er weiß es ohnedies.« Franziska rieb sich demonstrativ über die Arme. »Gehen wir hinein. Ich brauche einen Espresso.«

*

Der Vorraum der Kanzlei schimmerte in goldenem Licht. Zwei große Terrakottatöpfe mit jeweils einem künstlichen Buchsbäumchen, über und über mit kleinen Lichtern, Flitter und winzigen Glaskugeln geschmückt, flankierten den Eingang ins Sekretariat.

»Was um Himmels willen …« Franziska konnte kaum den Blick abwenden, während sie aus den Stiefeln schlüpfte und ein Paar Pumps aus dem Schuhschrank überstreifte. »Nathalie?« Etwas fiel klappernd zu Boden, Stimmengemurmel; dann hasteten Schritte Richtung Tür. Ehe Franziska die Türschnalle ergreifen konnte, ging sie auf, und eine rotwangige Nathalie blickte sie an.

»Sie sind schon zurück!«

»Haben Sie gedacht, die behalten mich gleich am Friedhof?« Kopfschüttelnd drängte Franziska das Mädchen zurück in das Zimmer und entdeckte Kurt geschäftig am Drucker hantieren. »Ist der wieder kaputt? Ich habe Max schon vor einem Jahr gesagt, dass wir einen neuen brauchen.«

»Hi, Franziska«, erwiderte Kurt und auch sein Gesicht wirkte erhitzt, seine Hände umklammerten ein Stück der Abdeckung. »Ist nur ein Papierstau gewesen, geht gleich wieder. Wie war der Leichenschmaus?«

Franziska verdrehte die Augen und besah die Reihe grüner und roter Lichter am Drucker.

»Aufschlussreich.« Mit einem Seitenblick auf Nathalie überzeugte sie sich davon, dass die Kleine zwar tat, als räumte sie ihre Tasche zum Fortgehen ein, jedoch die Ohren mindestens so gespitzt hielt wie die Elfe Titania im »Sommernachtstraum«. »Stößt sich denn kein Mensch an dem Ausdruck ›Leichenschmaus‹? Allein die Verbindung der beiden Wörter Leiche und Schmaus ist pervers.«

Kurt grinste und drückte die Abdeckung zurück an ihren Platz; mit lautem Knacken rastete sie ein. »Was schlägst du vor? Totenessen?«

»Das ist wirklich gleich viel besser«, rümpfte Franziska die Nase. »Wie wäre ›Verabschiedungsmahl‹, klingt doch annehmbar, oder ›Gedenkdinner‹.«

»Brauchen S' mich heute noch, Frau Doktor?«, mischte sich Nathalie ein.

»Lassen S' dieses Doktorgerede, ich bin keine Ärztin«, schnauzte Franziska und konnte sich selbst nicht erklären, warum sie dermaßen gereizt war – es war unprofessionell, eine Mitarbeiterin anzuschnauzen, etwas, was sie verabscheute. Eine Spur freundlicher versuchte sie, den Fehler auszubügeln. »Wir sind schließlich ein Team, nicht wahr? Sie können gern heimgehen.«

»Danke, Frau Doktor.«

Franziska verdrehte die Augen angesichts der Beharrlichkeit ihrer Jungsekretärin. »Geh ich recht in der Annahme, dass die Kitschattacke im Vorraum auf Ihr Konto geht?« Nathalie grinste.

»Doktor Thesch hat gesagt, ich habe freie Hand mit der Weihnachtsdeko. Weil wir ja den Baum nicht aufputzen.«

Wie hübsch sie aussah – Franziska fiel jetzt erst auf, dass die dicken Kajalbalken von den Augenlidern verschwunden waren und das Gesicht nicht mehr bleich geschminkt war. Da waren rosige Wangen in dem vollen Gesicht. Das stand einem Mädchen doch am allerbesten; kein schwarzer Nagellack, sondern eine French Manicure. Das Mädchen schien sich der Welt zuzuwenden, anstatt diese zurückzustoßen. Wunderbar. Ganz besonders, weil ihre Klienten, und derzeit auch diverse Journalisten, in ihrer Kanzlei nicht länger von einer Vampirprinzessin empfangen wurden.

»Gefällt's Ihnen, Frau Ferstl?«

»Sehen Sie nicht, wie begeistert ich bin«, bemühte sich Franziska, das Mädchen nicht vor den Kopf zu stoßen.

»Was machen wir mit dem Baum?« Wie bei Nathalie ging auch ihr Blick zu Kurt. Er war jetzt der letzte Mann in der Kanzlei, der solche massiven Dinge stemmen konnte. Da ihn zwei Augenpaare herausfordernd anblickten, hob er reflexartig die Hände.

»Schon gut, verstanden. Ich bringe ihn fort.« Sowohl Franziska als auch Nathalie nickten zustimmend.

»Dann spenden wir den Baum«, entschied Franziska. »Irgendwas Karitatives – am Besten dem Frauenhaus im 18. Bezirk.« Zufrieden mit ihrem Einfall wandte sie sich zu Nathalie. »Rufen Sie morgen bei der Leiterin an, die habe ich in den Kontakten, fragen Sie nach, ob sie ihn wollen.«

»Ist gut, Chefin. Dann geh ich mal.« Ein letzter Blick zu Kurt, ein leises »bis Morgen«, und Nathalie verschwand in den Vorraum.

Franziska schürzte die Lippen und betrachtete Kurt nachdenklich. »Na?«, versuchte sie eine Reaktion zu provozieren.

Kurts Augen wurden kugelrund. »Was?«

»Nathalie ist vorhin ganz verwirrt gewesen …«

»Nein! Was denkst du …«, wehrte er sofort ab, vermied es aber, ihr in die Augen zu sehen. Er griff sich seine Ausdrucke, warf zerknitterte Seiten zum Altpapier und steuerte sein Büro an. »Ach ja, ich habe weiter in den Daten gestöbert. Hirscher ist öfter involviert.«

»Das passt ins Bild. Ich hatte eine Unterhaltung mit ihm«, sagte sie und folgte ihm hinterher. »Festakowitsch ist bereits zu ihm gewechselt.« An der Tür ließ er ihr den Vortritt, doch mitten auf der Schwelle blieb sie abrupt stehen. Ein weiterer lichterheller Buchsbaum erstrahlte vor ihr, am Beistelltisch prangte ein Tannengesteck mit Kerzen, Zapfen und Seidenschleifen, und an der Wand hing ein Adventkalender. Ein Adventkalender! War das hier ein Kindergarten? Nathalies Werk, kein Zweifel. Lauter konnte man seine Zuneigung kaum hinausschreien.

»Soll uns recht sein, sag ich mal«, nahm Kurt die Neuigkeit mit stoischer Gelassenheit. »Wir haben der Staatsanwaltschaft ausreichend Daten geliefert, damit sie gegen Festakowitsch ermitteln können.«

»Aber auch gegen uns«, riss sich Franziska von dem Anblick los und ließ sich auf das betagte Ledersofa sinken. »Wieso um alles in der Welt hast du das alte Sofa vom Max behalten? Haben Sie dir kein Neues gegönnt?«

»Ich steh auf diesen Secondhandlook.«

»Da ist ein Riss drinnen …«, fuhr sie fort und strich über die aufgeplatzte Stelle auf der Sitzfläche.

»Da kann man was darüberlegen – ist cool so«, schmollte er beinahe.

Franziska hob den Blick. Er wirkte aufrichtig angetan von dem alten Ding. Na, mich scheint er ja auch zu mögen, dachte sie und grinste. »Du hast recht, das ist das sympathischste Möbel in der Kanzlei. Wir lassen es zumindest reparieren, okay?« Herrschaftszeiten, jetzt war sie tatsächlich gerührt. Sie räusperte sich. »Ich rechne mit Ermittlungen gegen uns, bald schon.«

»Gegen Fürstenstein, Frank und Hirscher werden sie ermitteln, das war's auch schon. Wir beide sind nicht involviert. Wenn Frank seine Einkünfte versteuert hat, sollte er nichts zu befürchten haben.«

»Kurt – wir sind die Kanzlei. Das ist schlecht fürs Geschäft. Denk daran, es muss jeden Monat die Miete für diese Innenstadtwohnung bezahlt werden, genauso wie das Gehalt von dir, Dinic und Nathalie. Strom und Gas nicht zu vergessen. Ich kenne Inspektor Sutel, der wird nicht locker lassen. Er will Maximilian etwas anhängen, und wenn ihm das mit dem Mord an Siegfried nicht gelingt, dann eben über das Finanzstrafrecht.«

»Besser als eine Mordanklage.«

»Sicher. Deshalb habe ich die Informationen auch weitergegeben – Festakowitsch samt Bodyguard sind fällig.« Es war ihr unbedacht herausgerutscht. Kurt schien es kaum zu registrieren, hoffte Franziska jedenfalls. Zum ersten Mal wurde ihr bewusst, wie sehr sie darauf brannte, den Russen ins Gefängnis zu bringen. Das war kein Guter, oh nein. Er lag mit der russischen Regierung und dem Geheimdienst im Bett, anders ging es nicht in Russland, er machte sein Geld mit Betrügereien und sah trotzdem auf andere herab. Zerstörte Leben, wo man hinsah. So wie sie das mit Andrej damals gemacht hatten. Es hatte sich nichts geändert. Die Mächtigen und ihre Zuarbeiter standen über dem Gesetz.

Aber nicht in meinem Land – hier wirst du dich nicht einnisten, Arschloch.

»Na, haben wir da einen blinden Fleck?«, sagte Kurt beiläufig, fast vorsichtig kam es Franziska vor.

»Was für ein blinder Fleck?«, entgegnete sie sofort und das in einem Ton, der Kurts Augenbrauen hochfahren ließ.

»Keine Ahnung«, säuselte er, und Wellen der Entrüstung brodelten in Franziskas Innerem hoch.

»Du willst mich verarschen?«

»Ihr Strafrechtler seid so vulgär«, konterte Kurt und kämpfte ein Grinsen nieder. Erfolglos.

»Ich habe keinen blinden Fleck«, brachte Franziska halbwegs freundlich über die Lippen. »Festakowitsch hat mich bedroht. Der hat Dreck am Stecken.« Sie konnte einfach nicht ruhig sitzen bleiben. Kaum war sie auf den Beinen, tigerte sie im Zimmer auf und ab, streifte am Buchsbäumchen an und ließ die kleinen Kugeln erzittern.

»Das ist sehr wahrscheinlich, sonst wäre er kaum an ein solches Vermögen gekommen. In Russland.« Kurt beobachtete ihren Lauf und streckte die Beine von sich.

»Na eben, was redest dann so gescheit daher?«

»Ist schon gut, Franziska. Vielleicht erzählst du mir ja irgendwann mal die Geschichte.«

Aus der Tasche brüllte es: »Born to be wild«. Was um alles in der Welt hatte Kurt da angedeutet – wusste er etwas von ihrer Affäre mit Andrej? Von wem – Maximilian? Und überhaupt – was wurde hinter ihrem Rücken getratscht?

»Ja bitte!«, bellte sie ins Handy, ohne das Display beachtet zu haben.

»Das hast du mit Absicht getan!«, drang es schrill heraus. Weiblich, offensichtlich betrunken. Bitte nicht Samira, flehte Franziska innerlich, nicht schon wieder …

»Ich habe was? Wer spricht?« Dann dämmerte es langsam.

»Du hasst mich, das ist mir sonnenklar«, lallte Hannelore. »Aber dass du sogar die Schlampe von meinem Mann anschleppst …«

»Du bist besoffen«, stellte Franziska das Offensichtliche fest. Kurt blickte erwartungsvoll zu ihr auf. Seine Lippen formten ein »Wer?«, doch Franziska musste sich gleichzeitig eine Tirade Beschimpfungen anhören.

»Hannelore, bist du alleine? Sind die Kinder bei dir, sind deine Eltern da?«

»Das geht dich einen Dreck an«, war die wenig vornehme Antwort. Franziska blickte auf Kurt, der sie unverhohlen neugierig fixierte. Gut möglich, dass er das eine oder andere Wort mithören konnte, so lautstark, wie Hannelore ins Telefon pöbelte. »Du verteidigst einen Mörder, tyrannisierst mich mit der Ex-Geliebten meines Mannes und sitzt gemütlich bei seinem Leichenschmaus und isst mit uns – was bist du nur für ein Mensch?«

Franziska rieb sich über die Stirn. Wie verfuhr man mit einem alkoholisierten Fürstenspross? An die Vernunft zu appellieren, war in deren Zustand ein zweckloses Unterfangen.

»Hannelore, ich habe Frau Dinic nicht mitgebracht«, startete sie einen Beschwichtigungsversuch. »Ich habe sie gemeinsam mit Inspektor Sutel vom Begräbnis weggezerrt, und Sutel hat sie heimgebracht. Wie kommst du auf die Idee, dass ich dich hasse?« Kurts Mund öffnete sich, als wollte er etwas sagen, doch Franziska hob die Hand.

»Du bist neidisch, Franziska Ferstl. Weil ich einen Mann hatte, Kinder und ein Elternhaus. Du hast nichts. Deswegen verteidigst du den Mörder und hältst zu der Ehebrecherin. Das ist eine Sünde – dafür wirst du in der Hölle schmoren – du, gemeinsam mit Siegfried, diesem elenden Ehebrecher, und Maximilian und …«

Das durfte alles nicht wahr sein! Gab es denn nur mehr hysterische Weiber um sie herum? »Hör mir zu, Hannelore – du schläfst dich jetzt mal aus, und morgen reden wir über die Sache. Das war ein harter Tag für dich …«

»Jeder Tag ist hart für mich! Was glaubst du, wie es sich anfühlt, wenn der eigene Mann fremdgeht? Wenn er nach einer anderen Frau riecht, wenn er abends heimkommt – hast du eine Ahnung, wie das ist?« Sie stimmte ein Lachen an, das sie der Geisterbahn im Prater hätte verkaufen können. Franziskas Arme überzog eine Gänsehaut. »Ihr habt das Verhältnis nicht nur gedeckt, nein, du und Max habt es gefördert – habt ein Zimmer für deren Unzucht zur

Verfügung gestellt … ein Bordell ist das, keine Kanzlei!« Franziska meinte die Wände hochzugehen, ihr Blutdruck musste mittlerweile bei 200 liegen, aber diese Frau war nicht zu stoppen. »Keinen Anstand hast du! Ein Mann hättest werden sollen, so kalt und gefühllos, wie du bist …«

So, das reichte. »Ich bin was? Kalt und gefühllos sind deine zweiten Vornamen, Durchlauchtigste. Und ja, keinen wundert es, dass Siegfried fremdgegangen ist. Sogar Männer – von denen du so wenig hältst – brauchen hin und wieder Liebe und Wärme. Jetzt halt den Mund und leg dich schlafen. Du trauerst nicht um den Menschen Siegfried, sondern um die *Institution* Siegfried, den Trottel, der das Geld aufgestellt hat für deinen überkandidelten Lebenswandel. Du trauerst um die verlorene Stellung als Ehefrau, und dass du deinen Klerikalfaschisten von Opus Dei nicht mehr die perfekte Fassade vorspielen kannst. Lass mich mit diesem Schwachsinn in Frieden!« Die letzten Worte hatte sie gebrüllt. Die darauf folgende Stille am anderen Ende der Leitung dröhnte in Franziskas Ohren. Da war nur Hannelores schwerer Atem im unsteten Rhythmus einer kaputten Maschine. Franziska schloss die Augen. Heute hatte sie einfach keinerlei Geduld mehr – der ganze Vorrat verbraucht. Alles, was zur Verfügung stand, waren Müdigkeit, Frust und Erschöpfung. »Hannelore …«, eine Entschuldigung wäre angebracht, bloß wollte sie ihr einfach nicht über die Lippen kommen. Im Lautsprecher klackte es und die Leitung war tot. Ein Blick auf das Display bestätigte das Ende des Gesprächs. Schau nicht so ungläubig, sagte sich Franziska, so wie du dich geäußert hast, kannst du nur hoffen, dass sie sich nicht von der höchsten Zinne ihres Schlosses stürzt und morgen Früh nichts mehr von diesem Gespräch weiß. Wenn ich dasselbe bloß von mir annehmen könnte.

»War das Hannelore – betrunken?« Kurt stand der Mund leicht offen, die Augen kugelrund.

»Das habe ich wunderbar verbockt«, seufzte Franziska. »Meine kärgliche Diplomatie liegt in Scherben.«

»Was mich wundert, ist, dass sie zwar den Bodyguard von Festakowitsch identifiziert hat, und demnach er derjenige war, der Siegfried womöglich als Letzter gesehen hat, sie aber anscheinend trotzdem Maximilian Frank weiterhin für den Mörder hält«, sagte Kurt.

»Sie war völlig hinüber.« Franziska zuckte mit den Schultern und ließ sich auf das Sofa plumpsen.

»Trotzdem – so besoffen kann keiner sein, dass man nicht weiß, wer den eigenen Partner ermordet hat.« Wo Kurt recht hatte, hatte er recht. Seltsam. Als ging Hannelore davon aus, dass Siegfried bereits tot war, als Sergej das Haus betrat.

»Vermutlich hat sich der Gedanke in ihrem Kopf festgefressen, dass Maximilian der Mörder ist. Du hättest sie hören müssen: manisch-aggressiv, würde ich es nennen. Ein neues Krankheitssymptom – wird hoffentlich nicht nach mir benannt. Dann doch besser nach Hannelore.«

»Apropos Maximilian: Ist er noch im Spital?«

Franziska griff sich an die Stirn. »Gut, dass du mich erinnerst«, dabei kramte sie in ihrer Tasche nach dem Handy. »Ich wollte noch bei ihm vorbeischauen.« Rasch tippte sie ein SMS an Max, ob er heute bereits anderweitigen Besuch erwartete.

»Du siehst aus, als bräuchtest du selbst ein Bett und jemanden, der dich verwöhnt.« Kurts Stimme klang belegt. Machte er sich tatsächlich Sorgen um sie?

»Das macht dann mein Butler.« Einen Moment lang sah er tatsächlich verwirrt drein. Der Junge war so ein Kindskopf – Franziska konnte das Grinsen nicht unterdrücken. »Man wird ja wohl träumen dürfen«, zwinkerte sie ihm zu. »Mach mal früher Schluss – du hast Ringe unter den Augen so breit wie die Räder meiner Harley.« Er wischte sich über die Augen, und für einen Moment verschwand die Fassade des jungen, dynamischen Anwalts. Bartschatten, Augenringe, Kerben zwischen den Augenbrauen. So fing es an, die Tretmühle, aus der man nicht mehr rauskam, bis einen Gevatter Tod auf die Schaufel nahm und sich eins lachte.

»Ich sollte auch auf Motorrad umsteigen – die ersten Teile habe ich schließlich schon«, fand er seine altvertraute Heiterkeit wieder.

»Dann mach es lieber früher als zu spät«, sagte sie. Das Bing ihres Handys lenkte beide ab.

Bin morgen wieder daheim – du musst nicht extra kommen. Max

»Halleluja, ich fahre heim«, fasste Franziska zusammen. Die Erleichterung war eine Offenbarung. Ihr Körper sehnte sich nach einem Bad, nach Schlaf und einer EXIT-Tür raus aus diesem Horror-Advent. Sie raffte die Tasche unter den Arm und winkte im Gehen. »Servus, bis morgen!«

»In der Früh kommen die ersten fünf Bewerber«, rief Kurt ihr nach und erhob sich. Franziska hielt abrupt an. Die Interviews – die hatte sie glatt vergessen. Sie brauchten dringend einen Juristen, der die vakanten Fälle übernahm.

»Was heißt: in der Früh?«, fragte sie sicherheitshalber nach.

»Ab 8.00 Uhr.«

Franziska stöhnte auf. »Wer um alles in der Welt macht um 8.00 Uhr Termine aus? – Nein, sag nichts, ich weiß schon. Das muss ich Nathalie noch erklären. Niemals vor 9.00 Uhr. Niemals.« Sie wirbelte herum zu Kurt und klopfte ihm auf die Schulter. »Nein, sag du es ihr. Dein Draht ist besser. Und deine Nerven. Ich bekomme noch das Tourettesyndrom, ich muss zurzeit alle Menschen um mich herum anschreien.«

»Aber …«

Am liebsten hätte sie sich die Ohren zugehalten, wollte so rasch wie möglich verschwinden. Die Tasche unter dem einen Arm, den andere Richtung Klinke gestreckt, startete sie los, verhakte sich in einem Spalt des Parketts, der Absatz brach – die Tasche flog durch die Luft – ihre Arme wirbelten in die Höhe – es war kein fester Grund mehr unter ihren Füßen …

»Kurt!«

»Franzi…«

In der nächsten Sekunde umfingen sie Männerarme, und ehe ihr Kopf am Boden aufschlagen konnte, hatte Kurt sie an seine Brust gerissen und den Sturz abgefangen. Das Steißbein knackte.

Beide lagen sie übereinander am Boden, ein Durcheinander an Armen und Beinen. Immer noch geschockt starrte sie zu Kurt, der sie fest und sicher im Arm hielt. Komplette Leere, nichts, kein Gedanke. Das Herz schlug ihr bis zum Kehlkopf.

»Alles in Ordnung, Ziska?«

»Geht schon.« Sie stöhnte bei der nächsten Bewegung auf; ein greller Schmerz blitzte durch ihren Rücken. Verflucht noch mal … »Scheiße.«

Kurt ließ sie nicht los, versuchte, ihren Rücken zu stützen. »Mach langsam, wir haben Zeit«, murmelte er, konzentriert darauf, keine ruckartigen Bewegungen zu machen.

»Ich habe mein Handy liegen lassen, und da Licht bei Ihnen an war ... oh!« Zeitgleich drehten Franziska und Kurt den Kopf Richtung Tür. Da stand sie: eine sprachlose Nathalie, blass wie in alten Zeiten, wenngleich dieses Mal von Natur aus, – in der ersten Sekunde verwundert, in der nächsten entsetzt.

»Wie eklig!« Damit wirbelte sie herum und rannte davon.

»Nathalie!«, rief Kurt ihr nach, wagte jedoch nicht, Franziska loszulassen.

»Was denkt sich dieses Mädchen bloß«, entrüstete sich Franziska.

»Dass wir es am Boden miteinander treiben«, platzte Kurt heraus und fing an zu kichern. Franziska sah die Lachfältchen um seine Augen herum erstrahlen, das Zurückziehen der Kopfhaut, was das Gesicht verjüngte und aus ihm beinahe einen Teenager machte, – so anbetungswürdig jung, voller Leben und Kraft. Und sie vergaß die Schmerzen im Rücken, die Probleme und Sorgen und fiel in sein Lachen ein, befreiend und reinigend. Was für ein verrücktes, schwachsinniges Theater das Leben doch war.

*

Im Dunkeln nach Hause, im Dunkeln zurück in die Kanzlei. Der Winter war nichts für Depressive. Man wollte ein Bär sein und bis März schlafen.

An diesem Tag war Franziska die Erste in der Kanzlei, machte die Lichter an, schaltete die Heizung ein, die sich andernfalls erst eine Stunde später, um 8.00 Uhr, Automatisch auf Tagesbetrieb geschaltet hätte. Ihre Hand verweilte an den Schaltknöpfen. Die Heizung – ihre Gedanken eilten zum Protokoll, das dem Akt beigelegen war: Samira hatte ausgesagt, dass es in der Kanzlei ungewöhnlich warm gewesen sei und sie zuerst alle Fenster geöffnet hätte. Folglich musste jemand die Einstellung von Automatik auf Tagesbetrieb umgestellt und eine Temperatur von mehr als den üblichen 23 Grad Celsius eingegeben haben. In erster Linie kam Siegfried dafür infrage. Er hatte eine Nacht mit Samira geplant. Wer will schon in kühlen Räumen nackt herumlaufen – sie wollte gar nicht wissen, was für wilde Spiele die beiden getrieben hatten. Eines war klar, Samira hatte Außergewöhnliches im Repertoire, wenn sie Siegfried so verrückt machen konnte, dass er ernsthaft eine Scheidung in Erwägung gezogen hatte. Andererseits, bei fast 30 Grad Celsius war Vögeln längst kein Vergnügen mehr.

Und wenn der Mörder die Temperatur hochgeschraubt hatte, um die Leichenstarre hinauszuzögern mit dem Ziel, den Todeszeitpunkt zu verschleiern?

»Ich brauche Kaffee, jetzt, auf der Stelle.« Entschlossen klappte Franziska den Schaltkasten zu. Siegfried hatte das SMS an Samira gegen 16.00 Uhr geschickt. Sie war gleich losgezogen, brauchte etwa 15 Minuten mit der U-Bahn, plus Wegzeit …

»16.30 Uhr in der Kanzlei geht sich bequem aus«, sagte sie zu sich selbst und ließ die Kaffeemaschine durchspülen. Heißer Wasserdampf zischte empor, schale Kaffeearomen lösten sich, und nach einigem Klappern und Klacken rann ein dünner Wasserstrahl aus dem Gerät. Siegfried hatte also um 16.00 Uhr noch gelebt, Samira war um circa 16.30 Uhr im Stiegenhaus unentschlossen herumgestanden, und Hannelore hatte etwa um diese Zeit Sergej Nikalonov hineingehen sehen. Die Sektionschefin Hohenfellner wollte um 16.00 Uhr Maximilian gesehen haben, musste sich jedoch um eine Stunde geirrt haben, denn Max war um diese Zeit bereits daheim angekommen. Oder hatte sie gar Sergej gesehen? Sergejs und Samiras Wege mussten sich in dem Zeitfenster zwischen16.30 bis 17.00 Uhr gekreuzt haben.

Kaffee rann schaumig aus den Chromarmaturen, sammelte sich in der Porzellantasse. Nichts roch so warm und behaglich wie Röstbohnen, Kaffeeschaum und Schlagobers. Mangels Schlagobers eben Milchschaum, das war fast genauso gut. Mechanisch hantierte sie mit der Milchkanne, leitete heißen Wasserdampf hinein. Mit einem Kaffeelöffel schob Franziska den Schaum über die Kaffeeoberfläche, die Gedanken bei der Szenerie des Mordabends.

Samira musste als Erste das Haus betreten haben. Hannelore kam erst, nachdem Samira schon wieder weg war, zum Wagen. Zur selben Zeit betrat Sergej die Bühne. Ging hinauf, bekam das Geld nicht und ermordete Siegfried. Missmutig schüttelte sie den Kopf. Warum hätte er das tun sollen? Logischer wäre, Siegfried ein paar Finger zu brechen und die Woche darauf einen neuerlichen Eintreibungsversuch zu starten. Eine Stimme in ihr sagte: Er ist ein Russe, vielleicht war es ein Unfall. Ein bisschen Würgen zur Abschreckung? Schwachsinn. Der Typ war ein Profi.

Der erste Schluck Kaffee verbrannte ihre Zunge. Verdammte Scheiße. Sie spülte kaltes Wasser nach.

Es musste Sergej gewesen sein – vielleicht war Siegfrieds Tod eine Warnung an Hirscher und Maximilian gewesen – Siegfried hatte das aufbewahrte Schwarzgeld nicht ausgehändigt und dafür bezahlt. Hirscher war beim Leichenschmaus durchaus nervös gewesen, und bestimmt hatte Festakowitsch sich ihn mittlerweile bereits ausgiebig zur Brust genommen. Maximilian hatte selbst ihr gegenüber nur widerstrebend seine Verbindung zu Festakowitsch gestanden. »Er hat Angst.« Sie ließ sich auf einen der Barhocker sinken und stützte den Kopf in beide Hände. »Angst. Er will mich womöglich schützen.« Das würde Max ähnlich sehen – immer der edle Ritter, bedacht, allen Ungemach von den Damen abzuwenden. Sogar von einem alten Pitbull, wie sie einer war. »Was gibt es doch für törichte Männer.« Besorgnis vermengt mit Ärger und Ungeduld war der Cocktail, der ihr mittlerweile gewohnheitsmäßig durch die Blutbahn jagte. Wieder begann es im Magen zu flattern, winzige Angstwürmer, die sich vermehrten und ständig in Bewegung waren, weil da noch etwas war, etwas, das sie nicht sehen konnte – übersah – etwas, dass nicht in das Bild passte. Den Ureinwohnern war es damals genauso ergangen, als die gewaltigen Schiffe von Christoph Kolumbus ankamen: Sie hatten die Schiffe nicht sehen können, weil Schiffe in ihrer Vorstellungswelt nicht vorkamen.

Du kannst nicht sehen, was du nicht für möglich hältst.

Nein, nein, und nochmals nein. Fakten waren alles, was zählte.

Der Ablauf musste so gewesen sein: Max verließ die Kanzlei – Siegfried telefonierte mit Hirscher um 15.00 Uhr; schickte um 16.00 Uhr das SMS an Samira; die kam etwa um 16.30 Uhr in die Rosenbursenstraße und ging – höchstwahrscheinlich – gleich wieder. Sergej kam nach 16.30 Uhr, um das Geld abzuholen – Hannelore sah ihn ins Haus gehen und fuhr los. Siegfried hatte den Betrag nicht, und Sergej tötete ihn.

Franziska ging mit der Kaffeetasse zwischen den Handflächen auf und ab, ignorierte die protestierende Haut, presste die Lippen zusammen, schnaubte. Da waren immer noch die in Vakuum verpackten 50.000 Euro – die jetzt ein Beweisstück im Strafakt waren und in Kürze die Staatsanwaltschaft für Wirtschaftskriminalität und Korruption auf den Plan rufen würden. Warum hatte Siegfried nicht wenigstens diesen Geldbetrag angeboten, um Sergej zu beschwichtigen? Selbst ein Mann wie Festakowitsch hätte ein Interesse daran haben müssen, mit geringstem Aufwand an das Geld zu kommen. Ein Mord am Konto war nichts Erstrebenswertes, wo doch Tote nicht mehr zahlen können.

Franziska sog Luft durch den Spalt zwischen ihren Lippen und merkte das Verlangen nach einem Papierfilter, um den sie sich schließen konnten, nach Tabakrauch und dem Wohlgefühl, das der Dopaminproduktion geschuldet war. Einmal süchtig, immer süchtig, verdammte Scheiße. Es würde ewig dauern, bis ihr Körper diese eine Zigarette mit Hirscher vergessen hatte.

Draußen läutete es.

Ein Blick auf die Küchenuhr zeigte 7.45 Uhr – Nathalie hatte doch einen Schlüssel. Wenn das der erste Bewerber war, würde es ein äußerst kurzes Gespräch werden. Irgendwie musste sie den Ärger abbauen. Die Tasse landete klirrend im Spülbecken. Sie machte sich auf zur Eingangstür.

»Frau Doktor Ferstl, guten Morgen.« Das war definitiv kein Bewerber.

»Sie schon wieder.« Und das keine herzliche Begrüßung, zugegeben. Was konnte sich Inspektor Sutel nach dem Vorfall am Zentralfriedhof anderes erwarten. Wenigstens bog sich sein Schreibtisch unter Arbeit, das tröstete ein wenig.

»Ich bin die Vorhut. Das BAK kommt mit einem Hausdurchsuchungsbefehl. Aber damit haben Sie sicherlich schon gerechnet.«

Im ersten Moment blieb Franziska der Mund offen stehen, doch Sutels selbstgefällige Gesichtsausdruck sorgte dafür, dass sie das Kinn hob, einen spöttischen Augenaufschlag riskierte und ihn hereinwinkte. »Hausdurchsuchung, Bundesamt für Korruptionsbekämpfung, alles klar. Bei Ihnen ist sowieso immer mit allem zu rechnen.«

Ein klein wenig enttäuscht wirkte er schon, als er über die Schwelle trat und Platz machte für drei weitere Beamte. Nebenbei überreichte er ihr das entsprechend amtliche Schreiben. »Das sind die Herren vom BAK. Die wollen genauer in die Finanzgebarung der Kanzlei Einblick nehmen sowie die Offshoregeschäfte durchleuchten.«

»Die Unterlagen haben Sie doch überhaupt erst durch mich erhalten – was soll das Getue? Wer von Ihnen ist der Anwalt?«

Ein junger Mann meldete sich zu Wort, speckige Haarsträhnen fielen ihm ins Gesicht. »Magister Meierhofer.« Die jungen Leute wollten einfach keine Doktorarbeit mehr schreiben, ja nicht mal Haare waschen – gleichwohl ließ sich Franziska nichts von ihren hygienischen Bedenken anmerken und reichte den Männern die Hand, versuchte, sich deren Namen einzuprägen und nahm den Hausdurchsuchungsbefehl entgegen; las ohne jede Eile.

Schließlich sah sie auf und setzte ihr strengstes Anwaltsgesicht auf. »Überschreiten Sie die Ermächtigung nicht, das rate ich Ihnen. Wir schauen Ihnen genau auf die Finger.«

»Wer ist der offizielle Stellvertreter für den verstorbenen Doktor Fürstenstein?«, fragte Meierhofer.

»Das bin ich«, sagte Franziska. »Allerdings wird Doktor Thesch in etwa einer Viertelstunde hier sein, wenn Sie so lange warten möchten? Ich bin Seniorpartner und scheide mit Jahreswechsel aus – es ist mir folglich nicht möglich, Sie entsprechend zu unterstützen«, tatsächlich hatte sie mit den Bewerbungsgesprächen genug um die Ohren. Leichthin fügte sie an: »Bin nicht ganz up to date.« Hatte Sutel eben geschnaubt? Wie auf ein Stichwort wurde ein Schlüssel in die Tür geschoben, die sich unmittelbar darauf öffnete.

Kopfhörerstöpsel in den Ohren und mit wippendem Kopf trat Nathalie über die Schwelle. Kaum hob sie ihren Blick, zuckte sie mit einem spitzen Quieken zusammen.

»Inspektor Sutel!«, rief sie, immer noch unter Musikbeschallung. Der Schal über ihrer Brust hob und senkte sich wie ein Blasebalg. Angewurzelt verharrte Nathalie zwischen Tür und Rahmen.

Sutel deutete auf die Ohren. Zuerst verursachte seine Geste ein lautes »Hä?«, doch dann verstand sie und zog die Lautsprecherknöpfe aus den Ohren.

»Tut mir leid, Sie erschreckt zu haben«, nickte Sutel ihr zu.

»Ist okay.« Sie grüßte die anderen Männer und zuletzt ihre Chefin, senkte dabei den Blick.

»Guten Morgen.« Ihre Finger fummelten an den Knöpfen des Parkas, Haube und Schal riss sie sich hektisch herunter.

»Nathalie – gut, dass Sie da sind«, wandte sich Franziska an das Mädchen und atmete auf. »Bitte machen Sie Kaffee für die Herren. Die werden sich unsere Akten durchsehen, sobald Doktor Thesch eingetroffen ist. Er wird sie hierbei unterstützen. Am besten, Sie führen die Beamten in Doktor Fürstensteins Büro. Von diesem PC aus können sie gut arbeiten.«

Nathalie nickte zwar, mied jedoch nach wie vor Franziskas Blick. Überhaupt war ihr Gesicht eine starre Maske, bleich geschminkt mit den schon überwunden geglaubten Kajalbalken über den oberen Wimpernrändern. Das Mädel glaubte doch nicht ernsthaft, gestern am Abend in eine Liebesszene geplatzt zu sein – musste sie sich um solchen Blödsinn auch noch kümmern?

»Wir werden Maximilian Franks Büro ebenfalls einen

Besuch abstatten«, ließ sie der jüngere der beiden Beamten wissen. »Wer hat Ihre Geschäfte übernommen, Frau Doktor Ferstl?« Franziska sah sich den Mann genauer an: Die Brille verdoppelte die Größe seiner Augen, ein Ziegenbärtchen zierte das fliehende Kinn, das dünne Haar war mit einem Gummiring im Nacken zusammengebunden. All das passte perfekt zu den schwarzen Klamotten, die er trug. So sieht heute ein Kriminalbeamter aus, dachte sie und überlegte ernsthaft, Nathalie mit dem Death-Metal-Typen zu verkuppeln. Oder nannte man jemanden mit diesem Look eher »Nerd«? Franziska nahm sich fest vor, Nikolas diesbezüglich zu befragen, der war in solchen Dingen Spezialist. Nathalie indes drückte sich an der Menschentraube vorbei und verschwand ohne ein weiteres Wort in der Küche.

»Doktor Thesch hat meine Fälle weitgehend übernommen«, besann sie sich auf die Frage von Ziegenbärtchen. »Mein Gebiet war im Übrigen ausschließlich Strafverteidigung. Ich habe regelmäßig Fälle von Kollegen übernommen, die aufgrund der Pflichtverteidigerregelung zum Zuge kommen, jedoch keine Strafverteidiger sind.«

»Pflichtverteidiger sind doch immer Strafverteidiger«, wandte Ziegenbärtchen ein.

»Die Fälle der Gratispflichtverteidigung werden von unserer Standesvertretung im Gießkannenprinzip auf alle Anwälte verteilt, auch an jene, die nicht auf Strafverteidigung spezialisiert sind.« Ziegenbärtchen sah sie verständnislos an, und Franziska holte zu einer anschaulicheren Erklärung aus. »Das ist so, wie wenn Sie ein Herzleiden haben und die Krankenkasse schickt Sie zu einem Orthopäden. Sie werden sich nicht vom Orthopäden am Herzen operieren lassen wollen, und der Orthopäde fürchtet sich – zurecht – vor einer Schadenersatzklage.«

»Verstehe«, murmelte Ziegenbärtchen und nickte zustimmend.

»Da man nicht nur einen guten Namen zu verlieren hat, sondern auch überprüft wird, ob die Vertretung fachgerecht erfolgte, ziehen es sehr viele Kollegen vor, die Fälle an Spezialisten abzutreten.«

»Entgeltlich?«, fragte Ziegenbärtchen.

»Sehe ich wie das Christkind aus?«, schnauzte Franziska ihn an.

»Oh nein!«, entfuhr es Ziegenbärtchen und sah tatsächlich eingeschüchtert aus. Das wiederum wirkte besänftigend auf Franziska und sie lächelte – beinahe. Gegen 60 bedurfte es in der Tat einer größeren Gesichtsmuskelleistung, um denselben Lächeleffekt zu erzielen.

Die Eingangstür wurde wieder geöffnet, diesmal stand Kurt auf der Matte.

»Guten Morgen, die Herren«, grüßte er zuerst in die Runde und warf Franziska einen fragenden Blick zu. »Und die Dame.« Er zog die Tür hinter sich zu und legte seinen Mantel ab.

»Hausdurchsuchungsbefehl«, reagierte Franziska sofort. »Die Herren sind vom BAK. Es geht um die Offshoregeschäfte. Wenn du dich bitte darum kümmerst, ich habe die Bewerber …« Weiter kam sie nicht, da läutete es an der Tür.

Kurt breitete die Arme aus und wies den Weg Richtung Fürstensteins Büro. »Lassen Sie uns mal die Räumlichkeit wechseln, es wird etwas voll hier.« Es läutete erneut und die Gruppe setzte sich in Bewegung.

Als Kurt bei Franziska vorbeikam, hielt sie ihn an der Schulter fest und brachte ihre Lippen nahe an sein Ohr. »Der Laptop ist hier?«, flüsterte sie. Kurt nickte und zwinkerte ihr zu. »Alles kopiert?«

»Selbstverständlich.«

Erleichterung machte sich breit, jetzt erst spürte sie, wie angespannt sie in den letzten Minuten gewesen war. Es läutete schon wieder und verärgert wollte Franziska zum Eingang laufen, da bemerkte sie Nathalie, die anscheinend ebenfalls zur Tür hatte eilen wollen. Herrschaftszeiten, das Kind konnte böse dreinschauen!

»Bin ich Medusa?«, fuhr Franziska sie an. Ich hätte in den diplomatischen Dienst gehen sollen, sparte Franziska nicht mit Sarkasmus sich selbst gegenüber. Keine Zeit für Mädchenträume. Das Mäuschen musste jetzt mal erwachsen werden. Sie öffnete ihrem Acht-Uhr-Termin selbst die Tür und erging sich in den Begrüßungsformalitäten.

»Ja«, flüsterte Nathalie hinter ihr und verschwand in der Küche.

Das Interview hatte nicht allzu lange gedauert. Der junge Anwalt merkte, dass die Kriminalpolizei im Hause war, und reagierte darauf zwar nicht direkt mit Entsetzen, zeigte sich allerdings reserviert. Franziska empfand das brüskierend – der Kerl hatte schließlich gewusst, dass die Kanzlei in ein Strafverfahren verwickelt war. Was hatte er denn geglaubt? Dass das ohne Kontakt mit der Polizei abgehen könnte? Irgendwie schaffte sie es, nicht allzu harsch auf den Schnösel zu reagieren und ihn freundlich loszuwerden. Er hätte so und so nicht zu ihnen gepasst. Zu *ihnen* – wer waren *sie*? Kurt hielt die Stellung, Max würde entweder im Kittchen landen – oder vielleicht noch zwei Jahre weiterarbeiten. Und sie selbst? Gehörte sie jetzt wieder zum Team? Franziska stöhnte auf und stützte den Kopf auf beide Hände. Da saß sie wieder am Schreibtisch, hatte einen Haufen Arbeit darauf liegen und mehr

Probleme, als radioaktive Castorbehälter nach Gorleben wollten.

Es klopfte an der Tür, und gleich darauf schob sich Inspektor Sutels massiver Körper herein.

»Haben Sie Zeit für mich?«

Franziska winkte ihn herein. »Sie würden als US-Marine durchgehen mit diesem Bürstenhaarschnitt, wissen Sie das«, stellte Franziska fest, »… oder sind die US-Marines kahl geschoren?« Es war 9.00 Uhr, und sie fühlte sich müder als gestern Abend vor dem Zubettgehen. Auf Spielchen hatte sie keinen Bock und auf Polizei schon gar nicht. »Wollten Sie nicht schon gestern kommen?«

»Es gab da ein paar Entwicklungen, die mich abgehalten haben«, hielt sich der Inspektor bedeckt.

»Ach was.« Ihr Spott ließ den Inspektor grinsen. Irgendwie mochte sie den Kerl. Er war ein guter Gegner. »Mit einem Hausdurchsuchungsbefehl macht es außerdem gleich viel mehr Spaß, auf Besuch zu kommen. Schon klar.«

»Das macht die andere Abteilung. Ich sehe nur, ob etwas für mich abfällt.«

»Die Geier kreisen also …«

»Krass ausgedrückt – aber irgendwie haben Sie recht.« Sutel setzte sich unaufgefordert vor sie hin und wartete einen möglichen Protest ab, der ausblieb. »Gestern ist es sich leider nicht mehr ausgegangen, vorbeizukommen. Frau Dinic hat mich komplett zugetextet.« Sein rechtes Bein wippte irritierend schnell, erzeugte eine Unruhe im Raum, die Franziska auf die Nerven ging. Sie lehnte sich zurück, um den Unruheherd aus ihrem Blickfeld auszublenden.

»Das war sehr nett von Ihnen, Inspektor.« Franziska fiel

auf, dass sich ihr Lob auch auf sein gestriges Ausbleiben beziehen konnte, und fügte hinzu: »Dass Sie sich um die Frau gekümmert haben.«

Er zuckte mit den Schultern und zippte die Kapuzenjacke auf. »War eine gute Gelegenheit, sie auszuhorchen.«

Franziska sah ihn herausfordernd an. »Sie verdächtigen sie?«

»Nachdem wir den Fall neu aufrollen müssen, durchleuchte ich alle. Dinic war vor Ort, hatte einen Schlüssel zur Kanzlei und ein Motiv. Mord aus enttäuschter Liebe ist quasi unser täglich' Brot. Außerdem hat man bei ihr eine schizophrene Psychose diagnostiziert ...«

»Scheiße, nein!«, platzte Franziska heraus. Blieb dieser Frau denn gar nichts erspart? »Dann ist es tatsächlich wahr?«

Sutel zuckte nur mit den Schultern. »Gut möglich, dass sie Fürstenstein ermordet hat und am nächsten Tag nichts mehr davon wusste.«

Möglich war alles. Andererseits, Franziska kannte Samira Dinic seit Jahren, – eine lebenslustige Frau war das, keine Mörderin. »Was ist mit Sergej Nikalonov?« Sie ärgerte sich über Sutels Überheblichkeit. Saß da wie ein Soldat, alles Testosteron und Muskelprotz, und urteilte über eine Frau, die völlig am Ende war. Anstatt sich um den eigentlichen Mörder zu kümmern. Zuerst Max und jetzt Dinic. Die war vielleicht die einzige Frau, die Siegfried aufrichtige Tränen nachweinte.

»Der wird heute vernommen.«

»Den können Sie gleich einbuchten.«

»Das entscheiden nicht Sie, Frau Doktor.«

»Leider.«

»Erzählen Sie mir vom Leichenschmaus?«

»Warum sollte ich? Ich habe bereits ausgiebig den Armen und Bedürftigen gespendet.«

»Sie sollten es vielleicht zur Abwechslung mit den Einflussreichen und Tonangebern versuchen.«

»Dieses zweifelhafte Vergnügen hatte ich gestern, danke sehr. Vielleicht versuche ich es mal beim Staatsanwalt, der hört gern zu, wenn man ihm von ahnungslosen Polizeibeamten erzählt«, legte es Franziska auf eine satte Brüskierung an. Und gewann.

Sutel verzog das Gesicht. »Sie …«

»Ich verzeihe Ihnen nicht, dass Sie zuerst amikal mit mir Kaffee trinken und im nächsten Augenblick meinen ältesten Freund einbuchten.«

»Das liegt nicht an mir, sondern an Ihren Freunden, Frau Doktor.« Franziska griff sich ans Herz. Sutel hob die Brauen, bemerkte aber gleich, dass sie Theater spielte.

»Einstand. Wer wird den nächsten Aufschlag gewinnen? Oder wollen wir vernünftig reden?«

»Was haben Sie zu bieten?«

»Der Hirscher steckt auch mit drin.«

»Weiß ich.«

»Auch, dass Festakowitsch uns sein Mandat entzogen hat und Hirscher alle seine Geschäfte übernimmt?«

Jetzt wurde Sutels Miene lebendig. »Und was soll mir das sagen?«

»Siegfried hat Festakowitsch bei einer Jagd kennengelernt, Hirscher hat das eingefädelt. Man war sich sympathisch und startete die Zusammenarbeit. Warum hat Hirscher das Geschäft nicht allein durchgezogen? Dabei war dermaßen viel an Honorar zu lukrieren, warum teilen?« Franziska hatte Sutels volle Aufmerksamkeit. Sein Bein vibrierte nicht mehr, sondern stand fest am Boden, sein Oberkörper war vorgeneigt, um näher an sie heranzurücken.

»Er ist Steuerberater«, kombinierte er.

»Hirscher hat auch die Anwaltsprüfung, doch wie ich vorhin erwähnt habe, wenn Sie was am Herzen haben, lassen Sie sich nicht vom Orthopäden operieren.«

»Das leuchtet ein – also brauchte man einen Spezialisten.«

»So ist es. Hirscher und Siegfried sind in derselben Studentenverbindung – und diese Verbindung ist lebenslang, erst recht in diesen nationalen Kreisen. Sie haben es beim Begräbnis selbst gesehen, Inspektor.« Er nickte, und auch diese Geste schien nur dazu angetan, sie in ihrem Erzählen voranzutreiben.

»Wir haben hier also ein unbedingtes Vertrauensverhältnis. Ich bin überzeugt, Siegfried war darauf bedacht, für Festakowitsch ausschließlich im legalen Bereich zu agieren. Soweit bin ich von seiner Integrität überzeugt.« Oder sie wünschte es sich um Maximilians Willen.

»Jetzt rücken Sie schon raus mit Ihrer Theorie«, unterbrach Sutel.

»Unternehmer in Russland arbeiten unter ganz anderen Gegebenheiten – die Zeit des Kommunismus hat ihre Spuren hinterlassen. Die Parteibonzen von einst haben die Firmenanteile billig an sich gerafft und konnten endlich richtig Kohle machen, gedeckt von der politischen Führung. Gorbatschow war ein Parteimitglied, Jelzin genauso, und Putin ist ein KGB-Mann, vergessen Sie das nicht. Da hat man seinen Tribut zu zahlen, wenn man Erfolg haben will.«

»Warum erzählen Sie mir das?« Sutels Ungeduld unterbrach ihre Ausführung.

Franziska merkte, dass sie sich in ihren Gedanken versponnen hatte, und trotzdem waren die Zusammenhänge während des Sprechens nun glasklar geworden. »Sie müssen Festakowitsch verstehen – er würde keine Geschäfte mit jemandem machen, ohne vorher alles über ihn in Erfahrung zu bringen. Hirscher war Siegfrieds Steuerberater – er weiß alles über die Finanzen der Fürstensteins. Allgemein bekannt ist, dass die Familie ziemlich abgebrannt war, ehe Hannelore Siegfried heiratete.« Franziska unterbrach sich selbst mit einem bitteren Lachen. »Nehmen Sie das um Himmels willen nicht wortwörtlich – in diesen Familien gibt es genug regelmäßige Einkünfte, die für ein schönes Einkommen und eine Grundversorgung von Dutzenden Menschen reicht. Allerdings schafft Eigentum jede Menge Verpflichtungen, was man landläufig sehr gern vergisst: Steuern, Instandhaltung, Verwaltungsabgaben, Kommunalabgaben, Investitionen, Sanierungen, Personal und so weiter.«

»Was weiß also Hilmar Hirscher?« Langsam wurde Sutel zappelig.

»Bei unserem Gespräch hielt er sich zwar bedeckt, doch schließe ich aus seinen Äußerungen, dass Siegfried eine Menge an Verpflichtungen eingegangen war. Man hat für die Schlossrenovierung Landesförderungen in großem Stil erhalten, bestimmt wurden auch Kredite aufgenommen; es geht gar nicht anders bei solch einem Projekt. Der Polit-Adel ist bei den Fürstensteins ein- und ausgegangen, war bei Jagden und Festen dabei. Ich habe nichts in der Hand, um der Polizei gegenüber Behauptungen aufstellen zu können, – aber, mein lieber Sutel, ich habe Lebenserfahrung und ich zähle auf die Ihre. Erinnern Sie sich an den Finanzskandal in der Steiermark, als die Gräfin Herberstein im Jahr 2008 vor Gericht musste wegen missbräuchlich verwendeter Fördermittel und Abgabenhinterziehung?«

Sutel hob eine Augenbraue, sichtlich war ihm der Fall gut in Erinnerung.

»Sie meinen, Fürstenstein hat Förderungen veruntreut?«

»Hören Sie mal, es ist nicht meine Aufgabe, das herauszufinden. Deswegen erzähle ich Ihnen schließlich die ganze Geschichte. Irgendetwas ist jedenfalls faul im Staate Fürstenstein. Dort sollte die Finanz mal richtig hineinleuchten.« Sie bohrte ihren Blick geradezu in seine eisgrauen Augen und hoffte, dass er auf ihre Forderung ansprang. »Hirscher hat mir gegenüber angedeutet, dass Siegfried dermaßen *involviert* war, dass eine Scheidung von Hannelore unmöglich gewesen wäre. Damit hat er mir indirekt einen wertvollen Hinweis gegeben. Aber was das zusätzlich bedeutet ...« Auf einmal machte alles Sinn, stand transparent vor ihrem geistigen Auge, als hätte es nie einen Zweifel gegeben. »Festakowitsch wusste um Siegfrieds heikle Situation – ich denke, über Hirscher. Nur so ist erklärlich, dass er Siegfried dazu bekam, das Schwarzgeld aufzubewahren, möglicherweise auch als Bezahlung zu akzeptieren. Unversteuertes Geld zählt doppelt – und Siegfried hatte jede Menge Rechnungen zu bezahlen.«

»Warum bewahrt Festakowitsch sein Geld nicht selbst auf?«, fragte Sutel, mehr zu sich selbst als zu Franziska. Eine berechtigte Frage.

»Dort, wo die Russenmafia als Erstes suchen würde? Ich bitte Sie, Inspektor! Festakowitsch ist ein Profi. Und steinreich. Wer in Russland reich ist, hat Feinde. Na ja, das ist kein ausschließliches Russlandspezifikum, das gebe ich zu. Sehen Sie sich doch mal an, wie oft in Russenvillen eingebrochen wird. Kann natürlich Zufall sein, durchaus möglich.« Franziskas Gedanken hielten sich an diesem Detail nicht auf, etwas anderes beschäftigte sie viel mehr. Max ...

»Daraus konstruieren Sie das Motiv für den Mord an Fürstenstein?« Der Inspektor lehnte sich zurück, die Arme hinter dem Kopf verschränkt. Der Mann war breit wie ein Kleiderschrank. Ihr Zimmer wirkte in seiner Anwesenheit bedeutend kleiner. Wo war sie in Gedanken stehen geblieben? Max – wie kam Max ins Spiel?

»Es ist gut möglich, dass Siegfried seine Außenstände vorübergehend mit dem Schwarzgeld beglichen hatte und von Festakowitsch mit der Forderung um Rückgabe überrascht wurde. Wahrscheinlich hatte er es als Zwischenfinanzierung angesehen und wollte, sobald er wieder flüssig war, das Geld in den Safe zurücklegen. Geld hat schließlich kein Mascherl, wie es so schön heißt.«

»Sie haben mich fast überzeugt«, sagte Sutel und stand auf.

»Was fehlt?« Franziska folgte seinen Bewegungen, geschmeidig wie ein Panther war er. Was tat der Mann bei der Kripo? Er war viel eher der Typ fürs Einsatzkommando. Ein Kämpfer, einer, der gern auch mal zuschlug.

»Die Rechnung ist ohne Maximilian Frank gemacht. Er war in die Geschäfte involviert.« Sutel ging im Raum herum, besah sich die Aquarelle an der Wand, die Pflanzen und Bücher im Regal. Gleichzeitig hatte Franziska das Gefühl, dass er angestrengt nachdachte, jedenfalls stand eine steile Falte auf seiner Stirn, und die Schultern wirkten angespannt. Er zog ein Buch aus dem Regal und besah sich den Klappentext. Auch sie erhob sich und folgte ihm langsam.

»Max war nur oberflächlich involviert. Das können Sie an der internen Aufteilung erkennen, den Zugriffen am PC und den wenigen Berührungspunkten, die nachweisbar sind«, verteidigte Franziska ihren Freund, ihren Mandanten und Partner. »Max hat es mir zudem in dieser Weise bestätigt, und ich glaube ihm.«

Sutel drehte sich unvermittelt um und kam ihr viel zu

nahe. Keine 30 Zentimeter Luft zwischen ihnen. Eine Welle Aggressivität schlug ihr entgegen, ließ sie um ein Haar zurückweichen. Nichts da. Stattdessen fixierte sie ihn genauso stur und unnachgiebig, wie er es tat – Armdrücken auf mentaler Ebene.

»Sie wollen das glauben, Doktor Ferstl. Samira Dinic hat ausgesagt, dass Fürstenstein und Frank Streit hatten. Er wollte Frank aus der Kanzlei drängen. Bislang gibt es nur Franks Erklärung dazu, er wäre hinter das Verhältnis zwischen Dinic und Fürstenstein gekommen und damit nicht einverstanden gewesen.«

»Richtig. Und das ist kein Mordmotiv.« Triumphierend reckte sie ihm das Kinn entgegen. »Warum verbeißen Sie sich derart in Ihre Hypothese, Maximilian Frank habe Fürstenstein ermordet?« Sutel lehnte sich noch ein Stückchen näher zu ihr, sodass sein Atem ihr entgegenschlug: Testosteron, Zigaretten und Spearmint-Kaugummi. Adrenalin ließ ihr Herz flattern, ein Nachtfalter in der Enge ihrer Brust.

»Weil ich es im Urin spüre, dass er es war«, knurrte er, bewegte kaum die Lippen dabei. Zwischen ihnen stockte die Luft, kein Atem, kein Lidschlag.

Franziska blähte die Nasenflügel und kniff die Augen zusammen. »Sie sollten nicht mit dem kleinen Sutel in der Hand denken, Inspektor.«

Sein Gesicht verzog sich zu einem unterdrückten Grinsen. »Und Sie nicht mit dem Herzen, Ferstl.«

*

Eine Vertretung war gefunden – die Frau war 46, dachte strukturiert und praktisch, was Franziska sofort angesprochen hatte. Doktor Brigitte Bischof würde sogar kommenden Montag anfangen können. Wenn das kein Glücksgriff war. Kurt war nicht im selben Maß überzeugt gewesen wie sie. Wiedereinsteigerin nach spätem Kinderglück? Wunsch nach flexibler Arbeitszeit? Was, wenn das Kind krank ist? All diese Fragen hatte er tatsächlich auf den Tisch gebracht.

»Du hast keine Ahnung von Frauen«, hatte Franziska gepoltert. »Die Bischof wird härter als jeder Mann arbeiten, sich voll reinhängen, um zu beweisen, dass sie es drauf hat. Auf Pflegeurlaub hat jeder Anspruch, und darüber hinaus lässt sich was arrangieren. Wirtschaftsrechtlich ist sie top und kann Siegfrieds Klienten komplett übernehmen.«

Franziska jedenfalls war nach zwei Tagen Interviews mit Anwälten allen Alters und Geschlechts entsprechend erschöpft, musste sich eingestehen, sich im vergangenen Jahr allzu sehr an die Freiheit gewöhnt zu haben. Die Uhr am Bildschirm zeigte 17.30 Uhr – eigentlich hatte sie bereits vor einer halben Stunde gehen wollen, um Max zu besuchen. Ein paar Klicks später fuhr der PC herunter und das Telefon läutete.

»Der Inspektor für Sie«, sagte Nathalie in einem Ton, der Franziskas Ohr am Hörer festfrieren ließ. Herrschaftszeiten noch einmal, das Thema Herzschmerz war nach wie vor aktuell.

»Geben Sie ihn mir.« Es knackste in der Leitung. »Ferstl.«

»Frau Doktor, guten Abend.« Sutel klang eigenartig – war es Widerwillen, der da mitschwang, oder war er einfach nur müde? »Ich ruf an, weil ich mir dachte, Sie werden sich freu'n.«

»Wenn Sie das sagen, bekomme ich fast Angst, Inspektor.«

»Sie? Nie.« Er lachte und begann zu husten. Rauchen plus Erkältung, dachte Franziska. Leid tun könnte er einem, wenn er nicht so blöd wäre.

»Husten S' mir nicht Ihr Beuschl rüber, Sutel, davon habe ich nichts«, gab sie sich schroff. »Wie war das mit der Freude?« Schlucklaute erklangen, Franziska sah im Geiste Salbeitee seine Kehle durchspülen. Dann ein Räuspern und Seufzen.

»Wir haben den Russen festgenommen.«

Ihr Herz tat einen irrwitzigen Satz gegen die Rippen. Halleluja, verdammt noch mal – das war ja … »Welchen? Den Festakowitsch?«

»Den Bodyguard. Nikalonov.«

»Hat er gestanden?«

»Scheiße, nein. Aber er war im Haus der Kanzlei, um 16.40 Uhr, dazu haben wir die Aussage von Hannelore Fürstenstein. Nikalonov behauptet, Fürstenstein hätte ihm nicht aufgemacht und daher sei er unverrichteter Dinge wieder gegangen. Er wollte bloß einen Füllhalter abholen, den sein Boss am Freitag bei Fürstenstein im Zimmer vergessen hatte, der sich später jedoch im Wagen wiederfand.«

»Wie kam er rein?«

»Wir behaupten, Fürstenstein hat ihn hereingelassen. Der Typ ist allerdings ausgerüstet wie einer vom Aufsperrdienst. Ein Schnapp, und er ist drin.«

Franziska spürte die Gänsehaut auf ihren Armen hochsteigen. »Wir müssen unser Schloss überdenken.«

Sutel lachte heiser. »Machen Sie das. Schätze, der Festakowitsch ist nicht sonderlich gut auf Sie zu sprechen.«

»Und – krieg ich Polizeischutz?« Sie sagte es mit einem Lachen, das etwas anderes ausdrückte als Heiterkeit. Zu grell, zu abgehackt. Den Hörer am Ohr, die Schnur maximal gespannt, ging Franziska um den Schreibtisch herum, gab der inneren Unruhe nach. Auf und ab, auf und ab, Tiger hinter Gitterstäben.

»Das meinen Sie nicht ernst, was?« Sein Sarkasmus kam wie heißes Pech aus dem Hörer. »Wenn jeder Polizeischutz bekäm, auf den irgendwer bös ist, müssten wir das Bundesheer anfordern.« War ja klar gewesen.

»Wieso haben Sie den Festakowitsch nicht auch gleich festgenommen? Der ist schließlich und endlich Sergej Nikalonovs Boss.«

»Wir finden kein Motiv, Doktor Ferstl. Die geschäftlichen Beziehungen zwischen Festakowitsch und Fürstenstein liefen korrekt – wir haben Fürstensteins Einkünfte überprüft und die Geldscheine aus dem Safe waren sauber. Vielleicht bringt uns jetzt der Einblick in die Kanzleigebarung weitere Hinweise. Persönlich gab es wenig Berührungspunkte, mal von den Jagdgesellschaften abgesehen, jedenfalls gab es nie Unstimmigkeiten. Keine untreue Ehefrau, kein Streit, den irgendjemand belauscht hätte. Festakowitsch ist nicht festzunageln. Gegen Nikalonov haben wir wenig, und es fanden sich zwar DNA-Spuren im Besprechungsraum, aber nicht direkt am Opfer, zudem war er zwei Tage zuvor mit Festakowitsch zu einem Termin in der Kanzlei.«

»Ich habe Ihnen gesagt, dass da etwas mit Schwarzgeld lief – Festakowitsch wollte 400.000 Euro von mir – von der Kanzlei! Ist das vielleicht kein Scheißmotiv?« Franziska hörte sich selbst laut werden. Eine Ader pulsierte an ihrer Schläfe, und ihr Hirn schien auf Trockeneisnebel zu schwimmen. Bluthochdruck, ganz klar, sie musste wieder runterkommen. Wenn das so einfach ginge.

»Wir haben dazu Ihre Aussage, Doktor Ferstl, das ist richtig. Sie sind allerdings auch die Vertreterin des Hauptverdächtigen und seine beste Freundin, mit einem massiven Interesse, dass der Verdacht fallen gelassen wird. Im

Safe waren 50.000 Euro, – ganz offensichtlich Geld, das für eine handfeste Geldforderung eingesetzt hätte werden können. Wurde es aber nicht. Keine zuordenbaren Spuren auf den Geldnoten. Wenn wir heute nichts Aufschlussreiches bei der Hausdurchsuchung finden, müssen wir Nikalonov laufen lassen. Festakowitsch fährt mit den besten Strafverteidigern auf.«

»Mit einem Wort, uns läuft die Zeit davon. Es sind Tausende Dateien, die zu sichten sind. Wir arbeiten seit Tagen akribisch daran, einen Zusammenhang zu finden, und sind auf keinen grünen Zweig gekommen. Wann ist die Haftverhandlung?«

»Morgen.«

»Verdammt.« In Franziskas Kopf rasten die Gedanken, verloren sich in dem Nebel des Bluthochdrucks. »Wir werden weitersuchen. Und etwas finden. Verlassen Sie sich darauf.«

»Da bin ich mal gespannt, wer schneller arbeitet«, stichelte Sutel, und Franziska musste trotz aller Nervosität grinsen.

»Eine Flasche Gin, dass wir das Rennen machen.«

»Steht«, nahm Sutel die Herausforderung an. »Und, Ferstl«, fügte er nach kurzem Zögern hinzu, »passen Sie auf sich auf.«

*

Das Scheinwerferlicht des Motorrads reflektierte im dichten Nebel, der im Wolfsgraben festsaß. Franziska fluchte. Genauso gut hätte sie Max die Neuigkeiten am Telefon überbringen können und sich diese Fahrt in Dunkelheit und dichtem Nebel erspart. Die Auffahrt zum Haus schien länger als sonst, und erst das Bellen des Hundes verriet ihr, dass sie unmittelbar vor dem Ziel sein musste.

Bewegungsmelder gingen an, als sie die letzten Meter zu Fuß ging, ließen alles ringsum weiß aufleuchten. Eng wie in einem Tunnel. Die feuchte Luft drückte auf die Lungen. Kein Wind wühlte das Terrain auf, der Wolfsgraben lag totenstill. Wäre da nicht der Hund gewesen.

»Chérie, verdammt, kennst du mich noch immer nicht?«, rief Franziska. Dämliches Vieh. Gerti würde jetzt mit ihr schimpfen – was kann der Hund dafür? Er verteidigt sein Revier, beschützt seine Menschen. Großartig. Du hast ja recht, Gerti. Es fiel ihr ein, dass sie diese Woche nichts von ihrer Schwester gehört hatte. Seltsam, wo sie ansonsten jeden zweiten Tag telefonierten. Da musste sie unbedingt heute noch nachfragen. Würde doch nichts passiert sein – mit Tinchen?

Endlich konnte sie die Eingangstür sehen. Schwarzer Lack, silberner Türknauf. Sie flog auf und Chérie hetzte auf sie zu.

»Chérie, Platz!« Das Schätzchen hörte nicht auf Frauchen.

Einen Meter war der Hund noch von Franziska entfernt – sie brüllte: »Platz!«, und wappnete sich gegen den Sprung des 30 Kilo Muskelpakets. Chérie bremste sich ein, landete schief auf dem Hinterteil und winselte vor Erregung. Die Rute bewegte sich wie ein Metronom auf Hummelflug-Einstellung, und die Zunge hing weit aus dem Maul. Mit glasigen Augen blickte der Hund zu ihr hoch, die Vorderpfoten nervös tänzelnd.

»Du bist ein braver Hund, dumm, aber brav«, stieß Franziska aus und mit den Worten auch die ganze angestaute Luft aus ihren Lungen. Himmel, Arsch und Zwirn, sie hatte gedacht, das Vieh wollte sie auffressen. Sie tätschelte seinen Kopf, und Chérie leckte über ihre Hand.

»Was gibt's?«, rief Bianca vom Haus her.

»Ich wünsch dir auch einen schönen Abend«, erwiderte Franziska. Wenigstens war der Hund freundlich. Geneigt, Chérie in Zukunft mehr zugetan zu sein, richtete sie ihre Aufmerksamkeit auf Bianca.

»Max erwartet mich.«

Bianca hob eine Augenbraue und machte den Weg ins Haus frei. Irgendwann musste sie nachfragen, ob nicht vielleicht doch Bianca Jagger ihre Mutter war. Den gleichen Vornamen hätten sie ja schon mal.

»Max! Franziska ist da, komm runter!« Ohne ein weiteres Wort oder sich auch nur nach Franziska umzudrehen, verschwand Bianca in der Küche.

Sollte sie zu Max hinaufgehen? Hier im Vorraum auf ihn warten? Oder besser bei Bianca in der Küche? Fürs Erste zog sie sich die Stiefel aus, schlüpfte in Filzpantoffeln und lauschte ins Obergeschoss.

»Leck mich doch, Bianca«, murmelte sie und stieg die Treppe hoch. Ihre Pantoffeln rutschten lautlos über die Bodenfliesen; Max' Zimmer war das erste neben der Treppe. Leise klopfte sie, hörte keine Erwiderung und spähte in Max' Arbeitszimmer. Das Sofa war ausgezogen und in ein Bett umgewandelt; am Beistelltisch lagen Medikamentenschachteln. Eine Tasse Tee stand dabei und eine Schale mit Keksen. Max grauer Haarschopf lag seitlich auf dem Kissen, die Decke bis über die Schultern gezogen. Franziska besah sich die Medikamente – »Xanor«, »Sertralin« waren Antidepressiva, »Klacid« musste gegen die Lungenentzündung sein und »Quetiapin« war ein starkes Schlafmittel. Unter seinen Lidern zuckten die Augäpfel, dann wurde Max unruhig und erwachte.

»Ziska?«

»Was denkst du denn – die Zahnfee?« Sein faltiges Gesicht verzog sich zu einem Grinsen. Kurz schloss er noch mal die Augen, dann drehte er sich ächzend auf den Rücken. Sein Bein schob sich unter der Decke hervor, Tennissocken, Jogginghose. Es zog ihr das Herz zusammen. »Wo wärst du jetzt gern, Max?«

»Auf meinem Boot. Sonne am Himmel. Wind in den Segeln.« Diese Sehnsucht in seiner Stimme – Tränen wollten ihr aufsteigen. Er stöhnte, als verursachte die Vorstellung physischen Schmerz. »Wärst du dabei?«

»Kann sofort losgehen«, antwortete sie heiser, kämpfte um einen unbeschwerten Tonfall. »Die Zahnbürste kauf ich unterwegs.« Damit ließ sie sich auf den Fauteuil gegenüber fallen und streckte die Beine von sich. »Du schläfst hier?«

Max mied ihren Blick, rappelte sich auf und nahm einen Schluck Tee. »Ich huste zu laut.«

»Verstehe.« Dass der Haussegen schief hing, war offensichtlich, sie wollte nicht länger darauf herumreiten. »Ich habe eine gute Nachricht ...«

»... und eine schlechte auch?«, ergänzte er ihren Satz.

»Nicht so schlimm. Gute zuerst?«

»Ist mir gleich.«

»Sie haben den Bodyguard von Festakowitsch wegen Mordverdacht eingebuchtet.«

Maximilian schnappte nach Luft. »Wirklich?« Maximilians Gesicht verjüngte sich zusehends mit der Realisierung der Information. »Mein Gott, dann bin ich raus – du hast es geschafft, Franziska!« Er ergriff ihre Hände und drückte einen Kuss auf beide Handrücken. »Ich wusste, dass du es hinbekommst.«

Franziska räusperte sich umständlich. »Das war die gute Nachricht. Die andere: Wir müssen bis morgen das Motiv für den Mord belegen. Deshalb bin ich hier – du musst mithelfen. Sag mir endlich, was du weißt. Was ist zwischen Festakowitsch und Fürstenstein gelaufen? Er fordert eine sechsstellige Summe von uns – von dir, um genau zu sein. Ein Päckchen mit 50.000 Euro war im Safe, schmal wie ein Smartphone. Es fehlen lediglich ein paar weitere Päckchen. Wer hat die?«

Maximilian schwitzte. Kein Wunder in dem überheizten Zimmer. Seine Augen waren umschattet, die Handflächen rieben in stetigem Rhythmus aneinander. Er schluckte und blickte zu ihr auf. »Keine Ahnung, Ziska. Ich war nur peripher dabei – für den Geschäftsführerjob gab es regelmäßige Einkünfte, die ich gut gebrauchen konnte.«

»Sag mir, wo ich suchen soll, Max. Es sind Tausende Seiten durchzusehen, wie sollen wir das bis morgen schaffen? Das ist ein dichtes Netz an Firmen, Investitionen und Beteiligungen – höchstwahrscheinlich nicht einmal vollständig. Wir haben Unterlagen von einem Bankinstitut in Estland, der Ukraine, Gesellschaften auf den Virgin Islands, Zypern, Irland, Liechtenstein, Österreich und der Schweiz. Aktiengesellschaften und GmbHs, LLPs auf den Britischen Inseln. Irgendetwas muss Siegfried doch angedeutet haben, eine Transaktion, bei der Schwarzgeld vereinbart war. Wenn du dich nicht erinnern willst, habt ihr bald einen Killer auf dem Türabtreter stehen. Die Erste, die er dann abknallt, ist Chérie.«

Das saß. Sie hatte schon vermutet, dass Max an dem Hund mehr hing als an seiner Frau, und hatte sich deshalb für den Dalmatiner als erstes Opfer entschieden. Max erhob sich, schwankte leicht und ging zu seinem Schreibtisch.

»Ich kann keine 400.000 Euro zahlen. Das Geld habe ich nicht.« Seine Hände schoben Papiere zusammen, klappten einen Ordner zu, zogen eine Lade auf, um ein Notizbuch hineinzuschieben. Offenbar wollte er sich um jeden Preis Ablenkung verschaffen. Franziska starrte ihn an. Hasste sich für ihr Misstrauen, dass sie dazu bewogen hatte, ihm bewusst die konkrete Summe nicht zu nennen. Hasste sich dafür, dass sie die Wette gegen sich selbst verloren hatte.

»Du weißt, dass es um 400.000 Euro geht?«

»Natürlich, du hast es mir erzählt.«

»Hab ich nicht.«

»Aber ja, das letzte Mal, sonst wüsste ich es nicht.« Er log sie an, tat verärgert. Hatte sie sich geirrt, die Summe ausgeplaudert? Es musste eine ganz banale Erklärung dafür geben.

»Max, was hat Bianca an Schulden angehäuft?« Er lachte kurz auf, fuhr sich mit der Hand über die Stirn. Rote Flecken blieben zurück. »Die Polizei durchsucht auch deine Privatkonten, sie werden alles finden.«

»Meine Konten sind in Ordnung, da kann mir keiner was anhängen.« Maximilian fingerte an einer Medikamentenpackung herum. »Die Klientel, mit der meine Frau Geschäfte macht, verlangt allerdings mit Vorliebe einen Teil des Kaufpreises unter der Hand. Beträge übrigens, die absurd sind, daran gemessen, dass so ein Gaul überzüchtet ist und jederzeit an einer Kolik krepieren kann.« Er warf eine Tablette in den Mund, spülte mit Wasser nach. »Andernfalls hätte ich mich nicht mit den Russen abgegeben. Es ist ja nicht nur Festakowitsch, Ziska, wir haben auch Klienten aus der Ukraine und Estland, Tendenz steigend, du wirst es in den Dateien gesehen haben.« Franziska hatte tief Luft geholt, wollte ihren Frust loswerden, ihn zusammenstauchen, einen Idioten heißen. Doch er blickte zu ihr auf, sah so gebrochen und krank aus, dass ihr die Worte im Hals stecken blieben. »Ich verspreche dir, es wird keine illegalen Geschäfte geben. Jetzt, wo Siegfried tot ist, werde ich mich selbst einarbeiten müssen. Ich bitte dich nur eins: Hilf mir. Wir müssen Festakowitsch beruhigen.«

Franziska stöhnte auf, raufte sich die Haare. Hatten die Medikamente sein Hirn aufgeweicht? Sie machte die wenigen Schritte auf ihn zu und packte ihn an den Schultern. »Max, womit soll ich ihn beruhigen? Ich habe seinen Bodyguard hinter Gitter gebracht und ihn an die Finanz verpfiffen. Doktor Hirscher ist jetzt seine Kanzlei, nicht wir – und ich bin verdammt froh darüber. Mich hat er nämlich bedroht und es würde mich nicht wundern, wenn er sehr, sehr böse auf mich ist – bei so einem kann das verdammt ins Auge gehen.« Franziska spürte, dass etwas in Maximilian nachgab, und setzte nach: »Max, der Jäger erlegt das Wildschwein mit einem glatten Schuss, andernfalls wird es gefährlich. Ich habe ihm nur einen Streifschuss verpasst, verstehst du? Wir müssen Festakowitsch dingfest machen. Dafür brauche ich etwas Konkretes in der Hand. Wo soll ich suchen? Hilf mir doch, verdammt noch mal!«

Seine Augen waren glasig. Waren es die Medikamente, die Krankheit, die vergangenen Tage voller Stress und Erniedrigung mitsamt dem Ehekrach, – das alles hatte seinen Tribut gefordert. Max war um Jahre gealtert. Denn das Alter ist keine Frage von grauem Haar und Falten, sondern eine Frage der Lebensenergie. Durch Augen konnte man ins Herz blicken, und der Mensch war so jung wie sein Herz. Bei Max sah sie nichts als Trümmer, wie bei einer Stadt nach einem Erdbeben. Es war zu früh für Prognosen, wie viel man wieder aufbauen konnte. Rauch und Staub hingen noch in der Luft, die Überlebenden fürchteten sich vor den Nachbeben.

»Franziska«, begann er und schloss sie in die Arme. Sie ließ ihn gewähren, klopfte ihm sanft auf den Rücken. Die Geste bewirkte eine Veränderung in seiner Haltung – der Rücken versteifte sich, er zog sich merklich zurück. Nun merkte sie erst, wie intim diese Umarmung für ihn gewesen war. Sie konnte die Einsamkeit, die ihn umgab, geradezu in sich einsickern spüren. Es wurde ihr schlagartig bewusst, dass Maximilian sich vollständig auf sie verließ, keinerlei Rückhalt in seiner Frau oder sonstigen Freunden fand. Sie war sein Rettungsring, das Seil, das ihn vor dem Abgrund bewahrte, und möglicherweise belebte diese Abhängigkeit bei ihm noch ganz andere Gefühle. Maximilian machte einen Schritt zurück, und Franziska atmete befreit auf.

»Sieh dir die Transaktion rund um die Wohnung am Kohlmarkt an. Siegfried hat beide Seiten beraten in der Angelegenheit, sowohl Festakowitsch als auch diesen Ljaschko. Da hat es irgendwelche Probleme gegeben.« Wieder senkte er den Blick, schluckte schwer, redete aber weiter. »Ich kann mir gut vorstellen, dass die beiden einen Teil des Kaufpreises in bar ausgemacht haben.«

»Wie war die Übergabe geplant?«

»Mit Sicherheit nicht persönlich. Siegfried war der Mittelsmann. Soweit ich weiß, war der Kaufpreis letztendlich acht Millionen Euro – da kann gut eine weitere Million in bar den Besitzer gewechselt haben.«

»Scheiße, Max. Ich fasse es nicht …« Die Hand an der Stirn starrte sie ihn an. »Du wirfst mir jedes Mal einen weiteren Brocken vor. Ist das jetzt die ganze Wahrheit?«

Er blickte sie kurz an und nickte.

»Entschuldige, ich muss mich hinlegen. Kreislauf …«

»Brauchst du was?« Ein physisch schwacher Max war

dermaßen irritierend – daran konnte sie sich einfach nicht gewöhnen, und schon wieder war der Faden gerissen.

»Es geht schon.« Die Augen geschlossen, sprach er leise weiter. »Bleib noch ein bisschen bei mir, Ziska. Das Alleinsein fällt mir so schwer …«

»Soll ich Bianca rufen?« Er schüttelte nur den Kopf, nicht mal die Lider hob er an. Der Atem wurde tiefer.

»Schläfst du, Max?«

»Hm.«

Lange beobachtete sie das Heben und Senken der einst so stolzen Männerbrust, zog die Decke höher und steckte sie an den Seiten fest. Nachdenklich sah sie sich im Zimmer um. Ein paar Aquarelle an der Wand, funktionale Einrichtung. Ein Blick auf Maximilian zeigte, dass dieser tief eingeschlafen war; ein Wunder eigentlich, dass sie eine so lange Unterhaltung führen konnten, bedachte man all die Medikamente, die er intus hatte. Sie schlenderte zum Schreibtisch. Was hatte Max da für ein Notizbuch verstaut? Ihr Blick zuckte erneut zum Sofa, da war die Lade auch schon offen. Das Buch lag obenauf. Sie biss sich in die Innenseite der Wange. Nicht schon wieder, Franziska! Zu spät. Es ging um viel zu viel, um widerstehen zu können.

Black Prince, Chocolate-Beauty, Fair Lady … eine Abfolge von Pferdenamen mit Kalenderdaten, Geldbeträgen und Namen waren aufgelistet, dazu hervorragende Eigenschaften der Pferde, gewonnene Preise und Gesundheitsmerkmale. Bei den Geldbeträgen sah Franziska genauer hin. Falls das der Kaufpreis der Pferde war, konnte sie Maximilians vorherige Bemerkungen gut verstehen. So ein Hengst war ein Vermögen wert! Black Prince kostete fast eine Million Dollar. Er war anscheinend Biancas Neuzugang, wenn sich das Datum daneben auf den

Kauf bezog. Mit Bleistift war eine Summe am Ende der Seite notiert: *370.000 $* – bezog sich dieser Betrag auf die Barzahlung? Dann wäre diese in der Woche vor Siegfrieds Tod fällig gewesen. Sie zückte ihr Handy und fotografierte die Seiten ab.

Ein leises Quietschen ließ sie aufschrecken, sie fühlte Adrenalin durch die Adern jagen, bis in den Kopf hinauf. Reflexartig klappte sie die Notizen zu, steckte das Büchlein zurück in die Lade – dabei blickte sie zu Max, der regungslos dalag, Augen geschlossen, danach zur Tür, die sich bereits öffnete.

»Max?« Noch ehe Bianca in den Raum trat, war die Lade zu.

Franziska lehnte sich in die wippende Lehne des Chefsessels und rollte ein Stück weit vom Schreibtisch weg. »Scht, er schläft«, flüsterte sie, die Arme vor der Brust verschränkt.

Bianca wirbelte zu ihr herum, die Augen zu Schlitzen verengt. »Wie lange schläft er schon?« Sie gab sich wenig Mühe, leise zu sprechen.

»Zehn Minuten vielleicht.«

»Was machst du an seinem Schreibtisch?« Misstrauisches Miststück. Allerdings mit guten Instinkten, das musste Franziska ihr lassen.

»Besserer Sessel – da kann ich leichter aufstehen.« Manchmal kam einem das Alter doch gut zupass. Bianca fiel jedenfalls keine Entgegnung darauf ein, stattdessen hielt sie ihr bloß demonstrativ die Tür auf. Übertrieben schwerfällig erhob sich Franziska, um dem Hinauswurf Folge zu leisten. Es war ohnehin Zeit zum Aufbruch.

*

Samstagmorgen und eigentlich wartete in der Kanzlei ein Berg Arbeit auf Franziska. Allein der Gedanke daran, in die U-Bahn zu steigen, sich durch die Touristenströme der Innenstadt zu drängen und wieder einen Tag am Schreibtisch zu verbringen, verursachte ihr Übelkeit. Nach eineinhalb Stunden Jogging, Stretching und einer ausgiebigen Dusche wollte sie bloß noch ein feudales Frühstück und den Rest des Tages in Trainingsklamotten auf dem Sofa liegen und lesen.

»Born to be wild«, schallte es durch die Wohnung. Franziska lief los und erreichte ihr Handy gerade noch rechtzeitig. Sie las Kurts Namen und nahm das Gespräch an.

»Franziska, ich habe da etwas gefunden, also ich bin mir nicht sicher, aber es kommt mir interessant vor …« Er klang ungewohnt erregt.

»Bist du in der Kanzlei?«

»Nein, ich stehe vor deiner Tür. Es hat mir keine Ruhe gelassen, was du gestern am Telefon gesagt hast, habe mir also die ganze Nacht um die Ohren geschlagen, anstatt nach Graz zu fahren.«

»Verdammt noch mal, Kurt, was läutest du nicht an? Los, komm schon rein!«, herrschte sie ihn an, lief in den Vorraum, um den Türöffner zu betätigen. Durch das Fenster sah sie die vertraute Gestalt, allerdings in Jeans und Winterjacke, über den Gartenweg näherkommen. Unter seinem Arm klemmte eine rechteckige PC-Tasche und in der Hand hielt er ein Papiersackerl. Sie riss die Tür auf und begrüßte ihn von Weitem.

»Guten Morgen, du Affe! Das nächste Mal brauchst du dich nicht anmelden. Komm rein, ich platze vor Neugierde.«

»Dir auch einen guten Morgen, Affenmama – hab uns Butterkipferln mitgebracht. Gibt's Kaffee in diesem Haus?«

Franziska stöhnte, nicht zuletzt, weil Iris-Marlen die Stiege heruntertänzelte.

»Hallo! Herrenbesuch am Morgen, oh, là, là! Vermutlich einer deiner Neffen?«

»Guten Morgen, Iris-Marlen – nein, das ist mein Kollege aus der Kanzlei, Kurt Thesch. Meine Neffen kennst du alle, du Heuchlerin.«

»Enchanté, Monsieur Thesch.« Sie zwinkerte ihm zu und winkte überschwänglich. »Viel Spaß euch beiden! Ich eile zu einem Brunch auf der Gloriette. Salut!«

Kurt sah ihr nach. »Ist sie Französin?«

Franziska rollte die Augen. »Von wegen, Iris-Marlen Decurs ist ein Künstlername. Sie ist ein verrückter Paradiesvogel mit fünf Katzen, die ich jedes Mal füttern muss, wenn sie ausfliegt mit einer ihrer Amouren – und jetzt komm endlich herein und erzähl.«

»Erst Kaffee, meine Augenlider musste ich mit Superkleber an den Brauen ankleben, um es herzuschaffen.«

Sie bemerkte erst jetzt die Schatten um seine Augen. »Du hast ja wirklich die Nacht durchgemacht«, stellte sie fest und hastete augenblicklich in die Küche. »Wie kannst du mich so auf die Folter spannen?«, schimpfte sie dabei. »Ich will wissen, was du herausgefunden hast.« Das Mahlwerk der Espressomaschine veranstaltete einen Höllenlärm. Franziska streckte sich nach einem Brotkorb aus dem Regal und legte eine Stoffserviette ein.

»Französischer Landhausstil.« Kurt, der ihr hinterher gefolgt war, schaute sich in Ruhe um. »Ich dachte, du hättest eine nüchterne Designerküche. So kann man sich täuschen.«

»Dann verrate ich dir mein Geheimnis: Ich bin frankophil veranlagt. So, und jetzt du.«

»Ich? Hetero, nichts weiter.«

Franziska lachte auf, spürte ein Kitzeln in ihrem Körper, als wäre er mit Champagner gefüllt. Der Junge grinste sie breit an. Kurt ist ein Mann, ermahnte sie sich. Kein Neffe, kein Junge.

Kurt legte die Kipferln in den Korb und stellte sie auf den Tisch. »Ich habe versucht, dieses Netzwerk an Beteiligungen zu entwirren, zumindest das rund um die Immobilie am Kohlmarkt.«

»Warte einen Augenblick, Kurt, ich schalte meinen Laptop ein«, unterbrach ihn Franziska, stellte die beiden Kaffeetassen auf dem Tisch ab und schnappte sich ihr Notebook. Der Datenstick steckte noch vom Vorabend in der USB-Buchse und somit brauchte sie bloß die Dateien öffnen. »Alles klar, ich bin drin.«

»Öffne den Ordner AAG … bist du drin?«

»Moment – ja. Ich sehe verschiedene Dokumente zum Kauf diverser Immobilien.«

Kurt beugte sich über sie. »Die fünfte Datei ist der Kohlmarkt-Deal. Verkäufer ist die ImmoDelux AG, Käufer ist die Appartment AG.«

»Sehe ich. Alles klar.«

»Zuerst mal die Verkäuferseite: Ich habe recherchiert, wer hinter dem Verkäufer steht. Die Immobiliengesellschaft, ImmoDelux AG, ist eine Aktiengesellschaft mit Inhaberaktien. Es gibt nur zwei Aktionäre. Einer davon ist Doktor Hirscher.«

»Nein!«, stieß Franziska überrascht aus.

»Doch«, sagte Kurt, und Franziska konnte die Befriedigung in diesem einen Wort mitschwingen hören. »Das Unternehmen gehört einer Holding, und die Holding gehört wiederum einer anderen Gesellschaft, Darktrade GmbH.

Ich bin die ganze Kette durch, bis ich auf den Namen gestoßen bin, den du mir gestern gesagt hast, Petro Ljaschko. Und den wiederum findest du in unserer Klientendatei.«

»Das gibt's ja nicht.«

»Ich habe alles nachgeprüft, Ziska. In einer der Gesellschaften ist Fürstenstein zudem Geschäftsführer.«

»Das finde ich vermutlich nicht in diesen Unterlagen«, sagte Franziska, während sie sich durch die Dateien klickte.

»Nein. Das war mühsame Recherche.« Kurt schaufelte Zucker in seinen Kaffee. »Hast du Milch?« Franziska knurrte ungeduldig, erhob sich jedoch, um Milch aufzuschäumen. »Ich habe alles notiert, in der Sache verschicke ich nichts online«, fuhr Kurt fort. »Diese Informationen bleiben vorerst mal auf Papier.«

»Gut so«, sagte Franziska und stand auf. Sie brauchte jetzt erst mal Koffein. »Ist mir sowieso sympathischer. Was ist mit der Käuferseite?«

»Die Appartement AG: hier ist eine Holding alleinige Aktionärin. Der Geschäftsführer der Holding ist Maximilian Frank. Diese Holding wiederum kann zu 100 Prozent einer Privatstiftung zugeordnet werden. Die Stifter dieser Privatstiftung sind zwei Privatpersonen, deren Namen mir nichts sagen, ich muss sie erst ausforschen, und eine GmbH, die wiederum in Händen einer Dame ist, die Festakowitsch heißt. Dem Geburtsdatum nach zu schließen, ist sie Kilian Festakowitschs Mutter. Im Vorstand der Stiftung sind Hirscher, Festakowitsch und Fürstenstein.« Franziska stand, mit dem Milchkännchen in Händen, sprachlos vor Kurt. Völlig zurecht trug er dieses selbstgefällige Grinsen im Gesicht. Das war ganze Arbeit, die er da geleistet hatte.

»Kurt. Wahnsinn, ich bin – wow.« Sie konnte es noch gar nicht fassen, was Kurt ihr da alles berichtete – ein Netzwerk an Firmen, in denen immer wieder Hirscher, Fürstenstein und Frank auftauchten.

»Ich habe etwas gefunden, das Rückschlüsse auf eine Vereinbarung im Innenverhältnis zwischen Fürstenstein und Festakowitsch zulässt. Es könnte ein hinlänglicher Beweis dafür sein, dass Fürstenstein der Strohmann von Festakowitsch ist.«

»Alles, was wir finden, wird die Polizei womöglich auch entdecken – deshalb: Was ist mit Maximilian? War etwas Belastendes dabei?«

»Ich habe nichts Illegales entdeckt, allerdings kommt er wesentlich öfter als Gesellschafter und dergleichen vor, als er dir gegenüber zugegeben hat. Der Mann hat echt Schiss vor dir, Ziska.« Eigentlich hätte er jetzt zwinkern sollen oder lachen – nichts dergleichen. Kurt sah sie einfach nur ernst an und schob sich ein Kipferl in den Mund.

»So ein Unsinn.«

»Entweder er hat Schiss vor dir«, begann er mit vollem Mund, »oder er spielt ein gefährliches Spiel.«

Das traf Franziska genau dort, wo sich all der Zweifel der letzten Tage aufgestaut hatte. Das Rumoren in ihrem Körper, das sie zuerst an Champagner erinnert hatte, verwandelte sich in ein brodelndes Morastloch, aus dem Ahnungen aufstiegen, die nicht nach draußen sollten. Ihre Hände zitterten, das Unterdrücken dieser Gedanken kostete viel Kraft. »Vielleicht will er mich schützen«, sagte sie in einer zaghaften Weise, die ihr selbst deutlich machte, wie wenig sie daran glaubte.

Kurt nahm ihr die Milch aus der Hand, sehr sanft strichen seine Finger über ihre. Er behielt sie dabei immer im Blick und goss erst ihr, danach sich selbst ein. »Mit denen ist nicht zu spaßen, allerdings du bist nicht gerade eine Prinzessin, die man ritterlich beschützen muss.« Endlich wieder sein berüchtigtes Zwinkern und ein schiefes Grinsen dazu. »Ganz im Gegenteil, in deiner Gegenwart kann sich ein Mann recht sicher fühlen.« Mit einem seligen Gesichtsausdruck machte er sich über den Kaffee her.

»Ach! Jetzt hast du mein Selbstbild komplett zerstört – sag bloß, ich kann aufhören, auf den Märchenprinzen zu warten?«

Kurt prustete in den Milchschaum, den er eben noch genüsslich geschlürft hatte, und ein Schaumflöckchen blieb an der Rückseite des Notebooks kleben.

»Als ob sich einer trauen würde, dich zu küssen, während du schläfst! Der Kerl muss mit dem Baseballschläger am Kopf rechnen, der unter deinem Kopfkissen liegt.«

»Wieso weißt du, was unter meinem Kissen liegt?«, konterte Franziska und versetzte ihm eine Kopfnuss.

»Hilfe! Ich nehme alles zurück.« Sie lachten. Wie gut das tat. Das Zittern wurde schwächer. Kurt packte seinen Laptop aus und versuchte auf dem Tisch Platz zu schaffen. Franziska erkannte die Aussichtslosigkeit des Unterfangens und griff sich ein Tablett vom Regal.

»Wir gehen ins Wohnzimmer, dort haben wir mehr Platz. Komm, ich nehme die Tassen und Kipferln, du die Laptops und deine Notizen. Ich zeige dir dann gleich mal die Fotos, die ich von Maximilians Notizbuch gemacht habe.«

Zwei Stunden später lag Kurt schnarchend auf ihrem Sofa, und wieder einmal zog sie eine Decke über einen schlafenden Mann. Das spricht nicht eben für meine magische Wirkung auf das männliche Geschlecht, seufzte Franziska und lächelte. Kurt sah mit entspannten Gesichtszügen und geschlossenen Augen noch jungenhafter aus. Es war angenehm, ihn hier zu haben. Sein Atem ging zwar geräuschvoll, doch gleichmäßig, und sie beschloss, in seiner Nähe zu bleiben. Mit dem Notebook auf dem Schoß kuschelte sie sich auf das gegenüberliegende Sofa und öffnete ein Dokument nach dem anderen. Die Uhr am Sideboard tickte leise. Dunkle Wolken nahmen dem Zimmer das Licht, nur die Oberfläche des Bildschirms strahlte Helligkeit ab. Stunden vergingen, ihre Augen brannten trocken in den Höhlen, die Kehle war ebenfalls ausgedörrt. Wasser wäre gut. Noch der kleine Unterordner, dann eine Pause …

»Ultimatum Frank 350t – Ü So – Sergej 16.45«

Was um alles in der Welt war das? Offensichtlich eine Notiz – Franziska verfolgte den Pfad: ein Memo, drei Tage vor Siegfrieds Tod. Es gab noch eine Reihe weiterer Notizen, die älteren Datums waren. Vermutlich Notizen vom Handy, die auf dem Notebook als Back-up gespeichert waren.

Ultimatum Frank. – Welches Ultimatum? Davon hatte Maximilian nichts erzählt, wieder mal. *Ü So* – Franziska tippte auf Sonntag. Wofür stand Ü? *Sergej 16.45* – das war eindeutig die Verabredung mit Sergej am Adventsonntag. *350t* … t wie tausend?

Franziska starrte auf die Worte und hörte die Puzzleteile ineinander klicken. Das ganze Bild wollte sie nicht sehen. Weil nicht wahr sein kann, was nicht wahr sein soll.

*

Am letzten Adventsonntag gab es seit Jahrzehnten Freunde, Punsch und gute Laune bei den Strebersbergers. Dieses Jahr war alles anders.

Orangenöl schwängerte die Küchenluft zwar wie eh und

je, dunkler Rum und Sternanis drängten sich keck in den Vordergrund und ließen einem das Wasser im Mund zusammenlaufen, doch keine Freunde waren eingeladen worden. Gerti saß in sich gekehrt auf der Bank und strickte, Tinchen, einen Melonenausstecher in der Hand, konzentrierte sich auf den Topf mit den zukünftigen Eierlikörkugeln und okkupierte die gesamte Arbeitsfläche. Keinem war nach Reden zumute, das Klappern der Nadeln war das einzige Geräusch in der Küche. Von Zeit zu Zeit blickte Gerti auf die Strickanleitung, ein wahnwitziges Gewirr von Symbolen, die am Ende einen Norwegerpullover ergaben. Franziska beobachtete sie aus den Augenwinkeln. Das war nicht normal. Gut, es war normal, Gerti stricken zu sehen, aber niemals stumm – wo sie doch bereits drei Gläser Punsch intus hatte. Eine der Schokokugeln, die Franziska in fransiges Seidenpapier wickeln sollte, flutschte aus ihren Fingern und rollte über den Boden. Bono schnappte danach, Franziska verhinderte in letzter Sekunde, dass er sich damit den Magen verdarb. Aus heiterem Himmel grölte Tinchen einen Refrain mit, den nur sie durch die Ohrstöpsel ihres iPods hörte.

Gerti hatte Franziska den ganzen Abend nicht ein einziges Mal angesehen. Schon bei der Beerdigung hatte sie sich so eigenartig benommen. Wollte die ganze Welt aus den Fugen brechen? Frustriert heulte sie auf.

»Okay, du hast gewonnen. Was habe ich angestellt?«

Nichts. Keine Reaktion. Stricknadelklappern, dissonantes Summen von Tinchen. Franziska startete einen neuerlichen Anlauf.

»Seit dem Begräbnis bist du komisch, die ganze Woche hast du nicht ein Mal angerufen. Was ist los?« Gerti sah auf.

»Du hast auch nicht angerufen.« Das vertraute Gesicht,

Inbegriff von Gefühl und Wärme, rund und weich, sah erstarrt aus, die Augen blickten kalt zu ihr.

»Gerti, du machst mir richtig Angst. So warst du noch nie.«

»Ja, richtig – die Gerti ist schließlich immer guter Laune, kümmert sich um alle, versteht jeden und hat Verständnis für jede Eskapade und jeden Fehltritt. Die Gerti wird mit allem fertig, da kann man sich drauf verlassen, da muss man sich keine Sorgen machen.«

Franziska schluckte angestrengt. Jetzt machte sie sich richtig Sorgen. Wenn Gerti von sich in der dritten Person redete, verhieß das nichts Gutes. »Gertrude Ferstl-Strebersberger, sag mir auf der Stelle, was los ist. Ich bin deine große Schwester, und mit mir kannst du über alles reden.«

»Große Schwester, pah. Meine wundervolle große Schwester, wie konnte ich das nur vergessen …«

»Hat jemand meine Brille gesehen?«, rief Karlheinz von draußen, stieß die Tür auf und unterbrach damit die Familientragödie. »Ich kann sie nicht finden. Oh – neue Naschereien«, ließ er sich ablenken. »Dann bleibe ich gleich da und helfe ein wenig mit.« Dabei schob er sich eine Eierlikörkugel in den Mund. »Mhmm, sehr gut.« Er blickte ringsum. Drei Paar Frauenaugen blickten ihn an. »Was ist?«

»Paps, nicht naschen!« Tinchen zog die Stöpsel aus den Ohren und sprach weniger lautstark weiter. »Aber du darfst die Kugeln in den Kokosraspeln wälzen, siehst du, danach ins Papierhütchen setzen.« Sie besah die fertige Kugel, band ihre Schürze auf und hängte sie ihrem Vater um. »Ich muss mal!« Damit war sie auch schon zur Tür raus.

Karlheinz seufzte. »Das hab ich nun davon. Küchendienst. Franziska, kann ich einen Punsch nehmen? Riecht fantastisch.«

»Natürlich«, murmelte Franziska und schöpfte für ihren Schwager ein Glas voll. Gertis Stricknadeln begannen wieder zu klappern.

»Dass du so viel Geduld hast«, begann Karlheinz mit einer für ihn untypischen Unsicherheit in der Stimme. Wusste er, was los war? Franziska beobachtete ihn, wie er umständlich die Eierlikörkugeln angriff und mit spitzen Fingern in die Kokosraspeln tauchte. »Bei dem Muster musst du jede Reihe nachschauen.«

»Das Gute ist, dass ich dabei komplett den Alltag ausblende.« Gerti fuhr mit dem Finger über die Strickanleitung, suchte ihre Reihe. »Und manches Mal tauchen Erinnerungen auf, sogar Weisheiten.«

»An wen hast du denn gedacht?«, fragte Franziska in der Hoffnung, Gerti in ein Gespräch zu ziehen.

»Unsere Eltern.«

»Sag mal eine Weisheit«, brummte Karlheinz und leckte seine Finger ab. Gertis Nadeln begannen wieder zu klappern.

»Die Toten sind wie die Luft zwischen den Maschen – sie haben Lücken in unserem Leben hinterlassen. Und doch machen gerade diese Lücken die Decke weich, warm und anpassungsfähig – sie gehören zum Ganzen dazu, andernfalls würden wir erstarren. Die gesamte Existenz würde ohne den Tod erstarren.« Franziska und Karlheinz blickten erstaunt zu Gerti und danach einander an.

»Noch einen Punsch?« Franziska machte die paar Schritte zum Herd, Karlheinz hinter sich, und formte lautlos die Worte: »Was hat sie?«, in seine Richtung. Der zuckte mit den Schultern und kippte seinen Punsch mit einem großen Schluck hinunter.

»Ich muss mal.« Er drückte ihr die Schürze in die Hand und verschwand hinter der Tür.

»Wir sind allein«, sagte Franziska und hielt auf ihre Schwester zu, »du philosophierst also über den Tod.«

»Ich versuche zu verstehen, warum das Leben so grausam ist«, reagierte Gerti pikiert. »Kinder, die ihre Eltern verlieren, Eltern, die ihre Kinder verlieren …«

»Tinchen muss eine Curettage machen, Gerti. Mehr ist es nicht. Mach dich nicht verrückt!« Franziska spürte den Blutandrang im Kopf, das Sausen und Summen in den Ohren. Herrschaftszeiten noch mal, wenn sie so weitermachte, würde sie zur Bluthochdruckpatientin werden. Das musste sie unbedingt vorher in den Griff bekommen. Gertis wütendes »Hach!« riss sie aus ihren Gedanken.

»Was weißt du schon? Tinchen ist meine Tochter, mein Kind, ich habe sie geboren, bin zwölf Stunden in den Wehen gelegen, habe mir die Nächte um die Ohren geschlagen, bei jeder Erkältung, als sie Windpocken hatte, Grippe, und …« Sie warf das Strickzeug vor sich auf den Tisch und stemmte die Hände auf die Eichenplatte. »Seit 17 Jahren bin ich rund um die Uhr für mein Kind da, selbst wenn ich krank bin, müde, erschöpft, lustlos oder wenn ich eigentlich meinen eigenen Lebensträumen nachgehen wollte. Ich höre mir alles an, helfe weiter, organisiere und tröste. Ist das genug? Ich frage dich.« Da glänzten Tränen in ihren Augen, und Franziska wusste, dass jede Antwort, die sie ihr geben konnte, falsch sein würde.

»Trotzdem gibst du mir schlaue Ratschläge: ›Mach dich nicht verrückt‹ – oh ja, tausend Dank, dass ich da nicht selbst draufgekommen bin! Dumme Gerti, dummes Hausmütterchen, wieso machst du dich verrückt? Sinnierst über den Tod wie eine Verrückte.«

»Jetzt mach mal einen Punkt!«, donnerte Franziska los und erschrak über die eigene Lautstärke. Zorn wallte auf, als wäre er ein lebendiges Wesen, das sich auf den Feind stürzen wollte. Doch da war niemand … »Du bist kein Hausmütterchen und nicht verrückt. Ja, du hast recht, ich habe Blödsinn geredet, weil ich einfach nicht weiß, wie ich damit umgehen soll. Ich hätte dich anrufen sollen, aber ich weiß nicht, was ich sagen soll – du siehst ja, wenn ich den Mund aufmache, wird es bloß schlimmer …« Sie brach ab.

Tränen hingen zwischen Gertis Wimpern – gleich würde der Damm brechen … die ersten beiden Tränen hinterließen bereits Spuren auf ihren Wangen. »Und sie ist nicht einmal zu mir gekommen. Sie ist zu dir gegangen. Zu dir …« Sie hielt sich die Hände vors Gesicht, als schämte sie sich ihrer Eifersucht.

»Aber Gerti …« Ihre perfekte Gerti, die alles schaffte, was für sie selbst unvorstellbar erschien – diese ganze Beziehungsgeschichte, Kinder, Schule, Hausbau und ganz besonders dieses unglaublich kreative Talent, das Gerti in jeder freien Minute entfaltete – diese Gerti war eifersüchtig, weil Tinchen sich einmal an die Tante und nicht an die Mutter gewandt hatte? So war doch ihre Gerti nicht, die kannte sie schließlich besser als sie sich selbst …

»Deswegen bist du auf mich böse? Denkst du, ich hätte es darauf angelegt?« Gerti richtete sich ruckartig auf.

»Du hättest es mir sagen müssen, Franziska. Es ging um die Gesundheit meiner Tochter – du kannst nicht alleine losziehen, einen Arzttermin ausmachen und heimlich mit ihr hingehen!«

»Aber was hätte ich tun sollen – Tinchens Vertrauen missbrauchen? Das mach ich nicht. Wir hatten vereinbart, mit dem Ergebnis zu dir …«

Gerti heulte auf. »Du kapierst es nicht, was? Das ist mein Kind! Nicht irgendein Erwachsener, der ein Problem hat.

Mein ganzes Leben ist darauf ausgerichtet, sie zu beschützen. Ihr Leben ist mir wertvoller als mein eigenes – aber wie solltest du das verstehen? Du kümmerst dich nur um dich selbst, deine Arbeit. Deine Bedürfnisse sind das Allerwichtigste in dieser Welt. Was Tinchen geschieht, geschieht mir – so ist das, weißt du? Wenn Tinchen stirbt, werde ich sterben, vielleicht nicht gleich, aber Stück für Stück.«

Franziska sah sie aus aufgerissenen Augen an, fühlte, wie die Augäpfel austrockneten, ja, wünschte es sich zutiefst. Nein, das hatte sie nicht gewusst. Etwas kroch ihr den Rücken hinauf mit den flüchtigen Bewegungen eines Weberknechts. Sie hatte auf einmal Angst. So wie damals, kurz bevor der Anruf mit der Todesnachricht der Eltern kam.

Es ist jener Augenblick, in dem du weißt, du wirst deine Welt verlieren und nichts wird mehr so sein, wie es mal war.

»Ich habe dir vertraut, Franziska, all die Jahre, aber jetzt weiß ich nicht mehr, was ich von dir denken soll.« Gerti sprach nicht länger laut und aufgebracht. Etwas in ihrer Stimme war abgestorben und verletzte Franziska tiefer als jedes Wort, das zuvor gefallen war. Sie stand auf, hielt sich kurz an der Tischkante fest, bis der Boden nicht länger schwankte, und ging.

KAPITEL VIER

4. ADVENTWOCHE

Selbst der Schlaf war ein Freund, der Franziska verlassen hatte. Nach Stunden wirrer Gedanken in der Finsternis deckte sie die Augenringe mit Concealer ab und stellte sich dem Tag in der Kanzlei; es galt die Kollegin Bischof zu empfangen, einzuführen und mit Arbeit zu versorgen.

»Frau Doktor Ferstl, Herr Kundalinsky wär jetzt da.« Nathalie hatte sich bereits wieder umgedreht und wollte zur Tür hinaus.

»Warten S', Nathalie, ich muss Ihnen noch was sagen.«

Gehorsam machte Nathalie kehrt und schloss die Tür hinter sich. Das Gesicht blieb abweisend, der Blick kalt.

»Hören Sie mit dem Theater auf, verstanden? Glauben Sie ernsthaft, der Doktor Thesch ist über mich hergefallen? Ich bin am Parkett ausgerutscht, und er hat versucht, meinen Sturz abzufangen. Das ist alles. Also schauen S' mich nicht dauernd an, als wäre ich die Stiefmutter vom Schneewittchen.« Dem pikierten Gesicht zufolge war Nathalie nicht so leicht zu überzeugen. Franziska stieß verärgert Luft aus und schüttelte den Kopf. Dann halt nicht, für Beziehungskram war einfach keine Energie in ihr übrig. Sollte sich das Mädel doch einen neuen Job suchen, wenn ihr das nicht passte. »Lassen Sie den Direktor rein.« Sie stand auf, um ihm entgegenzugehen. »Nathalie, wenn Sie uns einen Kaffee bringen könnten. Danke.«

Der Direktor, kaum größer als sie selbst und höchstwahrscheinlich auch in ihrem Alter, stand direkt hinter Nathalie in der nun offenen Tür und brannte offensichtlich darauf einzutreten. »Für mich nur Wasser«, rief er.

»Dann bringen Sie uns bitte eine Flasche Mineralwasser, Nathalie.« Die rollte mit den Augen und zog sich zurück.

Kundalinsky ging auf Franziska zu und ergriff sofort ihre Hand. »Schreckliche Sache, das mit Fürstenstein. Man glaubt, Mord betrifft nur die kriminellen Schichten. Der Mann war schließlich von Adel!«

Franziska gab sich alle Mühe, keinerlei Unfreundlichkeiten von sich zu geben. Sanftmütiger, als sie es von sich gewohnt war, lud sie ihn ein, Platz zu nehmen.

»Herr Kundalinsky, Sie sind Doktor Fürstensteins Klient – seine Klienten werden von Frau Doktor Bischof übernommen. Sie wollten jedoch ausdrücklich lieber zu mir – wie kann ich Ihnen weiterhelfen?«

»Wissen Sie, Doktor Ferstl, mit Fürstenstein war ich fast befreundet, könnte man sagen. Ich habe auch einiges für ihn tun können, auf Versicherungsebene. Mir ist lieber, von einem der Partner der Kanzlei betreut zu werden als von einer frischgefangenen Juristin.«

»Ich kann Ihnen versichern, Frau Doktor Bischof ist eine erfahrene Anwältin. Andernfalls hätte ich sie nicht aufgenommen.« Kundalinsky wackelte mit dem Kopf, als wollte er dem Ganzen nicht so recht trauen. Da dockten Kundalinskys Worte bei ihren Synapsen an – Versicherungsebene? »Ah, Fürstenstein hat tatsächlich mal erwähnt, dass Sie ihm einen großen Gefallen getan haben – warten Sie …«, warf Franziska ihr Hölzchen geradewegs ins Blaue. »Haben Sie nicht das Schloss versichert?«

»Das Schloss, den Fuhrpark, eine Lebensversicherung

und die Privatkrankenversicherung für die Familie. Ein Paket, das ihm kein anderer zu diesen Konditionen hätte bieten können.«

»Ach, wenn sie schon davon sprechen – an eine Lebensversicherung habe ich selbst schon gedacht, falls sich das in meinem Alter noch lohnt.«

»Na ja, die Versicherungsprämien werden entsprechend hoch sein«, meinte Kundalinsky, jonglierte geistig bereits mit Zahlen, dem Wippen des Kopfes zufolge.

»Auf welche Summe war Fürstenstein versichert? Daran könnte ich mich orientieren …«

»Eine Million ist eine hohe Versicherungssumme angesichts der Tatsache, dass Sie – pardon – gut zehn Jahre älter sind als er. Das wird teuer.« Franziska runzelte die Stirn, als sie die Summe hörte. »Wissen Sie was, ich kann Ihnen da ein Paket zusammenstellen, einfach zum Kennenlernen. Ist jetzt nicht ganz mein Geschäftsfeld, aber für Freunde lasse ich gern meine Beziehungen spielen.« Sie waren bereits Freunde? Franziska stellte sich auf ein langes Gespräch ein und war froh, dass Nathalie die Anweisung hatte, in einer Dreiviertelstunde hereinzukommen, um den nächsten Termin anzukündigen.

*

Am Abend ging Franziska nochmals ihre Notizen durch. Kurts Aufzeichnungen zu dem Firmengeflecht hatte sie vor sich ausgebreitet, ein wirres Abbild komplizierter Beteiligungen und unterschiedlichster Firmenkonstrukte. Der rote Faden endete bei der Estländischen Bank, die der SPV Holding ein ansehnliches Darlehen gewährt hatte. Die SPV Holding wiederum war über zwei weitere Firmen mit der

Darktrade GmbH verbunden, bei der Hirscher Geschäftsführer war.

»Du bist noch hier?«

Franziska stieß einen spitzen Schrei aus. Max stand vor ihr, vertraut in Anzug und weißem Hemd. Die Hose saß lang nicht mehr so straff auf seinen Hüften, unter dem Gürtel warf der Stoff Falten.

»Wie kannst du mich so erschrecken!« Ihr Herz setzte kurz aus und die Lippen waren plötzlich eiskalt. »Wieso bist du hier? Solltest du dich nicht noch schonen?«

Er zuckte nur mit den Schultern und vergrub die Hände in den Hosentaschen. »Hab's nicht mehr ausgehalten. Tut mir leid. Was hast du da?« Er kam neugierig um den Schreibtisch herum. Da stand er, als sei nichts gewesen – die ganze Wut, die seiner Krankheit wegen zurückgestaut in ihr dahingekocht hatte, ballte sich zusammen und lauerte knapp unter der Oberfläche ihrer mühsam aufgebauten Beherrschung.

»Sieh es dir ruhig an, Max. Ich könnte dir in den Hintern treten dafür, dass du Kurt und mich hast im Dunkeln tappen lassen. Wie soll ich dich verteidigen, wenn du mit der Wahrheit hinterm Berg hältst? In diesem Geflecht spielst du eine um einiges bedeutendere Rolle, als du mich hast glauben lassen. Und das nicht erst seit meinem Abgang, diese Geschäfte laufen über einen viel längeren Zeitraum.«

»Du hast dich immer nur um die Strafakten gekümmert – Siegfrieds Bereich hat dich nie interessiert.« Jovial machte er eine jener Handbewegungen, die Franziska auf die Palme brachten. Wie konnte er es wagen?

»Nicht interessiert? Du scheinheiliger Arsch!« Mit ihrem ganzen Frust schlug sie auf die Tischplatte. »Wie kann mich etwas interessieren, von dem ich nicht weiß, dass es da ist? Du hast mich angelogen!«

»Keineswegs, wir haben bloß nicht darüber gesprochen.« Ein kleines, schiefes Grinsen tauchte in seinem Gesicht auf. Sollte das etwa spitzbübisch rüberkommen? Oh nein, dachte sie, er findet seine Unaufrichtigkeit auch noch witzig … »Ich wollte dich nicht unnötig aufregen, *Franzi.*«

In Franziskas Kopf war nichts als grelles Licht. Ihre Brust füllte sich mit Luft, der Arm holte weit aus, und mit einem Wutschrei klatschte ihre Hand gegen seine Wange.

»Du verschissenes Arschloch! 30 Jahre Freundschaft, und du hältst mich die ganze Zeit zum Narren?« Sie hörte sich selbst brüllen. Sein Lächeln war weg, dafür prangte ein roter Handabdruck auf seinem Gesicht. »Auf der Stelle sagst du, was zwischen Siegfried und dir gelaufen ist.« Alle Wälle brachen, ihr schlimmster Verdacht, aus vielen kleinen Indizien zusammengesetzt, bahnte sich seinen Weg. Sein Zaudern trat den nächsten Wortschwall los. »Du hast ihm 350.000 Euro geschuldet und hättest es am Sonntag zurückgeben müssen, weil Sergej es abholen kam. Das war Schwarzgeld für die Wohnungstransaktion. Du hast es genommen und Siegfried in Schwierigkeiten gebracht.«

»Nein, nein, du irrst dich«, wehrte Maximilian ab, die Hände schützend vor dem Körper. »Siegfried hatte die Probleme mit Festakowitsch, ich habe nichts damit zu tun. Er …«

Franziska ließ sich nicht beirren, sah die Situation rund um die Schwarzgeldaffäre deutlich vor ihrem geistigen Auge. »Halt bloß dein Lügenmaul!« Einatmen, ausatmen. Sie schloss kurz die Augen, um nicht irgendeine seiner zutiefst provokanten Regungen wahrnehmen zu müssen. Der Drang, ihn zu schlagen, wollte nicht verschwinden.

»Mit den Russen ist nicht zu spaßen, das wusste Siegfried genau, er hat Druck gemacht. Dann ist die Situation eskaliert …« Die Wut drückte ihr die Stimmbänder ab, sie griff sich an den Hals, schluckte.

»Du bist ja komplett verrückt – du sollst mich verteidigen, nicht beschuldigen!«

Wenn es Furien gab, war mit Sicherheit eine in Franziska gefahren. Sie fühlte einen übermächtigen Energiestrom in sich, der ganze Frust, alle Wut und Enttäuschung entluden sich in diesem Moment und ihre Augäpfel brannten wie Lava in den Höhlen.

»Ich habe deine Lügen so satt, Max …«

Maximilian stand vor ihr, entgeistert, mit blutleeren Lippen. »Ich lüge doch nicht …«

Lügen, nichts als Lügen – verraten und verkauft hatte er sie, der gute Freund, hinter ihrem Rücken gelacht, wenn er von dem Russen die fette Kohle abkassiert hatte. Die Krönung war der Mord – er hatte sie bewusst benutzt und manipuliert, ihr ältester Freund. Nicht mal gefragt hatte sie ihn, so undenkbar war seine Tat gewesen … Sie holte diesmal mit der Faust aus.

»Stopp, Ziska, warte …« Er hielt ihr Handgelenk in der Luft fest und zog sie an sich.

Wütend stieß sie ihn von sich, wand sich mit einer Drehung aus seinem Griff und versetzte ihm einen Stoß vor die Brust. »Du verdammter Verräter, greif mich nicht an!« Ihre Stimme überschlug sich, brach.

Maximilian taumelte zurück, landete auf dem Sofa. Sie kam auf ihn zu und sah, wie sein Blick dunkel wurde. »Ziska, du verstehst nicht«, begann er, sprach hölzern abgehackt.

»Dann erkläre es mir, du Vollidiot!« Die Wut hatte sich

fast aufgebraucht und hinterließ ein Vakuum. War da ein Schluchzen in ihrer Stimme gewesen? Verdammte Scheiße. Kein Mitleid mehr. »Was ist am 27. November wirklich geschehen? Max. Die Wahrheit, am Ende zumindest. Das schuldest du mir.«

Er rieb sich das Gesicht. Stammelte ihren Namen. Diesmal würde er ihr nicht entwischen, und wenn sie ihn auf diesem Sofa festnageln müsste.

»Wieso weißt du das alles?« Da war sie, die Bestätigung, dass sie voll ins Schwarze getroffen hatte – alle Indizien richtig ausgewertet. Die Leere erreichte ihr Herz.

»Es gibt ein Memo von Siegfried«, sagte sie. Maximilians Gesichtszüge waren die eines Verurteilten – wie oft hatte sie diesen Ausdruck bereits auf dem Gesicht von Klienten gesehen – und jetzt in Max' Gesicht…

»Bianca hat Black Prince gekauft, entgegen meiner ausdrücklichen Warnung. Wenn du glaubst, die Russen sind harte Typen, dann sieh dir mal das Renngeschäft an. Ich brauchte 370.000 Dollar in bar. Der Verkäufer akzeptierte auch Euro, und wir hatten zufällig eine Million Euro in Siegfrieds Safe liegen …«

»Eine Million?«, keuchte Franziska auf. »*Zufällig*?«

»Die Transaktion mit der Kohlmarkt-Liegenschaft. Bei Schlüsselübergabe Bargeld, deponiert in einem Banksafe. Schlüssel gegen Schlüssel. Ich habe 400.000 genommen, wollte es rechtzeitig zurückgeben, aber ich bekam nirgends mehr Kredit. Ich hätte dich gefragt, als allerletzten Ausweg. Siegfried musste die Sache mit Festakowitsch ausbaden. Er war stinksauer, wollte mich aus der Kanzlei raus haben. Aber die Kanzlei ist die einzige Möglichkeit, genug Kohle zu machen, um Bianca zu halten und die ganzen Kredite zu bedienen.«

Franziska ließ sich auf den Fauteuil gegenüber fallen. Mit einem Schlag war alle Kraft verbraucht.

»Was hat Siegfried gemacht?« Sie fühlte kaum die Bewegungen ihrer Lippen.

»Mir das Messer angesetzt – ich sollte mich zurückziehen und für Hirscher Platz machen. Aus meiner eigenen Kanzlei! Kannst du dir das vorstellen?«

Ungläubig beobachtete sie seinen aufkommenden Ärger. »Leidest du an Realitätsverlust? Du hast 400.000 Euro geklaut – ich hätte dich zum Fenster rausgeschmissen!« Etwas wuchs in ihr, eine böse kleine Zelle, wie ein Tumor teilte sie sich und nahm an Umfang zu.

»Er hat mich schließlich in Versuchung geführt – wenn du den Mund voller Trauben hast, wie sollst du da nicht zubeißen?«

»Die Russen bescheißen – hast du sie noch alle? Hast du vergessen, was mit Andrej passiert ist?«

»Komm mir nicht mit dem!«, schrie Maximilian, sprang auf und lief im Zimmer auf und ab. »Dein heiliger Andrej! Ich muss kotzen, wenn ich den Namen höre.« Franziska hielt sich den Bauch, als hätte sie eben einen Tritt einstecken müssen. Maximilian fauchte sie an. »Ich wollte das Geld bloß ausleihen.«

»Da muss man vorher fragen, vergessen?« Auch Franziska war jetzt aufgesprungen. Wie konnte er es wagen …

»Scheiße, verschone mich mit deinem Sarkasmus. Siegfried hätte mir helfen können, aber er wollte nicht – weil er mich schon die längste Zeit los haben wollte.« Maximilian lief auf und ab, die Augen auf den Boden gerichtet, die Hände gestikulierten in einem abgehackten Rhythmus. »Du hättest ihn hören sollen: Max, du Trottel, deine Bianca setzt dir die Hörner auf in dem Moment, in dem du kein Geld mehr hast – jede Wette, sie hat schon einen Millionär in petto. Hannelore hat sie mit einem Schweizer Bankier gesehen.« Er keuchte vor Anstrengung, die Brust hob sich mühsam und beim Ausatmen wurden Nebengeräusche deutlich.

»Max …«

Er hörte sie nicht, driftete ab. »Du wirst uns noch alle mit in den Abgrund reißen, hat er gesagt, – deshalb werden wir uns trennen, du bist eine Belastung.« Maximilian stemmte die Hände in die Hüften. »Mich aus meiner eigenen Kanzlei rauswerfen!« Ein Schnauben folgte, und wieder startete er seinen Lauf gegen die Erniedrigung. »Ich konnte ihm lediglich 50.000 Euro zurückgeben, die habe ich nicht angegriffen und verschweißt gelassen. ›Wo sind die restlichen 350.000?‹, hat er mich angeschrien. Dieser Bastard …«

»War das am Sonntag im Besprechungsraum, während Siegfried den Tannenbaum geschmückt hat?« Sie fragte leise. Der Satz stand im Raum wie ein Richtblock, auf den der Verurteilte den Kopf legen sollte. Maximilian hielt vor dem Fenster an und starrte hinaus. Franziska sah seine gebeugten Schultern, die Hände in den Hosentaschen vergraben. Dabei hatte sie gedacht, sie kenne diesen Mann wie sonst keinen auf der Welt.

»Ich war im Gehen, hatte Mantel und Handschuhe an«, antwortete Maximilian schließlich. Wie er da stand, überkam Franziska plötzlich ein Gefühl von Schwerelosigkeit. Sie ging zu ihm hinüber, als liefe sie über die Mondoberfläche, einen Schritt nach dem anderen, unendlich langsam. »Habe ein paar Stunden gearbeitet, ehe Siegfried kam. Er hat mich nicht bemerkt, bis ich das Büro verlassen wollte. Da fing der Streit an.« Schweißperlen glitzerten auf Maximilians Stirn. »Er warf eine Lichterkette quer über den Baum und verhöhnte mich. Wieder und wieder. Festakowitsch würde uns möglicherweise das Geld stunden, jede Woche 50.000 Euro, und ich sollte mich darum gefälligst kümmern. Ziska, er gab mir Befehle – behandelte mich wie einen Konzipienten. Mich! 35 Jahre Berufserfahrung, ich habe etwas aufgebaut, einen guten Namen. Alles wollte er in den Dreck ziehen, mich bloßstellen. ›Die alte Schabracke bin ich endlich los und du gehst nächstes Jahr‹, das hat er gesagt, ›nur der Name der Kanzlei bleibt der alte, das wirst du mir für diese Unannehmlichkeiten gratis draufgeben‹.« Jetzt griff er sich an den Kopf und hielt ihn umfangen, versuchte, sein Zersplittern zu verhindern.

Franziska hob den Arm, wollte ihn berühren, ein Impuls der Freundschaft, doch sie senkte ihn wieder. »Was kam als Nächstes?«

»Die andere Lichterkette lag entwirrt über der Sessellehne neben mir. Ich nahm sie, schlang sie Siegfried um den Hals und zog zu. Wahnwitzig schnell ging das alles. Er versuchte, die Finger unter das Kabel zu schieben, hatte aber keine Chance. Der Kopf wurde ganz rot, Siegfried röchelte und ging zu Boden.«

»Max«, flüsterte Franziska, und jene Ahnung, seit Tagen in ihr gewachsen, war nicht länger ein uneingestandener Verdacht.

»Ich ließ sofort los. Keinen Mucks hat er gemacht. Tot. Ich habe ihn getötet. Sein Handy summte kurz auf. Eine Nachricht. Samira sagte das Stelldichein ab. Ich nahm das Handy, öffnete es mithilfe seines Daumenabdruckes und schickte Samira das SMS, bat sie zu kommen.« Maximilian schluckte, schloss die Augen, doch das Gespenst der Erinnerung verschwand nicht. »Er lag da wie ein Embryo, als ob er nur schliefe. Aber er atmete nicht mehr.«

»Hast du versucht, ihn wiederzubeleben?«

Unversehens sah er sie an – es kostete sie alle Kraft, nicht zurückzuschrecken. War das noch ihr Max?

»Ziska, ich war in Panik! Alle möglichen Szenarien aus Kinofilmen sind plötzlich aufgetaucht, total abstrus und irre. Mordzeit vertuschen, war ein Gedanke. Ich rannte hinaus und drehte die Heizung hoch. Legte das Geldbündel zurück in den Tresor. Danach – nur weg. Keine Spuren hinterlassen. Ein Alibi! Ich beeilte mich nach Hause, stellte das Auto in die Garage. Bianca sagte ich, ich sei schon seit drei viertel vier da, wäre vor dem Fernseher eingeschlafen. Sie hat mir kaum zugehört. Der Zoff wegen Black Prince ist nicht vom Tisch. Meist ignoriert sie mich einfach. Sie deckt mich, weil sie den Skandal fürchtet.« Seltsam distanziert starrte er sie an. »Wie soll ich damit leben, Ziska? Wie? Ich bin ein Mörder, ein Versager. Mir wird nichts bleiben. Nichts.«

Dieser Mensch vor ihr, von dem sie Jahrzehnte hindurch annahm, ihn zu kennen, hatte das Schlimmste getan, das ein Mensch tun konnte, die Sünde aller Sünden begangen. Dafür gab es keine Vergebung. Er hatte sich feige hinter Lügen versteckt; diese lange Kette an Lügen und Feigheit, die bei seiner Ehe begann, sich über krumme Geschäfte fortsetzte und in den Mord an Siegfried mündete, widerte sie an. Die Erde hatte keine Anziehungskraft mehr, ließ sie einfach los. Sollte sie doch, Franziska hatte kein Interesse mehr an ihr. Lieber weit weg, als in all den Beziehungsspinnennetzen gefangen zu sein.

»Wieso hast du nicht reinen Tisch gemacht?«, fragte sie ohne echtes Interesse, nur so, weil die Stille wie ein Fels auf ihr lastete. Seine Hand tastete nach ihrer, sie zog sie hastig fort.

Maximilian sog scharf Luft ein und ging einen Schritt zurück. »Ich habe mich geschämt. Mich verachtet. Hatte Angst. Du weißt nicht, wie das ist …«

»Wie konntest du nur?« Sie fragte das nicht ihn. Es ging nur um ihre eigene Enttäuschung, und sie wusste genau, dass diese Spirale unentrinnbar abwärts führte. Sie wollte nicht fallen, weil sie wusste, was sie dort unten erwartete. Irgendwie musste der Sog in den Abgrund gestoppt werden, und da gab es nur eine Möglichkeit – professionelle Arbeit.

Ihre Gefühle spielten keine Rolle. Maximilian war ein Klient, sie musste eine Strategie ausarbeiten, ihren Job machen. Während ihr Verstand ansprang und die Einzelteile des Geständnisses zu analysieren begann, kehrte Maximilian zum Sofa zurück und ließ sich darauf fallen.

»Endlich ist es heraus. Diese Last ist unerträglich gewesen, ich wollte es dir immer sagen, Ziska, glaub mir. Das war das Schlimmste, dich anzulügen.«

»Ach, halt den Mund, Maximilian.« Franziska wollte ihn nicht mal mehr ansehen, wollte vergessen, dass sie Max für ihren besten Freund gehalten hatte. »Ich glaube dir kein Wort. Du bist davongerannt? Hast nicht mal die Rettung gerufen? Verdammte Scheiße, da hätten wir wenigstens mildernde Umstände bekommen. Der Staatsanwalt wird auf Mord plädieren, – ich muss mit Braunhof reden«, jetzt sprach sie nur mehr mit sich selbst, »wir gehen auf schwere Körperverletzung mit tödlichem Ausgang – scheiße, das bringe ich nicht durch, verdammtes Kabel, verflucht noch mal, da wird es mit der Tötungsabsicht eng. Dann Totschlag. Die allgemein begreifliche heftige Gemütsbewegung sollten wir glaubhaft machen können. Das wird hart.«

Alles auf Autopilot – Paragrafen durchkämmen und eine Lösung suchen. Keine Emotionen, das bringt nichts. Die bestmögliche Verteidigung erarbeiten und ein optimales Ergebnis herausschlagen. Franziskas Gedanken formulierten den Schriftsatz.

»Ziska …«

Ausblenden. Nicht ansehen.

Sie würden mildernde Umstände bekommen mit dem umfassenden Geständnis, das konnte man entsprechend reumütig anlegen. Die, wenn auch verspätete, Bereitschaft, das Verbrechen aufzuklären, dazu ein groß angelegtes Netzwerk zur Steuerhinterziehung auffliegen zu lassen, sollte ebenfalls Pluspunkte bringen. Der psychische Druck, der auf dem Angeklagten lastete, musste gut herausgearbeitet, die Affekthandlung plastisch im Verhandlungssaal veranschaulicht werden, damit es auch die Laienrichter verstanden.

»Wir müssen plausibel machen, dass du keine Tötungsabsicht hattest und vom Ergebnis deiner Tat völlig überrascht warst. In der Panik bist du geflohen.« Maximilian gab ein Geräusch von sich, das sie nicht einordnen konnte. Nicht hinsehen, zwang sie sich. Sonst funktionierte ihr Verstand nicht länger. »Für Totschlag ist der Strafrahmen fünf bis zehn Jahre, ich denke, es wird mit deinem untadeligen Leumund bei der Mindeststrafe bleiben. Bei guter Führung bist du nach 30 Monaten draußen. Ich werde das Geständnis aufsetzen, du wirst es mit mir noch mal durchgehen – das muss so rasch wie möglich zum Staatsanwalt. Wir können deine Lungenentzündung vorschieben, weshalb du deine Lage nicht klar beurteilen konntest …« Jetzt sah sie doch zu ihm hinüber. »Max!«

Zusammengerollt wie ein Embryo lag er auf der Seite und schluchzte. Verdammte Scheiße – ihr großer, starker

Max – aber er war ja längst nicht mehr ihr großartiger Max. Das hier war der gefallene Max, zerbrochen durch hochtrabende Pläne, eine größenwahnsinnige Ehefrau und seine eigene Feigheit. Sein Atem ging pfeifend und er presste die Hand auf die Brust. »

Sag mir, was los ist – hast du einen Herzanfall?«

Maximilians Gesicht verhärtete sich, ein letzter Rest Stolz züngelte auf. Er zog die Lippen zwischen die Zähne und biss zu. Die Augenlider pressten sich kurz zusammen und öffneten sich wieder. Das war ein alter Mann, der sich da aufsetzte. Dieses Mal entzog Franziska ihm nicht ihre Hand, als er danach griff. »Es geht schon. Ich lege das alles in deine Hände, Ziska, nur eine einzige Bitte: Gib mir einen Tag.«

»Wir dürfen keine Zeit verlieren, Max. Wir haben schon zu viele Chancen vertan …«

»Einen Tag, Franziska – bitte! Eine Nacht im eigenen Bett, meine Angelegenheiten regeln, ehe es zurück ins Gefängnis geht. Noch ein Spaziergang über die Felder und durch den Wald. Ich muss mich wappnen.«

Da saß er, eine traurige Karikatur seiner Selbst. Alt, gebrochen. Wie konnte sie ihm diese Bitte verwehren? Sie blickte ihn an, dachte an die vielen gemeinsamen Erlebnisse der vergangenen 30 Jahre; sie hatten gemeinsam gelacht und gekämpft, waren einander beigestanden. Diese Erinnerung war etwas, das unantastbar blieb, selbst wenn alles ringsum in Trümmern lag.

»Bist du mit deinem Auto da?«, fragte sie. Er nickte. »Dann bringe ich dich jetzt nach Hause. Morgen ist Heiligabend, darauf folgen die Weihnachtsfeiertage. Ich mache in dieser Zeit unseren Schriftsatz, Max. Nach dem Stephanitag geht er raus. Wir werden Sutel informieren und den

Doktor Braunhof von der Staatsanwaltschaft. Du musst die Wahrheit sagen.«

Zuerst schluckte er schwer, dann nickte er. »Danke.«

»Schon gut.« Sie schlug die Augen nieder. Eine gute Freundin hätte ihn jetzt wohl umarmt, ihm Mut zugesprochen. Das konnte sie nicht, alles in ihr sperrte sich gegen diesen Impuls. Selbst wenn sie diese Härte in sich hasste, um ihre Unnachgiebigkeit und mangelnde Empathie wusste, konnte sie nicht anders. Denn es ging hier auch um Würde. Max hatte seine verloren, litt unter der Schuld, ein Leben beendet zu haben. Da halfen weder Schulterklopfen, noch halbherzige Worte des Trosts. Die Welt musste Max zur Rechenschaft ziehen und ihm bot das die Möglichkeit, Sühne zu tun. Das mochte altmodisch und antiquiert sein, doch genauso empfand sie es und Max war nicht anders. Er schämte sich zurecht. Und trotzdem war er ihr Freund.

»Versprich mir, dass der Arzt nach dir sieht. Du siehst scheiße aus.« Etwas in seinem Gesicht zuckte, als wäre da ein kleines Lächeln – es hatte keine Chance der Entfaltung. Franziska drückte kurz seine Schulter. »Komm, wir gehen.«

*

Der Landrover rumpelte die Auffahrt hinauf. Dieser Wagen roch nach nassem Hund und Pferd, selbst nach 40 Minuten Fahrt nahm Franziska den Geruch wahr. Sie warf einen Blick zum Beifahrersitz; Maximilian hatte die letzte halbe Stunde den Mund nicht aufgemacht, den Kopf gegen die Nackenstütze gelehnt und stur geradeaus gesehen. Hin und wieder rieb er sich über die Brust und seufzte, so leise es ging, ballte die linke Hand wiederholt zur Faust. Enge in der Brust, vermutete Franziska, kein gutes Zeichen. Womöglich ein Ziehen im Arm.

»Ich hätte nicht auf dich hören und ins Spital fahren sollen, Max.«

Er atmete aus. »Keine Chance. Ich will hier sein. Das Meer ist leider zu weit weg.«

»Sturer Hund, du.« Ihr Fuß trat auf die Bremse und sie hupte, ein schwarz-weißer Schatten huschte bellend um den Wagen.

»Chérie, Platz!«, rief Maximilian durch das offene Fenster und schob die feuchte Zunge samt Pfoten hinaus. »Die Einzige, die sich freut, wenn sie mich sieht.« Damit stieg er aus und nahm die Freudenbekundungen des Dalmatiners entgegen.

»Du hier?« Bianca kam eben den Weg vom Reitstall herunter, in Stiefeln und Barbourjacke. Ein bisschen wie die junge Queen, dachte Franziska und schüttelte den Kopf. Jedenfalls kaufte sie Pferde ein, als hätte sie das Budget der Queen zur Verfügung. Maximilian hob bloß die Hand zum Gruß und verschwand im Haus. Die beiden Frauen gingen aufeinander zu, auf Kampf eingestellt.

»Ihr werdet miteinander reden müssen«, eröffnete Franziska die unausweichliche Auseinandersetzung.

»Was geht dich das an?«

»Ich spreche als seine Strafverteidigerin, nicht als Freundin. Du wirst 400.000 Euro auftreiben, in diesem Monat noch. Verkaufe Schmuck oder einen deiner verdammten Gäule.«

»Was erlaubst du dir …«, fauchte Bianca und machte einen Schritt auf sie zu, doch Franziska stoppte sie mit einer einzigen Handbewegung.

»Du hast ihn in diese Scheiße hineingeritten«, sagte sie zeitgleich und beinahe musste sie wegen des Wortspiels lachen; wie bitter dieser Scherz war, »du wirst alles tun, damit er unter besten Bedingungen verteidigt werden kann. Wir müssen guten Willen zeigen. Außerdem, wenn die Russen sauer werden, stehen sie vor deiner Haustür, Bianca, du bist noch recht knackig, denen fällt einiges ein, um einen Schuldner gefügig zu machen. Glaub mir, das ist kein Pferd der Welt wert.«

Der Stolz war wie weggeblasen aus Biancas Gesicht und hinterließ Unsicherheit und eine Spur Angst. »Wovon redest du überhaupt?«, versuchte Bianca Haltung zu bewahren. Nur ihre Stimme verriet sie.

»Frag das Max. Eines noch: Ruf einen Arzt, Max hat Herzbeschwerden, damit ist nicht zu spaßen. Erst diese Lungenentzündung mitsamt der ganzen Aufregung, der Stress … besser ich warte noch, bis das abgeklärt ist.«

Bianca kniff den Mund zusammen und hob das Kinn. »Darum kümmere ich mich – ich möchte mit meinem Mann alleine reden. Danke fürs Herbringen.« Damit drehte sie sich um und ging die paar Schritte ins Haus, knallte die Tür hinter sich zu. Franziska hörte, wie der Schlüssel herumgedreht wurde.

Großartig. Sie stand mitten in der Einöde. Windböen direkt aus der sibirischen Tundra rissen an ihrer Kleidung, von öffentlichen Verkehrsmitteln keine Spur und in einer knappen halben Stunde würde es dunkel sein. Franziska stapfte los, ließ das Haus hinter sich, lehnte sich gegen die Windböen, als wären sie Riesen, die es zu bekämpfen galt. Die Dämmerung schluckte bereits die spärlichen Farben. Alle paar Minuten hörte man Motorenlärm und der Fahrtwind der Fahrzeuge drückte gegen Franziska.

Maximilian hat Siegfried ermordet. Im Rhythmus der Schritte wiederholte sich der Satz in ihrem Kopf, hämmerte sich in ihr Bewusstsein. Die Wahrheit. Ihr bester Freund war ein Mörder.

Franziska brüllte los. Der Wind verschlang ihren Frust, tobte unbeeindruckt weiter. In ihrem Körper zog und krampfte es. Das alles sollte aufhören. Max. Tinchen. Mord. Krankheit. Lüge. Betrug.

Eiskristalle prasselten gegen ihre Jacke. Sie blieb stehen. Gerti war nicht allzu weit weg, aber die wollte nichts mit ihr zu tun haben. Wen hatte sie schon außer Gerti? Iris-Marlen war wieder mal auf Städtetrip, und Ari stand in seinem Laden. Franziska riss sich die Tasche von der Schulter und kramte nach ihrem Handy. Kurts Name stand auf der Anrufliste ganz oben. Sie tippte ihn an, wartete auf seine Stimme.

»Franziska, was gibt's?«

Sofort ließ das Krampfen im Bauch nach.

»Kannst du mich in Wolfsgraben abholen? Ich stehe auf der Straße.«

Am anderen Ende der Leitung lachte Kurt auf. »Hat dich jemand ausgesetzt?«

»So ähnlich fühlt es sich an.«

»Ich bin in 40 Minuten bei dir, setz dich in ein Gasthaus, ich beeile mich.«

»Nein, ich muss laufen. Such mich auf der Hauptstraße.« Ihren Dank hörte er schon nicht mehr. Franziska warf das Gerät zurück in die Tasche. Langsam setzte sie sich wieder in Bewegung.

Er lag da, wie ein Embryo, als ob er nur schliefe. Aber er atmete nicht. Max' Worte geisterten in ihrem Kopf herum. Ein Augenblick des Wahnsinns, und ein ganzes Leben zerstört. Nein. Nicht nur ein Leben war zerstört, Siegfried war tot und Max in gewisser Weise auch. Die Tat hatte sein

Selbstwertgefühl, seine Persönlichkeit, wenn man so will, seine Seele zerrissen. Maximilian war nicht mehr derselbe. Etwas war verloren gegangen. Gesellschaftlich war er allemal tot. Wieder fühlte Franziska das Ziehen und Krampfen in ihrem Körper stärker werden. Trauer. Sie erinnerte sich an das Gefühl, als Andrej gestorben war. Der Verlust war so mächtig gewesen, als hätte jemand seine Hand in ihren Leib getrieben und ein Stück Innereien herausgerissen.

Er lag da wie ein Embryo, als ob er nur schliefe.

Max' Gesicht, als er die Worte sprach, hatte all das Entsetzen widergespiegelt, die Ungläubigkeit dem eigenen Handeln gegenüber: Alles würde herauskommen. Sie hatte ihm gar keine andere Wahl gelassen.

Häuser tauchten auf, der Dorfplatz war erreicht. Vor der kleinen Kirche von Wolfsgraben leuchtete eine lichtergeschmückte Tanne, das Freundlichste, was ihr seit Kilometern begegnet war. Die Mütze tief in die Stirn gezogen, die Hände in den Taschen der Jacke vergraben, blieb sie stehen. Ein Auto hielt neben ihr an, ließ die Scheibe heruntergleiten.

»Ziska, steig ein.« Kurt, endlich, was für eine Erleichterung.

»Schneller als die Polizei«, begrüßte sie ihn. »Hast du 'ne Sitzheizung?« Sie befestigte den Gurt, gab sich dem Wohlgefühl der Wärme hin. Die Hände kribbelten von dem Temperaturunterschied.

»Erzähl – was machst du hier?«

Franziska seufzte, rieb die rot gefrorenen Hände aneinander. In dem Augenblick, in dem sie es Kurt erzählte, wurde das Geständnis offiziell und es gab kein Zurück.

»Max hat Siegfried erdrosselt.«

»Nein!« Kurt war eben erst angefahren und stieg nun abrupt auf die Bremse. Die Blinkanlage ging an.

»Er hat es mir gestanden.« Kurts Gesicht leuchtete im Schein der Warnblinkanlage auf. Im Dunkel der Armaturenbeleuchtung sah sein Gesicht älter aus als im gelbstichigen Licht des Blinkers. In 20 Jahren würde er immer noch gut aussehen, sie hingegen würde dann höchstwahrscheinlich tot sein.

»Das glaube ich nicht.«

»Wenn ich es dir sage.« Von hinten näherten sich Scheinwerfer. »Fahr weiter!«

Kurt legte den Gang ein. Langsam rollte der Wagen los. »Was tun wir jetzt?«

»Zuerst mal die Verteidigung umstellen. Den Schriftsatz aufsetzen. Einen Termin mit der Staatsanwaltschaft vereinbaren.«

»Erzählst du es Inspektor Sutel vorher oder nachher?«

Ist mir egal, wollte sie antworten, aber das war es nicht. Irgendeine piepsige, penetrante Stimme im Hinterkopf sagte ihr, dass sie Sutel noch brauchen würde.

»Das sind vielleicht fröhliche Weihnachten«, brummte Kurt.

»Ich habe Max die Feiertage zugestanden. Wir gehen erst am 27. Dezember mit der Nachricht an die Öffentlichkeit. Bis dahin haben wir alles genau ausgefeilt und durchdacht. Die Presse brauche ich unbedingt auf unserer Seite. Das ist essenziell, besonders, weil wir Laienrichter haben werden. Jetzt ist Medienarbeit gleich noch mal so wichtig.«

»Wie geht es Maximilian?« Die vorsichtige Frage von Kurt überraschte Franziska. Der Junge war wirklich ein guter Kerl. Dachte trotz allem an den alten Max.

»Er hat es im Affekt getan. Vermutlich hat er die Tat bislang so gut wie möglich verdrängt. Damit ist jetzt Schluss.

Mit dem Geständnis wird es zur unumstößlichen Wahrheit.« Wieder dieser Knoten in ihrem Bauch.

Wie soll ich damit leben, Ziska? Seine Worte brannten in ihrem Gehörgang. Ich weiß es nicht, Max, dachte sie, ich könnte es nicht.

»Halt an!«, schrie sie, und Kurt trat aufs Bremspedal. Der Wagen hinter ihnen hupte und zog an ihnen vorbei.

»Mach das nicht noch mal«, stöhnte Kurt und lenkte den Wagen auf den Parkstreifen. Sie hörte ihm nicht zu. Diese verrückte Stimme in ihrem Hinterkopf pflanzte krause Bilder in ihr Hirn, die sie nicht losließen.

*

»Kehr um, Kurt, wir müssen zurück auf den Scheißponyhof.«

»Ponyhof?« Er brauchte eine Sekunde, um zu verstehen. »Warum, um Himmels willen?« Trotz des Widerspruchs blickte Kurt über die Schulter, um den Verkehr abzuwarten, ehe er eine scharfe Wendung ungeachtet der Sperrlinie in der Mitte der Fahrbahn hinlegte.

»Schneller«, feuerte sie ihn an. Natürlich konnte die Kälte daran schuld sein, dass ihr Hinterteil sich anfühlte wie ein Waldameisenhaufen, durch den ein Bär gestapft war, viel wahrscheinlicher war jedoch, dass dieses Bauchkribbeln der letzten Dreiviertelstunde eine bitterböse Vorahnung gewesen war. »Bis wir da sind, ist eine Stunde vergangen.« Ihre Finger trommelten gegen den Türgriff. »Max hat längst Ordnung gemacht.«

»Ziska, wenn du mir nicht auf der Stelle sagst, wovon du redest, schwöre ich, den Zündschlüssel aus dem Fenster zu werfen.« Seine Hand glitt bereits zum Schlüsselanhänger, ein schwarz-weißer Fußball, auf dem »Sturm Graz« stand.

»Max wollte den Aufschub, um seine Angelegenheiten zu regeln. Aber ich kenne ihn, das hat er längst getan! Noch eine Nacht daheim verbringen, gut – aber bei Bianca? Die beiden sind mittlerweile wie Hund und Katz ...«

»Wo sollte er denn sonst hin?«

»Er war so erleichtert, nicht länger dieses Geheimnis mit sich herumtragen zu müssen – man will in so einer Situation reinen Tisch machen, Nägel mit Köpfen, verstehst du, was ich meine? Wir hätten heute noch den Staatsanwalt anrufen können, bei Sutel eine Niederschrift machen ...«

An Kurts zusammengezogenen Lippen und vorgeschobenem Kinn war zu lesen, dass er ihr nicht folgen konnte. »Warum müssen wir zurück?«

»Es ist nur ein Gefühl. Da braut sich etwas Schlimmes zusammen. Lieber mache ich mich lächerlich, als zuzulassen, dass Max etwas geschieht.«

»Maximilian Frank hat einen Menschen getötet, Ziska, wir sollten die Fakten im Blick behalten.«

»Max war 30 Jahre lang mein bester Freund, ein richtig guter Kerl, auf den ich immer zählen konnte. Für seine Schuld wird er geradestehen müssen, aber ich lasse ihn jetzt nicht im Stich.« Der Wagen bog in die Auffahrt, setzte mit fast unverminderter Geschwindigkeit die Fahrt bis zum Haus fort. Der Motor lief noch, da riss Franziska bereits die Tür auf und rannte zum Haus. Hundegebell, Unmutsbekundungen. Bianca öffnete die Tür und Chérie sprang an Franziska hoch.

»Sitz, Chérie!«, herrschte Bianca den Hund an und gleich darauf Franziska: »Was willst du schon wieder?« Kurt gesellte sich hinzu, grüßte knapp und spähte ins Innere des Hauses.

»Wie geht es Max?«, fiel ihr Franziska ins Wort.

»Du bist eindeutig verrückt – ich habe es bereits früher geahnt.«

»Wann hast du zuletzt nach Max gesehen?«

»Warum soll ich nach ihm sehen? Er ist kein kleines Kind«, kam die trotzige Antwort.

»Lass mich herein«, verlangte Franziska und machte einen Schritt auf Bianca zu.

»Chérie, bei Fuß«, reagierte Bianca und schnippte mit den Fingern. Chérie erhob sich. Zögernd verließ sie Franziskas Seite und ging zu ihrem Frauchen.

»Chérie, wo ist das Herrchen? Such, Chérie, such!«, befahl Franziska in so eindringlichem Ton, dass der Hund sich herumwirbelte und losrannte. »Braver Hund, such das Herrchen!« Chérie rannte die Treppe hoch und verschwand um die Ecke. Bianca stand nach wie vor im Durchgang und machte keinerlei Anstalten, Franziska durchzulassen. Die Augen glasig vor Wut und die Wangen gerötet, sah sie noch schöner aus als sonst. Lebendig, das war es, was es ausmachte. Die kühle Hülle war abgefallen und man konnte einen Menschen aus Fleisch und Blut spüren.

Kurt verströmte Wellen von Verlegenheit. Er zappelte hinter Franziska von einem Bein auf das andere. »Verzeihen Sie, Frau Frank, es war nicht meine Absicht zu stören …«

»Es war meine Absicht«, unterbrach Franziska und machte einen weiteren Schritt auf Bianca zu, bis bloß noch eine Handbreit zwischen ihnen Platz war. Franziska drehte sich in einer schnellen Bewegung zur Seite, um sich an ihr vorbeizudrücken, doch Bianca antizipierte die Bewegung und verschloss die Lücke mit ihrem Körper.

»Das ist Hausfriedensbruch«, fauchte Bianca dabei und fuhr mit ihren Händen auf Franziska zu. Diese reagierte reflexartig, schlug mit einem einzigen Armschwung Biancas Arme weg und stieß mit der anderen Hand gegen deren Brust, sodass sie zurücktaumelte. Den frei werdenden

Raum nutzte Franziska, um in das Haus zu laufen. Die Konsequenzen waren ihr egal, es gab nur einen einzigen Gedanken – Max retten! Sie rannte die Stiegen hoch und lief direkt zu seinem Arbeitszimmer. Chérie scharrte an der Tür, versuchte, mit den Pfoten die Türklinke herunterzudrücken. Leises Winseln begleitete die Misserfolge.

»Lass mich ran, Chérie, wir gehen gemeinsam zu Herrchen.« Die Tür ließ sich problemlos öffnen – in Dunkelheit und Kälte. Franziska tastete die Wand nach dem Schalter ab. Licht flammte auf.

»Max?« Er lag auf seinem Bettsofa und schlief offensichtlich. Alles nur Einbildung – es geht ihm gut, sagte sie sich.

»Du verrückte Vettel!«, tönte es hinter ihr. Bianca saß ihr im Nacken, buchstäblich – ihre Hand krallte sich in Franziskas Jacke und zog daran. »Kannst du Max nicht in Ruhe lassen?« Biancas schrille Stimme schnitt in ihr Trommelfell. »Er braucht Schlaf.« Neben Maximilians Kopf bot der Beistelltisch einen gewohnten Anblick. Und doch …

Der Druck auf Franziskas Nacken wurde noch stärker, unerträglich, anmaßend. Sie musste die Hand loswerden, jetzt, sofort – mit einem heftigen Schütteln glitten ihre Arme aus den Ärmeln der Jacke. Bianca hielt diese immer noch fest, während Franziska zum Sofa hetzte. Die Medikamentenschachteln, das Schlafmittel – die Plastikbriefchen waren allesamt in den Karton hineingeschoben worden und komplett leer.

»Wie viele hatte er von dem Zeug? Bianca!« Franziska schrie den Namen heraus, riss die Kartons auf und fand nur leere Briefchen. Ein Blick auf seine eingefallenen Wangen und das unmerkliche Heben und Senken des Brustkorbs genügte.

»Scheiße, Max, Scheiße!« Ihr war entsetzlich kalt, das Blut kristallisierte in den Venen. Sie legte die Hand an seinen Hals und spürte kaum Puls, keine Wärme – aber Max atmete – sie rüttelte ihn, er hob nicht die Lider – das war nicht gut, verdammt noch mal … »Max, wach auf! Du darfst jetzt nicht abtreten, das ist feig! Feig, sag ich – hörst du? In spätestens drei Jahren bist du wieder auf deinem Boot, ich verspreche es dir – du weißt, dass ich jedes Versprechen halte – bleib bei mir, komm schon, mach die Augen auf …«

Von weit weg hörte Franziska Kurts Stimme, obwohl er neben ihr stand. Hörte: Notarzt … Medikamentenvergiftung.

Bianca stand plötzlich neben ihr. »Ist er … ist er …«, mehr brachte sie nicht heraus.

»Die Rettung ist in zehn Minuten da.« Kurts Stimme drang zu ihr wie durch einen Tunnel. Was konnten sie in der Zwischenzeit tun? Sie mussten etwas tun!

»Den Kreislauf in Gang halten«, sagte sie jetzt laut, blickte von Kurt zu Bianca und wieder zu Maximilian. »Er sollte wach sein.«

»Ziska, er ist bewusstlos.«

Nein, nein, nein. Keinesfalls sah sie Max beim Sterben zu. »Die Atmung darf nicht aussetzen …wir müssen was machen!« Sie schob ihren Arm unter seinen Rücken, versuchte ihn anzuheben. »Hilf mir Kurt …«

Chérie leckte über Maximilians Gesicht. Die Augenlider zuckten.

»Mach weiter, Chérie! Weck dein Herrchen auf!« Franziska ließ Maximilians Brustkorb nicht aus den Augen. Innerlich bereitete sie sich auf Herzmassage und Mund-zu-Mund-Beatmung vor.

»Hast du Erste Hilfe drauf, Kurt?« Sie sah ihn nicht an,

konnte ihren Blick nicht von Maximilian wenden. »Wir müssen uns vielleicht abwechseln.«

»Warum fragst du nicht mich – er ist mein Mann«, kreischte Bianca. »Ich will, dass du gehst!«

Franziska ballte die Hände zu Fäusten, versuchte, ruhig zu bleiben oder zumindest diesem Weib kein blaues Auge zu verpassen.

»Oh ja – du hast ihn schließlich und endlich auch so weit gebracht! Geh und bring etwas, mit dem wir sein Gesicht abwaschen können, ich will nicht in Hundespucke beatmen müssen …« Aus den Augenwinkeln sah sie Kurt eine fürsorgliche Geste in Richtung Bianca vollführen, er bewegte sich mit ihr zur Tür hinaus.

»Ich bleib da, Max, ich lasse dich nicht aus den Augen. Wir beide werden in ein paar Jahren auf deinem gottverdammten Kahn sitzen und ein Glas Tokaier trinken. Gib ja nicht auf, Max… ich kann verstehen, dass du Ruhe wolltest, aber das Leben darfst du nicht wegwerfen …«

Franziskas Knie waren steif, als das Notarztteam eintraf. Der Versuch, sofort aufzuspringen und Platz zu machen, ging in ihrem Ächzen unter. Ohne ein Wort zu sagen, stand Kurt neben ihr und zog sie hoch. Max' Atmung hatte durchgehalten, und doch begann ein hektisches Treiben mit Befehlen, Gerätschaften und Material, das weitergereicht wurde – orangerote Uniformen bewegten sich um das Sofa herum.

Franziska nahm die Details nicht länger wahr. Er lebt, war alles, woran sie dachte.

»Wann hat er die Tabletten eingenommen?« Der Notarzt sah sich nicht um, konzentrierte sich ganz auf die Körperfunktionen seines Patienten.

»Eine Stunde, eher etwas weniger«, antwortete Franziska automatisch.

»Bitte verlassen Sie den Raum, damit wir arbeiten können.« War es der Notarzt gewesen oder der Sanitäter? Ein anderer kam direkt auf Franziska zu und sagte: »Wir werden uns jetzt um Ihren Mann kümmern.« Der Sanitäter strahlte Erfahrung aus, gab Sicherheit.

»Das ist *mein* Mann«, fuhr Bianca dazwischen, und Franziska sagte zeitgleich: »Er ist mein Freund.« Der Sanitäter hob eine Augenbraue und blickte von Bianca zu Franziska und wieder zurück. Seine Verwirrung über Max' Beziehungsstatus dauerte nicht lange an. Sie wurden alle zusammen aus dem Zimmer geschickt. Die Treppe entpuppte sich als Folter, jeder Schritt schmerzte, die Knie wollten nicht vergeben, was Franziska ihnen angetan hatte. Kurts Arm hielt ihre Taille. Ihn jetzt an ihrer Seite zu haben, sich auf ihn stützen zu können, erfüllte sie mit Dankbarkeit. Gleichzeitig widerstrebte es Franziska, Schwäche zu zeigen, ganz besonders vor Kurt. Die Wärme seiner Hand sickerte durch ihren Pulli, kribbelte wohlig. Sogar die Knie vergaßen bei so viel Ablenkung zu schmerzen.

Himmelherrschaftszeiten noch mal, bist du verrückt, Franziska Ferstl? Kaum war die letzte Stufe geschafft, entzog sie Kurt ihren Arm und brachte ein paar Zentimeter zwischen ihre Körper. Alles in ihr seufzte. Ist besser so; ein trostloser Appell an die Vernunft.

»Hier, trink jetzt mal einen Cognac.« Kurt hielt ihr einen Schwenker mit honigfarbenem Inhalt entgegen. Der Alkoholnebel drang über die Nase ein und löste Sehnsucht nach der betäubenden Wirkung aus. »Du siehst beinahe selbst aus wie ein Kandidat für die Intensivstation.« Er bot Bianca desgleichen Cognac an; sie stand beim Kamin und zündete sich mit zitternden Händen eine Zigarette an. Bianca und Kurt wechselten ein paar Worte, er überredete sie, sich zu setzen. Franziska blieb in der Nähe zum Vorraum stehen, konnte ihre Unruhe nicht zügeln. Der Cognac war alt und entsprechend potent; er ging angenehm schnell ins Blut über, stieg in den Kopf und lähmte das innere Vibrieren. Von ihrem Platz aus konnte sie die Zeiger der Küchenuhr sehen, aus viel mehr bestand diese auch nicht, kein Ziffernblatt, keine Umrandung. Starr an die Wand geklebt, keine Bewegung auszumachen und doch, wann immer man hinsah, hatte sich die Position der Zeiger verändert.

»Sie kommen herunter!« Franziska folgte dem Geräusch zur Treppe. Die beiden Sanitäter kamen herunter und gingen hinaus.

»Wo ist der Arzt?« Bianca stand plötzlich an ihrer Seite.

»Noch oben.« Franziska ging zur Haustür, sah die Männer mit der Trage zurückkehren. »Wie geht es ihm?«, fragte sie, lief den beiden ein paar Schritte hinterher.

»Der Arzt kommt gleich zu Ihnen. Bitte gedulden Sie sich noch einen Moment.« Der Ältere sprach mit der ganzen Erfahrung unzähliger Einsätze, er strahlte Sicherheit aus, die beruhigend wirkte.

Sie blickten ihm nach, bis er um die Ecke verschwand. Keiner sprach. Ungesagte Worte schwirrten in der Luft, hungrigen Geiern gleich, auf eine nächste Gelegenheit wartend.

Wenig später tauchten die Sanitäter erneut auf, die Hände an den Griffen der Trage, die Handknöchel weiß von der Anstrengung. Dahinter der Arzt, behielt seinen Patienten im Blick. Kurt riss die Eingangstür auf. Franziska beugte sich zu Maximilian, bleich wie Marmor.

»Was ist mit ihm?« Bianca hatte den Arzt abgefangen. »Hat er die ganzen Schlaftabletten geschluckt?«

»Sieht so aus, Frau Frank. Er muss unverzüglich auf die Intensivstation. Wenn Sie mitfahren, können wir die Formalitäten im Wagen erledigen.«

»Ich hole bloß Jacke und Tasche.« Sie lief davon, und der Notarzt wandte sich zur Tür.

Franziska machte einen Schritt auf ihn zu. »Warten Sie – wird Max das überleben?«

»Sie sind die Freundin?«

»Nicht *die Freundin*, eine alte Freundin«, klärte sie ihn auf.

»Ob er durchkommt, kann keiner mit Bestimmtheit sagen.« Draußen begann Blaulicht aufzuflackern. »Ein Glück, dass er so früh aufgefunden wurde. Die Tabletten sind stark und wirken schnell. Es steht fifty-fifty für ihn.«

Bianca eilte herbei, ganz wehender Mantel und Schal, die Mütze schief am Kopf. Das Gesicht war eine abweisende Maske, hinter der sich jegliches Gefühl verstecken konnte, von Angst bis Ärger.

»Gehen wir!« Bianca war bereits in die Stiefel geschlüpft, drängte alle zur Tür hinaus. »Chérie, ins Körbchen!« Die Hündin schlich mit eingezogenen Schwanz in die Ecke des Vorraums und die Tür fiel ins Schloss.

Das Aufblitzen des Blaulichts, rauschende Stille in tintenschwarzer Nacht; Franziska meinte für einen Moment, sich in die Kulisse von Drehaufnahmen verirrt zu haben.

So gehst du, Max?

Im Rettungswagen wartete einer der Sanitäter hinter dem Steuer auf die Abfahrt. Der Notarzt stieg in den Patientenraum, hielt Bianca seine Hand hin. Von Max sah Franziska bloß einen Körper unter einer Decke, festgezurrt an die Trage. Chéries Krallen kratzten über den Lack der Haustür, ihr Winseln ein Klagelied.

Wagentüren wurden zugeschlagen, der Transport setzte sich in Bewegung. Die Blaulichtwellen verschwanden hinter den Baumkronen der ersten Straßenbiegung. In Franziskas Ohren summte es. Der Nachhall der Katastrophe.

»Bist du okay?« Kurt stand dicht hinter ihr, Franziska meinte, seinen Atemhauch an sich vorbeiströmen zu sehen. Wie gerne hätte sie den Kopf zurückgelehnt. Mit geschlossenen Augen fühlte sie dem Flattern in der Brust nach, atmete tief, konzentrierte sich auf das Rauschen der Bäume. Irgendetwas musste sie antworten. Mehr als ein Nicken brachte Franziska aber nicht zustande. Eine Hand legte sich schwer auf ihre Schulter, zog sie gegen den Männerkörper. »Hauen wir ab hier«, sagte er und drückte zur Bekräftigung fester. Sie wollte den Kontakt nicht genießen. Sollte es nicht.

»Ja.«

Gemeinsam gingen sie auf den Audi zu, langsam, als gelte es, nach schwerer Krankheit wieder auf die Beine zu kommen. Kurt hielt ihr den Wagenschlag auf, zog sogar den Gurt ein Stückchen weit für sie heraus. Die Geste rührte sie an. Er kümmerte sich um sie, wie er es wahrscheinlich mit seiner Omi am Muttertag machte. Ältere Dame in turbulenten Ereignissen – Vorsicht, sie könnte zusammenbrechen.

»Du brauchst mich nicht in Watte packen, ich bin ein Schlachtross, vergiss das nicht.«

Kurt zwinkerte ihr zu. Tatsächlich fehlte ihm die Energie zu lachen, wie er es sonst tat. Sie wahrten beide den Schein. »Da habe ich keinerlei Zweifel.«

Er startete den Motor und wendete. Bäume zogen wie schwarze Riesen seitlich vorüber. Es wurde viel zu viel gestorben und beinahe gestorben. Franziska dachte an Tinchen. Das Gewächs war wohl mittlerweile entfernt worden. Gerti sprach ja nicht mit ihr. Tinchen hatte ihr den heutigen Tag als Termin getextet. Wochen der Ungewissheit standen ihnen bevor.

»Unfassbar«, sagte sie laut.

»Was denn jetzt?«, fragte Kurt. »Maximilian?«

»Stell dir vor, deine Freundin glaubt schwanger zu sein, und dann stellt sich heraus, sie hat Krebs.«

»Puh, so willst du mich aufheitern? Vielen Dank. Also, da weiß man als Mann nicht, was schlimmer ist.«

»Idiot! Ich meine es ernst.« Ihr Tadel zeigte läuternde Wirkung.

»Sorry, ist ein Reflex bei mir. Mit solchen Dingen kann ich im realen Leben nicht unbefangen umgehen. Hast du vielleicht vorhin gemerkt.«

»Blödsinn, du warst klasse. Hast dich um Bianca gekümmert, das war wirklich nett.« Mit einem Mal kam sie sich töricht vor, wie sie da saß und dem jungen Mann Komplimente machte, die noch dazu wirklich von Herzen kamen. »Sie sind ein richtig netter Kerl, Kurt Thesch, das muss ich in aller Form gestehen«, versuchte sie ihre Worte scherzhaft zu formulieren. Schwacher Versuch. Dann lieber noch mal mit schlichter Aufrichtigkeit. »Danke für alles.«

»Dein Ernst? Kein Schimpfen und Fluchen? Jetzt mach ich mir Sorgen um dich – ich fahr dich ins Krankenhaus zum Durchchecken …« Sie lachte und klatschte ihm gleichzeitig ordentlich auf den Oberschenkel. Er verzog amüsiert das Gesicht.

»Hab ich verdient.«

»Hast du.« Sie lehnte sich mit geschlossenen Augen an die Nackenstütze. Sah sich und Tinchen vor der Gynäkologin sitzen. »Alle Hinweise deuteten auf A hin, wenn man den Dingen allerdings auf den Grund geht, dann ist es in Wirklichkeit B, und alles verändert sich. Alles.«

»Madam belieben in Rätseln zu sprechen.«

Fakten und Daten schwirrten durch Franziskas Kopf, sie konnte die einzelnen Bruchstücke nicht zu fassen bekommen, da war etwas Wichtiges, das keiner bemerkt hatte. Es blitzte weit hinten in ihren Ganglien auf, verlor sich dann aber wieder zwischen all den anderen Details.

»Hannelore Fürstenstein wird schockiert sein, wenn sie davon erfährt«, sagte Kurt unerwartet. »Maximilian Frank, Mörder von Siegfried Fürstenstein, begeht Selbstmord – das wäre eine Schlagzeile.« Hannelore, richtig – irgendjemand sollte sie über die letzten Entwicklungen informieren.

»Das sagst du so leichtfertig. Wenn wir Pech haben, bekommt die Presse womöglich Wind von der Geschichte. Es kommt vor, dass Journalisten von Notaufnahmen Informationen zugespielt bekommen.« Franziska rieb sich über die Stirn. »Ich möchte nicht, dass Hannelore oder die Kinder es aus der Zeitung erfahren.«

»Rufst du sie an?« Das war verlockend einfach. Ein Telefonat ersparte das persönliche Gegenüberstehen, eine Pflichterfüllung, ohne dem anderen dabei in die Augen zu blicken. Von Angesicht zu Angesicht über das schlimmste aller Verbrechen zu sprechen, war wenig verlockend. Und darüber hinaus gleichzeitig diejenige zu sein, die alles dafür tun wollte, dass der Mörder nicht allzu lange für seine Tat büßen musste – eine Mission, die nur in einem Debakel enden konnte. Verdammte Scheiße, so hatte sie es noch gar nicht gesehen. Vielleicht würde die Nachricht, dass Maximilian sich vergiftet hatte, die Rachgier in Hannelore befriedigen, ihre Augen glänzen lassen und ein hochmütiges Lächeln auslösen.

»Sie hat verdient, dass ich ihr gegenüberstehe, denke ich. Es ist eine Frage des Respekts, es ihr persönlich zu sagen.« Sie räusperte sich. »Auch, wenn es ein Albtraum wird.«

»Kann es überhaupt schlimmer kommen?«, fragte Kurt. »Wahrscheinlich nicht«, beantwortete er seine Frage gleich selbst.

»Würdest du mitkommen?«, fragte Franziska und schämte sich nicht für den manipulativen Unterton. Ihr graute vor dem Canossagang. »Wäre leichter für mich und vielleicht auch für Hannelore. Du hast ein gutes Händchen mit Frauen.«

Kurt stöhnte auf und klopfte auf das Lenkrad. »Das hast du geschickt eingefädelt, Ziska, packst mich bei meiner Ehre.«

»Wirkt es?«

Er knurrte. »Von mir aus. Bin dabei.«

»Dann erledigen wir es gleich.« Sie warf einen Blick auf die Armaturenanzeigen. »Es ist erst 19.00 Uhr, da kann man noch einen Besuch machen.« Auch wenn sie es nicht direkt sehen konnte, spürte sie förmlich, wie Kurt mit den Augen rollte.

»Echt, jetzt noch?«

Seinen Widerwillen konnte sie nur zu gut verstehen, es ging ihr nicht besser. Der Anhänger des Autoschlüssels baumelte träge hin und her. *Autoschlüssel*, in Franziskas Kopf schwebte ein einzelner Puzzlestein im schwerelosen Raum. *Autoschlüssel* …

»Ich weiß nicht …«, riss Kurt sie aus ihren Gedanken. Mist. Fort war das Bild, in das das Puzzleteil eben hatte fallen wollen.

»Willst du dir den 24. Dezember mit so etwas verleiden?«

»Schon gut.« Ein vielsagender Stoßseufzer folgte.

»Hauptsache, wir haben es hinter uns und können morgen neu anfangen.«

*

Das Schloss zeichnete sich gegen den Sternenhimmel ab. Je näher sie ihrem Ziel gekommen waren, umso schlimmer waren die Krämpfe in Franziskas Bauch geworden. Angesichts der jahrhundertealten Gemäuer fragte sie sich nun ernsthaft, warum sie Kurts Angebot nicht angenommen hatte und ins nächste Spital gefahren war.

»Alles psychisch«, murmelte sie. Bestimmt würde sie sich nach diesem Gespräch viel besser fühlen, und die Sache erledigte sich von selbst.

»Im Erdgeschoss ist Licht. Also ist sie da.«

Das schmiedeeiserne Tor zum Ehrenhof war geschlossen. Kurt stieg aus und drückte den Knopf der Gegensprechanlage. Nichts rührte sich. Sie sahen einander fragend an und Kurt drückte noch einmal auf den Knopf.

»Ja?«

»Guten Abend, Frau Fürstenstein, entschuldigen Sie die Störung. Mein Name ist Kurt Thesch, und ich habe Frau Doktor Ferstl hergefahren; sie muss dringend mit Ihnen sprechen.« Einige Sekunden blieb der Lautsprecher stumm.

»Um diese Zeit?«

»Wie gesagt, es ist dringend.« Die Überwachungskamera blinkte, wechselte ihre Position. Ein Motor setzte sich in Betrieb und die Torflügel glitten auf.

»Dann los«, sagte Kurt, zurück am Fahrersitz.

Franziska rutschte unruhig herum. »Wir halten die Sache so kurz wie möglich.« Der Wagen hielt vor dem Portal. Es öffnete sich, und Hannelores Gestalt zeichnete sich gegen den Lichtschein der Innenraumbeleuchtung ab; schwarzes Etuikleid mit Dreiviertelärmel, Elfenbeinhände vor dem Schoß gefaltet, aufrecht wie ein Kleiderständer, Dutt am Hinterkopf festgenadelt.

»Franziska, Doktor Thesch.« Sie nickte ihnen zu, trat einen Schritt beiseite, um den Weg in die Vorhalle frei zu machen. »Kommt weiter in den Wohnsalon, dort ist geheizt.« In der Tat konnte man in der Halle den Atem vor dem Mund sehen, und auf Hannelores Unterarmen bildete sich eine Gänsehaut. Die Jacken wurden folglich rasch an Haken gehängt, und beide folgten Hannelore hinterher, die bereits die schwere Eichentür aufzog und im Salon verschwand. Franziskas Blick blieb an dem Paneel nächst der Garderobe hängen. Schlüsselbord mit reichlich Behang. Ihre Augen glitten über die beschrifteten Reihen von Haustor, über Geräteschuppen, zu Weinkeller und noch einige mehr, bis sie bei den Autoschlüsseln ankam – Porsche Cayenne, VW Golf, Jeep.

»Ziska?«, raunte Kurt von der Salontür her und winkte sie zu sich.

Ein Christbaum stand unweit des Kamins, glänzende Nadeln im Feuerschein, über und über mit Strohsternen, goldenen Nussschalen, Bienenwachskerzen und ähnlichem Schmuck beladen. Weihnachtschöre aus der Musikanlage trugen ein träges »Alle Jahre wieder« vor.

»Wenn Sie die Tür hinter sich schließen wollten, Doktor Thesch, sonst kühlt es alsbald unangenehm ab.« Hannelore wandte sich nicht zu ihm um, sondern ging weiter auf die Schiebetür zu. In den mattierten Scheiben spiegelte sich das Kaminfeuer. Etwas widerstrebend entfernte sich Franziska von der Wärmequelle. Allzu gern hätte sie ihre Rückseite noch länger dagegen gehalten.

»Kann ich euch etwas zu trinken anbieten?« Hannelore stand vor einem Schrank, in dem sich Flasche an Flasche reihte. »Ein Cognac?«

»Oh nein«, erwiderte Franziska, dachte an jenen bei Max. Wahrscheinlich würde sie nie wieder Cognac trinken können, ohne an die schrecklichen Ereignisse zu denken. Da Hannelore einigermaßen irritiert dreinblickte, überwand sich Franziska zu einem Kompromiss. »Vielleicht einen Schluck Fernet. Mein Magen …« Sie berührte ihre Vorderseite und verzog den Mund zu einer säuerlichen Grimasse. Sofort war die perfekte Gastgeberin in Hannelore angesprochen, und wenig später hielt sie ein Kristallglas mit dunkelbraunem Kräuterlikör in der Hand.

»Nachdem die Nachricht so dringlich ist, schenke ich mir vorsorglich auch etwas ein«, wandte sie sich wieder der Bar zu, nachdem sie Kurt mit einem Whiskey versorgt hatte. »Bitte setzt euch.« Hannelore wies auf die Couch, entdeckte etwas, das ihr Missfallen erregte, und machte sich an einem der Kissen zu schaffen.

Franziska folgte den Bewegungen der Hände. Feine, schlanke Finger, kräftig vom Klavierspielen, spitze Greifzangen, die zupacken konnten.

»Was ist denn nun?« Hannelore saß vor ihr, die Beine elegant überschlagen. Grace Kelly war nicht anmutiger gewesen in ihrer großen Rolle als Fürstin von Monaco. Zerbrochen an Schein und Sein … Kurt räusperte sich … ein Gedanke tauchte in Franziskas Kopf auf, einzelne Wörter, zusammenhangslos, aber, verdammt noch mal, sie waren rote Fäden, die um Aufmerksamkeit heischten.

»Wir waren eben bei Maximilian Frank«, begann Kurt. In dem Gesicht ihr gegenüber regte sich kein Muskel. »Er ist – er hat …« Sein Blick wanderte hilfesuchend zu Franziska.

Sie brauchte einen Moment, um die Aufforderung darin zu erkennen, und ließ den roten Faden in ihrem Kopf los. »Hannelore, ich sage es gerade heraus«, setzte sie an, entschlossen, das Gespräch so zügig wie möglich hinter sich zu bringen, »Max hat sich das Leben nehmen wollen. So sieht es jedenfalls aus. Er ist in einem sehr ernsten Zustand.«

Eine perfekt gezupfte Augenbraue bewegte sich nach oben. »Was hat das mit mir … oh. Sollte ich fragen, warum?«

»Er hat mir zuvor gestanden, dass er mit Siegfried einen heftigen Streit hatte und für seinen Tod verantwortlich ist.«

Abrupt sprang Hannelore auf. Der Cognacschwenker zitterte in ihrer Hand. »Großer Gott.«

»Ich habe dir die Wahrheit versprochen«, versuchte Franziska ihren eigenen Schreck zu überspielen. »Du solltest es daher als Erste wissen.«

Hannelores Glas glitt auf den Tisch, fiel um und etwas von dem Cognac breitete sich auf der Oberfläche aus. Ihre Brust hob und senkte sich, sie legte die Hand auf das Brustbein und wandte sich ab. Ein seltsamer Laut entschlüpfte ihr, von dem Franziska nicht wusste, ob es ein Schluchzen oder Lachen war. Fragend blickte sie zu Kurt. Wenig hilfreich zuckte der mit den Schultern.

»Also ist es wahr. Maximilian hat Siegfried getötet. Ich habe es gewusst.« Hannelore sprach mit dem Rücken zu ihnen, in einem ungewohnt hohen Tonfall. Würde sie die Nerven verlieren, einen hysterischen Zusammenbruch erleiden? Unruhig wetzte Franziska auf ihrem Sitz hin und her. In einer derartigen Verfassung konnten sie Hannelore nicht zurücklassen.

»Hannelore, sind die Kinder da? Schlafen sie schon?« Lange kam keine Antwort, als müsste Hannelore erst aus einer fremden Sphäre zurückfinden.

»Sie sind bei den Großeltern.« Die Monotonie in Hannelores Stimme verursachte Franziska Gänsehaut. Kurt sah sie an, gleichermaßen alarmiert. »Morgen ist Heiliger Abend, ich wollte den Baum vorbereiten, Geschenke einpacken – das Leben muss weitergehen, für die Kinder, normal, irgendwie.«

»Verstehe«, begann Franziska und rang um Worte, die Hannelore besänftigen könnten. »Das ist bestimmt gut, – du, ähm – du hältst dich bewundernswert.«

Kurt nahm den umgefallenen Cognacschwenker und ging zur Bar, schenkte ein und bot das Glas Hannelore an. Sie bemerkte ihn erst, als er ihren Arm sanft berührte. »Hier, ein kleiner Schluck könnte gut tun.«

Ein krächzender Laut entsprang ihrer Kehle, sie räusperte sich und sagte: »Danke.«

»Gibt es jemanden, der heute Nacht bei dir bleiben könnte?«, fragte Franziska. »Eine Freundin vielleicht?« Der Cognac floss in einem Zug Hannelores Kehle hinab. »Oder wo du hinfahren könntest?«

»Mein Auto ist in der Werkstatt. Mit dem Porsche fahre ich nicht so gern. Zu groß.«

»Aber du bist an jenem Sonntag mit dem Porsche gefahren.«

»Natürlich«, antwortete Hannelore geistesabwesend. »Ich habe den Wagen schließlich nach Hause bringen müssen.« Ihre Finger spielten mit den Perlen um ihren Hals; strichen darüber, wickelten sie um den Zeigefinger und lösten die Umwicklungen wieder auf. Eine Art Trance erfasste Franziska bei der Betrachtung dieser Bewegungen. Kräftige Spinnenfinger. Das Auto. Der Streit. Er lag wie ein Embryo… Helle Flecken im Gesicht, weil der Tote auf dem Gesicht gelegen hatte, stand im Autopsiebericht. Teppichfasern in der Lunge. Siegfried war von der Seitenlage in eine Bauchlage gerollt – mit dem Gesicht auf dem Teppich … der Autoschlüssel – wer hatte den Autoschlüssel? Ihr Gedächtnis zauberte ihr die Liste der Gegenstände vor Augen, die bei Siegfried gefunden worden waren.

»Du hattest den Zweitschlüssel vom Cayenne mit dabei?« Die Frage entglitt ihr, ohne darüber lang nachgedacht zu haben, ob dies taktisch klug war.

»Wohl oder übel – wie hätte ich sonst den Wagen übernehmen können?« Wieso sprach Hannelore mit einem Mal so scharf – oder bildete sie sich das bloß ein?

»Bei Siegfried wurde kein Autoschlüssel gefunden.«

»Ich habe ihn bei meinem letzten Besuch in der Kanzlei zufällig gefunden und eingesteckt. Habe ich es dir gegenüber nicht erwähnt?« Hannelores Mundwinkel zuckten.

»Du hast den Schlüssel zufällig gefunden – nachdem die Polizei zuvor alles gefilzt hatte?« Empörung funkelte in Hannelores Augen, was Franziska umso mehr herausforderte. »Ich stelle mir Folgendes vor: Ihr hattet Streit – schlimmer als sonst. Er hat mit Scheidung gedroht – nein, warte, nicht gedroht: Er wollte sie einreichen. Eine Katastrophe für dich – ohne Siegfried können die Kredite nicht bedient werden, vielleicht liebst du ihn auch auf deine Art, das weiß ich nicht. Jedenfalls ist es eine schwere Kränkung, wegen einer anderen Frau verlassen zu werden. Ich sehe es vor mir – du bist extrem aufgebracht und vergisst, den Schlüssel vom Cayenne in die Handtasche zu werfen. Erst später am Nachmittag, vor dem Wagen, hast du in der Handtasche gekramt und den Schlüssel nicht gefunden. Du bist die Stiegen hinauf, hast mit deinem Zweitschlüssel aufgesperrt und bist in Siegfrieds Büro gegangen. Vielleicht wolltest du ihn mit seiner Geliebten überraschen?

Du hast im Besprechungsraum nach ihm gesucht. Er lag am Boden, in Seitenlage.«

Hannelore blickte sie mit aufgerissenen Augen an, den Mund geöffnet, die Hände stoppten das Perlenspiel. »Wovon redest du?«

»Aber er war noch nicht tot, Hannelore, er lag seitlich, die Arme angewinkelt. Von alleine konnte er nicht auf den Bauch rollen, noch dazu direkt auf das Gesicht. Jemand hat ihn in den tiefen Wollteppich hineingedrückt. Es brauchte nicht viel, da war keine Gegenwehr, nur ein schwaches Flämmchen Leben, das man mit wenig Kraft ausdrücken konnte. Und das war nicht Maximilian. Der ist davongerannt, panisch. Es war auch nicht Sergej Nikalonov. Der kam erst nach dir. Bei unserem Telefonat fiel mir auf, dass du nur Max verdächtigt hast, obwohl du den Bodyguard ins Haus gehen sahst. Aus gutem Grund: Du hast Siegfried zuvor am Boden liegen sehen, ich vermute mal bewusstlos – aber lebendig.«

Hannelore keuchte laut auf. »Bist du verrückt geworden? Wovon redest du?«

»Ich rede davon, wie Siegfried gestorben ist – du hattest Mantel, Hut und Handschuhe an. Du hast deine Chance erkannt und gehandelt: Ein kleiner Ruck und er lag am Bauch, den Kopf hast du ihm in den Teppich gedrückt, bis du keinen Puls mehr wahrnehmen konntest. Es hat sich nicht angefühlt, als nahmst du sein Leben, nicht wahr? Es war ganz sanft und einfach. Wie ein Kind zu Bett bringen.«

»Franziska«, stammelte Kurt.

Sie sah ihn nicht an. Hatte nur Augen für Hannelore. Eine Schaufensterpuppe sieht lebendiger aus, dachte Franziska, alles Plastik und hohl. »Ich kann es beweisen – der fehlende Autoschlüssel. Die Lebensversicherung, die dieser

Tage an dich ausgezahlt wird. Sie wird die Schulden abdecken, dafür wurde sie schließlich abgeschlossen: Wenn der Tod euch scheidet.«

Franziska wartete, lauschte hinaus. Kein Laut im Raum. Hannelore stand so vollkommen regungslos, dass man meinen konnte, sie wäre gegangen, hätte bloß vergessen, ihren Körper mitzunehmen.

Wenn eine Unterhaltung erstirbt, geht ein Engel durch den Raum – nein, dachte Franziska, kein Engel, heute nicht, heute kommt der Tod vorbei. Der Augenblick gefror und mit ihm alle Teilnehmer.

Die plötzliche Drehung von Hannelores Kopf, dann der Schritt Richtung Schiebetür trafen Franziska unvorbereitet, verwirrten sie, als hätte jemand eine falsche DVD in den Player eingelegt.

»Entschuldigt mich einen Moment.« Das Haupt hoch erhoben, die Nase so stolz gereckt wie ihr Gang, entschwand Hannelore. Die Schiebetüren schlossen sich hinter ihr, Schritte entfernten sich. »Es ist ein Ros' entsprungen« erklang aus scheinbar weiter Ferne, genauso surreal wie die Situation, in der sie steckten.

»Wie bist du darauf gekommen – ich kann das nicht glauben«, begann Kurt gerade noch so laut, dass Franziska ihn verstehen konnte. »Ich meine – Hannelore? Sieh sie dir an: Sie schreitet wie eine Königin durch das Leben.«

»Genau dafür hält sie sich.« Nochmals ging Franziska die Fakten durch – Hannelore hatte kein Alibi, hatte vielmehr selbst zugegeben, zur fraglichen Zeit in der Nähe des Tatorts gewesen zu sein. Alles passte zusammen: Motiv, Gelegenheit und Kaltblütigkeit. Hannelore war zur Herrscherin eines fiktiven Fürstentums erzogen worden, von Menschen, die in einer Parallelwelt lebten. Adel verpflichtet – vor allem dazu, das Familienerbe zu schützen und zu mehren. Es war mit Sicherheit eine harte Schule gewesen, durch die sie als Kind gegangen war, und die Erziehung saß tief. Sie wäre Siegfried eine loyale Ehefrau geblieben, trotz Affären und Streitigkeiten. Nur eines durfte er nicht: gehen. Jeder musste in seiner Rolle bleiben, und seine hatte darin bestanden, den alten Glanz der Fürstensteins wieder herzustellen.

»Wird diese Argumentation vor Gericht halten?«, fragte Kurt, und sein Zweifel war berechtigt. Mit einer guten Verteidigung hatte Hannelore durchaus Chancen, davonzukommen.

»Maximilian wird nicht ungestraft davonkommen, so viel ist klar. Ich werde mithilfe des pathologischen Gutachtens den Nachweis erbringen, dass Siegfried nicht in direkter Folge der Einwirkungen durch die Lichterkette gestorben ist, sondern erst etwa eine halbe Stunde später im tiefen Gewebe des Wollteppichs erstickt wurde. Diese Wollfasern in der Lunge haben mich von Anfang an irritiert. Der Pathologe ist nicht weiter darauf eingegangen, und Sutel hat wohl angenommen, Fürstenstein hat gewissermaßen mit seinem letzten Schnaufer, am Boden liegend, ein paar Fasern eingeatmet. Aber er lag seitlich, genau so hat Maximilian es erzählt. Da irrt er sich nicht, schließlich hat er Siegfrieds Daumen bemüht, um in sein Smartphone zu kommen.«

»Das hat er gemacht?« Kurt schüttelte sich, und Franziska konnte es ihm nicht verdenken. Sie selbst kam über diesen Punkt des Tathergangs kaum hinweg.

»Es ist medizinisch möglich, dass Siegfried infolge des Würgens in eine Bewusstlosigkeit gefallen war – für Max sah es aus, als wäre er tot. Etwas später kann die Atmung wieder tiefer geworden sein, und in dem Moment, als Hannelore ihn betrachtete, hat er sichtbar Luft eingesogen.« Ein unangenehmer Geruch stieg ihr in die Nase. »Riechst du das auch?«

Kurts Stirn lag in Falten, er lehnte sich zurück, bewegte die Nasenflügel. »Wo bleibt Hannelore?«, sagte er unvermittelt, und auch Franziska erinnerte sich im selben Moment, dass diese bereits zu lange fort war.

»Ich dachte, sie muss zur Toilette.«

»Was, wenn sie …«

»Du meinst, sich etwas antut? Scheiße, ich Idiot!«, fuhr Franziska hoch und lief zu den Schiebetüren. Jemand hustete nebenan. Hannelore. Der Geruch – verbranntes Haar und Plastik – Rauch quoll zwischen dem Spalt der Türen hindurch. Kurt stand bereits neben Franziska, riss die Türen auseinander.

Eine Rauchschwade schlug ihnen entgegen, kratze im Hals, nahm ihnen die Sicht. Der Christbaum brannte lichterloh, die Gardinen waren Feuergirlanden. Am Teppich verteilt lag Glut aus dem Kamin, glühende Feuernester, die sich sukzessive durch die Fasern fraßen.

»Hannelore?«, hustete Franziska, bereute den vorangegangenen tiefen Atemzug.

»Sie hat uns hier eingesperrt!«, schrie Kurt, der sich durch den Rauch zur Eichentür gekämpft hatte. Das Rütteln an der Klinke dröhnte in Franziskas Ohren, der Baum ächzte in den Flammen wie ein lebendiges Wesen. Schwarzer Qualm stand in dicken Schwaden im ganzen Raum.

»Es wird wie ein tragischer Unfall aussehen«, raunte es hinter Franziska. Sie fuhr herum. Hannelore, mit aufgelösten Haaren, glasigem Blick. »Es ist nicht der erste Christbaum, der abbrennt, nicht wahr? Wir wurden vom

Rauchgas ohnmächtig und konnten nicht mehr ins Freie flüchten.« Schrilles Lachen.

»Wo ist der Schlüssel, Hannelore?«, schrie Franziska und musste augenblicklich husten.

»Weg!« Wieder dieses irre Lachen. Ehe Franziska sie packen konnte, war sie fortgetänzelt, in den Rauchschwaden verschwunden.

»Sie ist komplett wahnsinnig – wieso tun Sie das?«, hörte Franziska Kurt schreien, darauf folgte Husten, als müsste er sich übergeben.

»Wenn die Geschichte herauskommt, ist der Name Fürstenstein für alle Zeit beschmutzt.« Hannelore hatte sich hinter dem Klavier verschanzt, sprach die Worte im Stakkato. »Das darf ich nicht zulassen.« Sie hatte sich hinter dem Klavier verschanzt.

»Aber deine Kinder, Hannelore, was tust du den Kindern an?«

»Ich rette ihre Zukunft, verstehst du das nicht? Wie sollen sie mit einem Ehebrecher als Vater leben und einer Mörderin als Mutter? Mit einem Namen, einstmals der Inbegriff der Ehrbarkeit, der nun für Verbrechen steht? Was ich tue, geschieht ausschließlich zum Wohl der Kinder. Die Versicherungssumme wird ihnen ein standesgemäßes Leben ermöglichen. Dieses Opfer ist nicht vergebens.«

Du bist verrückt, wollte sie rufen, doch nur ein Krächzen verließ Franziskas Kehle. Der Hustenreiz war übermächtig, brach aus ihr hervor, riss ihre Luftröhre auf wie ein Reibeisen. Sie schmeckte Metall, zog sich den Rollkragen vor den Mund. Die Augen tränten im Säurebad des Qualms. Sie konnte Kurt nicht sehen, hörte jedoch sein wiederholtes Schlagen gegen die massive Tür. Die Lungen pressten sich zusammen, der Raum mit all den brennenden Lichtpunkten drehte sich um sie wie ein Karussell. Magensäure schoss die Speiseröhre hoch. Die Fenster – sie musste es zu den Fenstern schaffen – es würde einfach sein, hinauszuklettern. Die Samtvorhänge brannten gleich überdimensionalen Fackeln lichterloh. Glühende Stoffteile fielen auf sie herab. Im Zurückspringen entging sie einem Funkenregen.

»Kurt, zum Fenster!«

»Nein, du wirst mit mir sterben!«, gellte es neben Franziska. Ein Schlag gegen ihren Körper, sie taumelte, fing sich, wehrte die Arme ab, die auf sie einprügelten. Ein gezielter Schlag gegen Hannelores Brust verschaffte ihr Zeit.

»Hannelore, wir müssen raus!«, brüllte sie. Franziska musste zu diesem verdammten Fenster, gierte nach einem Atemzug Luft. Der Fensterriegel war zum Greifen nahe, ein Schritt noch – Arme umschlangen sie von hinten, pressten ihr die eigenen an den Körper. Franziska heulte frustriert auf. Der Wahnsinn entfesselte ungeheure Kräfte, verwandelte Hannelore in einen Berserker. Mit einem Mal wurde Franziskas Verstand glasklar, wog die Chancen ab. Nur wenige Sekunden, ehe der Qualm ihr das Bewusstsein rauben würde, der Tod greifbar nah. Das Feuer wütete auf allen Seiten, selbst ihr Innerstes brannte; Hustenkrämpfe, bis sie Galle spie. Dort vorne das Fenster, sie sah die Rettung durch einen Schleier aus Säuretränen. Sie hatte die Krankheit besiegt, sie ließ sich nicht von einer Fürstin mit ins Grab zerren – ihr Ende war in einem Haus am Meer geplant, in der Abendsonne. Frühestens in 20 Jahren.

Unsichtbare Ketten in ihr rissen, etwas entsetzlich Schönes befreite sich, grausam in seiner lauernden Ruhe, es bäumte sich auf …

Franziska spannte den Rücken, trat mit aller Kraft auf Hannelores rechten Fuß. Die schrie auf, lockerte ihren

Griff gerade so viel, dass Franziska mit einer Drehung die Umklammerung sprengte, fast gleichzeitig den Ellenbogen ausfuhr und Hannelore am Kopf traf. Reflexartig wirbelte Franziska mit gestrecktem Bein um die eigene Achse und kickte Hannelore in den Solarplexus. Einer gefällten Birke gleich schlug sie auf dem Boden auf.

Franziska warf sich gegen das Fenster, riss die Innenflügel auf, spürte kühles Glas – jetzt waren endlich die Außenflügel offen – Eisluft atmen – das Brennen lindern … der Fokus richtete sich auf das Schmiedeeisen vor ihr … Himmel, das Erdgeschoss war durchgehend vergittert!

Hinter ihr fauchten Flammen auf, genährt durch den Sauerstoff, leuchtendes Orange, heiß wie Lava – noch ein Atemzug …

»Ziska! Ich habe sie aufgebrochen – wo bist du?«

»Kurt?« Sie kannte die eigene Stimme nicht mehr, ein Krächzen, jämmerlich schwach. »Kurt! Ich komme, bin beim Fenster …« Ein letzter Atemzug, dann stieß sie sich ab, packte Hannelores Arme und zog die Reglose Meter um Meter in jene Richtung, in der sie die Tür vermutete. Flammen und Ruß hüllten sie ein, ein Inferno aus Gestank und Qualm. Kurts Hand packte die ihre, übernahm Hannelores Gewicht, und gemeinsam stolperten sie über die Türschwelle.

Die Beine drohten unter ihr wegzusacken, kaum hatten sie den Rasen vor dem Haus erreicht. Hannelore lag bewusstlos vor ihr, der eigene Körper randvoll mit Adrenalin. »Ich bringe sie in stabile Seitenlage, du rufst die Feuerwehr«, krächzte Franziska, wollte nicht darüber nachdenken, ob es ihre Attacke gewesen war oder die Rauchgase, die Hannelore betäubt hatten. Kurt tippte längst die Nummer ein.

Hannelores Hände begannen sich zu bewegen. »Scheiße, schlaf weiter«, murmelte Franziska, hatte Lust, dem Biest einen weiteren Schlag zu versetzen. Die Beine fühlten sich jetzt wie Pudding an, sie ließ sich auf den Boden sinken. Der Rasen war mit Rauhreif überzogen, die Kälte fraß sich durch die Lagen Stoff; es war ihr gleich.

Was für ein Wahnsinn! Franziska blickte zum Haus, und ein komischer Laut entfuhr ihr, eine Mischung aus Lachen und Heulen, Verzweiflung und Belustigung. Dafür hatten die Fürstensteins sich den Hintern aufgerissen, alles Futter für die Flammen. Aus den Fenstern schlugen Feuerzungen, Qualm stieg auf. Keine Minute länger hätten sie überlebt.

Kurt sank neben sie, rieb sich die Schulter. »Das war knapp«, sagte er, seine Stimme genauso ramponiert wie ihre.

»Ich habe das verbockt, verdammt noch mal«, sagte Franziska und schüttelte sich unter einem neuen Hustenanfall. Ihre Stimmbänder waren rau wie Katzenzungen. »Weil ich meinen Mund nicht halten kann. Wirst du mir das je verzeihen?« Sie registrierte die Bewegung seines Kopfes aus den Augenwinkeln, ein forschender Blick, ein schiefes Lächeln.

»Scheiße, mit dir erlebt man was.«

Kurz zuckte sie zusammen, angerührt von der unerwarteten Replik, so warmherzig kamen die Worte herüber. »Hey, ich bin diejenige, die flucht und trinkt. Bleib in deiner Rolle, Maddie Hayes.«

»Ich bin also Maddie, was?«, hustete er mehr, als er sprach.

»Du kennst die uralte Serie aus den 80ern? Das Model und der Schnüffler?«

»Ha. Du hältst dich für David Addison? Alias Bruce Willis? Du hast ja einen Knall«, maulte Kurt und schüttelte den Kopf. »Und mir schiebst du die Rolle der Tussi zu – womit habe ich das verdient?«

»Du bist charmant, couragiert und siehst gut aus«, zählte sie auf. »Was gefällt dir nicht an Maddie Hayes?«

Er sprang auf und stemmte die Fäuste in die Hüften. »Ziska, ich bin ein Mann, ich habe eben eine schwere Eichentür aufgebrochen, genau genommen war ich noch nie so männlich wie heute! Testosteron quillt mir aus jeder Pore, ich pinkle gleich ins Feuer und lösche den verfluchten Brand, noch bevor die Feuerwehr die Auffahrt findet.«

»Hättest du das nicht drinnen machen können?«

Irgendwas geschah mit ihnen, ließ das Adrenalin in ihren Körpern sie verrückt spielen? War es die Erleichterung, überlebt zu haben? In Franziska brodelte Lachen auf, einfach aus dem Bauch schoss es hoch, ließ sich nicht aufhalten, brach unter Husten und Keuchen heraus. Zuerst beobachtete Kurt sie entgeistert, die Frage ins Gesicht geschrieben, ob er sich beleidigt fühlen sollte oder Franziska einfach verrückt geworden war, dann schien ihn unvermittelt dasselbe Gefühl zu übermannen. Erst kam sein Lachen leise dazu, dann schallend, wie ein Geysir. Es raubte ihm die letzte Kraft und er fiel neben sie ins Gras. Seite an Seite, tränenüberströmt lagen sie da, zwei dreckige Rauchfangkehrer.

»Komm her«, sagte er leise, nahm sie in den Arm.

»Gerettet, wir sind gerettet.« Aus der Ferne heulten Sirenen, warfen Lichtblitze in die Nacht, und neben ihnen stöhnte Hannelore auf, bewegte sich etwas.

»Gut gemacht, Ziska«, streichelte seine Hand über ihren Rücken. Wärme rieselte durch ihren Körper. Leben. »Wir haben prima zusammengearbeitet. Hannelores Überreaktion ist zudem ein Schuldeingeständnis par excellence.«

»›Par excellence‹«, äffte sie ihn nach. »Siehst du, deswegen bist du Maddie.« Wahrscheinlich war ihr Gesicht genauso rußverschmiert wie seines, doch sie lächelte ihn an, mit all der Erleichterung, überlebt zu haben, und drückte gleich darauf ihr Gesicht gegen seine Brust. Nur diesen einen Augenblick wollte sie sich gönnen, einen kurzen Moment der Schwäche, ehe sie aufstehen, die Zügel fest in die Hände nehmen und ihrer aller Leben wieder in Ordnung bringen musste. Denn das war es, was sie am besten konnte.

*

Im Landesklinikum Korneuburg sah Franziska zu, wie Kurts Schulter bandagiert wurde.

»Nichts gebrochen, das ist die Hauptsache«, zwinkerte er ihr zu.

Auch sie war glimpflich davon gekommen, ein paar Brandblasen an den Händen und Armen, eine Rauchgasvergiftung, gereizte Schleimhäute. »Hoffentlich können sie das Schloss retten.«

»Tut dir Hannelore leid?« Kurt verbarg seinen Sarkasmus kein bisschen.

»Die Kinder. Der Vater tot, die Mutter eine Mörderin – dann auch noch die vertraute Umgebung, das Zuhause verlieren? Verdammte Scheiße.«

»So ist die Wahrheit nun mal.«

»Und hat ihren Preis«, ergänzte Franziska, fühlte die Verantwortung bereits auf ihren Schultern lasten. Ohne ihr Zutun wäre Hannelore nicht überführt worden, ohne ihr Zutun hätten die Kinder wenigstens eine Mutter und ein Zuhause.

Der Arzt kam zurück in den Behandlungsraum, ein Klemmbrett mit medizinischen Unterlagen in der Hand, in denen er blätterte.

»Ich hätte Sie gerne über Nacht zur Beobachtung behalten, Frau Doktor Ferstl. Wegen der Rauchgasvergiftung.«

Erst schaute sie ihm ins Gesicht, dann vergewisserte sie sich seines Namens, der auf der Brusttasche zu lesen war. »Doktor Mertens, ich trachte danach, mich so wenig wie möglich in Spitälern aufzuhalten. Mir geht es gut. Das Einzige, was mir fehlt, ist mein eigenes Bett.«

Seine Brust hob sich für einen Protest, doch dann veränderte sich sein Blick und er nickte, als würde er verstehen, worum es ihr ging. »Dann unterschreiben Sie bitte hier«, er hielt ihr das Klemmbrett hin, »und hier. Sollten sich Übelkeit oder extreme Kopfschmerzen einstellen, dann begeben Sie sich sofort ins nächste Krankenhaus. Sie hatten beide viel Glück.«

»Dessen bin ich mir bewusst. Wie geht es Frau Fürstenstein, wenn ich fragen darf?«

Der Arzt zögerte. »Nachdem Sie die Frau aus dem Feuer gerettet haben, möchte ich Ihnen zumindest sagen, dass keine Lebensgefahr besteht und sie sich sowohl von der Kopfverletzung als auch der Rauchgasvergiftung erholen wird. Inspektor Sutel ist jetzt bei ihr.«

»Vielen Dank, Doktor«, sagte Franziska und stand auf.

»Es wäre gut, wenn Sie heute Nacht nicht alleine wären«, startete er einen neuerlichen Versuch.

»Keine Sorge, Doktor«, mischte sich jetzt Kurt ein, »ich passe auf meine Freundin auf.« In diesem Moment war sich Franziska nicht sicher, wer das dümmere Gesicht machte, sie oder Doktor Mertens, immerhin gelang es ihr schneller, sich zu fangen und Kurt anzufunkeln. Der grinste bloß spitzbübisch, schlang seinen gesunden Arm um sie und sagte: »Komm, Schätzchen.«

»Bist du verrückt? Nennst mich ›Schätzchen‹?«, fauchte

sie ihn an, kaum dass sie außer Hörweite des Krankenhauspersonals waren. Dabei schüttelte sie seinen Arm ab und gab ihm einen kräftigen Knuffer in die Seite. Und was tat dieser Idiot – lachen! Verdammt ansteckend dazu, wie sollte sie da ernst bleiben und ihn ausschimpfen?

»Hey, dein Gesicht hättest du sehen sollen! Das war unbezahlbar – und der Arzt erst, klasse, das muss ich bald wieder mal machen.«

»Unterstehe dich, Kurt Thesch! Ich mache Schaschlik aus dir.« Sie sah ihn an, sah die Lachfalten um seine Augen, die trotz der Ereignisse dieser Nacht abenteuerlustig blitzten. Ganz warm wurde ihr ums Herz, und das ließ sie wider Willen lächeln. Seine Freundschaft war ein Geschenk, das man nur dankbar annehmen konnte. Es gab nicht viele Menschen, die so mutig waren.

»Von mir aus kannst du David sein.«

»Wenn das keine Liebeserklärung war, Maddie«, rieb er sich sichtlich zufrieden über die Brust.

»Unter einer Bedingung«, unterbrach Franziska seinen Siegestaumel.

»War ja klar – bei einer Anwältin gibt es immer einen Haken.«

»Sag niemals wieder ›Schätzchen‹ zu mir.« Zur Bestärkung hob sie eine Augenbraue und sah ihn wild an. Er grinste.

»Wenn nicht Schätzchen, dann Franzi, such's dir aus.«

»Hach, was gebe ich mich auch mit grünen Jungs ab!«, spielte Franziska die Rolle weiter und stapfte durch die Glasschiebetüren des Krankenhausportals. »Ich fahre mit dem Taxi heim.«

»Tust du nicht, Maddie Hayes, ich musste dem Doktor versprechen, die Nacht mit dir zu verbringen, schon vergessen?«

Franziska blieb abrupt stehen. »Bist du irre?«

»Korrekt. Ab ins Auto und heim. Stell dich nicht so an, du wirst dich doch nicht vor mir fürchten?«

»Pah!«

»Dann sei vernünftig und steig ein. Wir haben heute echt was hinter uns. Wäre ganz gut, nicht alleine damit fertig werden zu müssen.« Etwas in den Lausbubenaugen war ernst geworden, Franziska sah die Verletzlichkeit hinter dem Geplänkel. Sie spürte, was er meinte. Der Gedanke an die leere Wohnung schnürte ihr den Hals zu. Wenn erst der Lärm und Trubel ausgesperrt waren, krochen die Gespenster aus ihren Verstecken. Alleine war man ihnen ausgesetzt, vielleicht hilflos.

Davor war keiner gefeit. Das wusste Kurt anscheinend ebenso wie sie. Der Junge hatte eben doch einiges an Lebenserfahrung.

Sie nickte ihm zu, und die Art, wie er die Augen niederschlug und unmerklich das Nicken erwiderte, zeigte ihr, dass sie richtig lag.

*

Die Sonne stach grell und unerbittlich in Franziskas Augen. Sofort presste sie die Augenlider zusammen und stöhnte leise. Verdammter Gin …

Den Kopf auf dem Sofakissen abgelegt, beruhigte sich der Schmerz allmählich. Da war ein Geräusch im Zimmer – ein Schnarchen? Durch schmale Schlitze blinzelte sie zum gegenüberliegenden Sofa. Oh. Die vergangene Nacht. Max' Selbstmordversuch. Hannelore. Das Feuer. Kurt. Der vorverlegte Heilige Abend, weil sie beide so etwas wie einen zweiten Geburtstag hatten. Wenig Essen, viel Alkohol. In der Ginflasche am Couchtisch war gerade noch ein Zentimeter

Flüssigkeit, zwei Tonic-Water-Flaschen und eine Whiskeyflasche lagen leer unter dem Sofa. Was soll's, wenn es der Queen Mum nicht geschadet hatte, warum sollte sie die Finger davon lassen? Die Alte hatte es immerhin auf 102 Jahre gebracht.

Je näher die Ereignisse der vergangenen Nacht kamen, desto schlimmer wurde der Kopfschmerz. Kein gutes Zeichen. Auf alles gefasst, hob Franziska die Decke an, um ihre Kleidung zu inspizieren. Immerhin Unterwäsche. Wieso Unterwäsche? Was zum Teufel hatten sie getrieben?

Kurts Atem ging in monotoner Intensität, was wieder beruhigend auf das Ringelspiel im Kopf wirkte. Sie besah sich den Jungen genauer. Seine Decke lag halb am Boden, halb über nackten Beinen. Der Oberkörper steckte in einem T-Shirt von Nikolas, und der Gummibund einer Unterhose lugte unter der Decke hervor. Kurt hatte geduscht, sich den Brandgeruch vom Leib geschrubbt. Gleich danach war auch sie ins Bad gegangen. Dem Himmel sei Dank, seufzte Franziska, ich hab den Jungen nicht vernascht.

Nachdem das Aufrichten ohne größere Probleme geklappt hatte, wagte Franziska, die Beine auszustrecken und über die Sofakante zu hängen. Der betagte Perserteppich fühlte sich fest genug an, um einen tollkühnen Stehversuch zu wagen. Vorsichtshalber die Hände an den Schläfen, erhob sie sich. Okay, bislang keine geplatzte Ader im Kopf, auch die Organe blieben an den ihnen angestammten Plätzen. Lediglich ein ziehendes Stechen in Schläfen und Augen straften sie für den Alkoholexzess von letzter Nacht. Die leeren Flaschen mussten noch eine Weile dort unter dem Couchtisch liegen bleiben, denn für akrobatische Kunststücke wie Bücken oder Niederknien hatte sie derzeit keinen ausreichenden Gleichgewichtssinn. Trinken, bis Entwarnung kam – die Erinnerung an die vergangene

Nacht kehrte sukzessive zurück. Biancas SMS im Morgengrauen, ein paar knappe Worte, die Kurt und sie erlösten … Max lebte. Irgendwoher erklang Handymusik.

»Born to be wild« … wo zum Teufel war das verfluchte Ding? Ihre Puddingbeine tapsten durch den Flur, immer dem Geräusch auf der Spur, und im letzten Augenblick fand sich das Gerät.

»Ferstl«, brummte sie heiser hinein.

»Franziska, oh Gott sei Dank! Ich bin so froh, dich zu hören …« Gertis Stimme versandete in einem Schluchzen.

»Gerti, ich freu mich auch«, stammelte Franziska, wusste nicht recht, was sie von diesem Anruf halten sollte, nach einer Woche der Funkstille zwischen ihnen. Dann erstarrte sie – es würde doch nicht …

»Ist was mit Tinchen?«

»Aber nein. Ich habe Radio Niederösterreich gehört, von dem Brand bei den Fürstensteins, dass du und Kurt sie aus dem Feuer gerettet habt und verletzt seid – oh Franzi, ich dachte, ich dreh durch, wie ich das gehört hab! Wenn dir was passiert wäre … wir sind im Streit auseinander gegangen … es tut mir so leid, hörst du? Soll ich zu dir kommen? Mein Gott, du hast Schreckliches erlebt und bist ganz allein daheim … ich mach mir solche Vorwürfe …«

»Stopp, Gerti, mach mal Pause. Alles ist gut, ja? Kurt ist bei mir geblieben, und mir geht es prima.« Den Kater wollte Franziska fürs Erste unter den Tisch fallen lassen. »Und wegen unserem Streit – ich kann gut verstehen, dass dich die Sache mit Tinchen aus der Bahn wirft, ziemlich viel in einem Jahr – erst ich, jetzt womöglich Tinchen. Also mach dir keine unnötigen Vorwürfe. Okay?«

Vom anderen Ende der Leitung ertönte lautstarkes Schnäuzen.

»Okay. Franziska …«

»Ja?«

»Alles Gute zum Geburtstag – ich bin froh, dass du es geschafft hast, die Sechs und die Null.« An ihren Geburtstag hatte sie gar nicht mehr gedacht. Zahlen waren bedeutungslos. Es zählte allein, zu leben.

»Danke.«

»Du bist heute Abend bei uns, Ziska. Wie immer, versprochen? Ich brauche dieses ›wie immer‹, verstehst du …«

Sie verstand nur zu gut. In ihrer Brust regte sich Sehnsucht nach der abhandengekommenen Stabilität. »Ja. Ich brauche das auch. Um fünf bin ich da.« Das Telefonat endete. Frieden auf Erden. Zumindest in der Familie. Das war ein erster Schritt. Max – vielleicht würde sie ihn später besuchen können. Vielleicht auch nicht. Sie ging zurück ins Wohnzimmer. Dachte an Kaffee.

Vielmehr gelüstete es ihren Kopf jetzt allerdings nach frischer Luft. Im Vorbeigehen zog sie die Decke höher über Kurts Schultern und musste bei dem Anblick des schlafenden Mannes lächeln. Wäre schön gewesen, einen Sohn zu haben, der genauso freundlich, klug und engagiert war wie Kurt. Er hätte Andrejs blaue Augen geerbt, sein schwarzes Haar und von ihr die Kleopatra-Stirn. Die Erstgeborenen sahen doch meist ihren Vätern ähnlich, nicht wahr? Aber irgendwie schien das Leben auch für die Einsamen zu sorgen, und wenn man nur genug aufpasste, bekam man, was man brauchte.

Franziska riss sich von Kurts Anblick los und öffnete beide Flügel der Terrassentür. Kalte Winterluft hüllte sie ein, verjagte den letzten Rest des Alkoholdusels. Wunderbar klar fühlte sie sich mit einem Mal, während sie auf den Rasen hinausschaute, die kahlen Kastanien und die Linde, deren Duft sie diesen Sommer vermutlich nicht genießen würde, falls es mit Südfrankreich doch noch klappte. Franziska atmete tief ein und erfreute sich an der Atemwolke, die ihrem Mund entströmte. Kindskopf. Sie lächelte in den Himmel. Aber das war sie doch auch. Sie war nicht nur ein alter Haudegen, ein Paragraphen-Pitbull – unter all den Schichten, die Jahr für Jahr dazugekommen waren, gab es immer noch jenen ursprüngliche Kern – vollkommen unbefleckt. Mit geschlossenen Augen genoss Franziska das Gefühl der Kälte, des Lebendigseins.

Ari hatte gesagt: »Niemand kennt den Tod; es weiß auch keiner, ob er nicht das größte Geschenk für den Menschen ist.« Manchmal zitierte der Freak ausnahmsweise Sokrates, der Abwechslung wegen. Ihre Lippen dehnten sich zu einem Lächeln. So etwas Ähnliches hatte Gerti kürzlich erst gesagt, fiel ihr ein. Sie war schon verdammt weise, ihre kleine Schwester. Wahrscheinlich konnte sie einen Aristoteles locker in den Sack stecken.

Franziskas Herz schlug kräftig, ihre Muskeln fühlten sich stark an, ließen sie daran glauben, alles schaffen zu können. Noch hielt sie das Leben fest am Zügel.

Vielleicht ist ja der Tod das größte Geschenk für den Menschen, dachte sie, aber ich werde das Leben auskosten, bis zum allerletzten Atemzug.

Drinnen sprang das Handy an: *Born to be wild – never wanna die.*

ENDE

REZEPTE

Liebe Leserin, lieber Leser,

diese Rezepte entstammen meinem persönlichen Fundus. Meine Großmutter war eine vielgelobte Köchin und hat selbst in Kriegstagen schmackhafte Speisen gezaubert. Viele Familienrezepte gehen auf sie zurück, wurden von meiner Mutter an mich weitergegeben. Ich selbst schlage dank meiner Experimentierfreudigkeit etwas aus der Art und oft schon hat mein Mann bedauernd am Mittagstisch gemeint: Schade, dass wir das nie wieder bekommen werden. Manches Rezept wird dann aber doch von mir notiert und für die Nachwelt aufgehoben.

Süßes mag ich besonders: Tinchens Eierlikörkugeln sind eine Variation aus mindestens 3 verschiedenen Rezepten, auch Gertis Spitzbuben haben sich über Jahrzehnte gewandelt und stammen vermutlich ursprünglich aus einem uralten Schulkochbuch.

Glühwein und Punsch mache ich mit Vorliebe für liebe Freunde, die uns in der Adventszeit besuchen kommen; die Rezepte sind also allesamt altbewährt und empfehlenswert.

Da bleibt mir bloß noch, Ihnen einen entspannten Advent und gutes Gelingen beim Ausprobieren der Rezepte zu wünschen.

Ihre
Petra K. Gungl

*

Franziskas Glühwein

0,75l Rotwein
3 EL Zucker
1 Stück Sternanis
1 Stück Zimtstange
1/2 Vanilleschote
5 Gewürznelken
1 TL Kardamom/ganz (Nelken, Kardamom, Zimt kann man in einen Teepapierfilter füllen und nach dem Aufkochen/Ziehen bequem aus dem Wein entfernen)
Schale einer halben Bio-Orange (unbehandelt, dünn geschnitten)
1 EL Rosinen, über Nacht in Rum eingelegt
2 EL gestiftelte Mandeln

*

4. Advent-Punsch

0,5l Weißwein
1 Schuss Rum (nach Geschmack)
0,3l Blutorangensaft
3 EL brauner Zucker
1 Zimtstange
1 Sternanis
3 Nelken
Schale einer halben Bio-Orange (unbehandelt, dünn geschnitten)

Den Wein mit den Gewürzen aufkochen lassen, mit Orangensaft ablöschen. Zucker, Rum und Orangenschale zugeben und auf kleiner Flamme ziehen lassen.

*

Gertis Spitzbuben

42 dag Mehl (Typ: Universal)
20 dag Zucker
25 dag kalte Butter
12 dag Haselnüsse (geröstet, fein gerieben)
1 EL echter Vanillezucker
Hagebuttenmarmelade zum Zusammenkleben

Mehl sieben, Butterflocken darüber, Zucker, Haselnüsse, Vanillezucker mit kühlen Händen rasch zu einem Teig kneten; eine halbe Stunde im Kühlschrank ruhen lassen; ausrollen, von der Hälfte des Teiges runde Kekse ohne, von der anderen Hälfte mit Loch in der Mitte ausstechen, auf Backpapier legen und hell backen. Noch heiße Kekse mit Hagebuttenmarmelade zusammenkleben und mit Staubzucker bestreuen.

*

Tinchens Eierlikörkugeln

12 dag Eierlikör
1 EL echter Vanillezucker

1/2 Vanilleschote
50 g Butter oder Kokosfett
190 g weiße Schokolade
125 g Kokosraspeln
Mohn / Zuckermischung zum Wälzen

Schokolade im Wasserbad schmelzen, Butter, ausgekratzte Vanille, Vanillezucker, Kokosraspeln und Eierlikör daruntermischen. Über Nacht im Kühlschrank abkühlen lassen. Mit Teelöffel oder Melonenausstecher gleichmäßige Stücke abstechen, zu Kugeln formen und in Kokosraspeln oder der Mischung aus gemahlenem Mohn und Zucker wälzen – danach in kleine Papierhütchen setzen.

DANKSAGUNG

Das größte Glück für eine Autorin ist eine gute Lektorin – ich habe die Allerbeste: Danke Claudia Senghaas, für deine Arbeit und dein Vertrauen.

Im selben Maße sei auch Armin Gmeiner und dem gesamten Gmeiner-Team für die gute Zusammenarbeit gedankt. Es ist eine Freude, zum Gmeiner-Verlag zu gehören!

Aufrichtigen Dank an alle meine LeserInnen – dafür, dass ihr Bücher kauft und weiterempfehlt – ohne Käufer gibt es keine Bücher, ohne Weiterempfehlung kein Bestehen am Markt.

Apropos Weiterempfehlung: noch ein extra Schäuflein Dank zusätzlich an die vielen Leserinnen, Blogger und Journalisten, die meine Bücher mit höchsten Bewertungen und herausragenden Rezensionen bedacht haben. Ihr seid Ansporn und Bestätigung meiner Arbeit – danke, dass ihr euch die Mühe macht, das bedeutet mir sehr viel!

Meine Recherche für dieses Buch war wieder sehr intensiv – ohne Stephan Polster, einer der besten Freunde der Familie und Top-Anwalt, wäre sie um vieles schwieriger geworden. Danke für deine Unterstützung und Zeit.

Sehr froh war ich über die Chance, mich mit meinen mannigfachen Fragen hinsichtlich Offshore-Geschäften an den allerbesten Experten und Top-Anwalt auf dem Gebiet des Wirtschaftsstrafrechts wenden zu können – Florian Kremslehner sei tausendfach für die Einblicke in die komplexe Praxis des Wirtschaftsstrafrechts gedankt, die mir bei der Perfektionierung des Plots hinsichtlich der Offshore-Geschäfte weiterhalfen.

Meinem langjährigen Freund, ehemaligen Arbeitgeber und Spitzenanwalt Karl möchte ich herzlichst für die Stunden danken, die wir beisammengesessen sind und er mir alle Fragen zum Anwaltsalltag beantwortet hat. Genau der Mann, den ich gesucht habe!

Besonders lustig und informativ war das Treffen mit Helmut Rumpf – danke für die Einblicke in die russische Seele.

Meine fehlenden Russisch-Kenntnisse konnte ich mit Hilfe von Elizaveta G. aufpeppen, herzlichen Dank dafür! Es gibt fantastische Abstufungen der Unhöflichkeit, ich wollte meinen Oligarchen nicht zur Schlimmsten greifen lassen.

Erst durch die Beratung und ärztliche Fachkunde meiner Schwägerin Christiana und meines Schwagers Peter bekommen die medizinischen Notfälle im Roman Hand und Fuß. Ihr seid unendlich großzügige Menschen, und ich schätze mich glücklich, Teil dieser Familie zu sein. Danke für alles!

Wieder stehe ich in der Schuld von meiner langjährigsten Freundin Inge P., die Fehlerteufelchen jagt, wenn alle anderen nichts mehr entdecken. Ich bewundere deinen scharfen Blick!

Jeder Autor weiß, wie unschätzbar wertvoll gute Testleser sind – ich bin unendlich froh, eine weitere hochqualifizierte Testleserin zu haben – danke für deine Mühe, liebe Lilo!

Ein herzliches Danke geht an meine liebe Autorenkollegin und Freundin Jennifer B. Wind – es ist nicht das Schreiben allein, was eine Autorin beherrschen muss, auch die Vermarktung will gelernt sein und da hat Jenny viele Tipps für mich auf Lager, die mir sehr weitergeholfen haben. Jenny, du bist einzigartig!

Meine Schreibgruppe will ich an dieser Stelle nicht auslassen – unser gegenseitiges Anspornen und Unterstützen ist ungemein wertvoll, lockert die Arbeit auf, sorgt für gute Stimmung und Inspiration. Küsschen an den »harten Kern«: Melpomene, Ludwig, Birgit, Paul, Dunja, Fenna und Mena – danke für die lustigen Abende im Camp – ich sage bloß: Piraten, ahoi!

Die Allerbesten im Finale – meiner Familie gilt der größte Dank:

Meinem Sohn, der mich fast täglich fragt, wie viele Wörter ich geschafft habe und mich fantastisch anspornt – du bist so unsagbar wichtig für mich!

Meiner Tochter, die dafür sorgt, dass ich regelmäßig in die »normale« Welt zurückkehre – wir beide sind Weltenwanderer, mein Schatz, was habe ich nicht alles durch dich gelernt.

Meiner Mutter danke ich von Herzen, weil sie sich viel zu viele Sorgen um mich macht, mich gern daran erinnert, genug zu essen, Pausen einzulegen und überhaupt die beste Mutter ist, die man sich nur wünschen kann. Mach noch lange weiter damit!

Der Höhepunkt allen Dankes gilt dir, mein lieber Johannes – du bist meine große Liebe, mein bester Freund und Seelengefährte.

Das Leben wurde schön, als ich dich traf.

Herzlichst
Eure Petra

ANMERKUNGEN/QUELLEN

LLP – Limited Liability Partnership nach englischem Recht
Franziskas Klingelton: *Born to be wild*, Song stammt vom Komponist: Mars Bonfire, Gruppe: Steppenwolf, 1968; Produzent: Gabriel Mekler

Die Süddeutsche Zeitung, 20.3.2017; http://www.sueddeutsche.de/politik/der-weg-der-milliarden-russische-waschmaschine-1.3427894

Die Presse, 4.4.2016; http://diepresse.com/home/wirtschaft/international/4960049/Das-System-Putin_Strohmann-Briefkaesten-beste-Freunde?direct=4960683&_vl_backlink=/home/wirtschaft/economist/4960683/index.do&selChannel=&from=articlemore

Die Presse, 28.4.2015; http://diepresse.com/home/panorama/oesterreich/4719088/AlijewProzess_Witwen-der-Mordopfer-klagen-an

Die Presse, 5.4.2016; http://diepresse.com/home/wirtschaft/economist/4960683/Alijew-brachte-Millionen-ueber-Steueroasen-nach-Wien?from=simarchiv

Der Spiegel online, 7.4.2016; http://www.spiegel.de/wirtschaft/soziales/panama-papers-weltrangliste-der-steueroasen-a-1086027.html

News, 23.8.2012; https://www.news.at/a/mord-wiener-anwalt-die-angst-erich-rebasso-339442

Der Standard, 23.11.2016; http://derstandard.at/2000047981277/Fall-Litwinenko-Alle-Spuren-fuehrten-zum-Kreml

Profil, 27.8.2012; https://www.profil.at/home/erich-rebasso-klub-ost-das-geschaeft-klienten-wien-340069

Profil, 27.8.2005; https://www.profil.at/home/affaere-komoedie-eitelkeit-120144

PETRA K. GUNGL
Diabolisches Spiel

978-3-8392-1810-5 (Paperback)
978-3-8392-4877-5 (pdf)
978-3-8392-4876-8 (epub)

ÜBERSINNLICHE AFFÄRE In ihrem früheren Leben als Heilerin von Stonehenge nahm Er Agnes alles: Liebe, Freundschaft und das nackte Leben. Diesmal soll es anders enden, schwört sie. Denn im heutigen London trifft sie wieder auf Ihn. Wiedergeboren als Chef eines Pharmaunternehmens, verantwortlich für einen tragischen Medikamententest und mysteriöse Todesfälle im Dunstkreis seiner Person. Von seiner Schuld ist Agnes überzeugt. Also setzt sie alles auf eine Karte, um ihn zu überführen. Koste es, was es wolle.

GMEINER SPANNUNG

WWW.GMEINER-VERLAG.DE
Wir machen's spannend